TARA MOSS

Killing me softly

Buch

Achtzehn Monate nach ihrer traumatischen Begegnung mit dem sadistischen »Fetischmörder« kehrt das schöne Fotomodell Makedde Vanderwall nach Sydney zurück. Als Hauptzeugin der Anklage muss sie sich ihrem schlimmsten Dämon erneut stellen. Doch gerade als das Urteil verkündet werden soll, geschieht das Unfassbare: Dem Serienkiller gelingt die Flucht – mit Hilfe einer Komplizin, mit der niemand gerechnet hat…

Natürlich ist Makedde von den Ereignissen traumatisiert. Und auch ihr Exfreund, Detective Andy Flynn, kann ihr kein Gefühl der Sicherheit geben. Daher beschließt Makedde, das Land zu verlassen. Doch leider beobachtet die australische Sensationspresse jeden ihrer Schritte und spielt damit dem »Fetischmörder« in die Hände. Denn der kennt noch immer nur ein Objekt der Begierde: Makedde Vanderwall…

Autorin

Tara Moss ist ein internationales Fotomodell und erfolgreiche Schauspielerin. Ihre wahre Liebe gilt jedoch der Schriftstellerei. Und der weltweite Erfolg ihrer Thriller mit der schönen Makedde Vanderwall gibt ihr Recht. Die gebürtige Kanadierin Tara Moss ist inzwischen australische Staatsbürgerin.

Von Tara Moss bereits erschienen

Der Fetisch-Mörder. Roman (35951)
Freiwild. Roman (35952)

Tara Moss

Killing me softly

Thriller

Deutsch von Andrea Brandl

blanvalet

Die Originalausgabe erschien unter dem Titel
»Split« bei HarperCollins *Publishers*, Sydney.

Umwelthinweis:
Alle bedruckten Materialien dieses Taschenbuches
sind chlorfrei und umweltschonend.

1. Auflage
Taschenbuchausgabe Dezember 2005 bei Blanvalet,
einem Unternehmen der
Verlagsgruppe Random House GmbH, München.

Dieses Werk wurde vermittelt durch die Literarische Agentur
Thomas Schlück GmbH, Garbsen.
Umschlaggestaltung: Design Team München
Umschlagfoto: Photonica/Utamaro
Redaktion: Ilse Wagner
UH · Herstellung: NT
Satz: Uhl + Massopust, Aalen
Druck: GGP Media GmbH, Pößneck
Printed in Germany
ISBN-10: 3-442-36351-9
ISBN-13: 978-3-442-36351-7

www.blanvalet-verlag.de

Für Mark

Prolog

Der Teekessel pfiff.

Die Geschwister schauten auf, doch nur einer von ihnen tat etwas, um dem Lärm ein Ende zu bereiten. Ben Harpin machte keine Anstalten, die Füße vom Couchtisch zu nehmen und von seinem Lieblingssessel aufzustehen. Schließlich erhob sich seine Schwester von ihrem Platz auf der Couch, um den Tee zuzubereiten.

»Weiß. Kein Zucker«, sagte er, als sie sich auf den Weg in die Küche machte. »Ich muss meinen Zuckerverbrauch reduzieren.«

»Kein Zucker«, bestätigte Suzie und verschwand.

Er mag Eiscreme. Ich serviere ihm den Tee mit Eis, dachte sie, als sie heißes Wasser in die Teekanne goss und einen Topfhandschuh überstreifte. Der Kuchen sollte inzwischen fertig sein. Sie klappte die Backofentür auf, woraufhin ihr eine heiße, süßlich riechende Wolke entgegenschlug, die ihren dunklen Pony zerzauste und einen Moment lang in den Augen brannte. Sie beugte sich vor und nahm mit einer Hand den Kuchen aus dem Ofen, den sie für zehn Minuten hineingeschoben hatte, um ihm diesen frisch gebackenen Geschmack zu verleihen. Er sah einfach köstlich aus. Vorsichtig berührte Suzie die Oberfläche und leckte dann ihre Fingerspitze ab. Hmm. Süß.

Bens Küche bot alles, was eine Hausfrau glücklich machte, ebenso wie der Rest des Zuhauses in der Vorstadt. Er besaß jede Art von Mixer, Toaster für sechs Scheiben Brot, Schneidemaschine und Hobel, Saftpresse, Cappuccino-Maschine und ein Spitzen-Messerset, das jede ehrgeizige Super-Mami glücklich machen würde. Und was die Größe betraf, hätte Suzies winziges Single-Apartment in Malabar bequem in Bens Wohnzimmer gepasst. Doch obwohl sie sich insgeheim nach all diesem Luxus sehnte, beneidete Suzie ihren Bruder nicht. Bens Frau Lisa hatte sich nach nicht einmal zwei Jahren Ehe von ihm getrennt, so dass Ben nun ganz allein in seinem Vorstadtparadies lebte. Der Mixer verstaubte im Schrank neben dem Speiseservice von Royal Dalton und diversen anderen, noch verpackten Hochzeitsgeschenken, und in der Kühltruhe fristeten Tiefkühl-Fleischpasteten und Fertiggerichte ein einsames Dasein. Was für eine Verschwendung.

»Das riecht aber gut«, rief Ben aus dem Wohnzimmer.

Suzie riss sich aus ihren Grübeleien und konzentrierte sich auf die vor ihr liegende Aufgabe.

»Ich komme gleich. Nur die Ruhe.«

Sie streifte den Topfhandschuh ab und nahm ein Messer aus der Schublade, mit dem sie ein großes Stück, beinahe ein Viertel des Kuchens, abschnitt und auf den Teller legte. Dann kramte sie in ihrer Hosentasche nach den Tabletten, die in einem verschließbaren Tütchen steckten. *Da sind sie ja.* Trotz ihrer blutroten Farbe sahen die Kapseln ganz hübsch aus. *Beinahe wie diese bunten Zuckerböhnchen,* dachte sie. Sie hob den Beutel hoch und betrachtete fasziniert die kleinen Kapseln. Sie musste sich beeilen. Wenn sie es wirklich tun wollte, durfte sie keine Zeit verlieren.

Sie streifte ein Paar Putzhandschuhe über, um ihre Hände zu schützen, zog eines der teuren, scharfen Messer aus dem Block auf der Arbeitsfläche und konzentrierte sich auf ihre Arbeit. Würde ihr Bruder jetzt hereinkommen, hätte sie Mühe, eine plausible Erklärung für das zu finden, was sie hier tat. Nur noch ein, zwei Minuten. Behutsam öffnete sie die sechs Kapseln auf dem Schneidbrett mit der Messerspitze und ließ die glitzernden Kristalle auf ein Stück Backpapier rieseln.

Staunend betrachtete sie die Substanz, die aus den getrockneten Flügeln und Körpern eines vorwiegend in Italien, Südrussland und Spanien beheimateten Käfers namens *Cantharis vesicatoria* bestand.

Spanische Fliege.

Dieses Zeug war natürlich verboten, doch der Kerl, dem sie es abgeknöpft hatte, hatte geschworen, es sei echt, in kristalliner Form, direkt vom asiatischen Schwarzmarkt. Sie konnte nur hoffen, dass er die Wahrheit gesagt hatte.

Ein wenig unbeholfen stach sie ein paar Löcher in das Kuchenstück, so dass die Kruste zerbrach. So ruhig wie möglich schüttete sie die winzigen, farblosen Kristalle in die Löcher, wobei sie das Backpapier als Trichter verwendete und die Löcher mit dem Messer noch ein wenig vergrößerte, so dass das Gift problemlos hineinrieseln konnte.

Suzie war nicht ganz zufrieden mit dem Resultat. Sie war keine geborene Hausfrau, doch selbst für ihre Augen sah es nicht richtig aus. Die Kristalle hatten sich nicht vollständig aufgelöst. Vielleicht glaubte ihr Bruder, es sei Zucker. Nein, es sah nicht richtig aus.

Das Eis.

Mit Vanilleeis würde es gehen. Zwei große Kugeln, und der Kuchen war servierbereit. Sie holte tief Luft.

»Ich komme schon«, rief sie und kehrte mit einem Tablett mit der Teekanne, zwei Tassen und Untertassen und Bens Apfelkuchen ins Wohnzimmer zurück.

Er nahm die Füße vom Tisch. »Wow. Das sieht ja köstlich aus. Seit wann bist du denn so häuslich?«

Sie stellte das Tablett ab und lächelte ihn an. »Manchmal kriege sogar ich so etwas hin. Ich hole nur noch die Milch für deinen Tee.«

»Isst du keinen Kuchen?«

»Doch, doch. Ich hatte nur keine Hand mehr frei. Fang schon mal an.«

Sie ging in die Küche zurück und wusch sich die Hände,

ehe sie sich ein Stück von dem restlichen Kuchen abschnitt. Wenige Augenblicke später betrat sie mit ihrem Teller und einem Kännchen mit entrahmter Milch das Wohnzimmer.

»Das ist Magermilch, und das Eis ist fettreduziert«, erklärte sie.

»Danke. Dr. Mike sagt, dieses süße Zeug bringt mich eines Tages noch ins Grab. Und das Bier.«

Sie nickte und goss ein wenig Milch in seinen Tee. Er hatte bereits die Hälfte seines Kuchenstücks verdrückt. Gierig schob er sich eine Gabel nach der anderen in den Mund, während das Eis auf seinem Teller schmolz.

In den vergangenen Monaten hatte Ben beträchtlich zugelegt. Nachdem Lisa ausgezogen war, hatte er zuerst etwas abgenommen, doch mittlerweile hatte er einen unansehnlichen Bauch und schien keinerlei Sport zu betreiben. Ben war nicht so diszipliniert wie Suzie, die eisern auf ihre Form achtete. Die Prophezeiung des Arztes überraschte sie nicht.

»Und wie läuft's bei der Arbeit?«

»Welche Arbeit? Die Baubranche ist auch nicht mehr das, was sie mal war«, antwortete er mit vollem Mund.

Sie sah auf seine Lippen, während er sprach. Etwas Eiscreme klebte in seinen Mundwinkeln. »Also keine großen Aufträge in Sicht?«

»Nein, es läuft nicht besonders.«

Sie nippte an ihrem Tee. »Wieso nutzt du nicht die Gelegenheit und gehst für eine Weile weg von hier? Ich würde mich auch solange um das Haus kümmern.«

»Wozu? Die Pflanzen sind doch sowieso hinüber.«

Sie lächelte.

»Nein, ich sollte mich allmählich ernsthaft nach Arbeit umsehen.« Es hörte sich nicht an, als wäre er allzu überzeugt von seinem Vorhaben.

Sie bemerkte, dass Ben seinen Kuchen beinahe aufgegessen hatte, wohingegen sie ihren eigenen kaum angerührt hatte. Aus irgendeinem Grund gefiel ihr sein Anblick nicht. Sie hatte keinen Appetit. Ob es ihm auffiel?

»Also steht nichts Aufregendes bei dir an?«

»Eigentlich nicht.«

Er schob die Krümel mit der Gabel zusammen und aß sie auf.

Wieder nippte sie an ihrem Tee. »Was würdest du wohl für das Haus bekommen, wenn du es verkaufen würdest?«, fragte sie. »Es ist sehr schön. Du solltest eine Menge dafür kriegen. Schließlich ist es fast vollständig abbezahlt, oder?«

»Was soll das werden? Ein Ratespiel?«

Sie lachte. »Komm schon, verkaufst du es nun oder nicht? Hast du schon einen Immobilienmakler beauftragt?«

»Nein.«

»Glaubst du, du musst Lisa viel von dem Geld abgeben?«

»Suz, wir leben getrennt voneinander, aber wir sind nicht geschieden.« Leise Verärgerung lag in seiner Stimme. »Ich werde nicht einfach so das Haus verkaufen.«

»Einfach so? Es ist beinahe ein Jahr her. Sie ist zu diesem anderen Kerl gezogen, Ben«, beharrte Suzie, wohl wissend, dass nicht viel nötig war, um ihn wütend zu machen. »Bestimmt würde das Gericht nicht von dir verlangen, dass du ihr Unterhalt bezahlst. Ihr habt keine Kinder. Du schuldest ihr nichts.«

Stirnrunzelnd schob er den Teller von sich. Sein Gesicht war von einer leichten Röte überzogen.

»Reg dich nicht auf, Ben. Ich sage doch nur, dass ihr nach all dem, was sie getan hat, nichts zustehen sollte.«

»Das geht dich nichts an, verdammt. Sondern nur Lisa und mich. Sie ist … sie …«

Er stand auf und ging in die Küche.

Oh nein …

»Ich wollte dich nicht ärgern«, erklärte sie und folgte

ihm, darum bemüht, nicht in Panik zu verfallen. Sie hatte nicht damit gerechnet, dass er in die Küche gehen würde, und fragte sich, ob sie alle Spuren beseitigt hatte. Wenigstens hatte er den Kuchen aufgegessen. Was, wenn ihm in der Küche irgendetwas seltsam vorkam? Aber falls ja, spielte das jetzt überhaupt noch eine Rolle?

»Ich finde eben nur, du musst den Tatsachen ins Auge sehen, Ben«, fuhr sie so ruhig wie möglich fort und sah sich nach verräterischen Spuren um.

Er gab ihr keine Antwort, sondern trat vor den Kühlschrank und öffnete ihn. Sie stand mit verschränkten Armen neben der Arbeitsplatte und hoffte, dass er das Schneidbrett hinter ihr nicht bemerkte. Über die Schulter sah sie, dass die roten Kapseln zwar im Mülleimer lagen, doch sie hatte das mit glitzernden Kantharidin-Spuren bedeckte Backpapier auf der Arbeitsfläche vergessen. Aber er konnte unmöglich wissen, was es war.

Doch ihre Besorgnis erwies sich als überflüssig, da Ben außer dem Bier im Kühlschrank nichts wahrnahm. Suzie sah, dass der Kühlschrank leer war, bis auf einige Victoria Bitter und einen Karton mit etwas vom chinesischen Lieferservice, das wahrscheinlich nicht mehr genießbar war. Ben nahm eine Flasche Bier, öffnete sie und trank einen kräftigen Schluck. Dann schüttelte er den Kopf und schlug die Kühlschranktür zu, so dass die Flaschen klapperten.

Seit Lisa ihn wegen Heinrich, ihrem deutschen Steuerberater, verlassen hatte, hatte er sich weder um die Scheidung gekümmert noch um das Haus oder um sonst irgendetwas. Es klang nicht danach, als hätte er einen Immobilienmakler oder einen Anwalt angeheuert, um den Stein ins Rollen zu bringen. Stattdessen hatte er sich wie erwartet um alles gedrückt. Aber das spielte jetzt keine Rolle mehr. Ihre Unterhaltung war nur eine Bestätigung dessen, was sie ohnehin bereits wusste. Es war zu spät für ihn. Der Entschluss war gefasst, und Suzie war hergekommen, um ihr Vorhaben in die Tat umzusetzen. Im Gegensatz zu ihrem Bruder war sie kein Freund einer langen Verzögerung. Schon bald wäre alles vorbei.

Sieh zu, dass er die Küche verlässt…

Mit dem Bier in der Hand trat Ben neben sie. Suzies Herzschlag beschleunigte sich, als sie sah, wie nahe er den verräterischen Spuren war. *Du Idiotin!* Er konnte unmöglich wissen, was das war, aber was würde geschehen, wenn er die Kristalle mit den bloßen Händen anfasste? Welche Folgen hatte Hautkontakt? Was, wenn sie kämpfen würden und sie zufällig mit dem Zeug in Berührung käme? Dieses Risiko konnte sie auf keinen Fall eingehen. Sie musste dafür sorgen, dass sie beide von hier wegkamen. Und zwar schnell.

»Du hast doch keine Ahnung, wie es ist, verheiratet zu sein«, erklärte er mit einem bitteren, freudlosen Lachen und trat neben sie vor die Arbeitsplatte. »Verdammt, du weißt noch nicht mal, wie es ist, einen Freund zu haben! Du bist ja nicht mal über deinen verdammten Teenagerschwarm hinweg, und das ist zwanzig Jahre her. Also erzähl mir nichts über meine Ehe!«

Ihre Augen verengten sich zu Schlitzen.

Sie hoffte, dass das Kantharidin endlich zu wirken anfinge. *Bald.* Inzwischen waren fünfzehn, vielleicht zwanzig Minuten vergangen. Wie lange dauerte es wohl?

»Ben, ich bin nicht diejenige, deren Ehe gescheitert ist, die den ganzen Tag trinkt und von der Stütze lebt. Also erzähl mir nichts«, erwiderte sie und wandte sich zum Gehen, in der Hoffnung, dass er ihr ins Wohnzimmer folgte.

Er packte sie am Ellbogen.

Wie ein Reflex flackerte Gewaltbereitschaft in ihr auf. Bewegungen, die sie gelernt und perfektioniert hatte und auch instinktiv anwenden würde. Doch sie beherrschte sich.

»Für wen, zum Teufel, hältst du dich eigentlich? Als

wärst du so wahnsinnig toll! Du, die verdammte alte Jungfer, die den ganzen Tag mit irgendwelchen Psychos rummacht. Du schaffst es ja noch nicht mal, dir einen Freund zu suchen. Wie kommst ausgerechnet *du* darauf, dich hier so aufzuspielen?«

Sie spuckte ihn an.

Ben hob die Hand, als wollte er sie schlagen. Was er wahrscheinlich auch getan hätte, wäre sie ein Mann gewesen. Doch er beherrschte sich und wischte sich den Speichel von der Wange. »Tut mir Leid, Suz. Ich hab's nicht so gemeint. Du weißt, dass ich dir nie wehtun könnte. Es ist nur … Scheiße, wieso gehst du nie mit jemandem aus? Das haben sich Mom und Dad auch immer gefragt. Und dein beschissener Job hilft auch nicht gerade. Er macht die Leute hart. Kritisier *du* nicht meine Ehe. Wenn du selber verheiratet wärst, wüsstest du, dass es nicht so einfach ist.«

Vielleicht habe ich nicht genug genommen. Was, wenn dieser schleimige Mistkerl Barton gelogen hat und es etwas ganz anderes ist? Wenn das Zeug da drin nur Crystal Meth oder Ecstasy in einer beschissenen Kapsel ist, dann reiße ich ihm den Arsch auf …

In diesem Augenblick hörte Suzie ein eigentümliches Geräusch, das in den Tiefen seines Bauches begann und laut grummelte, ehe es in einem unappetitlichen Rülpsen endete.

»Oh …« Ben legte sich eine Hand auf den Mund und taumelte rückwärts.

Suzie trat ebenfalls einen Schritt zurück. »Alles klar?«

»Ich fühle mich ein bisschen …«

Wieder rumorte es, diesmal noch lauter.

»Vielleicht hast du zu schnell getrunken«, meinte sie und trat noch einen Schritt zurück.

Sämtliche Farbe war aus Bens Gesicht gewichen, und Suzie hörte, wie es erneut in seinen Gedärmen rumpelte.

Dieses Mal stöhnte er vor Schmerz und legte sich die Hände auf den Bauch. Wenige Augenblicke später beugte er sich vor und klammerte sich an der Arbeitsplatte fest.

»Ich …«

Ein Strahl Erbrochenes, eine Mischung aus Kuchen und Blut, schoss aus seinem Mund und ergoss sich über die Arbeitsplatte.

»Oh, mein Gott«, schrie Suzie, schlug sich die Hände vor den Mund und taumelte in Richtung Wohnzimmer. Wie widerlich!

Erneut erbrach er sich.

»Ben?«

Ihr Bruder sank auf den Küchenboden, hielt sich den Leib und wurde von Krämpfen geschüttelt. Er lag auf der Seite, und Blut tropfte aus seiner Nase auf den Linoleumboden. Kurze Zeit später übergab er sich erneut in einer Fontäne aus einer fleischig aussehenden, roten Substanz. Überall war Blut, und im Raum breitete sich ein penetranter Gestank nach Erbrochenem aus.

»Ich ruf den Notarzt. Halt durch!« Suzie stürzte ins Wohnzimmer und griff nach dem Hörer. »Hallo? Hallo, wir haben einen Notfall! Mein Bruder ist schwer krank. Wir brauchen sofort einen Krankenwagen!«

Das Freizeichen dröhnte in ihrem Ohr.

Ruhig legte Suzie den Hörer auf und ging zum Lieblingssessel ihres Bruders. Sie legte die Füße auf den Tisch, atmete ein paarmal tief durch und versuchte, sich zu entspannen. Langsam strich sie sich den Pony aus dem Gesicht, während ihr Blick über den Tisch zu der Stelle wanderte, wo Bens Teller mit dem Apfelkuchen gestanden hatte. Sie versuchte, nicht auf die schauerlichen Geräusche zu hören, die aus der Küche drangen, tat so, als höre sie die Hilfeschreie ihres Bruders nicht und nehme den zunehmenden Gestank nach Blut und Gift nicht wahr, der sich im Haus ausbreitete.

Suzie dachte an ihre Zukunft. An die Liebe.

Ein Blick auf ihre Armbanduhr verriet ihr, dass es bereits 16 Uhr 32 war. Sie griff nach der Fernbedienung und schaltete Kanal 10 ein. Eine neue Folge *Reich und Schön*. Brooke und Ridge umarmten einander voller Leidenschaft, während sich Brookes Augen mit Tränen füllten. Suzie drehte die Lautstärke auf, um die unerfreulichen Geräusche aus dem Raum nebenan zu übertönen.

Es gab nichts mehr, das sie für ihn tun konnte. Sie wusste es. Seine Zeit war abgelaufen, ihre hingegen hatte gerade erst begonnen.

1

Mist.

Makedde Vanderwall stemmte sich gegen den eisigen Wind, der ihre Flüche mit sich riss.

Verdammter Mist!

Der Wind fegte über die weite Fläche des am Hügel gelegenen Friedhofs und blies ihr ihre blonde Mähne ins Gesicht, so dass sich die Strähnen bei jeder Bö in ihren Mundwinkeln verfingen. Sie beugte sich vor und schlug den Kragen ihres schwarzen Trenchcoats hoch, auch wenn dies im Kampf gegen ihre Gänsehaut und ihr dichtes, wild umherwirbelndes Haar nichts nützte.

Die kanadische Westküste hatte einen langen Winter hinter sich, und noch war vom Frühling nichts zu sehen. Die hart gefrorene Erde unter Makeddes Füßen lechzte nach Sonne und Wärme, würde aber keines davon bekommen. Zumindest heute nicht.

In ihrer rechten Hand hatte sie eine Karte und einen kleinen Strauß blassgelber Babyrosen, die sie festhalten musste, damit der Wind sie ihr nicht aus der Hand riss. Sie waren für eine Freundin. Makedde hatte dem Wetter getrotzt, um Catherine Gerber ihren Respekt zu erweisen, und obwohl sie in diesem Moment von einem Gefühl dumpfer Einsamkeit erfasst wurde, war sie nicht allein. Ihr Vater Les und seine Lebensgefährtin Ann Morgan saßen in einem Minivan wenige Meter von ihr entfernt und warteten geduldig auf sie. Sie würde nicht lange brauchen. In ein paar Minuten würden sie sie zum Flughafen bringen, von wo aus sie den langen Flug nach Australien antreten sollte.

Verdammt, Catherine, das ist doch keine Geburtstagsparty!

Sie zwang sich zu einem Lächeln, das die nächste eisige Bö jedoch im Nu zunichte machte. An der Gedenkstätte auf dem Hügel waren zahlreiche Marmorplaketten angebracht, die die letzte Ruhestätte eingeäscherter Menschen kennzeichneten. Bei ihren zahlreichen Besuchen hatte Makedde, oder Mak, wie ihre Freunde sie nannten, die morbide Gewohnheit entwickelt, die Namen und Daten auf den Schildern zu studieren und das Alter der Verstorbenen nachzurechnen. Henry Lee Thompson, 1898–1984. Sechsundachtzig Jahre. Josephine Patrick, 1932–2001. Neunundsechzig. Die Plakette ihrer Freundin befand sich in der rechten unteren Ecke. Sie gehörte zu den jüngeren Menschen in diesem Teil der Wand. Sie war erst neunzehn Jahre alt gewesen, als sie ermordet worden war, praktisch noch ein Kind. Ein Stück südlich der kanadisch-amerikanischen Grenze wäre sie erst heute, an ihrem einundzwanzigsten Geburtstag, berechtigt, Alkohol zu trinken. Heute wäre der Tag gewesen, an dem sie endgültig als Erwachsene gegolten hätte. *Das wäre eine Riesenparty geworden,* dachte Mak.

Sie bückte sich, nahm die vertrockneten, schwärzlich verfärbten Rosen aus dem Metallhalter neben Catherines Plakette und ließ sie sich vom Wind aus der Hand reißen. Einen Augenblick lang sah sie zu, wie die Bö sie erfasste und sie zwischen den Grabsteinen unterhalb von ihr verschwanden. Die Blumen waren von einem weißen Band zusammengehalten worden, das sie auf den ersten Blick wiedererkannte. Es war ihr Strauß vom letzten Besuch gewesen.

Bin ich die Einzige, die sie besucht?

Unwillkürlich spürte sie Wut auf Catherines nachlässige Pflegeeltern in sich aufkeimen.

Vergeude deine Zeit nicht mit ihnen. Du hast Wichtigeres zu tun.

Mit einem flüchtigen Gefühl der Befriedigung steckte sie die Blumen in die Vase. Wenigstens hatte Catherine jetzt einen frischen Strauß, freundlich und hübsch, so wie es ihr gefallen hätte. Die gelben Blüten schienen weit und breit der einzige Farbklecks zu sein – der Himmel, der Friedhof, die Wand mit den Plaketten, alles war so grau und deprimierend.

Nicht heulen, verdammt. Tu's nicht.

Nun gab es nur noch eines, was sie tun musste. Makedde kniete sich auf die harten Steinfliesen vor der Gedenkstätte. Die Kälte drang durch den Stoff ihrer Jeans. Sie senkte für einen Moment den Kopf, um Mut zu sammeln, ehe sie tief Luft holte und Catherines Karte aufriss.

HERZLICHEN GLÜCKWUNSCH ZUM 21. GEBURTSTAG!

Du fehlst mir, Cat. Deine Freundin M.

Mak legte die Hand auf das Marmorquadrat und schloss die Augen. Dann schob sie die Karte in einen der Zwischenräume neben Catherines Plakette, so dass sie stecken blieb. Der Wind würde sie bald fortreißen, trotzdem hatte sie es tun müssen. Schließlich zerknüllte sie den Briefumschlag und steckte ihn in die Tasche.

Ich muss jetzt gehen.

Mak stand auf und wischte sich die Knie ab. Es war Zeit, ans andere Ende der Welt zu fliegen, nach Australien. Für die meisten Menschen ein wunderbarer Urlaubsort, aber sie flog nicht hin, um Ferien zu machen. Makedde war die Hauptzeugin der Anklage im Verfahren gegen den Sadisten Ed Brown, jenen Mann, der neun junge Frauen in seine Gewalt gebracht und ermordet hatte. Brown hatte sie regelrecht abgeschlachtet und geschändet. Er galt als der Inbegriff des Bösen, und seine Taten hatten überall auf der Welt für Schlagzeilen gesorgt. Auf brutalste Weise hatte er Catherines Leben ausgelöscht, und Makedde selbst war beängstigend nahe daran gewesen, sein nächstes Opfer zu werden. Sie hatte ihrer toten Freundin versprochen, zu rächen, was er ihr angetan hatte. Sie konnte seine Tat nicht ungeschehen machen, aber gegen Ed Brown im Prozess auszusagen, das war etwas, was sie zweifellos tun *konnte*. Nach langen und schwierigen achtzehn Monaten war nun endlich die Zeit gekommen, vor Gericht zu erscheinen.

Wir bringen ihn für immer hinter Gitter, Cat. Ich verspreche es dir. Und er wird nie wieder jemandem wehtun können.

Aber es würde ihr ihre Aufgabe auch nicht leichter machen, wenn sie ihren Verlust allzu sehr betrauerte. Allein der Gedanke daran war beinahe unerträglich.

»Ich liebe dich, Catherine«, flüsterte sie. »Ich kriege ihn für dich. Wünsch mir Glück.«

Sie wandte sich ab und ging zum Minivan zurück. Les und Ann, die in ein Gespräch vertieft gewesen waren, blickten auf. Ihr Vater nickte ihr durch die beschlagene Windschutzscheibe zu, während Ann den Motor anließ.

Mak stieg ein. »Okay, fahren wir.«

Schweigend starrte sie aus dem Fenster und grübelte niedergeschlagen darüber nach, wie einige in eine kalte Marmorplatte eingelassene Buchstaben ihre einst so lebendigen Erinnerungen an ihre Freundin verblassen lassen konnten. Die Zeit verwischte die Erinnerung an die Toten, selbst wenn der Schmerz über ihren Verlust unverändert frisch war. Ihre Mutter und Catherine verloren zusehends an Konturen, wie ein Traum beim Aufwachen, fragmentartig und immer weniger greifbar. Sie entzogen sich ihrem Zugriff und wurden mehr und mehr zu Schatten.

Makedde stand, die Reisetasche neben sich, da, den Rollkragen ihres Pullovers bis zum Kinn hochgezogen, den Trenchcoat um sich geschlungen und die Bordkarte in der Hand. Noch immer steckte ihr der eisige Wind in den Knochen. Aus dem Augenwinkel registrierte sie einige Passanten im Terminal, die sie ansahen. Auch ihr Vater und Ann musterten sie, wenn auch eher besorgt als neugierig.

»Macht euch keine Gedanken. Ich komme schon klar«, versicherte sie und fragte sich, ob ihr irgendjemand (einschließlich sie selbst) ihre bemühte Zuversicht abnahm.

Dank ihrer hohen Stiefel war sie beinahe so groß wie ihr Vater. Für seine Anfang sechzig war Les Vanderwall noch immer ein gut aussehender Mann, auch wenn ihn die letzten beiden Jahre um zehn Jahre hatten altern lassen. Das Magengeschwür, das sich in jüngster Zeit noch verschlimmert hatte, war schuld an seiner uncharakteristischen Blässe. Doch angesichts der Aufgabe seiner Tochter in dem bevorstehenden Prozess war sein Zustand wohl kaum überraschend. Die beiden vergangenen Jahre waren für sie beide schwierig gewesen. Natürlich war es nicht ihre Schuld, trotzdem fühlte Mak sich dafür verantwortlich. Der Verlust von Jane, ihrer Mutter, wäre schon mehr als genug gewesen. Aber dann auch noch all die anderen Dinge…

Und jetzt dieser besorgte Gesichtsausdruck. *Verdammt, Dad, sieh mich doch nicht so an.*

»Das wirst du auch, Mak. Sogar mehr als das. Du bist eine der stärksten jungen Frauen, die ich je kannte«, erklärte Ann Morgan und lächelte tapfer. Die bewundernswerte Ruhe der klinischen Psychologin war ansteckend. Sie war klein und rundlich, mit kurzem, modisch kastanienbraunem Haar und warmherzigen braunen Augen – ein trügerisch sanftes Äußeres, hinter dem sich ein messerscharfer Verstand und ein unerschütterlicher Wille verbargen. Sie hatte eine Hand auf Les' Arm gelegt, der angespannt und wortlos dastand. Die Beziehung zwischen Les und Ann hatte sich in den letzten Monaten prächtig entwickelt. Er hatte den größten Teil des Gewichts wieder zugenommen, das er nach Janes aussichtslosem Kampf gegen den Krebs verloren hatte. Und trotz der schwierigen Umstände zeigte sich immer wieder ein Lächeln auf seinem Gesicht.

Gott sei Dank ist er nicht mehr allein in diesem großen Haus, ohne seine Frau, die Welt leer. Gott sei Dank hilft Ann ihm dabei, dass sein Leben wieder ein wenig schöner wird…

»Danke«, erwiderte Makedde. *Du bist selbst sehr stark,* fügte sie in Gedanken hinzu.

»Denk nur daran, wie wichtig deine Aussage für die Staatsanwaltschaft ist. Sie stecken ihn für immer hinter Schloss und Riegel.«

Makedde wünschte sich mit jeder Faser ihres Herzens, dass sie Recht hatte.

»Und dann kannst du endlich in Ruhe weiterleben, Mak. Bald wirst du deinen Doktortitel in der Tasche haben, und all das liegt hinter dir.« Anne trat einen Schritt vor und drückte liebevoll ihre Hand, was Mak mit einer kurzen, aber herzlichen Umarmung quittierte.

»Das wäre schön«, meinte sie. Sie lag mit ihrer Doktorarbeit bei weitem nicht im Zeitplan. Ebenso wenig wie sonst irgendetwas in ihrem Leben nach Plan lief. Doch mit etwas Glück würde diese Reise damit enden, jenes traurige Kapitel ihres Lebens abzuschließen und endlich wieder in die Normalität zurückzufinden.

Oh Dad. Sie drehte sich um und umarmte ihren Vater. Er sah so schrecklich blass aus.

Der Detective Inspector im Ruhestand legte dieselbe stoische Ruhe an den Tag wie sonst. Ein starker, stiller Mann, typisch alte Schule. Seine Blässe machte ihr Sorgen, ebenso sein angespanntes Gesicht. Er durfte nicht so verbissen sein. Mak hasste es, wenn er die Stirn in Falten legte. Und ihr war bewusst, dass sie diejenige war, die dieses Stirnrunzeln auslöste. Ihre jüngere Schwester Theresa tat so etwas nie. Und ganz bestimmt war Theresa auch nicht für sein Magengeschwür verantwortlich… Theresa mit ihrem gutmütigen Mann und ihrem fröhlichen Töchterchen. Theresa, die noch nie etwas Falsches oder Riskantes in ihrem Leben getan hatte. Manchmal fragte Mak sich, ob sie tatsächlich Schwestern waren.

Schon gut, Dad. Nur noch eine kleine Weile, dann ist dieser Albtraum vorbei.

Ihr Vater hatte sie unbedingt nach Sydney begleiten wollen, hatte alle Hebel in Bewegung gesetzt, aber Dr. Olenski hatte ihm die Reise verboten. Hätte er vor einem Jahr auf Dr. Olenski gehört, wäre er mithilfe eines Antibiotikums heute praktisch gesund. Aber nein. Schließlich war er Les Vanderwall, der einst Ehrfurcht einflößende Detective Inspector von Vancouver Island, ein Mann, der sich selbstverständlich von niemandem etwas sagen ließ. Der Stress hatte seinen Zustand so weit verschlimmert, dass eine Operation in den nächsten Wochen unumgänglich war.

»Ich sollte mich jetzt auf den Weg machen«, erklärte Makedde mit einem Blick auf das Schild hinter ihr.

VICTORIA INTERNATIONAL AIRPORT. ZU DEN ABFLUG-SCHALTERN.

Das »International« war ein wenig irreführend. Denn statt eines riesigen, belebten Flughafens voll internationaler Gäste auf dem Weg in sämtliche Länder der Welt durfte sich der Flughafen nur als international bezeichnen, weil es eine Hand voll Flüge ins fünfundvierzig Minuten entfernte Seattle gab. Beim Anblick des Schildes fiel es Makedde unendlich schwer, dem ruhigen, sicheren Hafen von Vancouver Island, ihrer Heimat seit Kindertagen, den Rücken zu kehren. Am Zielort dieser Reise erwarteten sie ein enormer Medienrummel und ein Prozesstag, an dem sie ihre Qualen erneut würde durchleben müssen. Sie würde ihre Aussage machen, während *er* auf dem Platz des Angeklagten saß, nur wenige Meter von ihr entfernt. Im selben Raum wie sie.

ZU ED BROWN.

Hätte Andy doch nur ein klein wenig weiter nach links gezielt, dann wäre das Ganze vorüber. Aber natürlich waren derartige Gedanken sinnlos und frustrierend und führten sie zu einem weiteren Thema, über das sie lieber nicht nachdenken wollte – die vertrackte Situation mit Detective Andy Flynn.

Steig einfach in dieses Flugzeug, Mak.

»Ich sollte wirklich langsam zum Gate gehen.« Dieses Mal war es ihr ernst. »Wir sehen uns in einer Woche oder so. Dad, bitte entspann dich ein bisschen und tu, was der Arzt sagt, okay?« Les nickte mit ausdrucksloser Miene. Ann nickte Mak zu, als wolle sie ihr versichern, dass sie sich persönlich darum kümmern würde. »Das Ganze ist im Nu vorbei.«

»Gute Reise.«

»Danke. Ich komme schon klar.« Sie drückte die beiden noch einmal liebevoll an sich. »Grüßt Theresa schön von mir«, fügte sie hinzu. Ihre Schwester war nicht mit zum Flughafen gekommen, was typisch für sie war. »Ich hoffe, Connors Geburtstag wird ein Riesenknaller.«

Der achtzehnte Geburtstag von Anns Sohn Connor stand unmittelbar bevor, und es war gut, dass Ann bei den Vorbereitungen helfen würde. Ihr Verhältnis war noch ein wenig angespannt, da Ann und Connors Vater sich erst vor wenigen Jahren getrennt hatten. Mak fragte sich, was Connor wohl davon hielt, dass ihr Vater plötzlich auf der Bildfläche erschienen war. War es ihm unangenehm, dass er da war?

Ann nickte. »Bis bald.«

Endlich löste Mak sich unter übertriebenen Luftküssen und mit einer Imitation des erhabenen Winkens der Königin von England. »Ta-ta«, rief sie in dem Versuch, die Spannung zu lösen. »Ich liebe euch.« Sie bog um die Ecke und ging in Richtung Sicherheitskontrolle.

»Es wird alles klappen. Der reinste Sonntagsspaziergang«, murmelte sie und starrte zu Boden.

»Wie meinen Sie, Ma'am?«

Ein Sicherheitsbeamter mit Knollennase ließ seinen Blick

über ihren Körper wandern. Wahrscheinlich war es ihm nicht einmal aufgefallen, ebenso wenig wie die Tatsache, dass sie es bemerkt hatte.

»Oh, nichts«, erwiderte sie höflich. »Ich habe nur mit mir selbst geredet.«

Mak hob ihre Reisetasche auf das Rollband und sah zu, wie es im Röntgengerät verschwand, ehe sie an dem Sicherheitsbeamten vorbei und durch die Schranke treten wollte.

»Hey, wie groß sind Sie?« Mittlerweile stand der Kerl unmittelbar vor ihr, viel zu nahe, eindeutig sehr zufrieden mit sich, der Fünfzigtausendste zu sein, der sich nach ihrer ungewöhnlichen Körpergröße erkundigte. Angewidert registrierte sie den Geruch nach eingelegtem Gemüse und mangelnder Körperhygiene.

»Einen Meter achtzig und ein paar Zerquetschte«, antwortete sie. »Und Sie? Einsachtundsiebzig?«

Er nickte. »Erraten, Schätzchen. Und ich steh auf große Frauen.« Er kam noch ein wenig näher. Ah, ja, Essiggurken. Lecker.

»Wussten Sie, dass laut offizieller Statistik die Durchschnittsgröße bei Männern bei einem Meter zweiundachtzig liegt?« Sie sah ihn an. »Hm, unterdurchschnittlich also …« Damit ließ sie ihn stehen und trat durch den Metalldetektor, nahm auf der anderen Seite des Röntgengerätes ihre Tasche in Empfang und machte sich ohne weitere Störung auf den Weg zu ihrem Gate.

2

»I wanna be loved by you«, säuselte Marilyn Monroe. »You and nobody else but you …«

Suzie Harpin summte leise vor sich hin, während sie mit

dem Staubsauger eine Schneise der Makellosigkeit durch sämtliche Zimmer schlug. Wieder und wieder ließ sie den Aufsatz über den Teppich gleiten und manövrierte um die prall gefüllten Müllsäcke mit Kleidungsstücken und Abfall herum, die sie wie für die Abholung bereite Heuballen an den Wänden aufgereiht hatte.

»I wanna be loved by you, alo-o-one. Boop boop bedooo …«

Suzie hatte die Stereoanlage voll aufgedreht und lauschte entzückt der einzigen CD, die sie in Bens langweiligen Scheiben von Led Zeppelin, AC/DC und den Skyhooks aufgestöbert hatte. Diese Art von Musik war überhaupt nicht nach ihrem Geschmack. An »Living in the Seventies« oder »Long Way to the Top (If You Want to Rock 'n' Roll)« war nun mal nichts Romantisches.

Sie bemerkte, dass es allmählich dunkel wurde, und schaltete den Staubsauger ab. Nach einem prüfenden Blick auf die Straße zog Suzie die Vorhänge zu und schaute auf die Uhr. Es war früher Montagabend in einem verschlafenen Vorort von Sydney, und es gab immer noch so viel zu tun, bevor sie nach Hause gehen und sich für die Arbeit fertig machen musste. Sie war nicht daran gewöhnt, so lange wach zu sein, und der Schlafmangel machte sich bereits bemerkbar, aber sie war hart im Nehmen und arbeitete tapfer weiter. Ihre neu entwickelte Häuslichkeit spornte sie an, und sie widmete sich ihrer Rolle mit derselben Inbrunst wie jedem anderen neuen Projekt.

Als Erstes hatte sie sämtliche Fotos von Ben entfernt; die Hochzeitsbilder, die aus irgendeinem nicht nachvollziehbaren Grund immer noch hier herumstanden, dann die dämlichen Schnappschüsse mit seinen Angler-Kumpels und die uralte Aufnahme von ihm mit seinem Surfbrett. Sie waren als Erste in der Mülltüte gelandet. Es gab zwar noch jede Menge Krempel, der entsorgt werden musste, aber immerhin hatte sie einen Anfang gemacht.

Bald würde sie sich um die Schweinerei kümmern müssen, was viel schlimmer werden würde als erwartet.

»I wanna be kissed by you…«

Sie durfte keine Zeit verlieren, auch wenn sie mittlerweile völlig erschöpft war. Suzie schaltete den Staubsauger wieder ein und schob das dröhnende Gerät über den Teppich in der Diele. Schließlich hatte sie sich bis zum Badezimmer vorgearbeitet und schaltete ihn ab.

Sie runzelte die Stirn.

Mit zwei Fingern hielt sie sich die Nase zu, ging hinein und blieb vor der kleinen Blutlache stehen, die sich um den Leichnam ihres Bruders gebildet hatte und bereits zu trocknen begann. Sie war sich nicht sicher, was sie mit der Leiche anstellen sollte, aber das spielte im Moment auch noch keine Rolle. Dafür hatte sie noch etwas Zeit. Ihr blieben mehrere Tage, um alles in Ordnung zu bringen, und es bestand keine Gefahr, dass irgendjemand in der Zwischenzeit hier herumschnüffelte. Aber sie würde etwas gegen den immer penetranteren Gestank unternehmen müssen. Sie würde die Leiche ihres Bruders in die Badewanne wuchten, bevor die Schweinerei noch schlimmer wurde, ihn einpacken und an irgendeinen Ort verfrachten müssen.

Was für ein Gestank…

Mit großem Interesse und regelrechtem Forscherdrang hatte Suzie sich mit der Spanischen Fliege beschäftigt. Sie wusste, dass der Substanz potenzsteigernde Wirkung nachgesagt wurde. Es hieß, sie rufe ein leichtes Brennen hervor und steigere die sexuelle Bereitschaft, wenn auch mit dem Resultat einer leichten Vergiftung. In Wahrheit besaß Kantharidin eine ätzende Wirkung und wirkte wie alle Gifte in einer bestimmten Dosis tödlich. Suzie hatte sich bemüht, ihrem Bruder eine ausreichende Menge zu verabreichen, die zum Tod führte, doch das Resultat war weitaus hässlicher und weniger effizient gewesen als erwünscht. Alles, mit dem der Kuchen in Berührung gekommen war – Lippen, Zunge, Kehle, Magen und der Verdauungstrakt – waren förmlich in Fetzen gerissen worden. Aber wer hätte geahnt, dass es so lange dauern würde? Fast fünf Stunden hatte es gedauert, bis Ben tot gewesen war. Das hatte Suzie überhaupt nicht gefallen.

Während sie ihre Lieblingsseifenoper ansah, war es Ben gelungen, sich vom Küchenboden aufzurappeln und durch die Diele ins Badezimmer zu taumeln, wo er sich erneut erleichtert hatte, während sich das Gift mit seiner zerstörerischen Kraft bis zu seinem Harntrakt vorgearbeitet hatte. Voller Entsetzen hatte sie zugesehen, wie er vorbeigetaumelt war und einen blutverschmierten Handabdruck auf der Wand und eine riesige Pfütze Erbrochenes auf dem Teppich hinterlassen hatte.

Schrecklich ineffizient.

Aber egal.

Jetzt war er tot, und sie konnte weitermachen. Suzie holte einen Wischmopp und einen Eimer aus der Küche und machte sich an die unerfreuliche Aufgabe, das Badezimmer in einen ordentlichen Zustand zu bringen.

3

Welcher Maler des 19. Jahrhunderts gilt als Begründer des Pointillismus?

Georges Seurat.

»Entschuldigen Sie bitte …«

Welches südamerikanische Land außer Bolivien ist ein Binnenstaat?

Hm… Paraguay.

Wie hieß der Zyklon, der Darwin am Weihnachtsmorgen 1974 zerstört hat?

»Entschuldigen Sie, Miss Vanderwall?«

Makedde hob den Kopf und sah eine tief gebräunte Quantas-Stewardess vor sich stehen. Sie streifte den Kopfhörer ab, aus dem die melancholischen Klänge von Coldplay drangen, und kassierte einen Strafpunkt, weil sie sich für keine der Auswahlantworten des bordeigenen Wissensspiels entschied.

»Äh… hallo.« Die hübsche Stewardess hatte ihr blondes Haar zu einem strengen Knoten im Nacken frisiert und trug einen der dunkelsten Konturenstifte, die Makedde seit langem gesehen hatte. Es war schwer, den Blick von der tief burgunderroten Linie zu lösen, die sich bei jeder Silbe bewegte.

»Ja. Das bin ich«, erwiderte Mak.

»Wir werden bald landen«, erklärte die Lippenkontur. Die Stewardess ging neben Makeddes Sitz in die Hocke. »Sie sollten wissen, dass einige Leute am Gate in Sydney auf Sie warten«, fuhr sie verschwörerisch flüsternd fort.

»Leute?«

»Scheinbar haben die Medien Wind von Ihrer Ankunft bekommen. Es wurden einige Kollegen vom Bodenpersonal bereitgestellt, die Sie durch einen abgelegenen Ausgang begleiten sollen.«

»Wirklich? Oh, vielen Dank. Das ist sehr freundlich.« *Die Medien?* »Oh«, fügte Mak hinzu, als ihr einfiel, dass sie von der Polizei abgeholt werden sollte. »Es wartet aber jemand am Flughafen auf mich…«

»Das ist schon in Ordnung, Miss Vanderwall. Auch sie wurden bereits informiert. Es ist alles vorbereitet.« Die Stewardess nickte und lächelte höflich, als wollte sie ihr zu verstehen geben, dass sie *alles* wusste. »Hey, geht es Ihnen gut?«

Mak war leicht übel. »Alles in Ordnung«, log sie.

Die Stewardess tätschelte vertraulich ihren Arm, ehe sie sich vorbeugte, den Kopf schief legte und Mak mit weit aufgerissenen Augen ansah. Die unausgesprochenen Fragen lagen ihr auf der Zunge, und sie wartete sehnsüchtig auf ein Zeichen, sie endlich stellen zu dürfen. Sie verharrte noch einen Moment vor Maks Gesicht, doch als diese keine Anstalten machte, ihr irgendwelche gruseligen Details anzuvertrauen, richtete sie sich wieder auf. »Na ja … dann viel Glück. Ich hoffe, Sie genießen Ihren Aufenthalt.«

Den Aufenthalt genießen?

Voller Unbehagen dachte Mak daran, dass sie fast dreizehn Stunden in diesem Flugzeug gesessen hatte, ohne auch nur einen Gedanken daran zu verschwenden, dass alle um sie herum wissen könnten, wer sie war, was ihr widerfahren war und warum sie in dieser Maschine saß.

Wie unheimlich.

»Äh, könnten Sie mir vielleicht helfen?«, fragte Mak, als die Stewardess sich umwandte.

»Klar, was kann ich tun?«

»Wissen Sie zufällig den Namen des Zyklons, der 1974 Darwin zerstört hat?«

»Wie?« Die geschminkten Lippen verzogen sich zu einem verwirrten Schmollen.

»Schon gut. Ist nicht so wichtig.« Mak hasste es, eine Frage gestellt zu bekommen und die Antwort nicht zu wissen, wie irrelevant sie auch immer sein mochte. »Danke, dass Sie mir das mit der … äh … Willkommensparty gesagt haben.«

Die Stewardess lächelte ihr zu und verschwand.

Makedde gähnte und streckte ihre schmerzenden Muskeln, während sie im Geiste hektisch sämtliche Szenarien durchspielte, die ihr bevorstehen könnten. Damals, als die Stiletto-Morde Sydney in einer Mischung aus Angst und Faszination in Atem gehalten hatten, hatte es jede Menge Schlagzeilen gegeben. Doch sie hatte gehofft, dass der Prozess nicht für dasselbe öffentliche Interesse sorgen würde. Aber wenn man den Worten der Stewardess Glauben schenken durfte, war ihre Hoffnung wohl umsonst gewesen. Kein besonders angenehmer Gedanke. Sie ertrug die Vorstellung nicht, erneut das schöne Gesicht der armen Catherine über den Schlagworten »Abgeschlachtet«, »Ermordet« oder auch nur »Opfer« in den Gazetten zu sehen.

Mak stellte ihre Armbanduhr auf die Ortszeit 5 Uhr 55 ein und rieb sich den Schlaf aus den Augen. *Igitt.* Sie reckte den Hals, um einen Blick auf das Operngebäude von Sydney zu werfen, das vor ihr auftauchte, als die Maschine eine Linkskurve beschrieb und der riesige Flugzeugflügel unter ihr wegkippte. Der Himmel war strahlend blau, ebenso wie die weite, glitzernde Fläche des Ozeans. Doch die wenig erfreulichen Erinnerungen an ihre letzte Reise hierher ließen ihr Unbehagen bei diesem atemberaubenden Anblick nur noch weiter wachsen.

Das Schlimmste hatte sie doch hinter sich, oder?

Mak legte den Sicherheitsgurt an und machte sich für die Landung in Sydney bereit.

Das wirst du schon bald herausfinden.

Mit einem Blumenstrauß in der Hand und klopfendem Herzen lehnte sich Detective Senior Sergeant Andrew Flynn gegen die Wand im hinteren Teil von Gate C in der Ankunftshalle des Internationalen Flughafens von Sydney. Die attraktive Blondine am Hertz-Mietwagenschalter warf einen bewundernden Blick in Richtung der großen, attraktiven Gestalt mit dem herb-männlichen Aussehen. Doch er war so mit seinem inneren Konflikt beschäftigt, dass er es nicht bemerkte.

Wirf die Blumen weg.

Nein, Frauen mögen Blumen.

Du siehst wie ein Idiot aus. Schmeiß sie weg.

Nicht einmal fünf Minuten, nachdem er den kleinen Strauß aus bunten Blumen – er hatte keine Ahnung, wie diese Dinger hießen – gekauft hatte, landete er im nächsten Mülleimer. Dann lehnte er sich wieder gegen die Wand in der Nähe der Schiebetüren des Hauptausgangs und verschränkte die Arme. Ohne diesen albernen Blumenstrauß fühlte er sich wesentlich wohler. Es war ein dämlicher Impuls gewesen, überhaupt nicht sein Stil. Ehrlich gesagt ließen ihn seine für gewöhnlich starken Nerven heute Morgen jämmerlich im Stich, und er fürchtete, er könnte etwas tun, das er später bereuen würde. Über Nacht war ein Fax eingetroffen, in dem man ihm mit unmissverständlichen Worten zu verstehen gegeben hatte, dass die Finanzierung der neuen Abteilung für Serientäterprofile der Polizei von New South Wales gefährdet war – ein Projekt, bei dem er als einer der wichtigsten Mitarbeiter vorgesehen gewesen war. *Scheiße.* Aber er wusste, dass dies nicht der einzige Grund für seine miese Stimmung war. Oder gar der Hauptgrund.

Makedde Vanderwalls Maschine aus Kanada sollte jeden Augenblick landen. Andy war sich nicht sicher, was er von ihr oder der Beziehung zwischen ihnen erwarten sollte, falls das das richtige Wort für das war, was sie verband. *Sie ist eine der Frauen, bei denen man nie weiß, was sie als Nächstes tun,* dachte er. Aber waren nicht alle Frauen so? Er hatte nicht schlafen können, deshalb war er auf die Idee gekommen, zum Flughafen zu fahren und zu sehen, ob er sich nützlich machen konnte. Doch nun fühlte er sich alles andere als wohl, als er gespannt auf ihr Eintreffen wartete. Und sein mitternächtlicher Kampf mit Jack Daniels trug auch nicht gerade zur Verbesserung seines Zustands bei.

»Trinken Sie wieder, Andy?«

»Oh, nein, Inspector Kelley, machen Sie sich keine Sorgen…«

Er sah auf seine Uhr: 06 Uhr 20. Verdammt früh, aber es hätte ebenso gut Mitternacht oder ein Uhr morgens sein können. Er hätte den Unterschied nur anhand des Tageslichts bemerkt. *Kein Schlaf.* Er hielt Ausschau nach einem Fahrer mit einem Schild in der Hand, auf dem Makeddes

Name stand, doch offenbar war niemand gekommen, um sie abzuholen. Er war davon ausgegangen, dass Senior Constable Mahoney sie in Empfang nehmen sollte, doch bisher hatte er weder sie noch sonst ein vertrautes Gesicht gesehen. Keiner seiner Kollegen stand herum, was eine große Erleichterung war, da diese Geschichte mit dem Blumenstrauß für immer an ihm kleben würde, falls ihn jemand beobachtet hätte.

Die Glasschiebetüren neben ihm glitten auf, und ein Schwall kühler Luft drang herein, dicht gefolgt von einem weiteren Kamerateam, das sich suchend umblickte. Inzwischen hatten sich im Ankunftsbereich eine Hand voll Fotografen und Crews der Fernsehkanäle Neun und Sieben eingefunden. Weswegen waren sie hergekommen? Wegen Ian Thorpe? Er sollte demnächst aus Übersee nach Hause zurückkehren. Oder wegen Brett Lee oder Shane Warne? Oder wegen einer dieser australischen Schauspielerinnen mit Wohnsitz in Los Angeles, deren Namen er sich nie merken konnte?

Andy schob die Hände in die Hosentaschen und sah zum Geschenkladen hinüber. Parfüm. Ansichtskarten. Schokolade. Blumen. Sollte er etwas für sie kaufen? Oder würde das übertrieben aussehen? *Ja, würde es. Lass es einfach bleiben.*

Die ersten Fluggäste tauchten auf. Er sah ein erschöpft aussehendes, braun gebranntes Paar mit Rucksäcken und eine ältere Frau, die einen übervollen Trolley hinter sich herzog. Als Nächstes erschien ein junger Mann, auf dessen Koffer ein großer Aufkleber der kanadischen Flagge prangte. Er rieb sich die Augen und ließ den Blick nervös über das Meer aus Gesichtern schweifen. Wahrscheinlich dauerte es nicht mehr lange, bis Mak erschien.

Sie hatte auf seine letzten Anrufe nicht reagiert, und er hatte ihr nichts davon gesagt, dass er sie abholen würde. Na schön, in ihrer Fernbeziehung hatte es einige Missklänge gegeben, und vieles war unausgesprochen geblieben. Nach seiner Rückkehr von der verlängerten Dienstreise nach Kanada vor sechs Monaten hatten sie häufig telefoniert. Am Anfang schien es gut zu laufen. Doch vor etwa zwei Monaten hatte sie plötzlich vorgeschlagen, sie sollten vielleicht doch mit anderen ausgehen. Fernbeziehungen funktionierten einfach nie, und sie sollten sich nicht so unter Druck setzen, hatte sie gesagt. Natürlich hatte er eingewilligt. Was hätte er auch sonst sagen sollen? Und dann war er ihrem Vorschlag gefolgt. Es war nur ein Wochenendflirt gewesen. Nichts Ernstes. Mit einer Krankenschwester. Carol hieß sie. Ein nettes Mädchen, aber in Wahrheit nicht sein Typ. Oder, besser gesagt, sie war nicht Makedde.

Innerhalb kürzester Zeit war ihm klar geworden, dass er einen Fehler gemacht hatte. Und nun steckte er in der Klemme. Was sollte er jetzt tun? Immerhin war es doch ihre Idee gewesen. Warum schlug sie so etwas vor, wenn sie es nicht ernst meinte?

Frauen. Gehörten sie überhaupt derselben Spezies an? Was für eine Ironie, dass er die psychologischen Beweggründe der übelsten Serienmörder und Vergewaltiger nachvollziehen konnte, aber keine Ahnung hatte, wie das andere Geschlecht funktionierte. Frauen waren ihm ein echtes Rätsel.

Eine große, gut aussehende Blondine in Jeans und einem hochgeschlossenen Oberteil trat durch die Schiebetüren, ebenfalls mit einer der allgegenwärtigen rot-weißen kanadischen Flaggen in der Hand. Andy richtete sich auf und sah sie an, während sich sein Herzschlag beschleunigte. Doch es war nicht Makedde. Er sah, wie Bewegung in die Kamerateams und Fotografen kam, doch schlagartig, ohne ein einziges Blitzlicht, erlosch das Interesse wieder, und sie kehrten enttäuscht auf ihre Plätze zurück.

In diesem Augenblick dämmerte es ihm.

Scheiße. Sie wissen, dass sie heute Morgen ankommt. Wie, zum Teufel, haben sie das herausgefunden?

Panik stieg in ihm auf.

Er wollte nicht, dass Mak nach ihrer anstrengenden Reise aus Kanada von einer Flut drängender Fragen nach dem bevorstehenden Prozess belästigt wurde. Scheinbar gab es bei der Polizei irgendjemanden, der den Medien regelmäßig einen Tipp gab. Vielleicht einer der neuen Constables? Einem unterbezahlten Polizisten durfte man nie vertrauen. Fieberhaft überlegte Andy, wie er ihr helfen konnte, der gierigen Meute zu entgehen. In ein paar Tagen würde es schwer genug für sie werden, außerhalb des Gerichts ständig mit ihnen konfrontiert zu sein, doch damit brauchte sie sich jetzt noch nicht herumzuschlagen.

Er näherte sich dem Sicherheitsdienst des Flughafens.

»Guten Morgen«, sagte Andy zu dem schläfrigen Wachmann in Uniform, hielt ihm seine Dienstmarke unter die Nase und bat darum, in den Zollbereich gebracht zu werden.

»Kein Problem«, erklärte der junge Mann, der schlagartig wacher wirkte. »Kommen Sie bitte mit.«

Er konnte nur hoffen, dass es nicht zu spät war.

Minuten später, als Andy mitgeteilt wurde, die Zeugin, nach der er suchte, sei bereits ins Hotel gebracht worden, war er sich sicher, seine Enttäuschung gut genug verborgen zu haben. Er hatte weder auf eine Wand eingehämmert noch einen Schwall wilder Flüche ausgestoßen, obwohl er einen Moment lang darüber nachgedacht hatte. »Gute Arbeit. Weiter so«, hatte er nicht gesagt, ehe er ruhig den Flughafen verließ, wo er über anderthalb Stunden seiner Zeit vergeudet hatte. Er hätte nicht weiter ab vom Schuss sein können.

Du verdammter Trottel.

Als er nach Hause kam, war es fast acht Uhr, so dass ihm noch genug Zeit für ein Frühstück aus gebratenen

Eiern und einen weiteren Kampf gegen das Bedürfnis nach einem Schluck Jack Daniels blieb, ehe er zur Arbeit fuhr und sich zwang, Makedde Vanderwall an den Rand seines Bewusstseins zu drängen… zumindest für die nächsten Stunden. Am Abend stand das unvermeidliche Vorgespräch beim Essen mit Hartwell und den anderen an.

Andy würde sich zusammennehmen und eine professionelle Fassade vor seinen Kollegen wahren. Sie hatten einen Prozess vorzubereiten, und es war wichtig, dass alles so glatt wie möglich über die Bühne ging. Für emotionalen Ballast war einfach kein Platz. Der Prozess war von enormer Bedeutung, und die Augen der ganzen Nation waren auf sie gerichtet.

Zwei Tage noch bis zum großen Auftritt.

4

»Ich glaube, dir ist gar nicht klar, wie schön du bist«, flüsterte er. »In deinem Inneren ist eine wunderschöne Blume, die nur darauf wartet, erblühen zu dürfen.«

Errötend neigte sie den Kopf und lehnte sich mit herabhängenden Armen gegen die Wand.

»Ich meine es ernst. Du bist schön.«

»Sch. Das bin ich nicht. Sag doch so etwas nicht«, protestierte sie, wenn auch lächelnd. »Stevens muss jede Minute hier sein.«

Ed Brown näherte sich den Gitterstäben. »Ich kann es kaum noch erwarten, bis wir endlich zusammen sind«, wisperte er. »Ich denke jeden Tag daran.«

»Oohh«, machte sie und betrachtete ihn liebevoll, während sich ein weiteres warmes Lächeln auf ihrem Gesicht ausbreitete. Doch dann wandte sie sich ab und spähte den Korridor entlang. Schlagartig versteifte sie sich. »Stevens. Wie geht's?«, rief sie mit gelangweilter, geschäftsmäßiger Stimme.

Ed hörte Schritte, die sich seiner Zelle näherten, und zog sich ans Ende seiner Pritsche zurück. Wenige Sekunden später erschien Stevens' Gesicht vor seiner Zelle. Er war ein kräftig gebauter Mann mit einer beeindruckenden Größe von einem Meter neunzig, Armen wie ein Gorilla und einem ausgeprägten Minderwertigkeitskomplex. Wahrscheinlich war er auf der Polizeiakademie abgelehnt worden, vermutete Ed. Stevens war für die Tagschichten im Hochsicherheitstrakt der Vollzugsanstalt Long Bay eingeteilt, und sein Dienst dauerte von zwölf Uhr mittags bis Mitternacht. Er war einer der Gründe, weshalb Ed Brown seinen Wach-Schlaf-Rhythmus umgestellt hatte – nur um mehr Zeit mit ihr verbringen zu können und um den endlos langweiligen Stunden mit Stevens zu entgehen, der ständig nur vor seiner Zelle herumschlich und mit dem nicht einmal ein halbwegs vernünftiges Gespräch möglich war. Mittlerweile schlief er von fünf Uhr nachmittags bis gegen Mitternacht, bis zum Schichtwechsel, wenn die Frau wiederkam. Dass die Lichter abends abgeschaltet wurden, störte ihn nicht. Sein Anwalt hatte durchgesetzt, dass er eine Leselampe bekam und jederzeit fernsehen konnte, solange er höflich genug war, die Lautstärke nicht zu sehr aufzudrehen. Und Ed war grundsätzlich höflich.

»Worüber, um alles in der Welt, unterhaltet ihr beide euch eigentlich ständig?«, wollte Stevens wissen und fuhr sich mit der Hand über seinen kahl rasierten Schädel, der mit einem eigentümlichen Muster aus groben Narben bedeckt war.

Oh, ist dir denn nicht klar, wie viele Gemeinsamkeiten wir haben, dachte Ed mit kaum verhohlenem Grinsen.

»Irgendwas müssen wir ja tun, damit die Zeit vergeht«, erwiderte die Beamtin der Nachtschicht.

Das stimmte. Im Gegensatz zu Gefängnisaufsehern im

Film setzten die Vollzugsbeamten in der Realität meist nicht alles daran, die Gefangenen möglichst schlecht zu behandeln. Die Beamtin musste hier sein, der Gefangene musste hier sein – in Eds Fall hieß das Untersuchungshaft, da sein Prozess erst in achtundvierzig Stunden beginnen sollte –, und deshalb galt das Prinzip der möglichst friedlichen Co-Existenz. Es brachte nichts, einander das Leben schwerer zu machen, als es ohnehin schon war. Es gab viele Gespräche, und manchmal entwickelte sich sogar eine Art Freundschaft zwischen den Aufsehern und kooperativen, langjährigen Insassen. Auf den ersten Blick waren Eds spätabendliche Plauderstündchen mit der Beamtin von der Nachtschicht also nicht weiter ungewöhnlich. Ungewöhnlich waren nur die Themen ihrer Gespräche, doch die blieben ihr kleines Geheimnis.

»Bis morgen.«

Erleichtert, ihre zwölfstündige Schicht hinter sich zu haben, ging Eds Vertraute den Korridor entlang, ohne sich noch einmal nach ihm umzusehen. Ed hörte ihre Schlüssel klirren, als sie verschwand – reinste Musik in seinen Ohren.

Es hatte beinahe dreizehn Monate gedauert, doch Ed Brown hatte sein Ziel erreicht. Sie war perfekt. Eine verbitterte, unattraktive Frau ohne Ehemann und Kinder und ohne nennenswertes Sozialleben, eine einsame Vollzugsbeamtin, die sich heimlich nach einem romantischen Verehrer sehnte. Anfangs war sie wie vermutet knallhart gewesen, doch wie Ed vorhergesehen hatte, war ihre harte Oberfläche mit viel Geduld und den richtigen Worten und Taten dahingeschmolzen. Nach einiger Zeit war die raue Schale zerbröckelt wie bei einem Frühstücksei, unter der ein sentimentaler und reichlich verschrobener Kern zum Vorschein gekommen war.

Perfekt.

»Entschuldigung, Pete«, sagte Ed höflich zu Stevens.

»Könnten Sie das da bitte für mich anschalten… Den… äh… Fernseher?«

Wann immer er mit Menschen wie Stevens sprach, achtete Ed darauf, Unterwürfigkeit und einen übertriebenen Mangel an Intelligenz zu signalisieren, so dass sie glaubten, er sei dumm und gehorsam. Seine augenscheinliche Demut ließ sie in dem Irrglauben der Überlegenheit und Sicherheit, der sich später gegen sie verwenden ließ. In vielerlei Hinsicht könnte man glauben, Ed sei auch heute noch der blasse Junge mit der Brille, der in jeder Pause gepiesackt wurde, ein Jammerlappen ohne Freunde, Taschengeld und saubere Kleider. Aber das war ein Trugschluss. Ed hatte längst zu seiner Macht gefunden, und er war wild entschlossen, sich die Freiheit wieder zu verschaffen, um genau diese Macht ausüben zu können.

Stevens schaltete den Fernseher für ihn an, der aus Sicherheitsgründen auf dem Gang vor Eds Zelle angebracht war.

»Vielen Dank. Ich bin Ihnen sehr dankbar.«

Wie üblich legte sich Ed nach den Nachrichten und den TV-Shows, seinen letzten Hausaufgaben für diesen Tag, schlafen. »Ich verstehe überhaupt nicht, wie du dir so einen Quatsch ansehen kannst«, hatte Stevens einmal bemerkt, doch Ed hatte nur gelächelt.

Zieh dir schon mal deine Stilettos an, Makedde.

Ich komme…

5

Makedde schreckte aus einem Albtraum auf, der jedoch sofort zu verblassen begann. Sie saß aufrecht im Bett, und ihr Herz hämmerte in ihrer Brust.

Was…?

Ach, ja… du bist in Sicherheit… ein Hotelzimmer in Sydney, auf Kosten der Staatsanwaltschaft. Du hast nur einen Moment lang die Augen zugemacht, das ist alles. Ein weiterer Albtraum. Sollte sie ihn in ihrem Buch festhalten? Seit über einem Jahr besaß Mak ein Notizbüchlein, eine Art Traumtagebuch, mit dessen Hilfe sie versuchte, ihre merkwürdigen Albträume und Unregelmäßigkeiten in ihrem Schlafrhythmus festzuhalten. Seit den Ereignissen in Sydney im letzten Sommer litt sie unter Schlafstörungen, und nach ihrer Rückkehr nach Vancouver hatte Dr. Ann Morgan, mittlerweile die Lebensgefährtin ihres Vaters, ihr geholfen, einige der beängstigenden Träume zu dechiffrieren. In einem recht aussagekräftigen Traum beispielsweise trug Mak die Uniform ihres Vaters und sah hilflos zu, wie Ed ihre Mutter auf dieselbe Weise tötete, wie er sie beinahe ermordet hatte – mit einem Skalpell.

Doch Mak konnte sich nicht an den Inhalt des Traums erinnern, deshalb notierte sie lediglich das Datum und das Wort »Albtraum?« Ihr Kiefer tat weh, und sie spürte ein schmerzhaftes Ziehen im Nacken. Wahrscheinlich hatte sie im Schlaf mit den Zähnen geknirscht. Nach den Belastungen der vergangenen beiden Jahre war es erstaunlich, dass sie überhaupt noch Eckzähne besaß. Mak versuchte, ihre Kiefermuskulaur zu entspannen, indem sie den Mund mehrmals zu einem Gähnen öffnete und schloss. Auf der Suche nach einer Uhr drehte sie sich in dem ungewohnten Bett herum, wobei sich die Laken um ihre Glieder schlangen.

Du musst aufstehen, Mädchen.

Mak hatte vorgehabt, vor ihrem Treffen mit den Mitarbeitern der Staatsanwaltschaft einen kleinen Spaziergang in der Stadt zu machen, um sich ein wenig die Beine zu vertreten und sich zu akklimatisieren. Die Aussicht auf dieses »Willkommen in Sydney, der Stadt, in der Ihre schlimmsten Albträume wahr werden«-Abendessen machte ihr Angst. *Ob Andy wohl da ist? Würde es mir etwas ausmachen?* Sie befreite sich aus den Laken – offenbar hatte sich im Schlaf ihr T-Shirt verdreht – und rollte vollends zum Nachttisch hinüber. Die roten Digitalziffern auf dem Hotelwecker verhießen schlechte Nachrichten. 18 Uhr 01. *Das soll wohl ein Witz sein!* Das bedeutete, sie war fünf Stunden lang ohnmächtig gewesen. So viel zu ihrem geplanten Spaziergang und zu einer ordentlichen Mütze voll Schlaf heute Abend. Ihr blieb gerade noch genug Zeit, ein kurzes Bad zu nehmen, sich anzuziehen und ihr Unbehagen zu überwinden, ehe sie den Menschen gegenübertrat, die Catherine post mortem zu Gerechtigkeit verhelfen würden.

Das ist alles, Mak. Du brauchst dich nur in den Zeugenstand zu setzen. Das ist das Einzige, worauf du dich konzentrieren musst. Nur auf dieses Gerichtsverfahren. Auf ihn. Ihm in diesem verdammten Gerichtssaal gegenüberzutreten.

Ed Brown wiederzusehen und gezwungen zu sein, sich an jedes noch so schmerzliche Detail all dessen zu erinnern, was er ihr angetan hatte, würde sehr schwer werden, so viel stand fest, aber auf diese Weise würde endlich das Urteil gefällt werden, das ihn für den Rest seines Lebens hinter Gitter brachte, oder nicht? Schließlich bestand ja kein Zweifel an seiner Schuld. Er war auf frischer Tat ertappt worden, als er sie in seiner Gewalt gehabt hatte. Andy und sein Partner Jimmy Cassimatis waren am Tatort erschienen. Andy hatte auf Ed geschossen, wenn auch für Maks Geschmack nicht exakt genug. Ein Krimineller konnte gar nicht schuldiger sein. Sie fragte sich, wie seine Anwälte versuchen würden, eine nicht zu verteidigende Position zu verteidigen.

Wieder warf sie einen Blick auf die Uhr. Sie musste ihren Vater anrufen, ehe er zu Bett ging. *Hm … Nach sechs Uhr hier bedeutet neunzehn Stunden früher in British Columbia, also kurz nach elf Uhr abends in Victoria.* Fast zu spät für einen Anruf, trotzdem beschloss sie, sich bei ihm zu melden, selbst wenn das bedeutete, dass sie jemanden aufweckte. Sie hatte versprochen, anzurufen und sie wissen zu lassen, dass sie gut angekommen war. Obwohl es spät war, wusste sie, dass ihre Chancen gut standen, denn ihr Vater würde nicht zu Bett gehen, ehe er nicht von ihr gehört hatte. Sie stellte sich vor, wie er hellwach in seinem Arbeitszimmer saß, irgendwelche Papiere sortierte, um die er sich um diese Uhrzeit nicht zu kümmern bräuchte, oder ein Kreuzworträtsel löste, umringt von seiner Sammlung verstaubter Polizeimützen und Auszeichnungen, Relikte aus seinen Tagen als Detective Inspector.

Es klingelte zweimal.

»Hallo?« Es war Ann.

»Hi, wie geht's? Hier ist Mak.«

»Makedde, wie schön, von dir zu hören. Wie war der Flug? Wie ist es in Sydney?«

»Sydney ist natürlich wunderschön, obwohl ich noch nicht viel Zeit draußen verbracht habe. Oh, der Flug war prima. Ich hatte großes Glück, weil ein netter Kerl am Check-in-Schalter in L. A. beschlossen hat, mir ein Upgrade zu geben. Ein Hoch auf das Bodenpersonal.«

Ann lachte.

»Bleib dran, ich hole deinen Vater an den anderen Apparat.«

Mak musste sich noch immer an den glücklichen Umstand gewöhnen, dass ihr Vater nicht mehr ständig allein im Haus war. Allem Anschein nach verstanden Ann und ihr Vater sich sehr gut.

»Warte…«, warf Mak ein. »Bevor du ihn holst… wie geht's ihm? Sieht es schon besser aus?«

»Inzwischen haben wir das Ergebnis der Röntgenuntersuchung bekommen. Dr. Olenski will eine Endoskopie durchführen. Die Chance, dass er operiert werden muss, steht fünfzig zu fünfzig. Der Arzt meint, sein Zustand könnte sich mithilfe der Medikamente verbessern, wenn er sich an seine Diät hält und sich nicht aufregt.«

»Und, regt er sich nicht auf?«

»Na ja …«

Mak hatte Dr. Olenski beiseite genommen und ihn gefragt, ob sie für das Magengeschwür ihres Vaters verantwortlich sei. Er hatte behauptet, das sei unmöglich, und ihr erklärt, dass die Mehrzahl der Magengeschwüre entgegen der landläufigen Meinung von einer virusartigen Infektion mit einem Bakterium namens *Heliobacter pylori* und nicht durch Stress ausgelöst werden. Die Erkrankung *verschlimmere* sich nur durch Stress. *Das ist doch genau dasselbe!*, dachte Mak. *Genau dasselbe, verdammt!*

»Mak?« Es war ihr Vater. »Hast du schon was gehört?«

Das Telefon verkündete mit einem Piepsen, dass ein weiteres Gespräch einging. Auf seinem Apparat oder auf ihrem eigenen?

»Hi, Dad«, sagte sie. »Ich treffe mich morgen mit den Anwälten, um meine Aussage durchzugehen. Heute Abend findet ein Abendessen mit ein paar Leuten von der Staatsanwaltschaft statt. Wird bestimmt lustig«, fügte sie sarkastisch hinzu.

»Und hast du von *ihm* schon etwas gehört?«

»Oh, von Andy?« Er konnte niemand anderen meinen. Sie schluckte. »Äh, nein.«

Einen Moment lang herrschte Schweigen in der Leitung. Ehrlich gesagt hatte sie fest damit gerechnet, von Andy zu hören, und ein Teil von ihr hatte sich sogar gefragt, ob er sie vom Flughafen abholen würde. Aber er war nicht da gewesen. Auch im Hotel hatte sie keine Nachricht vorgefunden, und Karen Mahoney, die sie vom Flughafen abgeholt hatte, hatte ihn mit keiner Silbe erwähnt. Vermutlich bedeutete dies das endgültige Aus zwischen ihnen. Wahrscheinlich war er mit dieser Krankenschwester zusammen, hatte sein Leben weiter gelebt. Eigentlich sollte es sie nicht überraschen. Es war an der Zeit, ihr eigenes Leben fortzuführen und zu akzeptieren, dass sie nicht füreinander geschaffen waren.

»Wann soll die Endoskopie durchgeführt werden, Dad?«

»Äh, bald.«

Sie wusste genau, dass es ihn an den Rand der Verzweiflung brachte, nicht bei ihr in Sydney sein zu können. Und kein Argument auf dieser Welt würde ihn davon überzeugen, dass er froh sein konnte, nicht dabei sein zu müssen; am allerwenigsten sein Gesundheitszustand. Aber so sehr Mak es auch zu schätzen wusste, dass er zur moralischen Unterstützung gern an ihrer Seite gewesen wäre, brauchte und wollte sie niemanden, der ihr die Hand hielt. Sie war siebenundzwanzig Jahre alt und durchaus fähig, selbst zurechtzukommen, wie heikel die Situation auch sein mochte. Außerdem neigte ihr Vater dazu, sich ein wenig zu intensiv mit den Dingen zu beschäftigen, die in ihrem Leben passierten. Es war erstaunlich, wie weit seine Polizeiverbindungen reichten, und es war ihr peinlich, wenn er anfing, sich einzumischen.

»Ich lege jetzt auf«, meinte Mak. »Es gibt im Moment nichts Neues, aber ich halte dich auf dem Laufenden. Ich wollte mich nur kurz melden, damit du weißt, dass ich gut angekommen bin. Ich liebe dich, Dad. Pass auf dich auf, ja?«

»Wenn du irgendwelche Schwierigkeiten hast, rufst du uns sofort an.«

»Okay. Ich liebe euch …«

Als Mak auflegte, bemerkte sie das blinkende, rote Lämpchen auf dem Telefon.

»Sie haben eine Nachricht«, verkündete die elektronische Stimme des integrierten Anrufbeantworters. »Miss Vanderwall, hier spricht Gerry Hartwell von der Staatsanwaltschaft …«

Oh Mann. Los geht's. Einen Augenblick lang wurde sie von einer irrationalen Angst erfasst, sein Anruf könnte schlechte Nachrichten im Hinblick auf den Prozess bedeuten. *Was ist passiert?*

»Ich wollte nur noch einmal bestätigen, dass wir ab sieben Uhr unten in der Bar sind. Lassen Sie mich wissen, wenn Sie noch etwas brauchen oder wenn es ein Problem gibt. Meine Nummer lautet ...«

Sie zog sich die Laken über den Kopf.

Es ist alles in Ordnung, Mak. Alles okay. Alles bestens.

Wieso gehst du immer vom Schlimmsten aus?

Ich glaube, dir ist nicht klar, wie schön du bist... In deinem Inneren ist eine wunderschöne Blume, die nur darauf wartet, erblühen zu dürfen.

Entzückt rief sich Suzie Harpin die Worte in Erinnerung, aus denen die wahre Liebe sprach.

Obwohl es noch so viel zu tun gab, musste Suzie einen Moment lang ihre widerliche Arbeit unterbrechen, die Augen schließen und an die positive Wendung denken, die ihr Leben genommen hatte. Mit hängenden Armen stand sie da, dachte an die Liebe und ihre Bedeutung und an ihre Überzeugung, dass sie eines Tages auch an ihre Tür klopfen würde. Sie hatte so lange gewartet, und jetzt war sie an der Reihe.

Oh, mein Liebster.

Ein tiefer Atemzug. Ein Lächeln.

Suzie hatte sich bereits ein Hochzeitskleid ausgesucht. Es war lang, wunderschön und mit winzigen Seidenschleifen verziert. Sie hatte ein Foto in einer Hochzeitszeitschrift entdeckt und es ausgeschnitten. Es war weiß wie Schnee, und es stand ihr zu, makelloses Weiß zu tragen, da sie keinerlei sexuelle Beziehung zu einem Mann gehabt hatte. Zumindest nicht, seit sie ein ganz junges Mädchen gewesen war, aber das zählte nicht. Das ging niemanden etwas an. Seither hatte sie ihre Jungfräulichkeit zurückerlangt. Zwei Jahrzehnte lang hatte sie sich für ihren geliebten Ehemann aufgespart, und nun hatte sie ihn endlich gefunden. Schon bald wären sie zusammen. Nur noch ein paar letzte Vorbereitungen, einige davon ganz einfach, andere ein wenig schwieriger. Es gab etliche Bücher durchzusehen, Dinge mussten gekauft und Aufgaben im Haus erledigt werden. Im Moment steckte sie mitten in einer dieser Hausarbeiten, und da es noch so viel zu tun gab, sollte sie jetzt lieber weitermachen.

Suzie riss ein weiteres Stück Klarsichtfolie an der Tischkante ab. Angewidert zog sie die Nase kraus, griff in den Eimer und holte den linken Arm heraus. Er war schwer und steif, aber wenigstens war das Blut größtenteils in die Badewanne abgelaufen. Sie wickelte den Arm von den Fingerspitzen bis zum Schultergelenk in Folie ein.

Noch ein Stück.

Verdammt.

Die Folie ging zur Neige. Was, wenn sie nur die Hälfte schaffte? Mit abgewandtem Blick machte Suzie weiter. Sie ließ ihre Finger die Arbeit verrichten, den Arm umwickeln und verschließen. Umwickeln und verschließen. Bestimmt machte sie ihre Sache genauso gut wie jeder Fleischer.

Ich kann es kaum noch erwarten, bis wir endlich zusammen sind. Ich denke jeden Tag daran.

Und ich denke an dich, Liebster. Sie legte den Arm beiseite und griff nach dem Kopf ihres Bruders.

Andy Flynn sah als Erster auf, als Makedde Vanderwall in die schwach beleuchtete Hotelbar schlenderte. Sein Blick blieb an ihrem auffälligen, blonden Haar hängen, als sie im Türrahmen stand. Sie trug lange, schwarze Hosen und ein schlichtes, cremefarbenes Oberteil, das perfekt zu ihrem Haar passte, dazu einen dunklen Trenchcoat, der über ihrem Arm hing. Sie stand, eine kleine Handtasche über der

Schulter, da und ließ den Blick aus ihren blaugrünen Augen durch den Raum schweifen. Einige der männlichen Gäste hatten sie ebenfalls bemerkt und musterten sie eingehend. Andy beobachtete, wie irgendein armer Kerl ein paar Tische neben ihnen von seinem Nachbarn einen Stoß in die Rippen kassierte, weil er sie zu lange angestarrt hatte. Er hoffte, dass Mak es nicht bemerkt hatte. Sie hasste so etwas.

Makedde verharrte im Türrahmen, bis sie die vertrauten Gesichter erkannte. Gerry, der sie inzwischen ebenfalls bemerkt hatte, war aufgestanden, um sie zu begrüßen. Ein Barmann machte Anstalten, ihr seine Hilfe anzubieten, wurde der Gelegenheit jedoch in letzter Sekunde beraubt, als sie sich an ihm vorbeischob, ohne seine Dienste in Anspruch zu nehmen. Andy spürte, wie sich seine Kehle zuschnürte, als sie auf ihn zukam. Eilig hob er sein Glas an die Lippen, um seine Nervosität zu kaschieren. Die Eiswürfel klirrten, als er das Glas wieder abstellte, und als er aufblickte, stand sie vor ihm. *Makedde.* Er erhob sich, um sie zu begrüßen.

»Mak-dee Vanderwall«, hörte er den jungen Anwalt sagen. Er hatte ihren Namen nicht richtig ausgesprochen. »Ich bin Gerry Hartwell. Ich hoffe, Sie haben sich ein wenig von Ihrem Flug erholt.«

Mak nickte und ignorierte höflich seinen Fauxpas. Wie immer sah sie fantastisch aus. Andy hatte Mühe, seinen Blick von ihren Zügen zu lösen, von ihren Wangenknochen, dem Schwung ihrer vollen Lippen.

»Ihr Name wird Ma-Kay-Dee ausgesprochen«, erklärte Andy, woraufhin sich ihm alle zuwandten.

In ihren hohen Stiefeln konnte Makedde ihm mit seinem ein Meter neunzig bequem in die Augen sehen. Sie war eine hoch gewachsene Frau, die sich ihrer Statur niemals zu schämen schien.

»Andy«, sagte sie leise und sah ihn an.

Förmlich streckte er die Hand aus – eine Geste, die ihm völlig unnatürlich erschien, meilenweit von dem leidenschaftlichen Abschiedskuss in Vancouver vor sechs Monaten entfernt. Sie erwiderte seinen unpersönlichen Handschlag, indem sie seine Finger kräftig drückte und ihm ruhig, beinahe herausfordernd in die Augen starrte.

Gerrys Gesicht war von einer leichten Röte überzogen, die seinen Pickeln einen noch tieferen Pinkton verlieh. »Oh, natürlich. Tut mir Leid, Makedde. Ziemlich ungewöhnlicher Name, was?«

Was soll das, Gerry?, dachte Andy verärgert. *Hör auf, dich so ins Zeug zu legen.*

»Äh… das sind Senior Constable Mahoney, Detective Senior Constable Cassimatis und Detective Senior Sergeant Flynn…«

Wenigstens weiß er unsere Namen noch. »Äh, wir kennen uns ja bereits«, erklärte Andy.

»Ja, wir haben uns kennen gelernt«, bestätigte Mak und begrüßte die Anwesenden kurz.

Allerdings kennen wir uns. Und nicht nur das. Was genau der Grund war, warum die Staatsanwaltschaft – gelinde gesagt – ein wenig unglücklich war. Nichts kann einen hieb- und stichfesten Fall besser ins Wanken bringen als ein Verteidiger, der in einem dieser brutalen Kreuzverhöre eine unangemessene Beziehung zwischen dem Zeugen und einem Polizeibeamten aus dem Hut zaubert. Und was sich zwischen Andy und ihr abgespielt hatte, war eindeutig mehr als unangemessen gewesen, und deshalb hatte man ihn wohlweislich von dem Fall abgezogen. Das war nur einer der vielen Gründe, weshalb er sich in Makeddes Gegenwart nun so förmlich benahm.

Sie nahmen wieder Platz und bemühten sich, möglichst entspannt zu wirken, stützten sich auf den Ellbogen und schlugen die Beine übereinander. Andy bemerkte, dass Gerry von Zeit zu Zeit seinen Kopf tätschelte, wahrscheinlich in dem vergeblichen Versuch, sein drahtiges Haar zu glätten. Er war etwa ein Meter fünfundsechzig groß, übergewichtig und litt trotz seiner Ende zwanzig noch immer unter heftiger Akne. Er bemerkte, dass sein Blick immer wieder zu Makedde wanderte, wenn sie nicht hinsah. Schätzungsweise hatte Gerry sich noch nie vorher im selben Raum mit einem ehemaligen Model von *Sports Illustrated* aufgehalten, ganz zu schweigen von einem, das einen beeindruckenden IQ besaß und kurz vor einem Doktortitel in forensischer Psychologie stand. Wenn dieser Kerl gleich zu sabbern anfing oder spastische Zuckungen bekam, würde er ihn nach draußen bringen müssen.

Andy wusste, was den meisten Anwesenden durch den Kopf ging, während sie verlegen an ihren Drinks nippten. *Wie wird sie sich halten? Wie wird sie sich im Zeugenstand schlagen? Wie wird Granger seine Verteidigung aufziehen?* Gerry hingegen schienen ganz andere Dinge im Kopf herumzugehen.

»Danke, dass Sie mich am Flughafen abgeholt haben«, sagte Mak zu Mahoney.

»Gern geschehen, Mak. Überhaupt kein Problem.«

Senior Constable Karen Mahoney, ein weiblicher Detective in Ausbildung, war die erste Beamtin am Tatort gewesen, als Mak ihre Freundin erstochen im Garten in La Peruse aufgefunden hatte. Sie war eine ausgezeichnete Polizistin mit einer viel versprechenden Zukunft im Polizeidienst, und sie und Mak schienen sich sehr gut zu verstehen. *Was hat Mahoney ihr wohl von mir erzählt?*, fragte sich Andy.

»Ich bin froh, dass wir heute Abend nicht in den Nachrichten sind.« Mahoney lachte gut gelaunt und zupfte spielerisch an ihren roten Locken. »Rein optisch hatte ich heute nicht gerade meinen Spitzentag.«

Jimmy stimmte in ihr Lachen ein, ebenso wie Mak. Mahoney war hervorragend geeignet, die Stimmung aufzulockern.

»Das hätte ziemlich peinlich werden können«, meinte Mak.

Andy hatte niemandem von seinem Ausflug zum Flughafen erzählt und hatte auch nicht vor, es jetzt zu tun.

»*Skata!* Diese Schwachköpfe hätten eigentlich gar nicht wissen dürfen, wann Sie ankommen«, fügte Andys langjähriger Partner Jimmy in seiner typisch unverblümten Art hinzu. Er besaß die Statur eines Teddybären, einschließlich Pelz, und hatte einen gewissen ungehobelten Charme, den Andy im Gegensatz zu manch anderem sehr gern mochte. »Oh, tut mir Leid«, entschuldigte er sich mit einem Blick auf die beiden Damen am Tisch. »Verzeihen Sie bitte meine Ausdrucksweise.«

»*Merde, mierda, skata.* Es ist immer dieselbe Substanz, egal, in welcher Sprache«, erwiderte Mak wie aus der Pistole geschossen.

Jimmy grinste breit, augenscheinlich zutiefst beeindruckt von ihrer Fähigkeit, auf Französisch, Spanisch und in seiner Muttersprache Griechisch zu fluchen. Gerry hingegen sah zutiefst erschüttert drein. Allem Anschein nach war sein Idealbild soeben in tausend Teile zerborsten. »Ja, wir sollten Sie so gut wie möglich vor den Medien abschirmen«, meinte er und schien zumindest seine Sprache unter Kontrolle zu haben. »Der Prozess sorgt für großes Interesse in der Öffentlichkeit.«

Als der Kellner an ihren Tisch kam, bestellte Mak Bourbon mit Coke, was Andy ein Lächeln entlockte und die anderen am Tisch einen Augenblick lang sprachlos machte. In den folgenden zwanzig Minuten unterhielten sie sich über Belanglosigkeiten, wobei der Alkohol als Mittel diente, die Zungen ein wenig zu lösen. Schließlich gingen sie ins Hotelrestaurant – keiner von ihnen wollte die Verantwortung übernehmen, ein Restaurant zu empfehlen –, und überraschenderweise wurde kaum über den bevorstehenden Prozess gesprochen. Für den nächsten Morgen war ein umfassendes Gespräch mit dem Queen's Counsel William Bartel, Anwalt der Krone und oberster Staatsanwalt, geplant, und es gab keine allzu großen strategischen Änderungen, was den Fall betraf. »Die Staatsanwaltschaft verfügt über wasserdichte forensische Beweise und triftige Gründe, die dafür sprechen, dass Ed Brown tatsächlich der ›Stiletto-Mörder‹ ist. Der Mann, der für den Tod aller neun Opfer verantwortlich ist und der Sie, *Makedde*, angegriffen hat«, erklärte Gerry gewohnt förmlich. Wenn sich nicht gerade sein gesamtes Blut in der falschen Köperregion staute, war er ein schlaues Bürschchen, wenn auch ein wenig unbeholfen im Umgang mit anderen Menschen. Er konnte sogar die Namen der Opfer korrekt und in chronologischer Reihenfolge aufzählen – einschließlich Cassandra Flynn.

Zum Glück war Andy ausreichend durch die Bourbon-Coke betäubt, die er immer zeitgleich mit Makedde bestellte, um nicht bei der Erwähnung des Namens seiner toten Exfrau zusammenzuzucken. Sein Partner Jimmy warf ihm einen prüfenden Seitenblick zu, ehe er klugerweise das Thema wechselte.

Ja, dieser Fall hatte einige Aspekte, die Andy nur zu gern hinter sich bringen und für immer vergessen würde. Was auch für einige andere Aspekte in seinem Leben galt.

Wobei man zugeben musste, dass dieser Fall praktisch zu seinem Leben geworden war.

Es war bereits nach elf Uhr, als Andy mit Makedde nach dem Essen in der Lobby des Hotels stand, während die anderen sich zum Aufbruch bereitmachten.

»Ich glaube, Gerry ist in dich verliebt«, meinte er lächelnd und wünschte sich, sie würde sein Lächeln erwidern.

Makedde lachte nicht, sondern stand mit verschränkten Armen und zusammengepressten Lippen da. Zutiefst betrübt registrierte Andy ihre Verschlossenheit ihm gegenüber. Wenn man sie so sah, könnte man beinahe glauben, er wäre ein Fremder für sie.

»Ach ja«, erwiderte sie schließlich zweifelnd und offenbar weniger beschwipst als er. »Wie ich sehe, haben die Anonymen Alkoholiker ganze Arbeit geleistet.«

Oh, ja, gleich den Finger auf den wunden Punkt legen.

»Das eine oder andere Glas in Gesellschaft, das ist alles«, blaffte er. »Du bist doch auch keine Abstinenzlerin.«

»Nicht unbedingt. Das stimmt.«

Makedde sah an ihm vorbei zu den anderen, die das Hotel verließen. Jimmy war auf dem Weg nach Hause zu seiner Frau Angie und den Kindern. Er winkte herüber und warf einen finsteren Blick in Andys Richtung, ehe er durch die Glastür trat. *Mach ja keine Dummheiten, Andy,* sagte dieser Blick. Gerry ging zu seinem Wagen auf dem Hotelparkplatz. Er würde bestimmt in ein einsames Apartment in der Stadt fahren oder wo auch immer allein stehende Anwälte abends ihr Haupt aufs Kissen betteten. Karen Mahoney war auf die Damentoilette oder, wie sie es nannte, »die Sandkiste« gegangen und sollte jeden Augenblick zurück sein.

»Und geht es dir gut, Andy?«, fragte Makedde. Ihre Stimme war tonlos, und noch immer war keine Spur eines Lächelns zu sehen. »Läuft alles gut? Alles im grünen Bereich?«

Meine Exfrau wurde ermordet, ich habe wegen dir um ein Haar meinen Job verloren, und jetzt bist du endlich hier, könntest aber nicht weiter von mir entfernt sein. Was glaubst du wohl? »Es lief schon mal besser«, erwiderte er. »Aber, ja, es geht mir gut.«

»Okay. Mir auch«, sagte sie und sah zu Boden. Er wurde aus ihr nicht schlau. Verdammt, er hatte keine Ahnung, was in ihr vorging.

Mahoney erschien hinter ihnen. »Hey, wie geht's?« Ihre irischen, roten Locken kringelten sich wie Bettfedern. Sie wusste über Andy und Mak Bescheid. Sie war dabei gewesen, als die beiden einander am Tatort in La Peruse kennen gelernt hatten, bevor Andys gesamtes Leben auf den Kopf gestellt worden war. Und Makeddes wahrscheinlich ebenso. Mahoney versuchte offenbar nur, für einen gesitteten Rahmen zu sorgen, falls es zum Eklat zwischen den beiden kommen sollte, doch Andy wünschte, sie würde endlich verschwinden und sie allein lassen. Er wünschte, Mak würde ihn auf einen weiteren Drink einladen, so dass sie reden konnten, vielleicht sogar auf ihr Zimmer, wie sie es vor ein paar Monaten noch getan hätte.

»Alles in Ordnung, Karen«, erwiderte Mak. »Ich sollte jetzt gehen.«

»Ja, ist ziemlich spät für einen Dienstagabend. Rufen Sie mich an, wenn Sie etwas brauchen. Auch wenn Sie nur Lust auf einen Kaffee oder ein Plauderstündchen haben.«

»Okay, Karen. Danke.«

Mak verabschiedete sich und ging in Richtung der Aufzüge. Andy sah ihr niedergeschlagen nach. Mahoney, die seine Stimmung und möglicherweise auch seinen Alkoholspiegel registriert hatte, packte ihn am Ellbogen und zerrte ihn in Richtung Tür, bevor er Gelegenheit hatte, Mak zu folgen.

»Ich fahre Sie jetzt nach Hause. Los, kommen Sie schon«, sagte sie. Andy war viel zu verwirrt, um Einwände zu erheben, und ließ sich nach draußen führen. Nachdem Mak ihn praktisch wie Luft behandelt hatte, war von seinem Kampfgeist mit einem Mal nicht mehr viel übrig.

Mak…

Er hatte gegen die wichtigste Regel verstoßen – er hatte Beruf und Privates vermischt, und dafür bezahlte er bis zum heutigen Tag. Zu Beginn war es nur eine flüchtige Affäre gewesen, doch schon bald war mehr daraus geworden. Sehr viel mehr sogar. Als sie einander das erste Mal in den Armen gelegen hatten, hatte Andy noch inmitten einer hässlichen Scheidung gesteckt, während Mak eine schöne, unbeschwerte junge Frau am Rande der Ermittlungen im Stiletto-Mordfall gewesen war. Doch dann war sie für den Fall immer wichtiger geworden – ebenso wie für ihn. Das Ganze hatte sich zu einer Katastrophe allererster Güte entwickelt. Wären seine Vorgesetzten nicht so froh gewesen, dass dieser heikle und wichtige Fall endlich gelöst war, hätte ihn diese Affäre möglicherweise den Job gekostet. Stattdessen war er lediglich von den Ermittlungen ausgeschlossen worden. Man hatte ihn vorübergehend suspendiert, dann wieder zurückgeholt und schließlich dank der erfolgreichen Lösung der Mordfälle und der Verhaftung von Ed Brown auch noch befördert.

Was wäre gewesen, wenn sie sich unter anderen Umständen kennen gelernt hätten? Wäre das Ganze reibungsloser verlaufen? War Makedde ein weiteres Opfer seiner Karriere? Wie Cassandra?

»Du bist nie mehr zu Hause, Liebling. Ich fühle mich, als wäre ich Witwe.«

Er hatte schon so viele Opfer gebracht.

Warum musste ihm Makedde so viel bedeuten, wo sie doch offenbar fertig mit ihm war?

Und Eds Verteidiger standen gerade erst in den Startlöchern.

6

Dienstag, elf Uhr abends. Die Lichter waren abgeschaltet, und alles war friedlich in den dunklen Korridoren mit den Einzelzellen der Vollzugsanstalt Long Bay. Zumindest so friedlich, wie es sein konnte. Robbie Thompson, der verurteilte Kinderschänder, zuckte im Schlaf, und »Dirty« Victor Malmstrom murmelte etwas Unverständliches, unterhielt sich in seinem Traum mit jemandem, der – zumindest für den Augenblick – sicher vor ihm war. Luigi Valleto, auf den in der Unterwelt ein Kopfgeld ausgesetzt war, warf sich schlaflos hin und her. Etwa ein halbes Dutzend andere Männer schlummerte ruhig in der Dunkelheit ihrer Zellen, eingehüllt in ihre Sicherheitsleinenlaken, die einen Selbstmord verhindern sollten.

Nur Ed Brown schlief nicht.

In seiner kleinen, dunklen Zelle lag der Mörder, der seit achtzehn Monaten zumindest seiner physischen Freiheit beraubt war, hellwach da und schwelgte in Fantasien aus Erinnerungen und sadistischen Gelüsten. Er rief sich den Höhepunkt seines Lebens in Freiheit ins Gedächtnis, jenen Augenblick, als sich die junge Frau, die er so lange und hingebungsvoll umgarnt hatte, endlich in seiner Gewalt befand. Eine Frau, von der er vom ersten Augenblick an gewusst hatte, dass er sie besitzen musste.

Ja. Perfekt.

»Perfekt«, flüsterte er so leise, dass nicht einmal Pete Stevens ihn hören konnte, der gerade seine Runde drehte.

In seiner Fantasie sah Ed seine Instrumente auf dem Tisch ausgebreitet. Genau so wie vor achtzehn Monaten. Utensilien, die er sich an seinem Arbeitsplatz im Leichenschauhaus »ausgeborgt« hatte.

Ein Skalpell.

Eine blitzblanke chirurgische Schere mit stark gekrümmter Spitze und stumpfer, gerundeter Klinge.

Pinzetten.

Rippenschneider, die wie Gartenscheren dalagen.

All die Autopsieinstrumente waren scharf, makellos sauber und glänzten im Licht wie die Weihnachtsgeschenke für ein Kind.

Sie wird mein Meisterstück, mein größter Besitz.

In seiner Fantasie sah Ed sie klar und deutlich vor sich. Er konnte sich an den Geruch der Angst der jungen Frau erinnern, an die Beschaffenheit ihrer hellen Haut, an den Ausdruck grenzenlosen Entsetzens in den blaugrünen Augen, als ihr klar wurde, dass sie ihre Fesseln nicht lösen und ihm entfliehen konnte.

»Perfekt … oh ja … ja …«

Der süße Geruch nach Schweiß und Angst. Der Geruch des Blutes. Bereit für den Eingriff. Bereit für die Sektion.

Ed schob die Hände unter das Leinenlaken und begann, sich zu liebkosen, woraufhin die Pritsche leise wackelte. Er spürte, wie sein Verlangen wuchs und sich sein Puls beschleunigte.

Mein!

Doch gerade als er sich dem letzten Akt der Inszenierung näherte, zerbarst das Fantasiebild. Etwas störte. Er hatte die Dinge nicht mehr unter Kontrolle. Seine Vision der Überlegenheit und Macht verblasste, und alles, was er sah, war das Gesicht dieses Polizisten.

Dieser verdammte Andrew Flynn.

Zitternd holte Ed Luft, überwältigt von seiner Frustration. Eine warme Träne löste sich aus seinem Augenwinkel. Selbst jetzt konnte er beinahe den dumpfen Schmerz in seiner Schulter spüren, wo die Kugel in seinen Körper eingedrungen war und seine Niederlage verkündet hatte.

Das jähe Ende seines perfekten Moments.

Das jähe Ende seiner Freiheit.

Neiiiin! Mutter!

Es war vorherbestimmt, davon war er fest überzeugt, und nichts konnte daran etwas ändern. Seine Niederlage konnte nicht endgültig sein, sie musste reversibel sein. Und nun hatte Ed einen Plan, der ihm die zweite Chance gab, die er brauchte, um seinem Schicksal entgegenzutreten. Dieser Gedanke war das Einzige, was ihn an diesem widerlichen, stinkenden Ort am Leben hielt.

Sie wird mir gehören. Meine perfekte Nummer zehn. Es ist Schicksal.

Ed zog ein kleines, zerfleddertes Zeitungsfoto von Makedde Vanderwall von der Rückseite des ungerahmten Schwarzweiß-Schnappschusses seiner Mutter in jungen Jahren hervor. Die Vollzugsbeamten erlaubten ihm keinen Bilderrahmen in seiner Zelle, da er viel zu viele gefährliche Kanten besaß. Und das Originalfoto von Makedde und ihrer Modelfreundin Catherine – *Ich und Mak kommen in München groß raus!* stand auf der Rückseite – hatte man ihm abgenommen. Sie würden es ihm nicht zurückgeben, was ihn schrecklich wütend machte. Aber immerhin hatte er den Zeitungsausschnitt. Er hatte ihr Gesicht ausgeschnitten, und das war gut. Jeder konnte die verblüffende Ähnlichkeit sehen, trotz der körnigen Schwarzweißaufnahme.

Mutter. Makedde. Mutter. Makedde. Mutter.

Er gab sich ein paar Minuten lang dem Genuss ihres Anblicks hin, ehe er den Ausschnitt sorgfältig wieder auf die Rückseite klebte. In nicht einmal einer Stunde würde die Nachtschicht-Frau ihre Runden drehen, so dass Ed ihr die letzten Anweisungen für seine Freiheit in ein paar Tagen geben konnte. Die Dinge entwickelten sich besser, als er hatte hoffen können. Ja, es war Schicksal. Es konnte nichts anderes sein.

Ich komme dich holen, Makedde.

7

Am Mittwochmorgen um neun Uhr nahm Makedde Vanderwall im Büro des obersten Staatsanwalts William Bartel Platz und bemühte sich nach Kräften, zuversichtlich und emotional gewappnet für die Aufgabe zu erscheinen, die ihr in den nächsten Tagen im Obersten Gerichtshof bevorstand. Mittlerweile beherrschte sie die hohe Kunst, auch unter schwierigen Umständen die Fassade zu wahren – einen Vortrag an der Universität zu halten, an einem eisigen Tag am Meer lächelnd Designer-Badeanzüge zu präsentieren und sich erklären zu lassen, was sie bei einem Prozess eines mehrfachen Mörders erwartete, der ihr Leben für immer verändert hatte. Welche grotesken Extreme auch immer auf sie zukommen mochten, sie würde damit zurechtkommen … zumindest hoffte sie das. In ihrem Leben hatte es bisher so viele Überraschungen gegeben, und nichts ließ darauf schließen, dass sich in absehbarer Zeit daran etwas ändern sollte.

Sie zwang sich, ruhig auf dem knarrenden, alten Stuhl vor Bartels massivem Holzschreibtisch sitzen zu bleiben, und richtete den Blick auf die unspektakulären Bilder an der Wand hinter ihm und auf die beeindruckende Aussicht auf Sydney, die sich von seinem Büro im elften Stock aus bot. Maks erste Nacht in Sydney war nicht besonders angenehm gewesen. Ihre innere Uhr war noch immer auf Vancouver-Zeit eingestellt, und ihr Nachmittagsschläfchen hatte ihr in ihrem Hotelzimmer einen langen, schlaflosen Abend voll quälender Sorgen beschert.

»Ich hoffe, Sie sind gut hier angekommen«, meinte Bartel.

»Oh, ja. Danke.«

Der oberste Staatsanwalt war ein großer, dünner Mann mit einem dünnen Schnauzer und einem melierten Vollbart. Er trug eine altmodische rote Krawatte zu einem marineblauen Nadelstreifenanzug, der seine Hagerkeit noch zu unterstreichen schien. Der Anzug sah aus, als wäre er ebenso alt wie die verstaubten Bücher in den Regalen. Nachdem er einige Unterlagen überflogen hatte, sah er sie mit einem freundlichen Lächeln an. Seine wachen, intelligenten Augen ließen ahnen, dass ihm nichts entging.

»Wie ich sehe, sind Sie Studentin der forensischen Psychologie?«

»Ja. Falls ich meine Doktorarbeit jemals beende, besteht die Hoffnung, dass ich das in der Praxis anwenden kann, was ich gelernt habe.«

Er lachte. »Oh, ich glaube, irgendwann kommt jeder an den Punkt, an dem er so denkt. Ich hätte mehrmals beinahe mein Jurastudium hingeworfen. Wenn es so einfach wäre, würde jeder studieren.«

»Wahrscheinlich haben Sie Recht.« Wenn all das hier erst hinter ihr lag, würde sich Mak auf ihre Dissertation konzentrieren, und wenn alles klappte, könnte sie in ein paar Jahren als klinische forensische Psychologin in British Columbia arbeiten. In letzter Zeit hatte es einiges gegeben, das sie abgelenkt hatte, aber sie war viel zu weit gekommen, um jetzt aufzugeben. Sie war fest entschlossen, ihr Ziel zu erreichen.

»Was ist denn das Thema Ihrer Arbeit?«

»Variable Faktoren der Beeinträchtigung der Zuverlässigkeit von Augenzeugen.«

Er nickte. »Unser Sehvermögen kann uns leicht in die Irre führen, hab ich Recht?«

»Ebenso wie unser Erinnerungsvermögen.«

Mak konnte nur staunen, wie sehr sich Aussagen von Augenzeugen voneinander unterschieden. Die menschliche Natur verführt uns dazu, die Fakten mit unseren eigenen Werten, Vorurteilen und Perspektiven zu interpretieren. Und dem menschlichen Erinnerungsvermögen, diesem zerbrechlichen und sich stets verändernden Instrument, konnte man niemals hundertprozentig trauen, wie Mak feststellte. Einen Moment lang versuchte sie panisch, sich das Gesicht ihrer Mutter ins Gedächtnis zurückzurufen, das leicht verschwommen und konturlos war. Gerade einmal zwei Jahre, nachdem Jane an einem multiplen Myelom gestorben war, konnte Mak das Gesicht ihrer

Mutter nur noch so vor sich sehen, wie sie es von Fotos kannte.

Waren ihre Augen … grün oder blau gewesen?

Es klopfte an der Tür, und Gerry Hartwell kehrte mit dampfenden Styroporbechern aus dem Café im Erdgeschoss zurück. Er setzte sich neben Makedde und reichte ihr mit einem eifrigen Lächeln ihren Milchkaffee mit Magermilch. Er trug denselben Anzug wie am Vorabend, wenn auch mit einer pinkfarbenen Krawatte, die seine unreine Haut noch betonte. Obwohl er ein hervorragender und sehr angesehener Anwalt war, wirkte er in der Gegenwart des erhabenen Staatsanwalts wie ein devotes Schoßhündchen, das stets artig nickte und »Ja, Sir« und »Danke, Sir« hauchte.

Bartel nippte an seinem Cappuccino und lenkte ihre Aufmerksamkeit wieder auf den Prozess. »Makedde, ich werde Sie morgen gleich als erste Zeugin aufrufen.«

»Oh … ja«, erwiderte Makedde leicht unbehaglich.

»Macht es Ihnen etwas aus?«

»Überhaupt nicht. Man hat mir gesagt, was auf mich zukommt. Es war nicht meine Absicht, überrascht zu klingen.«

»Ich habe über die Möglichkeit einer Live-Videoaussage nachgedacht«, fuhr er fort. »Mr. Hartwell hat mir erzählt, Sie fühlen sich nicht wohl beim Gedanken daran, sich im selben Raum wie der Angeklagte aufhalten zu müssen.«

»Tja, ich … ja.« *Ed Brown. Im selben Raum. Morgen.* »Ja, das ist richtig«, brachte sie mühsam hervor.

»Bei Fällen, in denen das Verbrechen eher intimer Natur war, ist das keine ungewöhnliche Vorgehensweise.«

Nackt auf ein Bett geschnallt zu sein und mit irgendeinem Desinfektionsmittel eingesprüht zu werden, kann man wohl als ziemlich intim bezeichnen, dachte Mak.

»Viele Menschen empfinden eine derartige Situation als höchst peinlich, trotzdem habe ich das Gefühl, es wäre besser für den Prozess, wenn Sie selbst im Gerichtssaal anwesend wären, wo die Geschworenen Sie sehen können, Makedde.«

Dieser Gedanke war ihr ebenfalls gekommen. »Ich habe mir schon gedacht, dass Sie das sagen werden.«

»Wenn Sie sich also einigermaßen im Stande dazu fühlen und nicht auf eine Videoaussage bestehen, hätte ich Sie morgen lieber persönlich im Zeugenstand.«

»Okay«, willigte Mak ein, ohne einen weiteren Gedanken daran zu verschwenden. »Ich mache alles, was nötig ist, um ihn hinter Schloss und Riegel zu bringen.«

»Ich weiß Ihre Haltung sehr zu schätzen. Ehrlich gesagt empfinde ich es genauso. Dieses Subjekt ist ein aggressiver Fetischist und ein sexueller Sadist. Ein höchst gefährlicher Mann. Zum Glück haben wir nicht jeden Tag mit solchen Kerlen zu tun. Zumindest nicht mit solchen Kalibern.«

Was für ein Glück!

Makedde überlegte, wie selten das Glück in den letzten Jahren auf ihrer Seite gestanden hatte. Andererseits war sie noch am Leben. Sie war im Besitz all ihrer Zehen und Finger – einigermaßen wenigstens. Es könnte viel schlimmer für sie sein.

Wie auf ein Stichwort begann ihr rechter großer Zeh zu jucken, genau an der Stelle, wo der Mikrochirurg ihn vor achtzehn Monaten wieder angenäht hatte. Unmittelbar nach der Operation war er taub gewesen, und es hatte Zweifel daran gegeben, ob sie jemals das Gefühl wiedererlangen würde. Doch inzwischen hatte sich ein viel lästigeres Problem eingestellt – dieses irritierende Jucken, das sie beinahe um den Verstand brachte. Es schien immer nur aufzutauchen, wenn sie daran zurückdachte, wie es zu der Verletzung gekommen war. Ed Brown hatte im Verlauf eines bizarren Rituals ihren Zeh mit einem Skalpell entfernt. Zweifellos hatte er vorgehabt, ihre Zehen – zusammen mit den Trophäen seiner früheren Opfer – in einem

Glas mit Formalin aufzubewahren, das in seinem Schlafzimmer gefunden worden war. Sie fragte sich, wie Eds Verteidiger sich wohl um dieses Beweisstück herumlavieren würden.

»Sie haben in Kanada vielleicht nicht mitbekommen, welches Interesse der Prozess sowohl hier als auch in Großbritannien ausgelöst hat.«

»In Großbritannien?«

»Wegen Rebecca Ross, einem seiner letzten Opfer. Sie war Darstellerin in einer Seifenoper. *Nachbarn,* glaube ich. Die Serie ist ziemlich beliebt dort.«

Toll.

Das Ziel dieses Prozesses war also nicht nur, Gerechtigkeit für Catherine oder für das zu erwirken, was er ihr angetan hatte, sondern auch noch für acht weitere Frauen, die Eds sadistische Obsession das Leben gekostet hatte – eine Verantwortung, die schwer auf Mak lastete.

»Wir werden uns nach Kräften bemühen, für Ihren Schutz beim Betreten und Verlassen des Gerichtssaals zu sorgen. Denken Sie bitte daran, Sie sollen nicht mit den Medien sprechen. Ehrlich gesagt wäre es mir am liebsten, Sie würden das erst nach dem letzten Prozesstag tun.«

»Verstehe.« Sie wollte wieder auf den eigentlichen Prozess zurückkommen. »Darf ich fragen, ob die Verteidigung versucht hat, die Fälle getrennt voneinander vor Gericht zu bringen?«

»Ja, aber sie sind nicht damit durchgekommen.«

Gut, dachte Makedde. Manchmal versuchte die Verteidigung, getrennte Verfahren für die einzelnen Verbrechen zu erwirken, was die Beweisführung für die Staatsanwaltschaft erheblich erschweren konnte. Der Angeklagte könnte einige Prozesse wegen Mangels an Beweisen oder dank eines wasserdichten Alibis gewinnen. In diesem Fall würde die Verteidigung argumentieren: »Aber, Euer Ehren, all diese Verbrechen müssen von ein und demselben Mann begangen worden sein, und es wurde hinlänglich bewiesen, dass unser Mandant diese Verbrechen nicht begangen hat. Also kann er wohl auch dieses Verbrechen nicht begangen haben.« So etwas hatte es in der Vergangenheit bereits gegeben. Es war zwar höchst unwahrscheinlich, dass die Verteidigung mit so einer Strategie durchkommen würde, wenn eine Fülle an Beweisen gegen Ed Brown vorlag, trotzdem würden sie es zweifellos versuchen. Waren die einzelnen Fälle hingegen in einem Verfahren zusammengefasst, würde nur einer einzigen Geschworenenjury eine enorme Anzahl Beweise vorgelegt werden, und sollte die Staatsanwaltschaft Ed den Mord an einem oder mehreren Opfern nicht zweifelsfrei nachweisen können, sollte dies die Verhandlung in Bezug auf die anderen Morde nicht gefährden. Das waren zumindest schon mal gute Nachrichten.

»Und der Antrag auf Unzurechnungsfähigkeit? Glauben Sie, sie versuchen es auf diese Weise?«, fragte Mak, der das Gerücht zu Ohren gekommen war.

»Möglich. Natürlich sind wir laut Gesetz verpflichtet, unseren Fall und auch die Art und Weise, wie wir ihn führen werden, vor dem Prozess der Verteidigung zu eröffnen. Im Gegenzug braucht uns Mr. Browns Anwaltsteam nichts im Voraus darzulegen. Sie müssen uns nur informieren, ob sie neue Sachverständige als Zeugen aufrufen wollen, so dass wir gegebenenfalls unsere eigenen Sachverständigen zu Rate ziehen können. Abgesehen davon können sie so ziemlich jedes Ass im Ärmel haben. Und Mr. Granger, nun ja, er hat normalerweise ein paar gute Tricks auf Lager.«

Mak wusste, dass der Staatsanwaltschaft ein forensischer Psychologe zur Verfügung stand, der bestätigen würde, dass Ed ein Psychopath, aber kein Geisteskranker war, so dass es ausgeschlossen sein sollte, auf nicht schuldig wegen Unzurechnungsfähigkeit zu plädieren. Er hatte genau gewusst, was er seinen Opfern antat und dass sein Handeln falsch war. Er war gestört und böse, aber nicht verrückt im juristischen Sinne.

Ihr Zeh begann noch heftiger zu jucken. Sie bückte sich, streifte ihren Schuh ab und kratzte sich.

»Fühlen Sie sich nicht wohl?«, erkundigte sich Bartel.

Mak spürte, wie sie rot wurde. Sie wollte ihren vernarbten Fuß nicht entblößen, doch das Jucken ließ sich nicht länger ignorieren. »Sie können es als psychosomatisch bezeichnen, aber wann immer… wann immer ich an all das denke, juckt mein Zeh.«

»Gut. Das werden wir verwenden«, erklärte er zu ihrer Überraschung. »Hat Ihr Zeh seine volle Funktionsfähigkeit zurückerlangt? Oder spüren Sie noch Einschränkungen beim Gehen oder in Ihrer sonstigen Bewegungsfähigkeit?«

»Nicht mehr.«

Diese Antwort schien ihn beinahe zu enttäuschen. Vielleicht hatte er sich bereits ausgemalt, wie sie, eine siebenundzwanzigjährige Frau, mit einem Gehstock in den Zeugenstand hinken würde. Sehr wirkungsvoll.

»Kann ich noch eine Frage stellen?«, wollte Mak wissen.

»Natürlich.«

»Wie bringt jemand wie Ed Brown einen Anwalt wie Phillip Granger dazu, sich für ihn einzusetzen? Wer ist dieser Kerl? Kennen Sie ihn?« Überrascht registrierte sie den scharfen Unterton in ihrer Stimme. Sie hatte nicht vorgehabt, so verbittert zu klingen.

»Oh ja, ich kenne Mr. Granger sehr gut«, erklärte Bartel. »Er ist ein Spitzenanwalt, einer der renommiertesten des Landes. Er praktiziert schon seit den Sechzigern und hat eine Menge Erfahrung mit hochkarätigen Fällen wie diesem.« Mit grimmiger Miene schob er einige Papiere auf seinem Schreibtisch hin und her. »Sie dürfen nicht vergessen, Makedde, hier steht ein Mann wegen extrem schwerer

Verbrechen vor Gericht. Damit der Gerechtigkeit Genüge getan wird, muss er die bestmögliche anwaltliche Verteidigung bekommen. So funktioniert das Rechtssystem nun mal. Es hat nichts mit der Person zu tun, sondern nur mit dem Gesetz. Mr. Granger wird versuchen, eine andere Erklärung für die Morde zu liefern und sie den Geschworenen glaubhaft zu machen. Am Ende, nachdem dem Richter und den Geschworenen die gegensätzlichen Theorien vorgetragen wurden, wird die Gerechtigkeit siegen. Es ist nicht die Aufgabe des Verteidigers, über seinen Mandanten zu urteilen, sondern er soll ihn nur nach bestem Wissen und Gewissen vertreten. Und meine Aufgabe ist es ebenso wenig, über ihn zu urteilen. Das mag kein perfektes System sein, aber es ist nun einmal das Einzige, das wir hier haben, und ich habe es mir zur Lebensaufgabe gemacht, meinen Teil dazu beizutragen.«

Mak nickte. Es war ihr peinlich, eine so flammende Verteidigungsrede für das Rechtssystem ausgelöst zu haben. Sie wusste, dass er Recht hatte, aber es war schwer, nicht wütend darüber zu sein, dass Ed Brown, der eiskalte und sadistische Mörder ihrer Freundin Catherine und so vieler anderer Frauen, auch noch eine erstklassige Verteidigung erhielt. Seine Anwälte würden versuchen, die Geschworenen glauben zu lassen, dass Ed geisteskrank war, dass die forensischen Beweise gegen ihn nicht schlüssig waren, dass Makedde eine unglaubwürdige Zeugin war, dass Detective Jimmy Cassimatis ein schlechter Polizist war, dass Detective Andrew Flynn sich unprofessionell verhalten hatte, dass er diesem Fall nicht unvoreingenommen gegenüberstand und damit auch als Zeuge unbrauchbar war. Also stand nicht nur Ed Brown vor Gericht, sondern auch diejenigen, die ihn dorthin gebracht hatten. *So funktioniert das System nämlich,* dachte Mak wehmütig. Die Tochter eines Detective Inspector konnte sich in dieser Hinsicht nichts vormachen. Dafür wusste sie zu viel.

Der Prozess, vor dem sie sich anderthalb Jahre lang gefürchtet hatte, stand unmittelbar bevor.

Morgen war der erste Tag.

8

Suzie saß in ausgelatschten Pantoffeln und einem weichen, gepunkteten Schlafanzug mit Spitzenkragen am Küchentisch. Auf der einen Seite standen die Reste einer Fertigmahlzeit, die langsam kalt wurden, vor ihr lag das auf Seite 499 aufgeschlagene Branchenbuch: »Teppich – Reinigung und Schutz von Teppichen und/oder Möbeln«. *Ein Dampfreiniger sollte genügen,* dachte sie. Es musste doch jemanden geben, der ihr einen ausborgte, ohne zu verlangen, dass seine eigenen Leute die Säuberung übernahmen. Sie konnte unmöglich jemanden ins Haus kommen und hier herumschnüffeln lassen.

Einmal ordentlich sauber machen, und schon ist er wieder wie neu. Stirnrunzelnd dachte Suzie an die Flecken, die Ben überall auf dem Teppich in der Diele hinterlassen hatte. *Nur einmal ordentlich sauber machen,* versuchte sie sich zu beruhigen. Sie hatte nicht viel Erfahrung mit solchen Dingen.

Es war zwei Uhr nachmittags, und Suzie war nach einer langen, aber durchaus angenehmen Schicht nach Hause gekommen. Sie hatte einige Tassen Filterkaffee gebraucht, um ihre Arbeit zu überstehen, doch nun freute sie sich auf die Behaglichkeit ihres Klappbettes. Sie hatte seit Montag nicht mehr genug Schlaf bekommen, da es so viele Dinge zu erledigen gegeben hatte, außerdem hatte sie eine Menge Zeit damit zugebracht, ihr neues Heim herzurichten. Aber jetzt würde sie schlafen wie ein Baby.

Die Vorhänge ihres Apartments in Malabar waren zugezogen. Wenn sie sie öffnete, böte sich ihr lediglich der Ausblick auf die kahlen, mit Stacheldrahtzaun gesicherten Mauern der Vollzugsanstalt Long Bay, der sich vor ihrem Apartmentkomplex erstreckte. Die geschlossenen Vorhänge ermöglichten es ihr, tagsüber zu schlafen.

Wenig begeistert ließ Suzie den Blick durch ihr bescheidenes Heim wandern. Ihr Vogel saß schweigend in seinem Käfig in der Mitte des Raums. Sie hatte ein dunkles Tuch darüber gelegt, das dieselbe Wirkung auf ihn hatte wie die zugezogenen Vorhänge auf sie. Ein paar erschlaffte Gänseblümchen standen in einer Glasvase auf dem Küchentisch. Eigentlich gehörten sie längst in den Müll. Ihre ungereinigte Dienstuniform hing über einem der Stühle. Sie war noch nie eine gute Hausfrau gewesen, doch mittlerweile erschien das schäbige Apartment selbst ihr unwürdig. Der Wohnraum mit dem Klappbett und der Küchenecke wirkte düster und klaustrophobisch. Sie war noch nie besonders gern hierher gekommen. Es war nichts als ein Raum, in dem sie schlafen und essen konnte. Aber schon bald wäre sie anderswo, an einem viel, viel schöneren Ort. Dieser Gedanke hob augenblicklich ihre Stimmung.

Trotz des kleinen Ventilators, der die warme Luft gegen ihre Waden blies, war es in der spärlich möblierten Wohnung kühl, und Suzie hatte ihren Pyjama bis zu ihrem kräftigen Hals zugeknöpft. Dennoch brachte sie ein flüchtiges Lächeln zustande. Ihre Gedanken würden schon dafür sorgen, dass ihr warm wurde.

Ed.

Suzie verfügte über mehr als zehn Jahre Erfahrung im Strafvollzug und hatte sich langsam auf der Karriereleiter nach oben gearbeitet. In Jobs wie ihrem mussten Frauen doppelt so viel arbeiten wie Männer. Und sie mussten doppelt so hart im Nehmen sein. Und nun hatte Suzie mit ihrer Stärke, ihrer Entschlossenheit und ihrem immerwährenden Überlebenskampf endlich ein kleines bisschen Glück gefunden.

Edward A. Brown.

Ihre Gespräche waren so aufregend, insbesondere während der letzten Schichten. Wow! Sie war begeistert von ihren gemeinsamen Plänen. Ed war ein unglaublicher Mann. Irgendwie war es ihm gelungen, sich trotz des bevorstehenden grässlichen Prozesses seine Normalität, seine Zielstrebigkeit und Fürsorge zu bewahren. Wirklich erstaunlich. Und er war süß. Wann immer sie glaubte, es könnte nicht noch romantischer werden, sagte er irgendetwas, das wie eine Zeile aus *Reich und Schön* klang. Wie Ridge. Es war unglaublich, wie tief ihre Bindung mittlerweile geworden war. So etwas hatte sie noch nie erlebt. Jedenfalls nicht seit der Zeit, als sie noch ein Teenager gewesen war, aber das war etwas ganz anderes gewesen. Das war eine Zeit in ihrem Leben, über die sie nicht mehr nachdenken wollte.

Suzies Gedanken wanderten zu der verkrusteten Blase auf ihrem Unterarm, die sie am liebsten mit den Fingernägeln bearbeitet hätte, um dem Jucken unter dem Stoff ihres Ärmels ein Ende zu bereiten. Doch sie riss sich zusammen. Beim Saubermachen war sie mit irgendeiner von Bens Körperflüssigkeiten in Berührung gekommen – sie hatte so etwas noch nie vorher getan, deshalb waren mehrere Versuche nötig gewesen, um herauszufinden, wie sie die Leiche zerteilen und verpacken musste, um sie in der Kühltruhe verstauen zu können, dem besten Aufbewahrungsort, den sie sich im Moment vorstellen konnte. Während dieser Tortur hatte sie etwas von dem Zeug auf den Arm bekommen, unmittelbar über dem Rand des Gummihandschuhs. Obwohl sie ihren Arm sofort ausgiebig unter fließendes Wasser gehalten hatte, war eine brennende, hässliche Blase entstanden. Der Gedanke, dass das Blut ihres Bruders mit ihrer bloßen Haut in Berührung gekommen war und, was noch schlimmer war, sie (wenn auch nur vorübergehend) verunstaltet hatte, entsetzte sie. Anfangs hatte sie sich gefragt, ob das Gift sie ebenfalls töten würde, doch inzwischen machte sie sich keine Gedanken mehr deswegen. Es war nur eine oberflächliche Wunde, die bereits heilte. Ihre viel größere Sorge war, ob sich irgendetwas von dem Gift in ihrem Körper befand.

Irgendjemand hatte ihr von einem Angler erzählt, der ein wenig von dem Kantharidin auf einen Köder gegeben hatte, in dem Glauben, damit mehr Fische anlocken zu können. Dass etwas davon an seine Finger kam, war weiter nicht schlimm, doch als er sich mit dem Angelhaken in die Hand stach, fiel er auf der Stelle tot um, auch wenn Suzie nach den Erfahrungen mit ihrem Bruder bezweifelte, dass »tot umfallen« die richtige Beschreibung dafür war. Aber wenn sie sich versehentlich einen Kratzer zugezogen hatte, könnte das Gift wie bei dem Angler in ihren Blutkreislauf gelangen. Sie würde auf keinen Fall ins Krankenhaus fahren und sich behandeln lassen, aber sie musste aufpassen, dass sie die Blase nicht im Schlaf versehentlich berührte. *Ich wickle noch etwas mehr Verbandszeug darum, bevor ich schlafen gehe,* beschloss sie. Der Verband hatte sich schon mehrmals gelöst, deshalb würde sie ihren Arm noch sorgsamer verbinden müssen.

Suzie dachte wieder an den Mann, den sie liebte, und schob sämtliche unerfreulichen Erinnerungen beiseite – *die Leiche… das Saubermachen… das Blut… der Gestank…*

Ed Brown war einer der hochkarätigsten Gefangenen, mit denen sie es bisher in ihrer Karriere zu tun gehabt hatte. In gewisser Weise war er eine Berühmtheit und ein Mann, der ständig im Mittelpunkt der brodelnden Gefängnis-Gerüchteküche stand. Wie bei dem Kinderspiel »Stille Post« wurden die Geschichten von jedem Beteiligten mit immer mehr Details ausgeschmückt, bis sie ihr als die wildesten Hirngespinste zu Ohren kamen. Manchmal hätte sie am liebsten laut gelacht.

»Er hat Dutzende umgebracht, über die aber keiner reden will. Ihre Leichen sollen unter einer Kirche verscharrt sein… darüber hat nur noch keiner geschrieben. Er hat mit der Kirche gemeinsame Sache gemacht. Die haben ihn gedeckt…«

»Offenbar ist er derjenige, der Fredrick umgebracht hat. Er hat nur mit ihm durch die Gitterstäbe geredet, so wie Hannibal Lecter, und danach hat Fredrick seinen Kopf gegen die Wand gerammt, bis er tot war…«

In Long Bay gab es nicht viel zu tun, außer sich über den neuesten Klatsch auszulassen, vermutete Suzie. Die Gerüchteküche im Gefängnis war nicht zu übertreffen. An sie kam weder eine katholische Mädchenschule noch eine Kleinstadt in der Einöde heran.

Und dann war da noch die Klatschpresse.

Der Stiletto-Mörder.

Der Ripper von Sydney.

Der Stiletto-Mörder schlägt wieder zu.

Damals hatte Suzie die Schlagzeilen und Berichte mit einem gewissen Interesse registriert, doch als dieser reizende Mann ins Gefängnis gebracht worden war, dieser gewöhnliche Sterbliche namens Ed Brown, hatte sie es kaum glauben können. Er glich nicht im Mindesten dem Ungeheuer, als das er von allen dargestellt worden war. Natürlich glaubte Suzie nicht an die Vertrauenswürdigkeit der Medien und hatte auch keine Zeit für Klatsch, Anspielungen und Sensationsgier. Aber sollte *dieser Mann* das Ungeheuer sein, das die Öffentlichkeit am liebsten auf dem Martin Place lynchen würde? War dieser Mann Nosferatu, vor dem sich die ganze Nation fürchtete? *Dieser Mann*?

Ed Brown war so lange unschuldig, bis seine Schuld erwiesen war, so funktionierte das Rechtssystem nun einmal. Das Problem war nur, dass die Gerüchteküche im Gefängnis und die grausame Presse nicht nach diesen Regeln spielten. Und genau das war der Grund, weshalb er in diesem Trakt von Long Bay saß. Ed war zu seinem eigenen Schutz isoliert worden. Jemand, der so sanftmütig, sensibel und berühmt war wie er, würde im Zusammenleben mit den anderen nicht überleben. Es war ohne jeden Zweifel Schicksal, dass er sich nun in ihrer Obhut befand.

Ed.

Mein Liebster.

Ich habe das perfekte Liebesnest für uns geschaffen.

Wir werden so glücklich sein. Wart's nur ab…

9

Makedde stand in ihrem Hotelzimmer und strich geistesabwesend die Falten ihrer Hose auf dem gepolsterten Kleiderbügel glatt. Sie betrachtete den Hosenanzug, als wäre er eine Rüstung, die sie am nächsten Tag tragen würde, um damit in die Schlacht zu ziehen.

»Ich hoffe, Sie haben angemessene Kleidung dabei. Es darf nicht zu aufreizend sein«, hatte Bartel erklärt. In seiner Stimme hatte eine unbeabsichtigte Herablassung gelegen, als hätte er ein dummes Schulmädchen oder Britney Spears vor sich. Als würden ein Minirock und eine lange Mähne schreien: »Los, sieh mich an! Ich will entführt werden! Ich hab's verdient!« Aber seine Sorge war unbegründet gewesen. Ihre Karriere als internationales Fashion-Model bewahrte Makedde vor modischen Ausrutschern wie superkurzen Stretch-Minis oder goldfarbenen Disco-Outfits. Mit ihrem Hosenanzug wäre sie angemessen konservativ für den Gerichtssaal gekleidet.

Stirnrunzelnd dachte Mak über die endlosen Stunden nach, die noch vor ihr lagen, bis sie am nächsten Morgen im Zeugenstand würde erscheinen müssen. Sie war ganz allein hier. Mittlerweile hatte sie sich von der Idee, mit Andy Flynn ein wenig Zeit zu verbringen, verabschiedet. Auch wenn sie ihn gern sehen würde, um in Ruhe alles mit ihm zu besprechen, was zwischen ihnen passiert war, würde sie ganz bestimmt nicht den ersten Schritt machen. Insbesondere jetzt nicht, wo es so aussah, als wäre er mit jemand anderem zusammen.

War die Geschichte mit Andy und Carol etwas Ernstes? Wie mochte sie sein? Brachte sie Andy zum Lachen? Brachte sie mehr Verständnis für seine Arbeit auf als seine Exfrau Cassandra? Mehr Verständnis als Makedde mit ihrem Hintergrund als Polizistentochter und ihrem Studium der forensischen Psychologie? Krankenschwestern und Polizisten waren eine viel versprechende Verbindung. Beide kamen tagtäglich mit Gewalt und Leid in Berührung. Passten Carol und Andy gut zusammen?

Liebt er sie?

Mak verspürte das Bedürfnis, ihn anzurufen, doch sie wusste, dass sie das nicht tun sollte. Andy wusste, wo sie war. Er wusste, wie man ein Telefon bediente. Wenn er sie sehen wollte, brauchte er nur zum Hörer zu greifen und sich zu melden.

Schlag ihn dir aus dem Kopf, Mak.

Es ging nicht anders. Das war das Vernünftigste und das Klügste. Und sie musste dafür sorgen, dass sie zumindest für eine Weile den Prozess aus ihren Gedanken verbannte. Sie hatte ihre Aussage mit Bartel und Hartwell durchgesprochen. Für den Moment gab es nichts, was sie noch tun konnte. Wenn sie erst im Zeugenstand saß, würde sie die Dinge so nehmen müssen, wie sie kamen.

Mak ließ sich in den Sessel vor dem raumhohen Fenster des Cafés fallen.

Sie war im Starbucks, wo sie sich mit ihrer Freundin Loulou, einer Visagistin, treffen wollte. Auf der verzweifelten Suche nach jemandem, mit dem sie reden konnte, hatte sie ihr Adressbuch durchforstet und war bei Loulous Namen hängen geblieben. Nun, da sie hier saß, beschlich sie das unbehagliche Gefühl, in einem Aquarium zu sitzen. Dieses Café mit seinen riesigen Fenstern *war* das reinste Aquarium. Wenigstens hatte sie einen Sessel ergattert, der mit dem Rücken zur Wand stand. In der Öffentlichkeit konnte Mak sich nur entspannen, wenn sie eine Sitzgelegenheit fand, die auch Dirty Harry bevorzugt hätte – genau jenen Platz, von dem aus man die Kasse und den Eingang im Auge behalten konnte, während der Rücken gedeckt war. Sie hatte so viel Zeit in der Gegenwart von Polizisten verbracht, dass sie es nicht mehr ertrug, mit dem Rücken zum Raum zu sitzen. Und wenn sie es tun musste, war das Gefühl der Verletzlichkeit schier unerträglich.

Die Glaswände machten sie nervös; sie schien wie auf einem Präsentierteller zu sitzen.

Sie bemühte sich, Ruhe zu bewahren. Die nächsten Minuten beobachtete sie die belebte Straße, die Geschäftsleute, eine Hand voll Touristen, die in bequemen Laufschuhen, Rucksäcken und nachgemachten Akubra-Hüten auf dem Kopf durch die Stadt stiefelten. Der strahlend blaue Himmel spiegelte sich in den zahllosen Sonnenbrillen der Passanten wider. Diejenigen, die nicht den Weitblick besessen hatten, eine Sonnenbrille einzupacken, blinzelten und schirmten die Augen mit den Händen gegen die Sonne ab. Makedde trug eine riesige Brille im Stil von Jackie O., die sie auch im Café nicht abgenommen hatte. Sie trug lange schwarze Hosen und einen Trenchcoat – das krasse Gegenteil von der farbenfrohen Garderobe ihrer Freundin, die in diesem Moment auf das Café zusteuerte.

Loulou, eine Exzentrikerin, wie sie im Buch stand, war unmöglich zu übersehen. Sie trug ein ausgefranstes Jeanskleid, purpurfarbene Nylons, darüber Netzstrümpfe und ihre üblichen schwarzen Kampfstiefel – Kelly Osborne meets Achtziger-Ikone Cindy Lauper. In ihrem dunklen Outfit kam Mak sich vergleichsweise düster und farblos vor. Aber es war wunderbar, Loulou zu sehen. Sie war auch bei ihrem letzten Besuch in Sydney an ihrer Seite gewesen, als das Unglück seinen Lauf genommen hatte. Sie war eine Verbündete, wenn auch eine reichlich schräge.

»Mak! Süße!«, trompetete Loulou, als sie durch die Glastüren stürmte. Sämtliche Gäste blickten auf, und auf der Straße drehten sich einige Passanten um. »Oh mein Gott, ich habe gelesen, dass du bald herkommst.«

»Welche Schlagzeile hast du gelesen? ›Serienkiller-Schreck‹ oder ›Model als Zeugin‹?«, fragte Mak und verdrehte die Augen, während Loulou sie umarmte.

»›Supermodel-Stiletto-Überlebende‹«, erwiderte Loulou.

»Prima. Kaum bin ich entführt worden, werde ich auch schon als Supermodel gehandelt. Wieso, zum Teufel, bin ich darauf nicht schon früher gekommen?«

»Aber das mit dem ›Serienkiller-Schreck‹ hat mir trotzdem gut gefallen«, fuhr Loulou fort. »Wirklich cool. Sehr eingängig. Ich habe gelesen, dass du demnächst zum Prozess herkommst. Fängt der Prozess nicht … morgen schon an?«

»Ich fürchte, ja.«

»Das mit dem Starbucks tut mir Leid.« Es war Loulous Idee gewesen, sich hier zu treffen. »Ich bin ein erbärmlicher Suchtbolzen. Ich glaube, die geben Nikotin in dieses Zeug oder so was. Bei den Preisen hier sollten sie das auch.«

Mak lachte.

Sie ließen sich in die gepolsterten Ledersessel sinken, nippten an ihrem mit üppigem Schaum gekrönten Kaffee im Riesenbecher und lächelten einander an. Loulou hatte sich eine neue Frisur zugelegt; wahrscheinlich das hundertste Mal seit ihrer letzten Begegnung. Im Moment trug sie ihr Haar nach der neuesten Mode vorn kurz, hinten lang, wobei die Vorderseite blond und orange eingefärbt war, während sich eine lange, schwarze Mähne über ihren Rücken ergoss. Mak hatte Mühe, sie nicht ständig anzustarren.

»Es ist so toll, dich zu sehen, Mak. Wie lange haben wir…«

»Seit anderthalb Jahren«, ergänzte Mak.

»Anderthalb Jahre!«, rief Loulou. »Mann, ich bin so froh, dass du angerufen hast.« Sie musterte Mak eingehend. »Du siehst gut aus. Der Stufenschnitt steht dir.«

Bei ihrem letzten Zusammentreffen hatte Mak sich gerade von den Verletzungen erholt, die Ed ihr zugefügt hatte – gebrochene Rippen, ein Kieferbruch und der mittlerweile berüchtigte abgetrennte Zeh. Abgesehen davon hatte Eds Schlag mit dem großen Werkzeughammer zu einem subduralen Hämatom beziehungsweise zu einer Hirnblutung geführt. Die Spurensicherung hatte Spuren ihres Blutes und Haare des Werkzeugs daran entdeckt. Ein kleiner Teil ihrer Kopfhaut hatte rasiert werden müssen, um die Blutung mittels eines chirurgischen Eingriffs zu stoppen. Loulou sollte eigentlich wissen, dass Maks Frisur keine modische Entscheidung war, sondern der Versuch, den ungleichmäßigen Wuchs möglichst schick zu kaschieren. Die Überreste der Wunde waren unter ihrem dichten Haar nicht mehr zu erkennen. Ebenso wie die meisten anderen Wunden – es sei denn, man wusste, wo man suchen musste.

»Wie geht's deinem Zeh?«

Mak verzog das Gesicht. »Dieses Jucken bringt mich noch um den Verstand. Manchmal wünsche ich mir fast, sie hätten ihn am Tatort liegen lassen.«

»Iiihh! Sag doch so was nicht!« Loulou presste sich die Hände auf die Ohren.

»Na ja, wenn sie ihn vergessen hätten, wäre einiges vielleicht etwas schwieriger ... unwichtigere Dinge wie Gleichgewicht halten, gehen und so ...«

»Schuhe kaufen.«

»Oh, ja, das auch.« Mak lachte und gab noch ein wenig Zucker in ihren Milchkaffee. »Hm, gibt es eigentlich Zehprothesen? Ich wette, so etwas kann man kaufen. Das wäre doch was, meinst du nicht? Ich könnte ihn je nach Foto-Shooting lackieren ... glänzend rot oder Naturlook? French Manicure? Selbstbräuner oder lieber blass.«

»Mak, du bist widerlich.«

Makedde grinste übers ganze Gesicht. Loulou gehörte zu den wenigen Menschen, die andere ständig mit »Süße« betitelten, die Mak mochte, und ihre Energie und gute Laune waren ansteckend. Die unerschütterliche, nicht zu bändigende Visagistin war ein echter Schatz mit einem großen Herzen und der Fähigkeit, aufrichtige Begeisterung für etwas zu empfinden.

»Hast du abgenommen?«

»Da spricht die wahre Visagistin, Loulou. Ja, das Ganze nennt sich ›Stressdiät‹. Ich kann sie wirklich nicht empfehlen.« Sie rieb sich die Schläfen. »Ehrlich gesagt sehe ich ziemlich mitgenommen aus. Aber ich liebe dich dafür, dass du höflich sein wolltest. Wie läuft's bei der Arbeit?«

»Na ja, du weißt ja, dass Paris ziemlich beschissen für mich gelaufen ist, ganz im Gegensatz zu *einigen anderen* Leuten ... jedenfalls konzentriere ich mich wieder eher auf den lokalen Markt. Ich hatte einige gute Aufträge mit DJs und ein paar Promis für das *Who*-Magazin. Dannii Minogue, Sophie Monk, Sarah O'Hare.«

»Wie schön. Das klingt doch gut.«

»Und übrigens siehst du bei weitem nicht so schlimm aus wie du glaubst. Das schaffst du doch gar nicht. Ein bisschen Schlaf, das ist wahrscheinlich alles, was du brauchst.« Sie nippte an ihrem Cappuccino und hinterließ einen dunkelroten Lippenabdruck auf dem Becher.

Mak sah einigen Passanten auf der Straße nach und fragte sich, was sie insgeheim wohl gern wären. Superstars? Olympioniken? Millionenschwere Geschäftsleute? Vielleicht, aber ganz bestimmt kein zeitweise erfolgreiches Model mit einer angefangenen Doktorarbeit in der Schublade und dem ausgeprägten Hang, Psychopathen wie ein Magnet anzuziehen.

»Modelst du noch?«

»Ich fürchte, ja. Mit achtzehn war es noch ganz lustig. Mit siebenundzwanzig siehst du es eher so, dass du die Dumme in diesem Spiel bist. Aber ich kann der Bezahlung nicht widerstehen. Wann immer ich versuche, endgültig aufzuhören, zieht es mich wieder hinein. Was schätzungsweise ein Segen ist, denn meine Doktorarbeit dümpelt sowieso nur so vor sich hin. Von irgendetwas muss ich ja leben, und ich werde die nächsten Jahre bestimmt noch nicht praktizieren können.« Sie fragte sich, wie lange die Kunden wohl noch Interesse an ihr hatten. Sie hatte die durchschnittliche Karrieredauer eines Models bereits um einige Jahre überschritten. »Ich habe die Show von Ely Garner nächste Woche in Hongkong angeboten bekommen, was toll ist, aber ich glaube nicht, dass ich zusage. Ich bin mir nicht sicher, ob ich mich nach all dem hier dazu in der Lage fühle, außerdem könnte es sein, dass mich die Verteidigung noch in den Zeugenstand ruft … weil sie wissen wollen, welche Unterwäsche ich anhatte und ob ich darum gebeten hatte, so behandelt zu werden.«

»Ely Garner? Aber das wäre doch toll.« Loulou schwieg einen Augenblick, was ganz und gar untypisch für sie war. »Darf ich fragen, was aus der anderen Geschichte geworden ist?«

Meinte sie die Beziehung mit Andy? »Äh … das meiste weißt du doch, oder nicht?«, erwiderte Mak vorsichtig.

Soll ich Andy heute anrufen? Es wäre vielleicht gut, ein wenig zu reden. Ob das richtig ist?

»Das mit der UBC, meine ich«, fügte Loulou hinzu.

Ah, die University of British Columbia … dieser kleine Vorfall. Mak hatte ihn in einer E-Mail erwähnt und fragte sich, wie viel sie ihr damals verraten hatte. »Nein, tut mir Leid, aber darüber möchte ich nicht reden. Bitte nicht böse sein.« Mak hatte die jüngsten Katastrophen ihres Lebens entschlossen aus ihrem Gedächtnis verbannt. Unnötig, sich mit solchen Dingen herumzuschlagen, wenn man weitaus dringendere Aufgaben zu bewältigen hatte. Es könnte allzu leicht passieren, dass ihre Ängste und ihr Grauen miteinander kollidierten. So etwas konnte gefährlich werden. Aber wenn der Blitz so oft an derselben Stelle einschlug, musste man sich andererseits fragen, warum das so war.

»Dachte ich mir schon«, bemerkte Loulou und riss Makedde aus ihren gefährlich finsteren Gedanken. Die farbenfroh gekleidete Visagistin legte nachdenklich einen Finger an die Lippen. »Aber nur, wenn ich dich Buffy nennen darf. Okay?«

»Buffy? Die Vampirjägerin?«

»Buffy, der Serienkiller-Schreck.«

»Klar«, willigte Mak gleichmütig ein.

»Und was macht die Liebe? Bist du immer noch mit diesem heißen Polizisten zusammen?«

»Noch mal Themawechsel, okay?«, meinte Mak und hustete, um den Kloß im Hals loszuwerden. So viele Tabuthemen für einen einzelnen Menschen. »Die kurze Antwort lautet Nein. Es ist ziemlich kompliziert.«

»Das brauchst du mir nicht zu erzählen! Es ist immer kompliziert, verdammt noch mal. Ich treffe mich letzte Woche … keine Ahnung … drei Mal mit diesem Typen und denke, es läuft ganz gut. Dann kommt er am Freitagabend mit zu mir und *zack*!« Sie schnippte mit den Fingern. »Sobald wir allein sind, fragt er, ob er mal meine Unterwäsche anziehen darf. Ich meine, wieso ziehe ich immer diese durchgeknallten Idioten an Land?«

Mak lächelte. »Ich kenne da einen Psychotest. Willst du ihn hören?«

»Ja, gut.«

»Aber es ist ein echter Test«, fuhr Mak fort. »Du musst genau zuhören. Also, während der Beerdigung ihrer Mutter begegnet ein Mädchen einem Mann, den sie nicht kennt. Sie ist sofort begeistert von ihm. Ein echter Traummann. Es ist, als hätte sie sich auf den ersten Blick in ihn verliebt. Aber leider fragt sie ihn nicht nach seiner Telefonnummer und kann ihn danach nirgendwo finden.«

»Oh, nein, ich hasse es, wenn so etwas passiert.«

»Hör gut zu, Loulou. Jetzt wird es interessant. Ein paar Tage später bringt dieses Mädchen ihre Schwester um.«

»Was?«

»Es stellt sich die Frage, welches Motiv sie hatte. Denk genau nach, bevor du antwortest.«

»Darf ich jemanden anrufen?«

Mak lächelte. »Nein, wir sind hier nicht bei *Wer wird Millionär*.«

»Okay, äh …« Loulou sah auf den erkaltenden Rest ihres Cappuccinos hinunter. »Keine Ahnung. Sie hat herausgefunden, dass ihre Schwester … in Wahrheit für den Tod der Mutter verantwortlich ist. Es kommt zum Streit, und sie tötet sie.«

»Ist das deine endgültige Antwort?«, fragte Makedde.

»Ja, ich denke schon. Woher soll ich das Motiv für den Mord an der eigenen Schwester kennen?«

Mak verzog das Gesicht zu einem breiten Grinsen und beugte sich vor, woraufhin ihre Freundin schwieg. »Pst, falsche Antwort. Ihr Motiv war folgendes: Sie hat gehofft, dass der Fremde zur Beerdigung kommt.« Sie hielt inne, um die Worte wirken zu lassen. »Wenn du diese Frage korrekt beantwortet hättest, würdest du wie ein Psychopath denken. Viele überführte Serienkiller haben sich diesem Test unterzogen und die richtige Antwort gegeben, deshalb freut es mich, dass du das nicht getan hast.«

»Hast du es auch nicht getan?«

Wieder grinste Makedde breit.

Loulou starrte sie an.

»Nein, ich bin keine Psychopathin, aber danke, dass du dir darüber Gedanken machst. Meine Güte, du hast mir so gefehlt, Loulou.« Sie registrierte eine Bewegung vor dem Fenster und erstarrte. »Oh, Scheiße!«

»Was ist los?«

Es war Andy. Sie konnte sein Gesicht erkennen, als er sich aus dem Fahrerfenster lehnte und den Seitenspiegel zurechtrückte. Er stand an der Kreuzung unmittelbar vor ihnen. »Da ist Andy. Der in dem roten Wagen an der Ampel.«

Andy hatte ihr von diesem Psychopathentest erzählt. Er geisterte noch immer in ihren Gedanken herum, und jetzt sah sie Andy auch noch leibhaftig.

Loulou starrte mit offenem Mund hinaus. »Meine Güte, wie schräg. Er muss auf dem Weg zur Arbeit oder nach Hause sein. Das Revier ist auf der anderen Seite des Parks in der College Street, soweit ich weiß. Redet ihr noch miteinander? Als du mir das letzte Mal eine E-Mail geschickt hast, schien es ganz gut zu laufen. Du warst ziemlich heiß auf ihn.«

Mak war zu erschüttert von seinem Anblick, um Loulou eine Antwort zu geben. Sie beobachtete, wie die Ampel auf Grün sprang, ihr ehemaliger Liebhaber davonfuhr und im dichten Feierabendverkehr in Richtung Kings Cross verschwand. Er fuhr also immer noch den leuchtend roten Honda, der seiner toten Exfrau gehört hatte. Mak konnte sich noch erinnern, dass sie sich darüber gestritten hatten, als Cassandra ermordet worden war. Es schien unmöglich, Andy zu entgehen. Es war geradezu unheimlich. Offenbar hatten sie das »Es liegt nicht an dir, sondern an mir«-Gespräch übersprungen und waren gleich in den Zustand gerutscht, wie Fremde füreinander zu sein, obwohl sie einander pausenlos über den Weg liefen. Das war es also, wohin sie jener optimistische Abschiedskuss in Kanada geführt hatte. Mak konnte es kaum glauben.

»Alles in Ordnung?«, erkundigte sich Loulou.

»Keine Ahnung, Loulou«, antwortete Mak und schluckte gegen den Kloß in ihrem Hals an. Andys Anblick, die Erinnerung an all das, was sie geteilt und durchgestanden hatten, brachte sie völlig aus dem Gleichgewicht. Es gab so wenige Menschen, mit denen sie offen über ihre Gefühle sprechen konnte. »Äh, Loulou, ich habe mich gefragt... äh...«

»Ich werde dir den ganzen Prozess über nicht von der Seite weichen«, unterbrach Loulou sie. »Ich bleibe wahnsinnig gern bei dir. Ich betrachte es als eine Ehre.« Ihre leuchtend roten Lippen verzogen sich zu einem breiten Lächeln. »Ich kenne dich viel zu gut, Mak. Diese ›Ich schaff das schon allein‹-Nummer funktioniert bei mir nicht.«

»Oh, nein, ich brauche niemanden, der mir die Hand hält.«

»Natürlich nicht. Aber du hast keine andere Wahl. Du bist meine Freundin, und ich werde dir die ganze Zeit beistehen. Das machen Freunde füreinander.«

Mak senkte den Kopf und lachte.

»Wann bist du vor Gericht... ich meine, im Gerichtssaal?«, korrigierte sich Loulou, obwohl sie mit ihrer ersten Formulierung gar nicht so falsch gelegen hatte. »Wann ist unser erster Auftritt?«

Makedde lachte wieder. »Unser Auftritt? Wenn das Ganze doch nur eine Seifenoper wäre. Lass mich überlegen... Ich muss in...«, sie sah auf ihre Uhr, »... siebzehn Stunden in den Zeugenstand treten.«

»Prima. Dann gehen wir aus und betrinken uns.«

»Was für eine gesunde Alternative zu der Aussicht, in

meinem Hotelzimmer zu sitzen und mich zu langweilen. Loulou, ich halte das für keine gute Idee.«

»Komm schon … dann eben nur einen Drink.«

10

In der Nacht vor dem Prozess wegen Mordes, tätlichen Angriffs und Freiheitsberaubung saß Ed Brown um ein Uhr früh mit einem liebevollen Lächeln hinter den Gitterstäben seiner Zelle. Sein Haar war gekämmt und parfümiert, seine Gefängniskleidung so sorgfältig wie möglich glatt gestrichen. Die Frau musste ihre Runden drehen, aber wenn sie zurückkam, würden sie noch ein wenig über ihre Pläne sprechen. Der Keim, den er vor so vielen Wochen gepflanzt hatte, reifte allmählich zu einer wunderschönen Blüte heran. Mittel und Wege waren ersonnen, erste Fortschritte gemacht.

Flüstern.

Sie war wieder zurück und berührte lächelnd mit ihrer kalten Hand seine Finger, die um die Gitterstäbe lagen. Er sah die merkwürdige Ausbuchtung unter ihrem Blusenärmel, die am Vortag nicht da gewesen war.

»Was ist das?«, fragte er in einer Mischung aus aufgesetzter Höflichkeit und Besorgnis.

»Oh, nichts. Das ist ein Verband. Nur ein Kratzer.«

»Lass mich die Stelle küssen, damit sie heilt.«

Errötend zog sie die Nase kraus. »Oh, Ed …«

Ed Brown blickte in das Gesicht der Aufseherin. Das Einzige, was er sah, war die wunderbare Freiheit, zu der sie ihm schon bald verhelfen würde, und die Möglichkeiten, die sich aus dieser neu gewonnenen Freiheit ergaben. Die Möglichkeit, an Makedde Vanderwall heranzukommen, die er in acht Stunden wiedersehen würde. Er würde ihr Gesicht von seinem Platz aus betrachten, und sie würde wissen, dass sie dafür bestimmt war, bei ihm zu sein. Und am Ende hätte er sie ganz für sich allein, so wie er es vom ersten Moment an gewollt hatte.

Makedde.

Ich komme.

Es ist unser Schicksal.

11

Detective Andy Flynn saß am Fenster und starrte hinaus.

Trotz der späten Stunde war die Stadt von Leben erfüllt, Lichter brannten, Menschen gingen durch die Straßen. Sein Apartment bot einen schönen Ausblick auf Darlinghurst. Cassandra hatte ihm den größten Teil ihres Besitzes hinterlassen. Sie war ermordet worden, als sie mitten in der Scheidung gesteckt hatten, und offenbar hatte sie keine Zeit mehr gehabt, ihr Testament zu ändern. Was für eine grausame Ironie, dass er heute allein in einem Apartment saß, das er größtenteils von ihrem Geld gekauft hatte. Am Ende ihrer Ehe war ihr Hass auf ihn so groß gewesen, dass ihr allein der Gedanke, ihm alles zu hinterlassen, unerträglich gewesen wäre.

»Ich fühle mich jetzt schon wie eine Polizistenwitwe, obwohl du noch lebst.«

Das moderne Apartment mochte eine vernünftige Investition gewesen sein, trotzdem hatte es ihm bislang nicht allzu viel Freude bereitet.

Wieder begrüßte ihn Jack Daniels mit seinem rauen Handschlag. Er spürte die Flüssigkeit samtig weich auf seiner Zunge, wie sie durch seine Kehle floss und sich wärmend in seinem Magen ausbreitete. Behutsam lehnte Andy die Flasche gegen das Sofakissen. Seine Finger waren klebrig. Er rieb sich die Augen. Er würde nicht weinen, er wollte nicht. Männer weinten nicht. Männer griffen zur Flasche und lebten ihr Leben weiter.

Die Begegnung mit Makedde hatte ihn zutiefst erschüttert.

Er hätte nie gedacht, dass es so sein könnte. Sie war wieder da, in Sydney. Endlich waren sie nicht mehr durch Meere und Kontinente getrennt. Aber er hatte es versaut. Schon mit Cassandra hatte er es versaut. Und dann hatte er Mak kennen gelernt und auch sie verloren. Ein kurzer Augenblick des Glücks, und er hatte es weggeworfen.

Was hatte sie zu ihm gesagt? »*Wie ich sehe, haben die Anonymen Alkoholiker ganze Arbeit geleistet.*«

Ja, klar. Er legte die Finger um den klebrigen Hals und hob die Flasche erneut an die Lippen. Da war es wieder, dieses Gefühl, befriedigend, beruhigend. Es nahm dem Ganzen die Schärfe, die Dringlichkeit, das war alles. Keine Sucht, sondern eine Freundschaft.

Es hatte eine Zeit gegeben, als Makedde ihn voller Leidenschaft und Bewunderung angesehen hatte. Eine Zeit, als er selbst mit einem gewissen Stolz in den Spiegel geschaut hatte. Doch nun, in seinem Apartment, mit der Flasche in der Hand, musste er sich eingestehen, dass er von der wahrscheinlich einzigen Frau zurückgewiesen worden war, die er je aufrichtig geliebt hatte. Und er klammerte sich an der einzigen Sache fest, von der er fest versprochen hatte, sie zurückzuweisen.

Sie wird schlafen, Andy, und keinen einzigen Gedanken an dich verschwenden.

Er betrachtete die Flasche neben sich.

Du weißt, dass du nicht mehr aufhören kannst, wenn du sie jetzt nicht wegwirfst.

Mit einem letzten Fünkchen Selbsterhaltungstrieb packte Andy die halb volle Flasche und trug sie zum Mülleimer in der Küche. Er nahm den Deckel ab und stopfte die Flasche zwischen die Reste seines Abendessens vom chinesischen Lieferservice und ein paar zerbrochene Eierschalen.

Da. Du hast es getan.

Es war zu spät, um seinen Partner Jimmy anzurufen. Er war bereits zu Hause bei seiner Frau und seinen Kindern. Angie würde einen Anruf um diese Zeit nicht gutheißen. Andy hatte nicht auf Carols Anrufe reagiert. Seine Vernarrtheit in Mak ließ keinen Raum für eine andere Frau. Wenn er ehrlich war, wusste er, dass er nur deshalb allein zu Hause saß, weil er hoffte, sie könnte anrufen.

Makedde.

Es war zu spät, um jetzt, am Abend vor dem Prozess, noch irgendwo hinzugehen. Es war zu spät, sich mit irgendetwas abzulenken. Es war einfach zu spät. Seine Augen brannten vom Alkohol und einer Flüssigkeit, die er sich als Tränen anzuerkennen weigerte, als er den Blick auf den Mülleimer richtete.

Zwanzig Minuten später hatte er die Flasche Jack Daniels wieder in der Hand. Er machte sich nicht einmal die Mühe, die Eierschalen und die klebrigen Essensreste abzuwaschen, bevor er sie gierig an die Lippen hob.

Keine Sucht, nur Freundschaft.

»Willst du bumsen?«

»Wie bitte?« Makedde streckte die Hand aus, um sich an dem Mann vorbeizuschieben, wobei sie ein leeres Whiskeyglas umstieß und zusah, wie es wie in Zeitlupe über den Tisch rollte und am Rand der Tanzfläche auf dem Boden landete. Wie durch ein Wunder zerbarst es nicht.

»Willst du tanzen?«, wiederholte der Fremde. Dieses Mal verstand Mak ihn richtig. Die Musik dröhnte, genauso wie ihr Kopf. Zu behaupten, sie fühle sich ein wenig unsicher auf den Beinen, wäre reichlich untertrieben.

»Nein, danke«, brachte sie mühsam heraus.

Der junge Mann bückte sich höflich, hob ihr Glas auf und stellte es auf den Tisch.

»Darf ich dich auf einen Drink einladen?«

»Nein, nein. Ich möchte nichts mehr. Bitte …«

»Komm schon, tanz mit mir«, beharrte der Mann lächelnd.

Er war jung und gut aussehend mit dunklem Haar, dunklem Teint, mandelförmigen Augen und kräftigen Armen, die aus seinen aufgerollten Ärmeln ragten. Aber Makedde hatte keinerlei Interesse an ihm, ebenso wenig wie an irgendjemand anderem an diesem Abend. Sie war viel zu sehr damit beschäftigt, den dumpfen Schmerz in ihrem Herzen zu betäuben. Sie war nicht bereit, jemanden an sich heranzulassen, nicht einmal für ein paar Minuten auf der Tanzfläche. Loulou hatte ihr bereits das dritte Mal an diesem Abend vorgehalten, was für eine Spaßbremse sie sei, und wahrscheinlich hatte sie Recht. Sich zu betrinken hatte nicht geholfen.

Unvermittelt tauchte Loulou hinter ihr auf und packte den jungen Mann am Handgelenk. »Ich tanze mit dir«, erklärte sie. »Los, komm schon.«

Entsetzen zeichnete sich auf dem Gesicht des Mannes ab, als Loulou ihn in die pulsierende Menge der Tanzenden zerrte. Mittwochs war Salsa-Abend in der Arthouse Bar. Wer hätte das gedacht? Mak, die keinen einzigen Salsa-Schritt kannte, jedenfalls nicht. Lateinamerikanische Tänze lernen stand ganz am Ende einer langen Liste der »Dinge, die ich noch machen möchte, bevor ich sterbe«, gleich hinter Hubschrauber fliegen, Tiefseetauchen und einem Sprachkurs in Kantonesisch. Da sie in ihrem Zustand zweifellos mit erheblichen Koordinationsstörungen zu kämpfen hätte, war dies wohl kaum der richtige Zeitpunkt für eine Tanzstunde.

Loulou und der gut aussehende Kerl verschwanden in dem Gewirr aus zuckenden Leibern, nur ihre wild gefärbten Haare tauchten von Zeit zu Zeit zwischen den Tanzenden auf. Mak blieb allein mit ihrem leeren Glas zurück.

In der Arthouse Bar gab es die besten Mojitos, die Mak je getrunken hatte. Und die tödlichsten. Zwei von diesen Dingern, ein paar Schlucke von diesem Cocktail mit dem pornografischen Namen, den Cock Sucking Cowboys, und Mak war restlos bedient. Unglücklicherweise verstärkte der Alkohol ihre trübe Stimmung nur, statt sie zu vertreiben, so dass ihr Kummer und das Gefühl der Einsamkeit noch intensiver waren als vorher.

Mak schüttelte den Kopf, um wieder nüchtern zu werden.

Ziellos schossen ihre Gedanken zwischen ihren Erinnerungen hin und her und riefen Bilder hervor, die sie lieber nicht sehen wollte. Sie lösten sich und stiegen an die Oberfläche empor wie Schlamm, der sich am Boden eines Tümpels gesammelt hatte. Sie sah Catherine vor sich, blutüberströmt im hohen Gras liegend, und malte sich aus, wie sie ihren zerstörten Körper wieder heil machte. »Ist okay, ist okay, alles in Ordnung, Cat, alles in Ordnung ...« Dann sah sie Andy, klebrig vom Schweiß, aufregend und warm; als Nächstes sah sie ihn hinter dem Abflug-Gate verschwinden, ehe er sich noch einmal umdrehte und ihr zulächelte.

Ich muss aufs Klo.

Makedde zwang sich dazu aufzustehen und steuerte halb schlurfend, halb taumelnd auf der Suche nach der Toilette auf einen schmalen Korridor zu. Und plötzlich stand sie vor einem Telefon.

Tu's nicht...

Innerhalb weniger Sekunden gelang es ihr, ein paar Münzen in den Schlitz zu werfen und Andys Mobilnummer zu wählen. Sie hörte es klingeln. Einmal, zweimal. Sie lehnte sich gegen die Wand, den Hörer ans Ohr gepresst.

»Hey, ich habe mich schon gefragt, wo du abgeblieben bist.«

Mak fuhr erschrocken zusammen. Der Hörer entglitt ihr. Es war Loulou.

Loulou griff nach dem Hörer und legte auf. »Nein, Schatz. Niemals trinken und telefonieren«, erklärte sie, als sie Maks jämmerliche Miene sah.

»Ich bin total fertig.« Verlegen senkte Mak den Kopf und verschränkte die Arme. Sie fühlte sich leer und ausgelaugt, voll von düsteren und wirren Gedanken. Es fiel ihr schwer, geradeaus zu sehen.

»Ruf ihn morgen an, Süße, aber nicht jetzt. Vertrau mir wenigstens in diesem Punkt.«

»Ich weiß, aber morgen bin ich vor Gericht«, nuschelte sie. »Ich stehe vor Gericht.«

»Nein, Süße, du stehst nicht vor Gericht. Ed Brown steht vor Gericht, und du wirst ihn in Grund und Boden rammen. Und jetzt, Süße, bringe ich dich nach Hause.«

»Er hat… mir das Leben gerettet…«

»Komm schon.«

Loulou legte sich Maks Arm um die Schultern und führte sie hinaus.

»Hey!«, rief eine Stimme hinter ihnen. Es war der Kerl, mit dem Loulou getanzt hatte. Er war nass geschwitzt und lief ihnen nach wie ein Hundebaby.

»Ruf mich an«, erklärte Loulou und drückte ihm ihre Visitenkarte in die Hand. »Aber nicht heute Abend.«

Er starrte sie mit offenem Mund an und nickte.

Loulou brachte Mak mit dem Taxi ins Hotel zurück, hielt ihr den Kopf, als sie sich die Seele aus dem Leib kotzte, und steckte sie ins Bett. Wie die Schwester, die Mak sich immer gewünscht hatte, verbrachte Loulou die restlichen Stunden neben ihr in dem Doppelbett, so dass Mak nicht allein war. Um sieben Uhr weckte Loulou sie, ehe sie nach Hause fuhr, um sich umzuziehen. Gerry Hartwell würde sie kurz nach acht Uhr abholen.

Es war der Tag des Prozesses.

12

Der Oberste Gerichtshof am Taylor Square in Darlinghurst wies die unmissverständlichen Zeichen der Vernachlässigung auf. Rostige Tore, flankiert von Parkschildern, an denen die Farbe abblätterte, führten zu einer ehemals prächtigen Auffahrt. Das bröckelnde Sandsteingebäude hatte längst nichts Ehrfurcht einflößendes mehr an sich, sondern ging zwischen den Sexshops und den In-Cafés unter, die ringsum wie Pilze aus dem Boden geschossen waren. Junkies lungerten herum und Strichjungs verkauften sich abends auf den Straßen. Auch die vielen gut besuchten Nightclubs in dieser Gegend konnten das Gefühl des Schmerzes und der Verzweiflung auf den Straßen nicht verdrängen, das dort seit den Tagen der zum Tode Verurteilten und der Galgen herrschte. Lediglich die Art des Schmerzes hatte sich im Lauf der Jahre verändert, und die neue Welt verschwendete nicht allzu viele Gedanken an Justitia mit ihrer Augenbinde. Sie war im Grunde unsichtbar geworden.

Justitia ist nicht nur blind, dachte Andy Flynn und betrachtete das Gerichtsgebäude, das förmlich nach einem neuen Anstrich schrie. *Sie ist müde und will so schnell wie möglich nach Hause.*

Auf der anderen Straßenseite saß ein Mann mit einem dichten Bart auf den Stufen der Kirche von Sacred Heart hinter seinem Einkaufswagen und beobachtete den Verkehr. Zweifellos fragte er sich, was dieses Treiben hier sollte. Übertragungswagen und Nachrichtenteams strömten auf den Besucherparkplatz des Gerichts, und die Journalisten rangelten im Kampf um die Bilder des ersten Tages im Prozess des Stiletto-Mörders um die besten Plätze.

Andy überquerte die Straße, dicht gefolgt von seinem Partner Jimmy.

»Sieh dir nur an, was dieser Prozess auslöst. Sie sollten Ed verurteilen, öffentlich gehängt zu werden. Ich könnte Millionen mit dem Verkauf der Eintrittskarten verdienen.«

Andy reagierte nicht auf Jimmys Bemerkung, konnte sich den Gedanken daran aber nicht verkneifen, wie es damals in den Tagen der öffentlichen Hinrichtungen in Darlinghurst wohl gewesen war. Wäre die Befriedigung von Eds Anblick mit einem Strick um den Hals ausreichend, Andy vergessen zu lassen, dass er auf ihn gezielt, aber danebengeschossen hatte?

Sie traten durch die Sicherheitsschranken, wo sie von den Wachleuten begrüßt wurden.

»Andy …«

»Hey, Jimmy …«

Die Jungs hatten einen harten Tag vor sich. Der gewöhnlich ruhige Gerichtssaal fünf, in dem tagein, tagaus eine deprimierende Liste von Fällen häuslicher Gewalt, tätlichen Angriffen, Kneipenschlägereien mit tödlichem Ausgang und derartige Delikte verhandelt wurde, stand nun im Mittelpunkt des öffentlichen Interesses und war bis auf den letzten Platz besetzt. Heute versprachen die langsamen Mühlen der Justiz Aufregenderes als sonst: Es war Tag eins des am meisten herbeigesehnten Prozesses, den Andy je erlebt hatte, und es sollte jeden Augenblick losgehen.

Jurastudenten, Reporter und Touristen aller Art waren gekommen, um dem Drama beizuwohnen, wenn es sich in seinen unschönen Details präsentierte. Heute würde die Staatsanwaltschaft die Anklage gegen jenen Mann verlesen, der im Verdacht stand, neun junge Frauen ermordet zu haben, und versuchen, vom ersten Moment an die Gunst der Geschworenen zu erlangen, indem sie ihre Star-Zeugin aufrief – Ed Browns einziges überlebendes Opfer, Makedde Vanderwall. Aber Andy würde sich ihre Aussage nicht anhören können. Er war selbst Zeuge und durfte deshalb den Gerichtssaal erst betreten, wenn er aufgerufen wurde. Obwohl er der leitende Beamte war, der die Verhaftung vorgenommen hatte, würde er nicht als Erster seine Aussage machen. Und er durfte sich die anderen Aussagen nicht anhören, da die Gefahr bestand, dass sein Erinnerungsvermögen dadurch beeinflusst werden könnte.

Andy wurde ausgeschlossen, ein Gefühl, das ihm in den letzten Jahren immer vertrauter geworden war. Gespannt wartete er auf den kurzen Moment, Makedde aufmunternd zuzunicken, ehe sie den Gerichtssaal betrat. Mehr konnte er nicht für sie tun. Nur ein Nicken. Das Gefühl der Ohnmacht gefiel ihm nicht.

»Fünfzig Mäuse, dass sie sie heute fragen, ob du sie flachgelegt hast.«

»Jimmy!« Andy massierte seine Schläfen. »Ich habe Kopfschmerzen.«

»Los, komm schon. Fünfzig Mäuse.«

Andy presste sich die Hände auf die Ohren.

»Wow, du musst gestern ja mächtig breit gewesen sein«, meinte Jimmy, als ihm auffiel, wie mitgenommen sein Partner wirkte.

»Ja.«

Andys Kopf schmerzte von seiner spätabendlichen Verabredung mit seinem alten Freund Jack Daniels. Es war ihm gelungen, die Flasche noch einmal in den Müll zu werfen, aber erst, nachdem er drei Viertel davon intus gehabt hatte, um dann eine Reihe scheinbar harmloser Bierdosen aus dem Kühlschrank zu holen. Das schien eine der wenigen Schlachten in seinem Leben zu sein, die er nicht gewinnen konnte. Am Abend vor seiner eigenen Aussage sollte er sich so etwas nicht erlauben, sonst könnte ihn seine Sauferei erneut in ernste Schwierigkeiten bringen. Wahrscheinlich war er erst in ein paar Tagen an der Reihe, nachdem Mak ihre Aussage gemacht und die langwierigen Befragungen und Kreuzverhöre hinter sich gebracht hatte. Die Staatsanwaltschaft fuhr aus Gründen der emotionalen Wirkung gleich von Anfang an schwere Geschütze auf: die einzige Augenzeugin von Eds krankhaften Gewaltexzessen in diesem Fall. Maks Aussage sollte in voller Gänze verdeutlichen, welches unfassbare Leid dieser Mann seinen Opfern zugefügt hatte.

Du sollst mich nicht als Opfer bezeichnen, Andy. Ich bin eine Überlebende, kein Opfer… bitte nenn mich nie wieder so.

Beim Gedanken an sie und daran, wie nahe sie einander gewesen waren, als sie das gesagt hatte, zog sich Andys Herz schmerzhaft zusammen. Inzwischen lagen die Dinge vollkommen anders.

»Hast du Eds Mutter gesehen?«

Ed Browns Mutter. Ja, auch Andy hatte sie entdeckt. »Die reizende Mrs. Brown«, bemerkte er.

Ihr Termin vor Gericht hatte Mrs. Brown veranlasst, sich ein wenig konservativer zu kleiden als sonst. Die bleichen Fettwülste, die sie bei ihren früheren Begegnungen so stolz zur Schau getragen hatte, steckten nun in einem langweiligen, marineblauen Kostüm, das etwa die Passform eines Kartoffelsacks besaß. Ihre Kleidung war anders als gewöhnlich, nicht aber die finstere Miene, die offenbar ständig auf ihrem Gesicht lag und die seit ihrem letzten Aufeinandertreffen nicht an Intensität verloren hatte. Sie war eine verbitterte, schwierige Frau, Eigenschaften, die sie all den Jahren zu verdanken hatte, in denen sie ihr Geld auf der Straße verdient hatte, ehe sie ein Brand zu einem Leben im Rollstuhl verurteilt hatte. Wie dachte sie über ihren Sohn? Und würde sie seine Meinung über ihn ändern, wenn der Prozess erst vorüber war? Würde er ihr endlich vor Augen führen, was Ed Brown getan hatte?

»Hallo, Detective Flynn.«

Andy fuhr zusammen und blickte auf.

Verdammt.

Die allgegenwärtige Pat Goodacre, eine der hartnäckigsten Reporterinnen Sydneys, stand vor ihm. Er hatte erwartet, dass sie auftauchen würde. Ihre Anwesenheit hatte Vor-, aber auch Nachteile. Sie würde die Fakten genauer als die meisten anderen wiedergeben, andererseits aber auch kein Detail auslassen, was Besorgnis erregend war.

»Pat, wie geht's Ihnen?«, erwiderte Andy vorsichtig.

»Na, in letzter Zeit ein paar hübschen Notarztwagen hinterhergejagt?«, erkundigte sich Jimmy, wie üblich ein Vorbild an Diplomatie. Er saß mit verschränkten Armen auf seinem Stuhl und grinste der Journalistin frech ins Gesicht.

»Sie sollten Ihrem Wachhund einen Maulkorb verpassen«, erwiderte Pat, ohne Jimmy eines Blickes zu würdigen, kniff die Augen zusammen und musterte Andy durchdringend. »Das Personal im Hotel sagt, Sie geben nicht besonders viel Trinkgeld, Andy. Da habe ich mich gefragt, ob Sie vielleicht am Service etwas auszusetzen haben.«

Pat legte es eindeutig darauf an, ihm ein paar Informationen zu entlocken.

»Sie haben nichts in der Hand, Pat.«

»Ich hatte schon immer gute Beziehungen zum Westin.«

»Sie haben absolut nichts.«

»Und zum Hyatt?«

Andy schwieg.

»Wo ist Miss Vanderwall abgestiegen?«, fragte sie schließlich direkt. »Kommen Sie schon, Andy, wir sind doch Freunde. Für diesen Fall interessieren sich eine Menge internationaler Medien. Irgendeiner wird die erste Meldung bringen und den anderen zuvorkommen. Sie wissen doch genau, dass ich in Ihrem Sinne schreibe.«

Mit einer übertriebenen Geste sah Andy auf seine Armbanduhr. Es war kurz vor halb elf.

»Sie wollen doch Ihren Sitzplatz nicht riskieren, oder, Pat?«

Sie wandte sich um und verschwand. Die Show würde jeden Moment anfangen. Zweifellos würde sie sich später noch einmal an ihn wenden.

Ed Brown sollte mittlerweile auf dem Weg von seiner Zelle zum Gerichtssaal sein und demnächst seinen Platz auf der Anklagebank einnehmen. Die Zuschauer würden endlich einen ungehinderten Blick auf den Mann werfen können, der als der Stiletto-Mörder galt. Würde er ihre Erwartungen erfüllen? Würde er ihnen wie ein Ungeheuer vorkommen oder lediglich wie ein menschliches Wesen, ein Mann wie jeder andere auch?

Wenn er in sämtlichen Punkten schuldig gesprochen wurde, würde Ed Brown als einer der schlimmsten Serienkiller der australischen Geschichte hinter Gitter wandern.

»Miss Vanderwall?«

Beim Klang ihres Namens schlug Makedde das Herz bis zum Hals. Sie hatte die Stimme erwartet, trotzdem spürte sie Angst in sich aufsteigen. Die Eröffnungsplädoyers schienen eine halbe Ewigkeit zu dauern, und jetzt, nachdem sie mindestens eine Stunde auf ihrem Stuhl herumgerutscht war, hatte man sie aufgerufen.

Mak holte tief Luft. »Äh, ja.« Sie stand auf und legte die Ausgabe der *Australian Women's Weekly*, die sie zu lesen vorgegeben hatte, auf die Sitzfläche ihres Stuhls. Ihre Nervosität war viel zu groß gewesen, um sich konzentrieren zu können.

Der Gerichtsdiener trug eine elegante graue Uniform, auf deren Revers goldene Kronen glänzten. Er musste um die fünfzig sein und sah wie ein Gentleman aus. Um seine Lippen lag ein etwas strenger Zug, doch seine Augen ruhten freundlich auf ihr.

»Es wird schon gut gehen«, sagte er leise.

Mit freundlicher, aber förmlicher Miene, die sie an einen

Butler denken ließ, führte er sie aus dem Warteraum in einen Korridor, wo die hohe Tür geöffnet wurde.

»Mak…«

Sie schnappte nach Luft. Andy. Er saß mit Jimmy vor dem Saal auf einer Bank. Seine Augen waren blutunterlaufen.

»Viel Glück«, sagte Andy leise. Detective Cassimatis nickte ihr schweigend zu. Sie nickte automatisch. Der Gerichtsdiener mahnte sie zur Eile, also betrat sie den Saal.

Oh Gott.

Der Gerichtssaal war viel kleiner, als sie erwartet hatte, und wesentlich voller. Ihr Auftauchen wurde mit Schweigen zur Kenntnis genommen. Sämtliche Blicke ruhten auf ihr, und die meisten machten keinen Hehl aus ihrer Neugierde. Zuschauer, Journalisten und Geschworene musterten sie von oben bis unten. Sie trug einen schwarzen Hosenanzug und hatte sich das lange Haar aus dem Gesicht gestrichen. Sie spürte, wie die Anwesenden innerhalb weniger Sekunden zu einem Urteil über ihr Erscheinungsbild gelangten, über ihre Kleidung, ihr Haar. Einer der Gerichtszeichner begann mit einer Skizze, die Gerichtsreporter zückten die Stifte.

Mit versteinerter Miene ging Makedde den Gang entlang bis zum Zeugenstand vor der Richterin. Sie hustete leise. Ihre Hände fühlten sich klamm an. Sie konnte nur hoffen, dass sie bereit war.

»Bitte nennen Sie uns Ihren vollen Namen«, forderte sie der Gerichtsdiener auf.

»Makedde Vanderwall.«

»Ihr Beruf?«

»Studentin der Psychologie und Model.«

»Nehmen Sie die Bibel in die rechte Hand und sprechen Sie mir nach«, fuhr er fort. Sie hob die Bibel hoch. »Ich schwöre bei Gott dem Allmächtigen, dass meine Aussage die Wahrheit ist, die ganze Wahrheit und nichts als die Wahrheit.« Sie wiederholte die Worte.

»Sie können sich jetzt setzen.«

Sieh ihn nicht an. Tu's nicht.

Mak wusste, dass alle sie beobachteten, einschließlich der nüchtern wirkenden Richterin und ihrem Beisitzer, doch nur ein einziges Augenpaar irritierte sie. Sie spürte, wie sich seine Augen in sie hineinbohrten, spürte Eds starren Blick, der über ihr Gesicht, ihren Hals und ihre Hände wanderte. Sie hätte am liebsten geschrien. Die Stenografin wartete darauf, jedes ihrer Worte zu protokollieren. Der Gerichtsdiener ging zu seinem Platz. Die zwölf Geschworenen saßen auf ihren Stühlen und starrten sie an, Stifte und Unterlagen vor sich. Vor jedem von ihnen lag ein dicker Ordner mit Beweismaterial – Tatortfotos, Aufnahmen der Verstümmelung und des Mordes. Auch die Fotos von Makeddes Verletzungen waren darunter. Und von der armen, leblosen Catherine im hohen Gras.

Sie sah die distinguierte Gestalt des obersten Staatsanwalts William Bartel auf sich zukommen. Er sah ganz anders aus mit seiner Perücke und dem Talar. Seine Miene war ernst, doch Mak bemerkte das kaum wahrnehmbare ermutigende Zwinkern, als er die Formalitäten hinter sich brachte und mit der Befragung begann.

»Miss Vanderwall, kannten Sie eine junge Dame namens Catherine Gerber?«

»Cat? Ja. Sie war meine beste Freundin. Sie stammt aus meiner Heimatstadt, und ich habe ihr geholfen, als Model Fuß zu fassen.«

»Und sind Sie nach Australien gereist, um sie zu besuchen?«

»Ja. Vor etwa achtzehn Monaten bin ich nach Sydney geflogen, um eine Weile bei ihr zu bleiben und zu arbeiten.«

»Und was ist dann passiert?«

Mak wählte ihre Worte mit Bedacht. Sie wollte auf keinen Fall vor all diesen Fremden in Tränen ausbrechen. Das würde sie nicht zulassen, denn sie fürchtete, nicht mehr aufhören zu können, wenn sie einmal zu weinen begonnen hätte.

»Ich bin in Sydney angekommen, aber Catherine war nicht am Flughafen, um mich abzuholen, was mich überrascht hat. Es sah ihr gar nicht ähnlich. Also bin ich zu der Adresse gefahren, die sie mir gegeben hatte, aber dort hat niemand geöffnet. Ich habe einen Schlüssel bei der Model-Agentur besorgt, die das Apartment angemietet hatte, und bin hineingegangen.«

»Verstehe. Und was ist dann passiert? Haben Sie Ihre Freundin Catherine Gerber gesehen?«

»Na ja, es war eindeutig, dass sie in dem Apartment wohnte. Ihre Sachen waren da, und auf dem Anrufbeantworter waren ein paar Nachrichten für sie eingegangen. Sie hatte mir keinen Zettel hingelegt, wo sie war, deshalb habe ich mir allmählich Sorgen gemacht, ihr könnte etwas zugestoßen sein. Am nächsten Tag hatte ich ein Shooting am Strand in La Perouse … und dort habe ich ihre Leiche im Gras gefunden.«

Mak hörte, wie sämtliche Anwesenden scharf den Atem einsogen.

Oh Cat.

Ed starrte sie noch immer an. Sie spürte es. Inzwischen gab es keinen Zweifel mehr. Sie würde ihn nicht ansehen. Er konnte starren, solange er wollte, sie würde seine Gegenwart in keiner Weise zur Kenntnis nehmen.

»Hat man Sie gebeten, die Leiche offiziell zu identifizieren?«, fuhr Bartel fort.

»Ja. Am nächsten Tag hat Detective Flynn mich gebeten, ins Leichenschauhaus nach Glebe zu kommen, um die Leiche zu identifizieren. Ich war die Einzige hier, die das tun konnte.«

»Und war die Tote Ihre Freundin?«

»Ja. Es war Catherine. Im Leichenschauhaus habe ich auch zum ersten Mal Ed Brown gesehen. Er hat dort gearbeitet.« Bartel beugte sich über das Geländer des Zeugenstands, doch er sah Makedde nicht ins Gesicht, sondern richtete seine Fragen mit eindringlicher Miene an die Geschworenen und die Richterin, als versuche er, ihnen etwas Wichtiges zu verdeutlichen. »Hat der Angeklagte, Mr. Brown, bei dieser ersten Begegnung irgendetwas zu Ihnen gesagt?«

»Ja. Etwas darüber, dass ich sie anfassen könnte, wenn ich wollte, und dass er etwas von ihrem Haar aufbewahrt habe, das er mir geben könnte.«

Entsetztes Gemurmel machte sich im Zuschauerraum breit.

»Das Ganze hat mich ziemlich mitgenommen, deshalb habe ich mir nicht viel dabei gedacht«, fuhr Mak fort. »Manchmal wollen Angehörige ja etwas von den Verstorbenen behalten. Ich war praktisch wie ein Familienmitglied für sie. Aber später kam es mir merkwürdig vor.«

Es hat ihn angemacht, hätte sie am liebsten gesagt. *Der Anblick, wie ich ihre Leiche ansehe, sein Werk, während er daneben steht und mir eine Locke von ihr anbietet. Genau das hat ihn angemacht.*

Erst im Lauf des Nachmittags kam Bartel auf Makeddes Entführung durch Ed Brown zu sprechen. Ihr war klar, dass dieser Teil am schlimmsten werden würde. Vor einer Gruppe wildfremder Menschen *und* vor Ed Brown die Fragen beantworten zu müssen war eine enorme Hausforderung. Sie wollte lieber nicht an das Kreuzverhör durch den Ehrfurcht einflößenden Phillip Grange denken, das bald, möglicherweise schon morgen, bevorstand. Sich die Ereignisse ins Gedächtnis zurückzurufen, erforderte eine Reise an Orte in ihrer Erinnerung, an die sie nicht reisen wollte.

Ed hatte geplant, sie zu töten – oder sogar noch etwas viel Schlimmeres, als sie einfach nur umzubringen –, was ihm auch gelungen wäre, wäre Andy nicht gekommen und hätte sie davor bewahrt, Eds Opfer Nummer zehn zu werden. Die Fesseln und ihre Verletzungen hatten es ihr unmöglich gemacht, sich selbst zu verteidigen. Das war die Wahrheit. Und für jemanden, der so vehement auf seine Unabhängigkeit pochte wie Mak, war die Unleugbarkeit ihrer Verletzlichkeit schwer zu akzeptieren.

»Würden Sie uns bitte erzählen, was dann passiert ist?«, fragte Bartel geduldig.

Sie sah, wie die Stenografin emsig tippte und jedes Wort aus ihrem Mund festhielt. Der Verteidiger und sein Mitarbeiter machten sich ebenfalls Notizen und flüsterten immer wieder miteinander und mit ihren Helfern. Einer der Gerichtszeichner schlug ein neues Blatt auf seinem Block auf. Eine Geschworene, eine ältere Frau mit runder Brille, betrachtete ein Beweisfoto in ihrer Mappe. Mak vermutete, dass sie sich eine Aufnahme von Eds Lieferwagen ansah, in dem er sie entführt hatte, oder die Autopsie-Instrumente, die er gestohlen hatte, um sie bei ihr zu benutzen – eine Vorstellung, bei der sich ihr der Magen umdrehte.

»Miss Vanderwall …«, sagte Bartel.

Sie musste ihm antworten.

»Ich …«, begann sie mit zitternder Stimme. »Ich kann mich nicht mehr an jedes Detail erinnern. An den Fenstern des Lieferraums waren Vorhänge. Sie waren zugezogen, so dass ich nichts erkennen konnte. Ich habe nicht gesehen, wohin er mit mir fuhr. Ich habe alles getan, um mich zu befreien, habe versprochen, ich würde nichts sagen, wenn er mich laufen lässt. Er könnte mich einfach an der Straße aussteigen lassen, und ich würde keinem etwas verraten. Er könnte auch Geld von mir haben. Aber er wurde nur immer aufgeregter. Er meinte, ich soll den Mund halten. Er muss wohl einen Moment nicht auf die Straße gesehen haben, als er mit mir redete, denn plötzlich geriet der Transporter ins Schleudern und stürzte in einen Fluss. Es gab ein lautes Krachen. Er hatte mir Handschellen mit einer Kette angelegt. Als der Transporter umkippte, flog ich durch die Luft und wurde gegen die Seitenwand geschleudert. Später habe ich festgestellt, dass meine Rippen gebrochen sind. Ich glaube, die Kette ist durch den Aufprall gerissen, weil ich mich endlich befreien konnte. Wasser drang in den Wagen. Es ist mir gelungen, durch die Frontscheibe nach draußen zu kommen. Ich habe schrecklich gefroren und war desorientiert, aber dann weiß ich noch, dass ich das Ufer gefunden habe. Aber plötzlich hat mich etwas am Kopf getroffen. Und dann stand er über mir.«

In diesem Moment lösten sich die Tränen, die sie die ganze Zeit eisern zurückgehalten hatte, und liefen über ihre Wangen. »Ich habe gemerkt, dass ich gefesselt bin«, fuhr Makedde fort und versuchte vergeblich, ein Schluchzen zu unterdrücken. »Mir wurde klar, dass einige Zeit vergangen sein musste, seit ich im Wasser gewesen war. Ich muss eine Weile ohnmächtig gewesen sein. Ich war nackt und habe gefroren. Und dann habe ich die Instrumente gesehen.« Sie holte tief Luft und bemühte sich, ihre Stimme ruhig klingen zu lassen. »Er hat gemeint, er wollte eine Autopsie an mir vornehmen. Er hat etwas gesagt, wie ›Die tödlichen Schnitte spare ich mir bis zum Schluss auf‹ oder so ähnlich.«

Makedde unterbrach sich und presste ihre Hände auf den Mund.

»Möchten Sie eine Pause machen, Miss Vanderwall?«, erkundigte sich Richterin Knowles.

Makedde konnte sich nicht länger beherrschen. Sie sah zur Anklagebank hinüber und starrte Ed Brown in die Augen.

Sieh ihn nicht an! Sieh nicht hin!

Seine hellblauen Augen verrieten keine Regung. Sie konnte keinerlei Emotion darin entdecken. Nicht einmal den Hauch von Reue.

Und dann sah sie, wie sich seine Lippen bewegten.

»Ich bin schuldig«, sagte er leise.

Etwa die Hälfte der Anwesenden im Gerichtssaal hatte es gehört. Sie wandten sich ihm zu und starrten ihn an. Mak konnte kaum atmen.

»Ich bin schuldig«, wiederholte er und stand auf. Mak traute ihren Ohren nicht. »Ich bin schuldig«, sagte er noch einmal, diesmal lauter.

Sein Verteidiger Phillip Granger sprang so abrupt auf, dass seine Perücke ins Rutschen geriet.

»Ich habe sie umgebracht und die anderen auch«, erklärte Ed den verblüfften Anwesenden. »Ich möchte mich all der Morde schuldig bekennen, derer ich angeklagt bin.«

Oh mein Gott, was passiert hier?

»Euer Ehren, natürlich werde ich mich mit meinem Mandanten beraten müssen. Darf ich darum bitten, die Geschworenen zu entlassen?«, bat Granger eilig, wenn auch mit fester Stimme.

»Meine Damen und Herren Geschworene, Sie sind bis auf weiteres entlassen.«

Die Geschworenen wurden nach draußen geführt.

»Euer Ehren, darf ich zur Anklagebank treten?«, bat Granger.

»Bitte sehr.«

Der sonst so ruhige Anwalt hastete zu seinem Mandanten, um sich mit ihm zu beraten. Anfangs konnte Mak den genauen Wortlaut nicht verstehen, sondern nur den eindringlichen Wortwechsel, doch dann drang Eds Stimme klar und deutlich durch den Raum. »Nein, ich will mich schuldig bekennen.« Keiner der Anwesenden konnte die Worte überhört haben.

Ja, gib es zu, du Dreckskerl. Gib zu, was du getan hast.

Diese Bemerkung löste einen regelrechten Tumult im Gerichtssaal aus. Entsetzte Aufschreie wurden laut.

»Ruhe im Saal«, befahl die Richterin und schlug mit dem Hammer auf den Tisch. Schlagartig verstummte das Stimmengewirr, als hätten die Anwesenden für einen Moment vergessen, wo sie sich befanden, und lediglich diese Ermahnung gebraucht, um ihre Selbstbeherrschung wiederzufinden.

Mr. Granger wandte sich an die Richterin. »Euer Ehren, ich würde gern um eine Vertagung bitten, damit ich mich in Ruhe mit meinem Mandanten beraten kann.«

Er ist schuldig. Er ist schuldig, und alle wissen es.

»Ich bin des Mordes schuldig und möchte ein Geständnis ablegen«, erklärte Ed ruhig.

»Wir haben Sie gehört, Mr. Brown«, sagte die Richterin. »Mr. Granger, ich werde die Sitzung vertagen. Das Gericht zieht sich bis sechzehn Uhr zurück. Miss Vanderwall, Sie dürfen den Zeugenstand verlassen.«

»Oh, mein Gott«, murmelte Mak unwillkürlich.

»Erheben Sie sich.«

Und damit verließ die Richterin den Saal. Ed wurden Handschellen angelegt, ehe man ihn wegführte. Erschüttert verließ Mak den Zeugenstand. Sie wusste nicht, wohin sie gehen und was sie tun sollte. William Bartel und Gerry Hartwell nahmen sie in Empfang und führten sie in Richtung Ausgang, sorgsam darauf bedacht, sie von den zahllosen Fragen abzuschirmen, mit denen sie bombardiert wurde.

Miss Vanderwall, was halten Sie von seinem Geständnis?

Wie fühlen sich Ihrer Meinung nach die Familien der Opfer?

Sie schienen während Ihrer Aussage sehr aufgewühlt zu sein. Wie geht es Ihnen jetzt…

Aus dem Augenwinkel bemerkte Mak Andy, der versuchte, sich durch die Journalistenmeute zu drängen. Sie öffnete den Mund, um ihm etwas zuzurufen, doch in diesem Moment wurde sie bereits von den Staatsanwälten in einen kleinen Raum bugsiert. Das Stimmengewirr verebbte, und Mak, erschöpft und völlig durcheinander, ließ sich auf einen Stuhl fallen. Noch immer liefen ihr die Tränen über die Wangen, während ein winziger Hoffnungsschimmer in ihr aufkeimte.

13

Plopp.

Es war Mitternacht, als der zweite Korken der Flasche Moët & Chandon unter Gelächter und Applaus an die Decke des Restaurants Iceberg's in Bondi schoss.

»Wir haben es geschafft!«

»Ha ha. *Er* war's«, wandte Jimmy ein. Augenblicklich kassierte er für diese Geschmacklosigkeit einen kräftigen Rippenstoß von seiner Frau Angie, aber da sie bereits eine Flasche Champagner intus hatten, schien sich niemand am Tisch an Jimmys Bemerkung zu stören. Alle außer Gerry Hartwell lachten. Er konnte nur an eines denken. Champagner wurde eingeschenkt, und die Anwesenden hoben die Gläser.

»Auf die Gerechtigkeit«, verkündete Karen Mahoney.

»Auf die Gerechtigkeit«, stimmten die anderen ein.

»Darauf, dass wir diesen widerlichen Dreckskerl nie wieder sehen müssen«, fügte Jimmy hinzu.

»Auch darauf trinken wir.«

Am Nachmittag war Ed Brown in sämtlichen Anklagepunkten schuldig gesprochen worden. Das Urteil sollte in drei Wochen verkündet werden. Maks Anwesenheit würde nicht erforderlich sein. Ihre Aussage und die Beweise genügten. Sie war endlich frei. Andy wusste, wie viel ihr das bedeutete.

Andy und Jimmy, Angie, Karen Mahoney, Gerry Hartwell, Loulou und Mak hatten sich im Iceberg's in Bondi verabredet, um das sehnlich erwartete Urteil zu feiern. Die vergangene Stunde hatten sie in der angesagten Bar des Restaurants gesessen und auf ihren Erfolg angestoßen. Das Iceberg's war ein neues, trendiges Restaurant, das in fester Hand der Jungen, Schönen und Braungebrannten war, die allesamt teuere Kleidung mit Logos trugen, die Andy nicht entziffern konnte. *Wieso steht auf dem Hintern dieser dünnen Frau »Buddhist Punk«?*, rätselte er. Aber das Essen war eine deutliche Steigerung im Vergleich zu der Küche in den Pubs, in denen Andy gewöhnlich verkehrte. Das wahre Highlight waren jedoch der Ausblick und die Inneneinrichtung. Die Bar war in einer Art Barbarella-Stil eingerichtet, mit weißen, eierförmigen Plastikstühlen, die von der Decke hingen, und bogenförmig über den Gästen angeordneten Bühnenkerzen, deren falsche Dochte in der nicht vorhandenen Brise zu flackern schienen. Die riesigen, nach Norden und Nordwesten ausgerichteten Glasfronten boten einen einzigartigen Blick auf das halbmondförmige Ufer von Bondi Beach und den tosenden Ozean dahinter. Unmittelbar unterhalb ihres Tisches befand sich der türkisfarbene, beleuchtete Swimmingpool des Iceberg-Schwimmclubs, dessen Strahler die Wellen glitzern ließen, die sich weiß schäumend an den Betonwänden brachen. Trotz der geschlossenen Verandatüren hörte Andy das Tosen des Meeres. Es sah aus, als befänden sich das Restaurant mit der Eckbar, der darunter liegende Veteranenclub und der Schwimmclub gefährlich nahe am Rand der steilen Klippe.

»Wow, toller Champagner! Ich fasse es nicht, dass sich die Staatsanwaltschaft für uns in Unkosten stürzt«, ereiferte sich Loulou.

Ich auch nicht, dachte Andy.

»Oh, ja«, erklärte Gerry und reckte stolz eine goldene

Kreditkarte. »Das hier geht auf uns.« Er lächelte Mak verlegen an und straffte die Schultern.

Andy war klar, dass dies das Budget der Staatsanwaltschaft sprengte. Vermutlich wollte Hartwell damit nur Mak und ihre Freundin beeindrucken. Mak jedoch schien seine Großzügigkeit nicht zur Kenntnis zu nehmen. Wenn Gerry sich in Unkosten stürzen wollte, sollte er tun, was er nicht lassen konnte.

Dummkopf.

Alle genossen den Abend in vollen Zügen. Für Jimmy und Angie war es eine der seltenen Gelegenheiten, außer Haus zu essen. Andy wusste, dass sie nicht oft ausgingen, und schon gar nicht zusammen, und er bezweifelte, dass sie jemals ein so teures Restaurant von innen gesehen hatten. Mit dem Haushaltsgeld über die Runden zu kommen, war eine der Konstanten in ihrer ansonsten reichlich turbulenten Ehe. Und da sie vorhatten, ein weiteres Kind zu bekommen, würde Angie noch mehr sparen müssen.

Und Andy hatte Gerry auch noch nie so entspannt gesehen. Der junge Anwalt hatte seine Krawatte gelockert, nippte an seinem Champagner und grinste immer wieder, vorwiegend in Maks Richtung. *Wahrscheinlich gehört er schon längst ins Bett,* dachte Andy – oder hoffte es zumindest. Er schüttelte den Kopf.

Karen Mahoney, Mak und ihre reichlich ausgeflippt aussehende Freundin Loulou saßen nebeneinander auf einem Ledersofa an der Wand und schienen sich glänzend zu amüsieren. Andy konnte sich ein Grinsen nicht verkneifen, als er das Trio beobachtete, das sich pausenlos gegenseitig anstieß und irgendwelche Späße machte, wenn auch so leise, dass Andy sie nicht alle mitbekam. Irgendeine komplexe Art weiblicher Bindung, vermutete er. Die Erleichterung war förmlich mit Händen greifbar, schließlich hatten die meisten von ihnen diesem wunderbaren Tag seit langer Zeit entgegengefiebert.

»Ich weiß noch etwas …«, erklärte Mahoney so laut, dass alle sie hören konnten. Sie schien sich kaum lange genug das Lachen verbeißen zu können, um noch einige ihrer irischen Weisheiten zum Besten zu geben. »Okay … *Go n-ithe an cat thu, is go n-ithe an diabhal an cat!*«

»Was?«

»Soll die Katze dich fressen, und der Teufel soll die Katze fressen!«

Lachend schüttelte Makedde den Kopf. »Ich könnte mich in den Hintern beißen, dass ich keine holländischen Schimpfwörter kenne. Äh … *rukker*! Das ist eines! Ich glaube, das heißt Wichser!«

Loulou lachte laut.

Zu Andys Erleichterung schien Mak glücklich zu sein, befreit von der Last dessen, was sie durchgemacht hatte. Der Champagner hatte eine zarte Röte auf ihre Wangen gezaubert und ließ sie von innen heraus strahlen, und ihr Grinsen war so breit wie früher, so dass er fast ihr gesamtes strahlend weißes Gebiss sehen konnte. Seit ihrer Ankunft in Australien hatte er sie nicht mehr so lachen sehen, vielleicht sogar noch nie. Er kannte sie nur voller Sorge und Kummer, ebenso wie sie ihn nur bekümmert und besorgt kannte. Es war wunderbar, ihre Unbeschwertheit zu beobachten, und hielt ihm wieder einmal vor Augen, warum er sich in sie verliebt hatte. Ein Teil von ihm fürchtete zwar, dass dieser Abend mit Kopf- und Herzschmerz enden könnte, doch für den Augenblick kümmerte es ihn nicht.

»Erzähl uns doch noch eine von deinen Geschichten, Andy«, forderte Mak ihn grinsend auf, ehe sie sich an Loulou wandte. »Er hat die besten Geschichten auf Lager.«

Andy brauchte keine weitere Ermunterung. Er beugte sich vor und stürzte sich bereitwillig auf die Aufgabe, sein Publikum zu unterhalten. »Die ist sogar gut genug für den Darwin Award«, fing er an. »Vor ein paar Jahren blieb Jimmy und ich eines Abends nichts anderes übrig, als zu Fuß einen Autodieb zu verfolgen. Ein Teenager. Dieser Kerl haut also ab und rennt wie der Blitz durch sämtliche Hinterhöfe. Wir müssen über Zäune springen, Hunde bellen uns an, und dieser Blödmann rennt wie ein Karnickel. Ehrlich übel. Das ganze Spektakel dauert eine halbe Ewigkeit. Mein Gott, wie dieser Junge laufen kann! Allmählich geht mir die Puste aus, und wie ihr bestimmt schon bemerkt habt, ist Jimmy nicht gerade eine Cathy Freeman. Ich bekomme Angst, dass das Bürschchen schuld daran ist, wenn Jimmy einen Herzanfall kriegt ...«, fügte Andy hinzu und stupste seinen lachenden Partner in den ausladenden Bauch. »Er keucht und ächzt und hechelt mir nach wie ein alter Mann ...«

»*Skata!* Ich war derjenige, der auf *dich* warten musste!«

»Jedenfalls springen wir irgendwann über einen Zaun, stehen auf der Straße, und der Kerl ist plötzlich verschwunden. Wir glauben, wir hätten ihn verloren, und Jimmy ist stocksauer. Mann! Scheiße dies und Scheiße das. Und er atmet so schwer, dass ich Angst habe, er kippt auf der Stelle tot um. Aber dann, noch während Jimmy und ich japsend auf der Straße stehen, fällt irgendwo ein Schuss, und prompt plumpst der Kerl von einem Baum herunter, uns direkt vor die Füße. Dieser Idiot war auf den Baum geklettert und hat sich dabei versehentlich in den Unterleib geschossen.«

Kurz darauf drängte Angie Cassimatis ihren Mann zum Aufbruch. Der leicht angetrunkene Jimmy sah ein wenig enttäuscht aus, aber wenigstens hatten sie sich ein paar Stunden amüsiert. Andy und Gerry blieben in der Gesellschaft der drei ausgelassenen Frauen zurück, die sich einen Spaß daraus machten, in möglichst vielen Fremdsprachen zu fluchen, wenn sie nicht gerade gespannt einer von Andys Polizistengeschichten lauschten. Mahoney, die in der Ausbildung zum Detective war, hatte natürlich nicht annähernd so viele spritzige Geschichten auf Lager wie Andy, und Gerry konnte mit seinen trockenen Anwaltsanekdoten auch nicht gerade punkten, was Andy durchaus gelegen kam.

Inzwischen sah ihn Makedde häufiger an und schenkte ihm ein freundliches, offenes Lächeln. Andy genoss ihren liebevollen Blick und fragte sich, wie lange er wohl noch in diesen Genuss kam.

Es war bereits nach ein Uhr früh, als sie im Schein einer Straßenlaterne an der Restauranttür standen. Die Luft war frisch und roch salzig, und das Tosen des Ozeans war erheblich lauter als im Inneren der Bar.

Nun, da der Prozess hinter ihnen lag und Maks Anwesenheit nicht mehr benötigt wurde, stand es ihr frei, zurück nach Kanada zu fliegen. Schon bald wäre sie fort, doch Andy konnte sie nicht gehen lassen – nicht ohne es ein letztes Mal versucht zu haben.

»Soll ich dich mitnehmen?«, fragte er, schlagartig nüchtern.

Er stand mit den Schlüsseln in der Hand da und blickte Mak an, sorgsam darauf bedacht, jeden Blickkontakt mit den anderen, ganz besonders aber mit Gerry, zu vermeiden, so dass sich niemand sonst angesprochen fühlen konnte. Wenn sie das Angebot annahm, könnte er wenigstens mit ihr reden. Vielleicht war dies seine einzige Gelegenheit.

Andy spürte, wie seine Kehle eng wurde, als er auf eine Erwiderung wartete. Er spürte Mahoneys Blick auf sich ruhen. Vor zwölf Stunden hätte sie ihn weggezerrt, doch inzwischen schien sie nicht mehr so versessen darauf zu sein, den Babysitter zu spielen. Stattdessen wartete sie auf Maks Antwort.

»Äh, das wäre nett, Andy«, erwiderte Mak zu seiner großen Erleichterung und nickte. »Danke.«

»Ich würde Sie mit dem größten Vergnügen ins Hotel

bringen, Makedde«, schaltete sich Gerry Hartwell ein, wobei er ihren Namen erneut falsch aussprach. *Was für eine Nervensäge*, dachte Andy, als er neben Mak stand und versuchte, möglichst unbeteiligt zu wirken. Er fragte sich, wie lange es wohl dauern würde, bis ihm endgültig der Geduldsfaden riss.

Das reicht. Jetzt schieße ich diesen Idioten ab.

»Gerry, ich helfe Ihnen, ein Taxi zu finden.« Die Worte schossen ihm förmlich aus dem Mund, während er den Arm hochriss und versuchte, ein vorbeifahrendes Taxi anzuhalten. Leider verriet das eingeschaltete Schild auf dem Dach des Wagens, dass es nicht frei war. Der Fahrer fuhr weiter.

Verdammt.

»Mein Wagen steht gleich dort drüben«, erklärte Gerry und deutete auf seine Limousine. Offenbar bekam er nicht mit, dass er störte. Oder er registrierte es, ließ sich davon aber nicht beirren. »Ich kann noch problemlos fahren. Möchten Sie, dass ich Sie mitnehme, Mak-a-dee?« Erwartungsvoll musterte er Mak.

Großer Gott…

»Ist schon okay«, sagte Mak und trat einen ermutigenden Schritt auf Andy zu, ehe sie verlegen zwischen den beiden Männern stehen blieb, von denen keiner Anstalten machte, den Rückzug anzutreten. »Ich komme schon zurecht.«

Mahoney bot Loulou an, sie mitzunehmen, was diese gern annahm. »Kommen Sie, Gerry«, sagte sie auffordernd, doch er schien den Wink, dass er nicht länger erwünscht war, nicht verstanden zu haben.

»Sind Sie sicher, dass Sie noch fahren können, Mr. Flynn?«, fragte Gerry herausfordernd.

Mr. Flynn. Oh, Mann…

»Mindestens so gut wie Sie«, blaffte Andy.

Dieser Blödmann.

»Äh, wir gehen jetzt«, meinte Mahoney grinsend. Sie wusste nur zu gut, worauf das Ganze hinauslief. »Bis bald.« Die beiden wandten sich zum Gehen, während Gerry immer noch wie festgewachsen dastand.

Andy war drauf und dran, den Anwalt beiseite zu nehmen, als Makedde die Initiative ergriff. Sie wandte sich Gerry zu und schüttelte ihm die Hand. »Gute Nacht. Vielen Dank für alles«, erklärte sie in niederschmetternd förmlichem Tonfall, der ihn jeder Berechtigung beraubte, sich noch länger hier herumzudrücken. Und dann – das war eindeutig das Allerbeste – nahm sie Andys Arm und zog ihn die Straße entlang. »Gehen wir«, sagte sie dicht neben seinem Ohr.

Mak führte ihn die Straße entlang, weg von Gerry. Sein Wagen stand zwar genau in der entgegengesetzten Richtung, doch er wehrte sich nicht. Am Ende der Straße blieben sie stehen und blickten auf die dunklen Wellen unter sich. Andy wusste, dass Gerry sie noch immer beobachtete.

»Das war ziemlich schräg«, flüsterte sie und warf Gerry einen Blick über die Schulter zu.

Während sie dastanden und warteten, stieg er ein und fuhr davon.

»Vielleicht ist er eifersüchtig«, erklärte Andy. »Auf unsere… frühere… äh… Beziehung«, fügte er hinzu und wünschte sich, nicht allzu überheblich zu klingen.

Du hörst dich wie ein Arschloch an, Andy.

»Tja, nun…«, begann sie.

Tja, nun, was? Tja, nun, er hat keinen Grund zur Eifersucht, weil ich dich hasse, Andy? Oder tja, nun, für unsere Beziehung gibt es sowieso keine Hoffnung mehr?

Er nickte.

Eine Zeit lang starrten sie zu den Lichtern am Ufer hinüber und beobachteten den Verkehr auf der Campbell Parade, die sich an dem blassen, menschenleeren Strand entlangzog. »Schön, nicht?«, meinte Makedde. »Ich bin nie dazu gekommen, das hier in Ruhe zu genießen.«

Sie hatte höchstens ein, zwei Wochen in Bondi gewohnt, und ihr Aufenthalt war von der ersten Sekunde an vom Auffinden von Catherines verstümmelter Leiche überschattet gewesen. Jede Sekunde hatte unter dem Einfluss des tragischen Todes ihrer besten Freundin und den nachfolgenden Ereignissen gestanden. Von Ferien keine Spur.

»Die Reise ist weiß Gott nicht wie erwartet verlaufen«, bestätigte Andy, während er gleichzeitig dachte, wie dumm dieser Kommentar war. *Natürlich hat sie nicht erwartet, ihre ermordete Freundin aufzufinden, du Schwachkopf.* Doch er sah sich zu keiner auch nur halbwegs vernünftigen Erwiderung imstande.

»Hast du es eilig, nach Hause zu kommen, Andy?«

»Nein.« *Welches Zuhause?*

»Lust auf einen kleinen Spaziergang? Jetzt, wo alles vorbei ist, würde ich gern … Keine Ahnung, ein bisschen frische Luft schnappen oder so was.« Sie lachte leise. »Oder vielleicht habe ich auch nur Angst, du könntest zu betrunken sein, um sofort mit dem Auto zu fahren.«

Er lachte ebenfalls. »Nein, es geht mir gut. Aber ich würde sehr gern einen Spaziergang mit dir machen.«

Sie gingen einige Betonstufen hinunter, die in einen grob asphaltierten Pfad mündeten, der sich bis zum mehrere Buchten entfernten Bronte Beach zog. Hier begegnete man häufig Joggern, Touristen und Hundebesitzern, besonders an sonnigen Wochenenden, doch um diese Uhrzeit waren sie allein. Andy konnte zwar leise den Sand unter ihren Füßen knirschen hören, doch da weit und breit keine Laterne stand, die den Weg erhellte, sah er nicht einmal seine eigenen Schuhe. Die einzige Lichtquelle stellten die Straßenlaternen hinter ihnen dar.

»Ich habe dich gestern im Wagen gesehen. Du hast an

einer Kreuzung auf der Elizabeth Street an der Ampel gestanden«, sagte Mak. »Ich war mit Loulou im Café an der Ecke. Es war seltsam, dich auf einmal vor mir zu sehen.« Sie seufzte. »Ich kann nicht fassen, dass das erst gestern war. Seither ist so viel passiert.«

Andy wusste nicht, was er darauf erwidern sollte. Es gab so vieles, was er ihr sagen wollte, aber nichts von all dem schien in diesem Moment von Bedeutung zu sein. All die vielen Stunden, in denen sie ihm so sehr gefehlt und er an sie gedacht hatte … und nun brachte er kein Wort heraus.

Schweigend gingen sie weiter, und Andy spürte, dass er sich ein wenig beruhigte. Während sich seine Augen allmählich an die Dunkelheit gewöhnten, konnte er die weiße Gischt der Wellen erkennen, die Umrisse der Felsen, die Zweige links und rechts des Weges und irgendwelches Gekritzel auf dem Asphalt. Die Musik und das Gelächter aus dem Restaurant wurden vom zeitlosen Tosen des Ozeans übertönt. Seite an Seite schlenderten sie im Mondlicht dahin – ein seltsam angenehmes und tröstliches Gefühl. Sie berührten einander nicht, und keiner sagte ein Wort. Andy hatte die Hände in die Hosentaschen geschoben und den Blick auf den holprigen Pfad oder den dunklen Horizont gerichtet. Er wollte Mak nicht ansehen, aus Furcht, ihr Anblick würde ihn um den Verstand bringen. Er wollte den Zauber dieses Moments nicht zerstören, indem er darüber redete, was schief gelaufen war, wer die Schuld daran trug und was sie verloren hatten. Es war unnötig, seine Sehnsucht nach ihr noch größer werden zu lassen.

»Noch weiter?«, fragte Mak.

Sie waren am Fuß einer steilen Treppe angelangt, die sie auf den Weg zum McKenzie's Beach und zur Tamarama Bay führen würde. Andy kannte einen wunderschönen Aussichtspunkt fünf Minuten von hier entfernt, von dem aus sich ein atemberaubender Blick über die Küste in beiden Richtungen bot. Mak wollte unbedingt weitergehen, also setzten sie schweigend den Weg fort. Er bemerkte, dass sie keinerlei Mühe hatte, die steilen Stufen zu erklimmen, während sein Atem allmählich schwerer ging und sich ein leichtes Ziehen in seinen Oberschenkelmuskeln bemerkbar machte.

»Oh, wie wunderschön«, hörte er Mak über sich rufen. »Das ist noch schöner, als ich es in Erinnerung hatte!«

Ihre Begeisterung entlockte ihm ein Lächeln, und eilig erklomm er die letzten Stufen. Er fühlte sich wie ein alter Mann. Für den Bruchteil einer Sekunde sah er sie in einigen Metern Entfernung dastehen, ehe sie um eine Biegung hinter ein paar Büschen verschwand.

Am Fuß einer zweiten Treppe wartete sie auf ihn. Ihre Wangen waren von einer reizvollen Röte überzogen, und in der Nachtluft war ihr Atem zu sehen. Breit grinsend und die Hände in die Hüften gestemmt, genoss sie die Aussicht. Andy widerstand dem Drang, sie in die Arme zu nehmen und hochzuheben. Das hatte sie früher so gern gemocht. In diesen Augenblicken fühle sie sich leicht wie eine Feder, hatte sie immer gesagt.

Verdammt. Ich will sie küssen.

Doch er tat es nicht. Und er hob sie auch nicht hoch. Stattdessen behielt er die Hände in den Hosentaschen und starrte auf das Meer. Der Ausblick war einzigartig, trotzdem hatte er Mühe, sich darauf zu konzentrieren. Ein Anflug von Bedauern keimte in ihm auf, dass sie diesen Moment – das unerwartete Geständnis, den Sieg und das Ende von Ed Brown – nicht in der Weise teilen konnten, wie sie es früher getan hätten und wie er es sich vorgestellt hatte. Die Feier, wenn Ed für immer hinter Schloss und Riegel sitzen würde. Diese Situation hatte sie einander nahe, doch am Ende auch wieder auseinander gebracht. Sie sollten einander küssen, lachen, gemeinsam den Sieg genießen. *Wir sollten miteinander schlafen,* dachte er. Der

Drang, sie in die Arme zu schließen, war so übermächtig, dass er kaum atmen oder denken konnte. Es fühlte sich nicht richtig an, so unpersönlich nebeneinander zu stehen.

Andy spürte eine Berührung am Handgelenk und fuhr erschrocken zusammen. Es war Makeddes Hand, die nach seinen Fingern tastete. Sie war näher getreten. Er nahm die Hand aus der Tasche und drückte ihre Finger, während er sich fragte, ob eine so intime Berührung klug war. Ihre Hand fühlte sich kühl und glatt an. Eine Weile blieben sie so stehen, hielten einander bei den Händen und starrten aufs Meer hinaus.

»Mein Gott, Andy, was ist nur mit uns passiert?«, fragte sie mit zitternder Stimme. »War es von Anfang an ein Fehler? Alles?«

Andy schwieg, zog sie zu sich heran und starrte ihr im fahlen Licht ins Gesicht. Es war schön, sie so aus der Nähe anzusehen. Der Wind blies ihr das Haar aus dem Gesicht, und die fernen Lichter von Bondi Beach zauberten einen Heiligenschein um ihren Kopf. Sie sah ihm in die Augen, doch es gelang ihm nicht, die Gefühle zu benennen, die er darin sah. Er wollte ihr so gern sagen, was er in den letzten Monaten empfunden hatte, doch er fand die richtigen Worte nicht. Es spielte keine Rolle. Mak beugte sich vor, bis ihre Lippen seinen Mund fanden. Im ersten Moment fühlten sich ihre Lippen eiskalt an, doch dann umfing ihn die einladende Wärme ihres Mundes. Er spürte, wie seine Erregung wuchs. Sie stand vor ihm, ihre Finger berührten seine Arme, und ihre Zunge wanderte behutsam über seine Lippen. Er öffnete den Mund und vertiefte seinen Kuss, küsste sie leidenschaftlicher. Er spürte, wie sie ausatmete und sich der Berührung hingab. Ihre Finger legten sich um seinen Nacken und zogen ihn sanft näher. Andy neigte sich ein wenig vor, genoss die Intimität des Kusses, unsicher, wie lange er währen würde. Dann drängte sie sich an ihn, und ihr Körper fühlte sich an wie ein Puzzleteilchen, das sich mühelos jeder Lücke zwischen ihnen anpasste. Knie an Knie, Lende an Lende, die Wölbung ihrer Brüste an seinen Rippen. Ihre Nähe ließ sein Blut rauschen, und ein Teil von ihm ergab sich in dieses Gefühl der Nähe. Er legte die Arme um sie, wie sie es immer gemocht hatte. Es fühlte sich so richtig an. Am liebsten hätte er sie verschlungen, vor Zorn, vor Lust, vor Wut und vor Liebe. Er liebte sie so sehr, trotzdem schien es einfach nicht zu funktionieren.

War es das wert?

Ja.

Andy hatte keine andere Wahl. Er hob Mak hoch und trug sie fort. Sie klammerte sich an ihn, küsste, liebkoste und streichelte ihn. Erst als sie eine Felsspalte am Rand der steilen Klippe erreicht hatten, ließ er sie los. Sie waren allein mit der tosenden See und dem peitschenden Wind. In unausgesprochenem Einverständnis krochen sie in die enge Felsspalte, ohne die Kälte und die unbequemen Steine wahrzunehmen. Vor den Elementen geschützt, sanken sie auf die Knie und begannen einander nach der langen Trennung in einem langsamen Ritual wiederzuentdecken. Gierige Hände erkundeten jeden Zentimeter des Körpers des anderen. Er schob seine Hände unter ihre Jacke und den weichen Stoff ihres Strickpullovers. Ihre Haut fühlte sich weich und seidig an, und seine Finger schienen viel zu rau zu sein, um so etwas Zartes berühren zu dürfen. Makeddes Mund nahm ihn warm und willig in sich auf, und ihr geschmeidiger Körper löste eine Flut sinnlicher Begierde in ihm aus. Er war so hart, dass es beinahe schmerzte, und drängte sich gierig gegen sie. Sie legte die Hände um seine Hinterbacken und zog ihn an sich. Ihre Finger tasteten nach ihm, bis sie die Wölbung fanden und sie durch den Stoff seiner Hose liebkosten.

»Schlaf mit mir, Andy«, flüsterte sie. »Bitte.«

Ohne zu zögern, legte Andy sie auf den Rücken. Einladend öffnete sie ihre langen Beine und schloss sie eng um seine Hüften. Ungeduldig zerrte sie an seinem Gürtel, bis er frei war und sich hart gegen ihren Oberschenkel presste.

In der Dunkelheit vereinigten sie sich, zitternd und eng umschlungen, bebend vor Lust und seufzend, als sie einander liebkosten, ohne von ihren allmählich taub werdenden Knien und Ellbogen und der beißende Kälte der Herbstnacht Notiz zu nehmen. Erst über eine Stunde später verließen sie ihre unbequeme Zuflucht, um sich an einem anderen, intimeren Ort erneut zu finden und sich ihrer neu entdeckten Leidenschaft hinzugeben.

14

Hundsmiserabel.

Um Viertel vor zehn Uhr morgens machte sich Andy Flynn auf den Weg ins Büro von Detective Inspector Roderick Kelley, der ihn zu sich gebeten hatte. Er fühlte sich grauenhaft. Vorsichtig balancierte er einen Styroporbecher mit wässrigem Filterkaffee durch die Büros der Mordkommission. Sein Schädel dröhnte, aber ihm war zum Glück erheblich leichter ums Herz als am Vortag. Als er vor Kelleys Tür stehen blieb, strich er sich mit seiner – mit Rissen und Schürfwunden bedeckten – Hand den Kragen glatt.

Au.

Beim Aufwachen hatte Andy festgestellt, dass seine Handflächen und Knie von dem scharfkantigen Felsen erheblich in Mitleidenschaft gezogen worden waren, die Makedde und er als Behelfsmatratze auf den Klippen in Bondi benutzt hatten. Nicht dass es ihn gestört hätte – er war viel zu sehr mit angenehmeren Gefühlen beschäftigt gewesen, um es zu bemerken.

Inspector Kelley stand vor dem großen Fenster in seinem Büro, die Hände hinter dem Rücken verschränkt, und starrte nachdenklich hinaus. Andy störte ihn nur ungern; ehrlich gesagt wünschte er sich nichts sehnlicher, als wieder zurück in Makeddes warmes, einladendes Hotelbett zu schlüpfen. Aber vorerst war daran nicht zu denken. Andy klopfte an die geöffnete Tür. »Sir«, sagte er.

»Flynn. Setzen Sie sich«, forderte Kelley ihn auf, ohne sich umzudrehen. Andy nahm mit konzentrierter, aufmerksamer Miene Platz, von der er hoffte, sie mache sein Morgengesicht mit den geröteten Augen wett.

Andy wartete darauf, dass Kelley fortfuhr.

Wartete.

Die Minuten verstrichen mit qualvoller Langsamkeit, während Kelley grübelnd am Fenster stand. Das tat er immer, wenn er etwas Wichtiges auf dem Herzen hatte. Es irritierte Andy ein wenig, auch wenn er sich nicht vorstellen konnte, weswegen er sich Sorgen machen müsste. Der Prozess hatte unerwartet positiv geendet, trotzdem war es unangenehm, in Kelleys Büro gerufen zu werden. Andy hatte bereits mehrmals auf dem »heißen Stuhl« des Detective Inspectors gesessen. Was war wohl diesmal der Grund?

Nervös ging Andy im Geist die Möglichkeiten durch, die ein Gespräch mit seinem Vorgesetzten erfordern könnten.

Steckte Jimmy in Schwierigkeiten? Gab es Probleme mit den Medien?

Nach einer Weile, die ihm wie eine Ewigkeit erschien, verließ Kelley seinen Aussichtspunkt am Fenster und setzte sich. Der Ledersessel ächzte unter seinem Körpergewicht. Er beugte sich über seinen ausladenden Schreibtisch, stützte sich mit den Ellbogen auf der Tischplatte ab und legte nachdenklich die Hände aneinander. Andy bemerkte, dass seine Nagelhäutchen rissig waren.

»Sie müssen ja sehr glücklich sein«, meinte Kelley endlich und warf Andy einen durchdringenden Blick aus seinen grauen Augen zu, denen nichts zu entgehen schien. In seinen Augenwinkeln erschienen Krähenfüße, und er musterte ihn mit strenger, aber keineswegs unfreundlicher Miene.

Weiß er von Makedde, oder redet er von Ed Browns Urteilsspruch?

»Überglücklich, dass Ed Brown endlich für immer hinter Schloss und Riegel sitzt, Sir. Sehr glücklich«, erwiderte Andy, was noch untertrieben war.

»Ja. Dieses Geständnis … ein echtes Drama im Gerichtssaal, heißt es.«

»Ja, Sir, ein Geständnis und ein ganzer Saal voller Zeugen, die es gehört haben. Dagegen kann man keinen Einspruch mehr erheben.« Er ertappte sich, wie er mit dem Fuß rhythmisch gegen Kelleys Tischbein klopfte, und hörte augenblicklich auf.

Kelley schien keine Eile zu haben. Es lag auf der Hand, dass ihm irgendetwas im Kopf herumging, und Andy wusste, dass die langen Pausen keineswegs eine Einladung an sein Gegenüber waren, sie mit Worten zu füllen.

Tick.

Tock.

Kelley biss die Zähne zusammen und blätterte in einigen Unterlagen auf seinem Schreibtisch. Andy beobachtete ihn schweigend. Obwohl er bereits Mitte fünfzig war, war Kelley noch immer schlank. Der Mann hatte eine beträchtliche Anzahl Verhaftungen durchgeführt und viele Jahre an vorderster Front gekämpft, ehe er sich zum Detective Inspector hochgearbeitet hatte. Kelley gehörte nicht zu den Sprachrohren der Politiker, die nur Papiere auf dem Schreibtisch hin und her schoben, sondern er wusste genau, wie es auf der Straße zuging. Er kannte den Polizistenalltag, und wie viele der Detectives brachte auch Andy ihm großen Respekt entgegen. Obwohl Andy aufgrund seines Erfolgs bei der Aufklärung der heiklen Stiletto-Morde einen Stein bei Kelley im Brett hatte, fürchtete er sich nach wie vor ein wenig vor ihm. Aber schätzungsweise war das bei allen Mentoren so – sie wurden stets von denen gefürchtet, die sie unter ihre Fittiche nahmen.

»Wie läuft es mit der Profiling-Abteilung, Andy?«, wollte Kelley wissen.

»Na ja, Sie wissen ja selbst, dass ein grünes Licht für die Abteilung noch lange nichts heißen muss, wenn bei der Finanzierung die Ampel auf Rot steht«, erwiderte Andy bedauernd. Dieses Thema stellte für viele Beamten eine ständige Quelle des Frusts dar. »Ein ewiges Hin und Her. Mal ja, mal nein.«

»Politiker.«

»Genau.«

Andy verzog das Gesicht. Der Commissioner Rex Gibbons wurde von allen Seiten wegen seiner Pläne zur Reformierung der Polizei und der Verteilung der Steuergelder angegriffen. Die Profiling-Einheit der Polizei von New South Wales, die in ein paar Monaten endgültig ihre Arbeit hätte aufnehmen sollen, war als landesweit arbeitendes Hightech-Zentrum für Profiling mit besonderem Schwerpunkt auf Serienmörder und -vergewaltiger gedacht. Doch im Moment war es kaum mehr als ein Traum, der zwischen politischem und finanziellem Gerangel gefangen war. Die endlosen Verzögerungen hatten Andy ein ungeahntes Maß an Frustration beschert.

»Eds Anwalt, Phillip Granger, will einen Deal für seinen Mandanten herausschlagen«, verkündete Kelley unvermittelt.

»Wie bitte?«

»Wie es aussieht, bietet Ed die Geständnisse von zwei weiteren Morden an. Das würde bedeuten, dass wir zwei unserer Vermisstenfälle als gelöst betrachten könnten. Außerdem könnten noch zwei Leichen begraben werden, was für die Familien erfahrungsgemäß wichtig ist, um endgültig abschließen zu können.«

»Natürlich würde es den Familien eine Menge bedeuten«, wandte Andy ein, vergeblich darum bemüht, seine Stimme ruhig klingen zu lassen. »Aber was will *er* dafür, Sir?«

»Natürlich Strafmilderung.«

Nie im Leben, verdammt noch mal!

Andy stand auf. »Darüber denken wir doch wohl nicht eine Sekunde ernsthaft nach, oder?« Er schrie die Worte förmlich heraus. »Sagen Sie mir, dass das nicht wahr ist.«

»Setzen Sie sich«, befahl Kelley mit grimmiger Miene.

Andy gehorchte.

»Ich weiß, was Sie empfinden. Aber er wird trotzdem für lange Zeit ins Gefängnis gehen. Der Aufschrei, der durch die Bevölkerung gehen würde, wenn sie ihn nach zwanzig oder dreißig Jahren entlassen, wäre ohrenbetäubend. Und das ist jedem klar.«

»Verdammt richtig. Es muss eine andere Möglichkeit geben. Was können wir sonst noch bieten, damit er uns verrät, wo diese Leichen sind?«

Es machte Andy jedes Mal krank, mit Mördern verhandeln zu müssen, insbesondere mit diesem, aber jeder erfahrene Polizist wusste, dass das die übliche Vorgehensweise war. Vergewaltiger, die gestanden, bekamen Sonderrechte, Drogendealer wurden frühzeitig entlassen, wenn sie der Polizei halfen, den noch größeren Fisch zu fangen, und Mörder bekamen geringere Strafen aufgebrummt, wenn sie kooperierten und Informationen über ihre unschuldigen, brutal ermordeten Opfer preisgaben, die an irgendeinem unbekannten Ort verwesten.

»Granger drängt auf eine Freilassung auf Bewährung nach ein paar Jahren Rehabilitation.«

»*Rehabilitation*? Wollen Sie mich verarschen, verdammt noch mal?«

»Flynn!« Kelley warf ihm einen strengen Blick zu, woraufhin Andy sich zusammenriss.

Herrgott noch mal, was ist nur mit dieser Welt los? Das darf doch nicht wahr sein!

Andy spürte, wie sein Blutdruck Schwindel erregenden Höhen entgegenstrebte. Er musste versuchen, nicht die Beherrschung zu verlieren, insbesondere in der Gegenwart seines Vorgesetzten, doch der Drang, etwas kaputtzuschlagen, war so übermächtig, dass er die Fäuste ballte, bis die Knöchel weiß hervortraten. Seine Nägel bohrten sich in sein wundes Fleisch, doch es kümmerte ihn nicht. Er konnte nur daran denken, was er mit Ed Brown anstellen würde, wenn er ihn in die Finger bekäme. Die wüstesten Gewaltfantasien kamen ihm in den Sinn, ehe sich ein neuerliches Gefühl der Reue in ihm ausbreitete, seine einzige Chance verpasst zu haben, Ed Browns Leben ein Ende zu bereiten. Er hätte ihn auslöschen können, dort an Ort und Stelle, als er Ed auf frischer Tat ertappt hatte, wie er Makedde Gewalt antat. Er hatte die Chance gehabt und hatte sie nicht ergriffen.

Dieser verdammte Ed Brown. Dieser beschissene, verdammte, verkommene Dreckskerl.

»Sir«, presste er mühsam hervor, »wir alle wissen, dass Männer mit einem derart übermächtigen Drang zu töten nicht über Nacht zum Serienmörder werden. So etwas erfordert eine gewisse Entwicklung. Er ist bereits in einem fortgeschrittenen Stadium des Sadismus – verfolgen, quälen, Gewaltexzesse. Menschen wie er ändern sich nicht. Für Täter wie Ed gibt es keine Rehabilitation. Wie können wir in diesem Zusammenhang dieses Wort auch nur in den Mund nehmen? Das ist doch völlig hirnrissig.«

»Beruhigen Sie sich, Andy. Das liegt jetzt nicht mehr in unserer Hand, sondern in der des Gerichts. Das wissen Sie selbst.«

Andy versuchte, sich zu beruhigen. Doch es gelang ihm nicht.

»Der Staatsanwalt wird durchaus mit einem Mann wie Ed verhandeln«, fuhr Kelley fort, »und es gibt sogar schon gute Neuigkeiten. Er hat sich bereit erklärt, uns heute zu einer Leiche zu führen. Er bringt uns zu ihr, und dann verhandeln sie. So ist es vereinbart. Ansonsten wurde ihm noch nichts garantiert.«

Andy horchte auf. Die Tatsache, dass man Ed überredet hatte, eine der Leichen preiszugeben, ohne die Gegenleistung zu kennen, war durchaus ermutigend und sehr klug, wenn man bedachte, wie wenig man Ed über den Weg trauen konnte.

»Wann soll ich wo sein?«, fragte Andy.

»Sie brauchen nirgendwo zu sein. Ich schicke Senior Sergeant Lewis und Hoosier …«

»Was!?« Wieder versuchte Andy vergeblich, sich zu beherrschen.

»Und Cassimatis. Außerdem ein kleines Spurensicherungsteam.«

Jimmy. Gott sei Dank ist Jimmy dabei.

»Wir müssen kühlen Kopf bewahren. Die Presse darf auf keinen Fall Wind davon bekommen, dass unser schuldig gesprochener Serienmörder durch die Stadt kurvt und uns zu seinen Leichen führt. Ich will das unter keinen Umständen in den Nachrichten sehen.«

»Ich sollte dabei sein.«

»Nein, Andy, das sollten Sie nicht. Er hat Ihre Frau getötet und Ihre Freundin angegriffen. Sie sind viel zu nahe an dieser Geschichte dran.«

Das tat weh.

Aber ich bin derjenige, der ihn geschnappt hat, dachte Andy verbittert. *Ich habe selber unter Verdacht gestanden, meine Frau ermordet zu haben, und am Ende habe ich den Mörder geschnappt. Und trotzdem soll ich ausgeschlossen sein.*

»Sir, ich möchte aber trotzdem sagen, wie wichtig es wäre, dass jemand dabei ist, der mit Ed schon mal zu tun hatte …«

»Cassimatis war bei der Verhaftung dabei.«

Kelley hatte Recht. Natürlich.

»Habe ich bei dieser Sache irgendein Mitspracherecht?«, fragte Andy, obwohl er die Antwort bereits kannte.

»Ich werde Sie nicht in die Nähe dieses Kerls lassen, und Sie wissen wahrscheinlich auch genau, warum.«

Andy gab sich geschlagen und verfolgte das Thema nicht weiter. Die Tatsache, dass Kelley die richtige Entscheidung traf, machte es nur noch schlimmer. Andy hatte in der Vergangenheit schon einige Male Probleme wegen seiner Wutausbrüche bekommen. Einmal hatte es ihn sogar beinahe den Job gekostet. Er musste zugeben, dass er bei der Befragung eines verdächtigen Pädophilen etwas zu weit gegangen war. Der Mistkerl hatte anschließend ins Krankenhaus eingeliefert werden müssen. Andy wusste nur zu gut, dass ihm niemand zutraute, dass er sich in Eds Gegenwart beherrschen konnte. Nicht einmal er selbst war sich seiner Sache sicher.

»Cassimatis geht mit. Mehr kann ich nicht tun. Sie halten die Füße still.«

Füße still halten. Ja, klar.

»Verdammte Scheiße…«, explodierte er, sobald er sich außerhalb von Kelleys Hörweite befand. »Füße still halten, verdammt noch mal! Wie soll ich das anstellen?«

»Beruhig dich, Andy«, meinte Jimmy. »Alles halb so wild. In ein, zwei Tagen ist alles vorbei. Es ist nicht so schlimm. Er ist verurteilt, Andy. Der Fall ist erledigt. Komm schon, Kumpel, lass es gut sein.«

»Nein, das tue ich nicht.«

Er hat Cassandra ermordet. Und er hat Makedde brutal wehgetan. Ich werde es niemals gut sein lassen.

»Kelley bereitet uns doch immer auf das Schlimmste vor«, fuhr Jimmy fort. »Es ist diese beschissene Staatsanwaltschaft. Die müssen sich auf diesen Schwachsinn einlassen, um an die Leichen heranzukommen. Aber sie lassen ihn ja schließlich nicht laufen.«

Andy ließ die Faust auf Jimmys Schreibtisch herabsausen. Jimmy war noch nie gut darin gewesen, Andy zu beruhigen. Allein der Gedanke an einen Handel zur Strafmilderung machte Andy ganz krank. Er und Jimmy hatten mehr als genug erlebt, um zu wissen, dass fast alles passieren konnte, wenn die Verhandlungen erst einmal eröffnet waren.

»Solange ich dabei bin, wird das alles andere als ein Sonntagsausflug für ihn werden, verlass dich darauf«, fügte Jimmy beharrlich hinzu. »Was auch passiert, ich halte ihn an der kurzen Leine. Ein falscher Blick, und das war's.«

Jimmy sah auf seine Armbanduhr und warf sich sein zerknittertes Jackett über die Schulter. Senior Sergeant Lewis sollte jeden Augenblick hier sein.

Bevor Andy etwas erwidern konnte, klingelte sein Mobiltelefon. In der Hoffnung, dass es Makedde war, die aufgewacht war und ihn vermisste, griff er danach. Wahrscheinlich gab es außer ihr nicht viel, was seine Laune im Moment ein wenig heben konnte. Nachdem er offiziell von dem Fall abgezogen worden war, könnte er ja auf einen Sprung im Hotel vorbeisehen.

»Hallo, Andy.« Es war eine Frauenstimme, aber nicht Makeddes.

»Oh, hi«, erwiderte Andy, sorgsam darauf bedacht, in der Gegenwart seines Partners so wenig wie möglich preiszugeben. »Bleib bitte eine Sekunde dran.« Er wandte sich Jimmy zu. »Hast du eine Minute Zeit?«

»Gerade noch«, erwiderte Jimmy.

Andy hob zwei Finger, um ihm zu verstehen zu geben, dass das Gespräch nicht lange dauern würde. Er trat hinaus in den Korridor, spürte jedoch Jimmys Blick im Rücken.

»Carol, wie geht es dir?«, sagte er.

»Mir geht's gut. Aber ich habe seit einer Ewigkeit nichts mehr von dir gehört und wollte nur wissen, ob es dir gut geht.«

»Oh, alles bestens.«

»Ich dachte, es wäre vielleicht nett, wenn wir uns wieder mal treffen könnten, Andy. Es ist so lange her …«

»Treffen? Oh, äh … Carol …« *Oh, Scheiße. Ich muss es ihr sagen.* »Ja, lass uns das tun. Wie sieht es denn heute bei dir aus? Hast du Zeit auf einen kurzen Kaffee?«

»Klar, das wäre prima.« Zu allem Überfluss schien sie sich auch noch zu freuen, ihn zu sehen. Das war nicht gut.

Wie erwartet musterte Jimmy ihn mit hochgezogenen Brauen, als er ins Büro zurückkam.

»Mm, streng geheimes Treffen, was?« Er legte sich eine Hand auf den Mund und drückte als Imitation eines Blowjobs die Zunge gegen die Innenseite seiner Wange – eine seiner Lieblingsgesten in der endlosen Reihe seiner Anzüglichkeiten.

»Ich sag's ja nicht gern, aber wenn du willst, dass Angie schwanger wird, solltest du es nicht unbedingt mit dieser Methode versuchen«, erwiderte Andy.

»Meine Angie! Hey, mach dir wegen ihr keine Sorgen.« Jimmy bekreuzigte sich. »Mit diesem Mund küsst sie abends die Kinder, wenn sie sie ins Bett bringt. Ich habe an deine Makedde gedacht … die, die du neuerdings wieder flachlegst. Oder etwa nicht, Glückspilz?«

»Ich habe keine Ahnung, wovon du redest«, erwiderte Andy.

»Komm schon. Du hast es mit Jimmy zu tun.« Er bohrte seinen feisten Finger in Andys Brust. »Glaubst du etwa, ich hätte nicht mitbekommen, wie ihr euch gestern Abend gegenseitig angehimmelt habt? ›Ooooh, Andy, deine Witze sind ja so komisch! Jetzt musst du uns aber noch eine Geschichte erzählen!‹.« Er schlang sich die Arme um seinen ausladenden Oberkörper und fuhr mit den Händen auf seinem Rücken auf und ab. »›Hm, oh Andy, ja, ja, erzähl noch eine, du großer Macho-Detective.‹«

Andy schüttelte den Kopf und presste die Lippen aufeinander, um Jimmy wissen zu lassen, dass er keine Silbe verraten würde.

Schließlich wurde Jimmy wieder ernst. »Ich nehme an, nach dem Auftritt unseres Freundes gestern vor Gericht spielt es keine Rolle mehr. Ihr beide könnt also ungeniert rammeln wie die Karnickel.«

»Du bist ein wahrer Gentleman, Jimmy, so viel steht fest.«

»Jedenfalls bin ich jetzt zufrieden. Ich habe gerade fünfzig Mäuse von Hoosier gewonnen.«

»Dieser dämliche Hoosier«, murmelte Andy.

»Ich muss los.« Jimmy ging zur Tür.

»Ich will, dass du mich auf dem Laufenden hältst. Ernsthaft«, rief Andy ihm nach.

»Alles klar.«

Ed Brown. Zu wem würde er sie heute führen? Zu den sterblichen Überresten eines unschuldigen, schönen Mädchens, das auf dem Nachhauseweg von einer Bar, dem Park, der Schule gewesen war – und mit dem Fremden gesprochen hatte? Wie jung war sie wohl gewesen? Und wie lange hatte sie auf ein angemessenes Begräbnis warten müssen?

Niedergeschlagen sah Andy zu, wie sein Partner ohne ihn aufbrach. Wenigstens hatte Jimmy in der Vergangenheit mit Ed persönlich zu tun gehabt, während der Rest der Mannschaft ihn nur aus den Akten kannte. Jimmy würde Andy auf dem Laufenden halten. Er konnte als seine Ohren und Augen fungieren.

15

Achtzehn…

Eds Schultern bebten.

Neunzehn…

Das Blut schoss ihm in den Kopf. Langsam und unter großer Anstrengung richtete er sich ein weiteres Mal auf.

Zwanzig…

Bebend vollführte er einen letzten Liegestütz. Eine schmale Schweißspur rann über seine Schläfe.

Einundzwanzig.

Als er die fünfte Wiederholung seiner einundzwanzig Liegestütze hinter sich gebracht hatte, ließ er sich von der Kante seiner Pritsche gleiten. Er musste stark und konzentriert sein. Er würde jedes Quäntchen Kraft und Geschwindigkeit brauchen, das er aufbringen konnte. Alles lief wie geplant. Bald würde er frei sein. Frei für Makedde.

Makedde.

Ich komme.

16

Jemand klopfte an die Tür.

Mak runzelte die Stirn. Sie hatte doch das »Bitte nicht stören«-Schild an den Türknauf gehängt.

Nur in ein großes Handtuch gehüllt, schlurfte sie zur Tür. »Hallo?«, fragte sie, ohne sie zu öffnen.

»Ich bin's, Andy.«

Lächelnd öffnete sie die Sicherheitskette.

»Hey, zuerst musst du überprüfen, ob ich es auch wirklich bin«, tadelte er mit gedämpfter Stimme. »Mach niemals auf, ohne dich vorher zu vergewissern.«

Mak schüttelte den Kopf, linste aber trotzdem durch den Spion. »Besser so? Ich sehe dich. Darf ich jetzt aufmachen? Nein… warte… deine Nase sieht so riesig aus. Du kannst nicht Andrew Flynn sein.«

Durch das gewölbte Glas sah sie, wie er die Augen verdrehte, ehe sie die Tür öffnete und ihn genüsslich betrachtete. Er sah übernächtigt und zerknautscht aus, aber trotzdem auf geradezu obszöne Weise attraktiv. Irgendetwas an ihm schien sie in ständige Erregung zu versetzen – eine Wirkung, die ihr das erste Mal bei der Befragung zum Mord an Catherine aufgefallen war. Vielleicht lag es an seinen aufmerksamen Augen oder an seinem dunklen, kurz geschnittenen Haar, das seinen maskulinen, kräftigen Kiefer betonte. Oder an dieser nicht definierbaren Sinnlichkeit seiner Lippen, seiner leichten Hakennase oder den feinen Narben in seinem Gesicht, die auf ein feuriges Temperament schließen ließen. Und dann waren da noch der australische Akzent und seine beeindruckende Körpergröße. Wie auch immer – Mak fand ihn einfach unwiderstehlich, manchmal auf eine Weise, die ihr beinahe den Verstand raubte.

Er trat ins Zimmer, und sie schmiegte sich an ihn, während sie mit dem Fuß die Tür zuschob. Ihr Handtuch löste sich und fiel zu Boden.

»Ich meine es ernst. Mach niemals die Tür auf, ohne zuerst nachzusehen«, fügte er missmutig hinzu. »Man kann nie wissen, wer deine Zimmernummer herausgefunden haben könnte.«

»Ja, Sir«, erwiderte Mak mit gespielter Ernsthaftigkeit und küsste zuerst seinen Hals, dann seine raue Wange. »Die Schlafmütze war gerade auf dem Weg in die Dusche, und rate mal, was sie entdeckt hat. Hm?« Sein Blick folgte ihr, als sie einen Schritt zurücktrat, so dass er den flammend roten Striemen auf ihrer Brust und ihrem Hals sehen konnte. »Sieht so aus, als hätte sich ein wildes

Tier mit einem Bartproblem auf mein zartes Fleisch gestürzt.«

»Oh, Mak, tut mir Leid.« Er trat vor und drückte einen züchtigen Kuss auf die wunde Haut über dem Schlüsselbein.

Mak musterte ihn von oben bis unten. »Und was ist mit dir passiert? Du siehst reichlich mitgenommen aus. Komm, ich kümmere mich um dich.«

Sie packte ihn am Handgelenk und zerrte ihn in Richtung Badezimmer. Andy leistete keinerlei Widerstand, dennoch schien er seltsam reserviert; ganz anders als der Mann, mit dem sie gerade die Nacht verbracht hatte.

»Zuerst müssen wir nachsehen, ob auch wirklich noch alles funktioniert. Vielleicht hat sich ja das wilde Tier auch auf dich gestürzt?«, neckte sie ihn. Er stand stocksteif da, während sie sich an den Knöpfen seines Hemds zu schaffen machte und auf die Knie sank, als sie beim letzten angekommen war. »Hm, bisher sehe ich nichts...« Sie zog den Stoff beiseite, so dass seine nackte Brust zum Vorschein kam, sein fester, muskulöser Bauch, über den eine schmale Linie dunkler Haare verlief. Der Anblick erregte sie. »Nein, nichts«, erklärte sie und bedeckte die Linie mit Küssen, ehe sie mit der Zunge seinen Nabel liebkoste. »Mal sehen...«

Sie streckte die Hände nach seiner Gürtelschnalle aus.

»Mak, ich muss dir aber sagen, dass ich in nicht einmal einer Stunde einen Termin habe.«

»Und...?«

Mak hatte viel zu lange auf sinnliche Genüsse verzichten müssen. Nun, da sie ihre Hemmungen über Bord geworfen hatte, konnte sie nicht mehr zurück. Sie *wollte* nicht mehr zurück. Ihr Leben hatte sich von Grund auf verändert – Ed saß hinter Gittern, sie war wieder mit Andy zusammen. Es fühlte sich gut an, so verdammt gut, endlich wieder zu leben, statt der Geist einer Frau zu sein, die zu einem Leben hinter einem Schutzwall aus Traumata und Angst verurteilt war. Sie war am Leben. Sie hatte sich so lange nach Andy Flynn gesehnt – ob sie ihre Sehnsucht nun akzeptiert hatte oder nicht –, und jetzt war er bei ihr. Ihr Körper gierte nach mehr. Andy war der einzige Mann, bei dem sie dieses unvergleichliche Gefühl gespürt hatte, der einzige Mann, dessen Gegenwart sie auf ein Bündel sehnsuchtsvoller Hormone reduzierte. Sie gierte nach der Befriedigung, ihn in sich zu spüren, und sie würde keine Sekunde länger darauf warten.

Makedde löste Andys Gürtel, so dass seine Hose auf den gefliesten Boden glitt und die Schnalle mit einem scharfen Klacken auf den Fliesen aufschlug. Mit einer Hand drehte sie die Dusche an, und Augenblicke später stand sie unter dem heißen Strahl, ihren dankbaren Körper gegen seine schlanke, muskulöse Gestalt gepresst. Sie griff nach einem Stück Seife und ließ es sanft über die Härchen auf seiner Brust gleiten, über seine Arme, seinen Bauch, zwischen seine Schenkel. Sie genoss das Gefühl seines starken, maskulinen Körpers, der sich erregt und bereitwillig in ihre Hände schmiegte. Ihre Brüste, bedeckt mit glitzerndem Seifenschaum, glitten über seinen Leib, während sie ihn liebkoste. Eine Zeit lang stand Andy mit geschlossenen Augen reglos da, ergab sich ihren Berührungen und kämpfte gegen seine Lust an. Ein leises Stöhnen. Ein Seufzen. Sie sah ihm an, dass er sich nicht mehr lange zurückhalten konnte. Wenige Augenblicke später legte er Maks Schenkel um seine Hüften, und sie spürte, wie er sich in sie drängte. Mit sanften Stößen vergrub er sich in ihr, während sie sich Halt suchend an der Duschstange festklammerte.

»Ja«, murmelte sie, was ihn noch weiter ermutigte. Sie wollte ihn ganz und gar in sich spüren, und Sekunden später war er in ihr, füllte jeden Millimeter ihres Körpers aus. Alles um sie herum verschwamm, jeder Gedanke verlor seine Bedeutung. Niemand außer ihnen schien zu existieren. Sie vereinigten sich mit wilden, hämmernden Stößen, verloren in den Küssen und der Sehnsucht nach mehr. Sie verstärkte die Umklammerung ihrer Beine und spürte, wie sie fiel, als die Duschstange in der Wand nachgab. Für den Bruchteil einer Sekunde wallte Panik in ihr auf, doch er fing sie auf, und die wilden Stöße ließen sie den Schaden nach wenigen Sekunden vergessen. Erschaudernd und mit einem wortlosen Schrei reagierte er auf ihre Bewegungen, ehe er sich in ihr entlud.

Mak schlief fast eine Stunde wie ein Baby, nachdem Andy aufgebrochen war. Ihre körperliche, psychische und emotionale Erleichterung kannte keine Grenzen. In den vergangenen vierundzwanzig Stunden war ihr Leben von neuem Optimismus erfüllt. Ihr Schlaf war ruhig und entspannt, eine wahrlich ungewohnte Erfahrung nach den Ereignissen der letzten beiden Jahre. Endlich fühlte sie sich sicher. Ihr Leben war wieder hell und freundlich, und sie war glücklich.

Nach dem Aufwachen drehte sie sich müßig auf die Seite und griff nach dem Hörer, um ihren Vater anzurufen.

Ann ging an den Apparat.

»Hi, Ann. Hier ist Mak. Wie geht's?«

Ann verzichtete offenbar auf viele Arbeitsstunden in ihrer Praxis in Vancouver, um sich um Les kümmern zu können. Das war ein wichtiger Schritt, der Mak ein erfreutes Lächeln entlockte. Tief im Inneren sah keine Tochter gern, wie der Platz der Mutter von einer anderen Frau eingenommen wurde, auch wenn diese gestorben war, aber ebenso wenig kann eine Tochter ruhigen Gewissens zusehen, wie ihr Vater zu einem Leben in Einsamkeit verurteilt ist. Für Makedde stellte es eine enorme Erleichterung dar, sich allmählich von dem Bild ihres Vaters als einsamem Witwer zu verabschieden.

»Mak, wie schön, von dir zu hören«, meinte Ann. »Wir haben deine Nachricht bekommen. Das sind ja wunderbare Neuigkeiten. Ein Geständnis.«

»Ja, ich glaube, alle sind sehr erleichtert. Alle außer Eds Anwalt, vermute ich.«

»Ihr habt gestern Abend bestimmt mächtig die Korken knallen lassen.«

Makedde grinste. »Ja, das haben wir allerdings.«

Es ist vorbei. Endgültig vorbei.

»Bleib dran, ich hole deinen Vater. Ich weiß, dass er unbedingt mit dir reden will…«

»Mak!« Es war die Stimme ihres Vaters. Wahrscheinlich hatte er den Hörer in seinem Arbeitszimmer abgenommen.

»Hi, Dad, wie geht es dir?«

»Gut, gut. Und wie sieht es bei dir aus?«

»Ich lasse euch in Ruhe reden«, meinte Ann, die noch immer in der Leitung war. »Es ist jedenfalls schön, von dir zu hören, Mak. Wir sehen uns hoffentlich bald wieder. Guten Flug.«

»Danke, Ann.« Ein Klicken verriet Mak, dass sie aufgelegt hatte. »Es läuft gut, Dad. Eigentlich sogar wunderbar. Ich kann gar nicht sagen, wie befreit ich mich fühle, nachdem all das plötzlich nicht mehr auf mir lastet. Ich glaube, das Ganze ist mir mehr an die Nieren gegangen, als ich mir eingestanden habe.«

»Und was ist das mit der Möglichkeit, dass Ed eine Strafmilderung bekommt? Hast du davon gehört?«, fragte Les unvermittelt.

»Wie bitte?« Mak setzte sich im Bett auf.

»Es heißt, die Staatsanwaltschaft schließt einen Handel mit ihm ab.«

»Dad, wovon redest du?« Schlagartig war sie nervös. Allein die Vorstellung, Ed könnte *nicht* für den Rest seines Lebens hinter Gittern sitzen, brachte ihr neu gewonnenes Glücksgefühl gefährlich ins Wanken.

»Es gibt Gerüchte, die Staatsanwaltschaft verhandle über eine Reduzierung seiner Gefängnisstrafe, wenn er im Gegenzug das Versteck einiger Leichen preisgibt.«

Sie spürte eine Woge der Wut auf ihren Vater in sich aufsteigen. Wie konnte er so etwas tun? Wie konnte er sie davon abhalten, sich über die positive Wendung der Ereignisse zu freuen?

»Aber das ist doch lächerlich, Dad. Absolut lächerlich. Ich weiß ja nicht, mit wem du diesmal gesprochen hast, aber Ed Brown ist schuldig, verurteilt und eingesperrt. Wir haben es geschafft.«

»Hat dir niemand davon erzählt?«

»Nein, weil es nichts zu erzählen gab, Dad. Gestern habe ich selbst erlebt, wie Ed vor Gericht die Morde gestanden hat und wie er von der Richterin schuldig gesprochen wurde. Das ist alles. Sonst passiert hier überhaupt nichts. Ganz ehrlich, Dad, manchmal glaube ich, du erfindest Ausreden, um dir Sorgen machen zu können.«

Les aktivierte ständig seine alten Polizeikontakte, ein Netzwerk, das sich über den gesamten Erdball erstreckte, und er erfuhr eine ganze Menge. Aber in diesem Fall musste ein Missverständnis vorliegen. Oder, was ebenso wahrscheinlich war, ihr Vater malte sich wieder einmal das Schlimmste aus und versuchte, sie auf diese Weise zu warnen. Aber wie auch immer, sie würde sich von seinem Pessimismus nicht anstecken lassen.

»Mak, ich weiß, das Urteil ist eine wunderbare Nachricht, aber ich glaube, wir sollten uns darauf vorbereiten, dass sie eine beträchtliche Strafmilderung vereinbaren«, fuhr er fort.

»Die Richterin hat ihn des mehrfachen Mordes schuldig gesprochen, Dad. Das ist praktisch eine garantierte lebenslängliche Gefängnisstrafe. Wie kannst du etwas Negatives daran finden? Wieso kannst du dich nicht einfach über einen so glücklichen Ausgang freuen?«

»Makedde, ich versuche doch nur, dich zu warnen.«

»Danke für die Warnung, die auf absolut gar nichts basiert. Hier läuft alles prima, okay? Wir haben es geschafft. Es ist vorbei.«

Dennoch begann die Welt bereits wieder schwerer zu wiegen, und wieder einmal war sie Makedde »Atlas« Vanderwall. Mühsam unterdrückte sie ihre aufflackernde Wut. Warum musste er so etwas sagen, wo sie sich gerade erholte und glücklich war?

Es entstand eine angespannte Pause.

»Dad, wie geht es dir gesundheitlich? Wie ist die Endoskopie gelaufen?«

»Dr. Olenski hat eine Biopsie gemacht. Wir warten noch auf das Ergebnis«, erklärte er widerstrebend, als empfinde er allein die Möglichkeit körperlicher Gebrechlichkeit als verabscheuungswürdig. »Wann kommst du nach Hause, Mak?«, fuhr er etwas sanfter fort.

Darüber hatte Mak noch nicht ernsthaft nachgedacht. In den letzten vierundzwanzig Stunden war ihre ganze Welt auf den Kopf gestellt worden. Alle ihre Pläne hatten sich von Grund auf geändert. Wenn sie und Andy wieder zusammenkämen, dieses Mal ernsthaft, würden sie sich mit den geografischen Gegebenheiten auseinander setzen müssen. Sie würden ein wenig Zeit brauchen, um herauszufinden, ob sie eine Chance hatten oder nicht.

»Ich weiß es noch nicht, Dad«, erwiderte sie. »Alles ging viel schneller, als ich dachte. Ich… vielleicht bleibe ich noch eine Weile hier.«

Ich will nicht nach Hause. Noch nicht. Erst wenn ich weiß, was mit Andy passiert.

»Du bist wieder mit Flynn zusammen, hab ich Recht?«

»Ja, Dad, das bin ich.«

Ihm entging einfach nichts. Wieso wusste er ständig alles?

»Sei vorsichtig, Mak. Gib einfach auf dich Acht«, bat

Les, plötzlich der besorgte Vater, dem die unfreiwillige Distanz zwischen ihm und seiner ältesten Tochter zusetzte, in der er sowohl seine eigene Starrköpfigkeit wie auch die Lebenslust seiner verstorbenen Frau wiedererkannte.

Eigenschaften, die ihn gleichermaßen mit Sorge erfüllten.

17

Da sind sie.

Als sie Ed aus seiner Einzelzelle in Long Bay abholten, wartete er bereits auf der Kante seiner Pritsche auf sie, vollständig bekleidet, die Hände sorgfältig im Schoß verschränkt. Es war Viertel vor zwölf.

»Los geht's, Ed, Sie kennen ja die Prozedur«, knurrte Suzie Harpin durch die Gitterstäbe.

Ed achtete darauf, jeden Blickkontakt mit der Gefängnis-Lady zu vermeiden. Stattdessen starrte er auf seine Füße und bemühte sich, so gehorsam und sanftmütig wie möglich zu erscheinen. Langsam erhob er sich, trat in die Mitte der Zelle und verschränkte die Hände auf dem Rücken.

Er wartete, konzentrierte sich auf seine tiefen, rhythmischen Atemzüge.

Ein.

Aus.

Ein.

Aus.

Ruhig.

Er durfte sich unter keinen Umständen seine geradezu kindliche Erregung anmerken lassen, die ihn überfiel, wenn er sah, wie seine sorgfältig vorbereiteten Pläne endlich

Realität wurden. Es war wie am Weihnachtsmorgen, und ausnahmsweise bekam er die meisten Spielsachen.

Die Zellentür hinter ihm klickte, und der Riegel wurde zurückgeschoben. Noch immer stand er gehorsam da und wartete. Dann hörte er die dicken Gummisohlen der Gefängnis-Lady auf dem Boden und die schweren Schritte von zwei weiteren Beamten. Sie packten ihn an den Handgelenken und zogen sie so unsanft zusammen, dass es schmerzte, als sie ihm Handschellen anlegten. Zweifellos hatte die Gefängnis-Lady das mit Absicht getan. Er konnte nur hoffen, dass sie es mit ihrer Rolle nicht übertrieb. Ihm fiel auf, dass sie heute nicht ihr Übelkeit erregendes Parfüm trug; das, mit dem sie sich in den letzten Wochen immer besprüht hatte, offenbar in dem Wunsch, ihm eine Freude zu machen. Gut. Ed wollte nicht, dass irgendjemand etwas von ihren Bemühungen, fraulich zu wirken, mitbekam, nicht einmal unbewusst. Es bestand noch immer die winzige Chance, dass jemand später dieser Tatsache eine Bedeutung zumaß.

Sie drehten ihn herum. »Das sind Senior Sergeant Lewis, Senior Constable Cassimatis und Constable Hoosier. Sie sind vom Morddezernat New South Wales und werden Sie heute begleiten«, sagte sie. *Keine Spur von Andy Flynn*, dachte Ed erleichtert. *Es sei denn, er stößt draußen noch zu uns.*

Mit einer brüsken Bewegung wandte sich die Gefängnis-Lady dem hoch gewachsenen, muskulösen Polizisten mit dem Militärhaarschnitt zu. »Senior Sergeant, er gehört Ihnen.«

Ed hoffte nur, dass die Wärterin ihm nicht nachsah, während er weggeführt wurde. Bisher hatte sie ihre Sache gut gemacht und hatte angemessen unbeteiligt gewirkt. Ihre Schicht war schon bald zu Ende, und dann wäre sie weg. Keiner von ihnen konnte sich einen Fehler erlauben, denn das würde später zu viele Fragen aufwerfen.

Die Tatsache, dass Andy Flynn nicht mitgekommen war, erfüllte Ed mit tiefer Befriedigung. Er war der Polizist, der am meisten Schwierigkeiten machte. Es war erheblich besser, wenn er nicht hier war, insbesondere an einem so heiklen Tag wie heute. Sie würden ihn taxieren und herauszufinden versuchen, wie glaubwürdig er war, und zu einem Entschluss gelangen, wie sie ihn manipulieren konnten. Was für ein Witz! *Sie* wollten *ihn* manipulieren? Jede Minute ihres nachmittäglichen Ausflugs legte den Grundstein für das weitere Vorgehen. Ed hatte alles sorgfältig geplant und durfte nicht zulassen, dass Flynn seine Pläne ruinierte.

Ed wurde ohne großes Aufhebens aus der Zelle geführt. Mit gebeugten Schultern schlurfte er den Gefängnisgang hinunter, den Blick fest auf den Boden gerichtet.

Ruhig. Gehorsam.

Die Füße der Gefängnis-Lady waren im Grunde nicht viel kleiner als die ihrer männlichen Kollegen, stellte er fest. Kaum vorstellbar, dass in diesen hässlichen Kampfstiefeln tatsächlich Frauenfüße steckten. Manchmal fragte er sich, wie ihre Füße aussehen mochten. Waren ihre Zehen eigentümlich geformt? Maskulin? Grobknochig? Spitz zulaufend? Waren sie glatt und gepflegt? Das bezweifelte er.

»Hier entlang, Ed«, sagte derjenige, der als Hoosier vorgestellt worden war, ehe sie den Weg zum Ausgang einschlugen. Die Polizisten kümmerten sich um den Papierkram, als wäre er ein streunender Hund oder ein Fundgegenstand. Ed verkniff sich ein Lächeln, obwohl ihn die Situation amüsierte.

Er wusste, dass sich die Polizisten nach Kräften bemühen würden, ihre morbide Parade in der Öffentlichkeit möglichst harmlos wirken zu lassen. Schließlich hatten sie es mit einem Fall von enormem öffentlichen Interesse zu tun. Er, Ed Brown, spukte ständig in den Köpfen der Menschen da draußen herum. Wenn irgendeiner etwas durchsickern ließe, würden innerhalb weniger Minuten die Hubschrauber sämtlicher Nachrichtensender über ihren Köpfen kreisen. Die Polizei würde große Probleme bekommen, wenn in der Öffentlichkeit bekannt würde, dass der geständige und verurteilte Stiletto-Mörder durch die Gegend lief, trotz der Begleitung eines Trupps Polizisten und Scharfschützen.

Um Eds Mundwinkel spielte der Anflug eines boshaften Lächeln.

Und im Gebüsch saßen doch garantiert Scharfschützen, oder etwa nicht? Wie lange würde es wohl dauern, bis sie in Position waren, nachdem er ihnen gesagt hatte, in welche Richtung sie fahren sollten. Es würde ein Riesenspaß werden, zuzusehen, wie die Dinge ihren Lauf nahmen. Achtzehn Monate hatte er auf diesen Augenblick gewartet. Eine lange Zeit.

Doch jetzt war Ed mehr als bereit.

18

»Meine Wohnung ist nur einen halben Block von hier entfernt«, erklärte Senior Constable Mahoney.

Sie deutete aus dem Fenster ihres ramponierten Datsun auf ein leicht heruntergekommen wirkendes Apartmentgebäude. Karen und Makedde hatten die letzten zehn Minuten damit zugebracht, durch die engen Seitenstraßen hinter Kings Cross zu kurven. Makedde, die angeschnallt und mit weiß hervortretenden Fingerknöcheln auf dem Beifahrersitz saß, war an jeder Kreuzung fest davon überzeugt, dass sie von der falschen Seite in eine Einbahnstraße bogen. Kings Cross, früher ein Bestandteil des Rotlichtmilieus mit fragwürdigen »Massagesalons«, hatte sich im Lauf der Jahre ziemlich stark verändert, so dass nun nicht nur unzählige angesagte Bars und Restaurants hier zu finden waren, sondern auch massenweise Touristen. Es war Karens Wohnviertel und damit perfekt für eine kleine Erinnerungstour durch Sydney für Mak.

Nach ihrem unerwartet aufwühlenden Gespräch mit ihrem Vater war Mak froh gewesen, für eine Weile aus ihrem Hotelzimmer zu kommen und ein wenig Dampf abzulassen. Karen stellte sich als wunderbare Gesellschafterin heraus, auch wenn ihr Fahrstil Mak den Angstschweiß auf die Stirn trieb.

»Der Tag gestern muss ja eine enorme Erleichterung für Sie gewesen sein«, sagte die junge Polizistin mit dem flammend roten Haar und musterte Mak eingehend, während sie den Wagen beherzt mit einer Hand lenkte.

»Ja … eine Erleichterung.«

Seit dem Gespräch mit ihrem Vater hatte Maks Verstand auf Hochtouren gearbeitet. Sie hatte das Thema ihrer Unterhaltung Karen gegenüber noch nicht zur Sprache gebracht, ebenso wenig hatte sie preisgegeben, was zwischen ihr und Andy vorgefallen war, obwohl Karen es wie die meisten Frauen bestimmt ohnehin ahnte. Die Wirkung von gutem Sex am Ende einer langen Dürreperiode war mindestens so offenkundig wie ein neuer Haarschnitt.

»Ich kann immer noch nicht glauben, dass er vor Gericht ein Geständnis abgelegt hat«, fuhr Mahoney fort. »Darauf war ich nicht gefasst.«

»Ja. Ich habe gehört, dass es … äh … einige Hinweise zu dem Fall gab, denen heute nachgegangen wird. Wissen Sie etwas darüber?«, erkundigte sich Mak vorsichtig.

»Sie wollen heute doch nicht ernsthaft über so etwas reden, oder?«, erwiderte Karen lächelnd. »Aber es stimmt, es kann sein, dass einigen Punkten seines Geständnisses nachgegangen wird. Aber da ist nichts, worüber Sie sich Sorgen machen brauchen. Wenn Sie wollen, kann ich mich heute Nachmittag erkundigen, wenn mein Dienst anfängt, aber manchmal legen die Jungs eben immer noch Alleingänge hin. Schätzungsweise bekomme ich nicht mal die Hälfte dessen mit, was tatsächlich los ist. Hey, sehen Sie das da drüben?« Sie deutete auf die Veranda eines Hotels. »Das ist die Hugo's Lounge. Martinis für zwanzig Dollar, aber da drin geht die Post ab. Hier und in der Oxford Street in Darlinghurst gibt es die tollsten Bars. Für jeden Geschmack etwas.«

Mak lächelte. Karen war es mühelos gelungen, das Thema zu wechseln.

»Sie werden es nicht glauben, aber bei meinem letzten Aufenthalt war ich an einem Abend mit Loulou hier.«

»*Das* glaube ich Ihnen allerdings.«

Mak wusste, dass Loulou mit ihrer Frisur und ihren Netzstrümpfen wie ein typischer Kings-Cross-Paradiesvogel wirken musste. Sie schien sich ziemlich gut mit Karen verstanden zu haben. Vielleicht entwickelte sich zwischen den beiden ja eine Freundschaft. »Nein, ich meine, auf dem Weg zu einem Fotoatelier musste ich durch eine dieser finsteren Seitengassen gehen«, erklärte sie.

»Wollen Sie mich auf den Arm nehmen? Ein Geschäftstermin?«

»Nicht unbedingt«, erwiderte Mak. »Sagen wir einfach, ich war jung und dumm und reichlich frustriert über die Art und Weise, wie man sich um Catherines Fall gekümmert hat, und glaubte, ich wüsste alles besser. Ich dachte, ich mache mich ein bisschen nützlich, indem ich diesem schmierigen Fotografen auf den Zahn fühle, von dem ich geglaubt habe, er hätte irgendetwas mit ihr zu tun. Und Loulou hat Schmiere gestanden und draußen auf mich gewartet.«

Sie hatten sich einen Notfallplan zurechtgelegt, wonach Loulou hereinplatzen und so tun sollte, als wäre sie Maks eifersüchtige, lesbische Freundin, um sie in Sicherheit zu bringen. Doch dann war Mak mit dem Fotografen in einen Streit geraten und war allein, ohne fremde Hilfe, entkommen.

»Im Ernst?«, rief Karen. »Ihr zwei kleinen Amateurdetektive! Moment mal… ich erinnere mich daran!« Mit offenem Mund starrte sie Mak an, während es ihr langsam dämmerte. Mak wünschte, sie würde ein wenig genauer auf den Verkehr achten, doch Karen schien sich mehr auf Mak als auf die Straße zu konzentrieren. »Das waren *Sie*?« Sie hob die Hände. »Natürlich waren Sie das. Rick Filles, stimmt's?« Sie sank über dem Steuer zusammen und brach in lautes Gelächter aus. »Oh, Scheiße, das ist lustig. Die haben mich da hineingeschickt, was natürlich sinnlos war. Stellen Sie sich mal vor, wie ich versuche, als Model durchzugehen.«

Mak hatte bisher nie zwei und zwei zusammengezählt. Karen Mahoney war die Polizistin, die auf Rick Filles angesetzt worden war, ehe Mak auf die verrückte Idee gekommen war, zu ihm zu gehen und ihr Glück auf eigene Faust zu versuchen. Kaum vorstellbar, wenn sie heute darüber nachdachte.

Sie brachen in wildes Gelächter aus, bis Karen an den Straßenrand fahren und sich die Tränen abwischen musste.

»Karen«, sagte Mak nach einer Weile und wurde ernst. »Ich überlege, ob ich meinen Flug umbuchen soll.«

»Daran habe ich auch schon gedacht.«

»Bin ich so leicht zu durchschauen?«

Karen lächelte nur. »Kann sein. Okay, wohin gehen wir Mittagessen?«

»Es ist Ihre Gegend. Sie entscheiden.«

»Es gibt ein berühmtes Restaurant gleich um die Ecke. Das Beef & Bourbon oder Beefsteak oder so ähnlich. Ich kann mir den Namen nie merken. Jedenfalls ist es kürzlich renoviert worden, und es ist besser, als es klingt. Vertrauen Sie mir.«

»Okay«, stimmte Mak zu.

Karen fuhr los und lenkte den Wagen auf die Hauptstraße. Makedde war mit dem Anblick der gleißenden Neonschilder bestens vertraut. GIRLS, GIRLS, GIRLS! 24 STUNDEN GEÖFFNET! Manches änderte sich einfach nie. Sex-Shops. Zeitungshändler. Absteigen für Rucksacktouristen. Ihr Blick glitt über die Fenster eines einfachen, kleinen Cafés zwischen diversen Sushi- und Karaokebars, als er an einer vertrauten Gestalt hängen blieb. Sie musste ein zweites Mal hinsehen.

»Hey!«, rief sie und deutete strahlend auf die andere Straßenseite. »Da ist ja Andy!«

»Wenn man vom Teufel spricht«, bemerkte Karen und drosselte das Tempo.

»Wie kann diese Stadt so klein sein? Dasselbe ist mir mit Loulou im Starbucks auch passiert. Können wir kurz anhalten?«

»Klar.« Karen fuhr in eine Parklücke. »Kurzparkzone. Fünfzehn Minuten«, warnte sie. »Soll ich einen anderen suchen?«

»Nein. Ich will nur kurz …«

Ihre Stimme verebbte.

Es war Andy Flynn. Eindeutig. Er saß an einem Tisch am Fenster des Cafés. Aber er war nicht allein. Mak machte ein paar Schritte auf ihn zu, während Andy – der Mann, mit dem sie gerade eben noch im Bett gelegen hatte, wegen dem sie überlegte, ihren Flug umzubuchen, und dem sie neuerlich ihr Herz geöffnet hatte – sich vorbeugte und eine attraktive, junge Blondine umarmte. Vor ihren Augen. Es war offensichtlich, dass die beiden mehr als lediglich gute Freunde waren. Makedde blieb mitten auf der Straße stehen, so dass der Fahrer eines Wagens gerade noch rechtzeitig das Steuer herumreißen konnte. Karen packte sie am Arm und zerrte sie an den Straßenrand.

»Was ist denn in Sie gefahren?«, fragte sie, ehe auch sie

Andy und die Frau bemerkte. »Oh, Scheiße!«, stieß sie nur hervor. »Carol.«

»Was?«

»Das ist Carol. Die Krankenschwester.«

Makedde spürte, wie eine Woge der Übelkeit sie erfasste, von den Zehenspitzen bis zum Kopf. Ein säuerlicher Kloß bildete sich in ihrer Kehle. Am liebsten hätte sie sich übergeben.

Er ist immer noch mit Carol zusammen…

»Hoppla«, brachte sie mühsam hervor. Ihre Lippen fühlten sich ganz taub an. Sie versuchte, das wahre Ausmaß ihres Schmerzes nicht zu zeigen, auch wenn ihr klar war, dass sie Karen nicht täuschen konnte. Sie zwang sich vergeblich zu einem Lächeln. Schließlich wandte sie sich mit verwirrter, bekümmerter Miene um und ging mechanisch zum Wagen zurück. Sie starrte auf ihre Füße, bemüht, sich auf ihre Schritte zu konzentrieren. *Ein Schritt, zwei, drei…*

»Oh, Mak…«, hörte sie Karen sagen. Die Polizistin musterte sie aufmerksam, so wie bei ihrer ersten Begegnung, als sie Catherine tot und blutüberströmt im Gras gefunden und wie betäubt mit einem Styroporbecher in der Hand zwischen den Polizeifahrzeugen gesessen hatte. Karen schüttelte den Kopf. »Oh, Mak…«

Wüsste Karen nicht bereits, was zwischen Mak und Andy nach dem Essen vorgefallen war, hätte es ihr Maks erschütterte Miene zweifellos verraten. Es lag auf der Hand, dass sich irgendetwas Intimes zwischen den beiden abgespielt hatte; etwas, das Mak hatte glauben lassen, es sei etwas Ernstes. Das war nicht dieselbe Makedde, die in den ersten Tagen nach ihrer Ankunft Andy gegenüber so kühl gewesen war. Stattdessen stand eine Makedde vor ihr, die bis über beide Ohren verliebt war. Bis zu dieser Sekunde.

Lernst du eigentlich nie etwas dazu?

Karen sprach mit ihr, sagte irgendetwas Verständnisvolles, doch Mak hörte ihr nicht zu.

19

»Los, fahren wir endlich«, knurrte Jimmy Cassimatis ungeduldig, kaum dass sie die Gefängnistore passiert hatten.

Das zivile Einsatzfahrzeug kroch die Auffahrt von Long Bay entlang und bog nach Eds Anweisungen auf die Anzac Parade. Jimmy war auf der Beifahrerseite eingestiegen, während Ed unmittelbar hinter ihm auf dem Rücksitz saß – ein Arrangement, das Jimmy mit leichtem Unbehagen erfüllte, auch wenn der Gefangene Hand- und Fußfesseln trug. Senior Sergeant Lewis saß neben Ed hinter dem Fahrer. Unwillkürlich musste Jimmy den Polizisten für seine Hingabe bewundern, mit der er seinen Dienst versah. Nach seinem Rang hätte ihm der Platz auf dem Beifahrersitz zugestanden, aber nein, er wollte sich höchstpersönlich um Ed kümmern. Das war ein gutes Zeichen. Ein Ziviltransporter der Kriminaltechnik fuhr hinter ihnen, um die sterblichen Überreste des Opfers zu bergen, zu untersuchen und anschließend zurückzubringen. Dahinter folgte ein Audio-Team in einem eigenen Fahrzeug mit einem Ton- und Kameraexperten, die Eds Anweisungen und die Exhumierungen festhalten sollten. Jimmy wusste, dass Lewis um das vierte zivile Einsatzfahrzeug mit zwei weiteren Polizeibeamten gekämpft hatte. Es gab zwar ständig Protest wegen des übermäßigen Einsatzes von Beamten, aber Senior Sergeant Lewis hatte sich durchgesetzt, was in erster Linie auf die Bedeutung des Falls Ed Brown zurückzuführen war. Hubschrauberteams, kugelsichere Fahrzeuge sowie Scharfschützen- und Sondereinsatzteams waren normalerweise nur in Actionfilmen zu sehen; im wahren Leben hingegen wurde ein mehrfacher Mörder wie Ed bei einem Ausflug wie diesem lediglich von einer Hand voll Polizeibeamte begleitet. Würden sie mit mehr als vier Fahrzeugen ausrücken, könnten sie sich ja gleich als Autokorso anmelden.

Trotzdem hatten sie zusätzliche Beamte zugewiesen bekommen, alle notwendigen Sicherheitsvorkehrungen getroffen und sich ausreichend Zeit genommen. Darüber hinaus schien Lewis ein ganz besonderes Interesse an diesem Fall zu entwickeln. Das war gut. Und obwohl Jimmy sich beinahe in die Hose machte, weil Andy nicht mitgekommen war, verstand er Kelleys Beweggründe durchaus und musste ihm insgeheim sogar zustimmen. So professionell sein Partner sein mochte, was Ed Brown betraf, nahm er das Ganze tatsächlich ein wenig zu persönlich. Wahrscheinlich war es das Beste, wenn er nicht im selben Wagen wie dieser Mann saß. Es war nur eine Exhumierung, kein Ermittlungsverfahren, bei dem Andys Profiling-Erfahrung unbedingt erforderlich gewesen wäre.

Das einzige Problem war in Jimmys Augen nur, dass ihnen die Vereinbarung, die die Staatsanwaltschaft mit Eds Verteidiger geschlossen hatte, den einen oder anderen Stein in den Weg legte. Der Gefangene sollte ihnen erst unterwegs die Richtung mitteilen, sonst würde er nichts verraten. So lautete die Abmachung. Auch wenn dies nicht der erste Handel dieser Art mit einem Täter war, war Jimmy stocksauer. Eds toller Spitzenanwalt konnte so lange über Rechte und Gefallen schwadronieren, wie er wollte, Jimmy hielt diese Idee, während der Fahrt Eds Anweisungen zu folgen, nach wie vor für ausgemachten Blödsinn. Ed würde sich noch Jahre daran aufgeilen.

Ein brünetter Teenager.

Eine junge Frau mit schwarzen Haaren.

Mehr hatte Ed bislang nicht über seine Opfer verraten. Er wusste weder ihre Namen noch etwas über ihre Familien oder ihre Herkunft. Und es kümmerte ihn auch nicht. Für ihn waren sie niemals »Menschen« gewesen, sondern nur etwas, das er benutzen und anschließend wegwerfen konnte. Die vage Beschreibung der Opfer, die er ihnen gegeben hatte, passte zu mehreren Frauen auf der Vermisstenliste aus den letzten vier Jahren, jenem ungefähren Zeitrahmen, den Ed ihnen vorgegeben hatte. Nun galt es, die Leichen zu bergen, Zahnunterlagen abzugleichen und eine DNS-Analyse von allem zu erstellen, was sie in die Finger bekamen.

Langsam fuhren sie die Anzac Parade entlang. »Wohin jetzt?«, fragte Hoosier.

Stille breitete sich im Wagen aus, als der Gefangene über seine Antwort nachdachte. »Könnten Sie … äh … bitte fahren Sie in dieser Richtung weiter auf der Anzac Parade?« Er neigte den Kopf mit dem rötlichen Haar. »Ja … dort entlang, bitte.«

Eds hohe Stimme war unverwechselbar und jagte Jimmy stets Angst ein. Sie hatte ihn in den letzten anderthalb Jahren sogar bis in den Schlaf verfolgt, so dass Angie ihn hatte aufwecken und beruhigen müssen, dass er nur einen Albtraum gehabt habe. *»Liebling, du sprichst wieder mal im Schlaf.«* Vielleicht war das der Grund, dass es ihn so nervös machte, Ed hinter sich zu wissen. Jimmy war klar, dass er die übliche Show abziehen musste – *sorg dafür, dass sie sich entspannen, dass sie dich mögen, dass sie sich wohl fühlen und dir alles sagen* –, während er selbst sich keine Sekunde lang entspannte. Gemeinsam mit Andy hatte er Ed Brown bei seinem tätlichen Angriff auf Makedde Vanderwall überrascht und festgenommen. Der Anblick hatte sich zu jenen Bildern gesellt, die sich unauslöschlich in Jimmys Gedächtnis eingebrannt hatten – zu dem Bild des Kindes, damals bei dem Autounfall in Wollongong, zu seinem ersten Fall häuslicher Gewalt mit tödlichem Ausgang, seinem ersten groben Fehler. Ed Brown hatte einen ganz besonderen Platz in Jimmys Albträumen. Und nun saß dieser Kerl direkt hinter ihm.

Erkennt er mich überhaupt wieder?

»Geht es nicht ein bisschen genauer, Ed? Können Sie uns einen konkreten Ort nennen?«, fragte Jimmy.

»Ich zeige es Ihnen. Tut mir Leid«, erwiderte Ed unterwürfig.

Ich scheiß auf Tut mir Leid, dachte Jimmy. *Scheiß drauf, verdammt noch mal.*

»Bitte fahren Sie, fahren Sie weiter, ah, dann zeige ich es Ihnen.«

Sie waren an der Universität von New South Wales und dem National Institute of Dramatic Art, der berühmten Schauspielschule, vorbeigekommen und fuhren weiter.

»Wohin jetzt?«

»Bitte, ah… weiter geradeaus.«

Ed schien so verdammt unterwürfig zu sein. *Ist der Typ auf irgendwelchen Medikamenten?* Die Aufseher im Gefängnis hatten nichts in dieser Richtung erwähnt, aber vielleicht war das in Long Bay bei Typen wie ihm Standard. War Ed tatsächlich so demütig, wie er tat? Jimmy hatte seine Zweifel. »Wenn ich eines mit Bestimmtheit weiß, dann, dass ich nichts weiß«, hatte Jimmys Vater immer gesagt. Die Männer der Cassimatis-Familie besaßen weder einen herausragenden Intellekt noch gesellschaftlichen Status oder Charme, dafür eine gewisse angeborene Schläue. Jimmy war mit hervorragenden Instinkten gesegnet – vielleicht nicht in punkto Frauen, Politik oder dem angemessenen Benehmen bei einer Dinnerparty, wohl aber im Hinblick auf seine Arbeit, und das machte ihn zu einem guten Polizisten. Obwohl er es nie offen zugeben würde, wusste er verdammt genau, dass er in Wahrheit rein gar nichts über Ed wusste. Und diese Erkenntnis machte ihn wahrscheinlich zum schlauesten Polizisten im Wagen.

»Okay, hier bitte rechts abbiegen. Ah, ich glaube, das ist der richtige Weg.«

Diese beschissene Stimme.

»Ah, und an der nächsten Ampel rechts.«

»Wollen Sie vielleicht was zu essen, Kumpel? Ein Stück Fleischpastete oder so was? Sollen wir anhalten und Ihnen etwas besorgen?«, wollte Hoosier wissen.

Jimmy hätte ihn am liebsten geohrfeigt.

Im Lauf der Jahre hatte er vielen Typen ein Bier, ein Stück Fleischpastete und Pommes frites und Gott weiß was noch alles gekauft, damit sie sich wohl fühlten und gefügig wurden. Das Routineverfahren. Aber das hier war kein Mann für diese schwachsinnigen Spielchen. Jimmy scherte sich einen Dreck darum, ob Ed Brown sich wohl fühlte oder nicht. Diesem Kerl würden sie nicht in den Arsch kriechen. Er sollte ihnen zeigen, wo sie suchen mussten, dann würden sie ihn zurück in seine Zelle bringen, wo er den Rest seiner Tage verrotten konnte.

Lewis sagte nichts.

»Fahren wir einfach, okay?«, schlug Jimmy vor, verschränkte die Arme vor der Brust und sah aus dem Fenster.

Ed dirigierte sie durch irgendwelche abgelegenen Straßen, schickte sie in die verschiedensten Richtungen, hielt von Zeit zu Zeit inne, ehe er mit dieser hohen, dünnen Mädchenstimme fortfuhr. Wieder fragte Jimmy sich, ob er sie nur ärgern wollte. Am liebsten würde er Andy anrufen und ihm erzählen, dass dieser Handel ausgemachter Blödsinn war, bei dem sie wie die Idioten dastanden.

Und dann hörte er die Worte endlich.

»Das ist die Stelle«, verkündete Ed.

Sie hielten an. Der Wagen der Kriminaltechnik blieb ebenfalls stehen, dahinter der Audio-Transporter und schließlich das andere Zivilfahrzeug. »Wir sind da«, informierte Hoosier die anderen über Funk.

»Wo genau ist die Stelle?«

Ed nickte in Richtung einer Tankstelle auf der anderen Straßenseite.

Jimmy blinzelte. »Das ist eine Tankstelle«, stellte er fest, falls es noch niemand bemerkt haben sollte.

»Ed, wollen Sie behaupten, Sie hätten die Leiche eines Mädchens in einer Tankstelle vergraben?«, fragte Hoosier mit gewohnter Höflichkeit.

»Ah, genau. Ah, ja«, antwortete der Gefangene mit hoher Stimme. »Das, ah… die stand vor vier Jahren noch nicht da. Ah… da war nichts. Ein unbebautes Grundstück. Ich hab das Mädchen unter einem Baum begraben, gleich da drüben.« Er deutete in Richtung der Zapfsäulen. »Ja, das ist die Kreuzung. Ich weiß, dass es hier war. Das ist die Stelle. Ja, ah ha.«

»*Skata!* Sie wollen mich wohl für blöd verkaufen!« Jimmy schlug mit den flachen Händen auf das Armaturenbrett. »Das ist ein verdammter Witz!«

»Nur die Ruhe, Cassimatis«, meinte Lewis, stieg aus und blieb ein paar Meter neben dem Wagen stehen. Er musterte Ed durch das Wagenfenster, dann sah er stirnrunzelnd zur Tankstelle hinüber. Offenbar überlegte er, was er tun sollte.

»Ed, sind Sie sicher, dass das die richtige Stelle ist? Wenn Sie uns nicht die Wahrheit sagen, können wir Ihnen auch nicht helfen.«

»Aber ich sage die Wahrheit. Ich… ah… es war hier. Ja. Hier ist sie begraben.« Wieder nickte Ed in Richtung Zapfsäulen. Seine Hände waren nach wie vor gefesselt, so dass er sie nicht zu Hilfe nehmen konnte. »Damals standen hier Büsche und Bäume. Ah. Ein brünettes Mädchen. Jung. Ja. Ich hab sie ziemlich tief eingegraben.«

»Okay«, erklärte Lewis, der inzwischen neben den Wagen getreten war, gepresst. »Sind Sie auch ganz sicher, dass dies die exakte Stelle ist? Genau an dieser Ecke?«

Ed nickte.

»Sir, sollen wir ihn aussteigen lassen und sehen, was er uns zeigen kann?«, fragte Hoosier.

Der Hokuspokus, ihn in Handschellen auf dem Tankstellengelände herumzuführen und auf irgendwelche Stellen im Beton zeigen zu lassen, war sinnlos und würde darüber hinaus genau die Art Aufmerksamkeit erregen, die Kelley um jeden Preis verhindern wollte.

»Tja, wir können wohl kaum eine Tankstelle umgraben, oder?«

Lewis stieg wieder ein und knallte die Tür zu. Hoosier schlug den Weg nach Long Bay ein, dicht gefolgt von den anderen drei Fahrzeugen. Jimmy spürte, dass Lewis innerlich kochte. So viele Leute zusammenzutrommeln war eine Sache, am Ende unverrichteter Dinge wieder nach Hause zu kommen eine ganz andere. Sie müssten Eds Geschichte zuerst überprüfen, ehe sie irgendetwas unternahmen. Lewis musste zutiefst enttäuscht sein.

»Zurück nach Long Bay«, sagte Lewis ins Funkgerät.

Während der Fahrt wurde kaum ein Wort gesprochen.

20

Detective Andy Flynn saß im Büro des Morddezernats an seinem Schreibtisch und schob ruhelos irgendwelche Papiere hin und her. Seine Jacke hing über der Stuhllehne, und er hatte ohne bestimmten Grund die Ärmel seines Hemds aufgekrempelt. Seit seiner Rückkehr von seinem Treffen mit Carol brütete er über unendlich langweiligem Papierkram. Die Sekunden zogen sich wie Stunden dahin. Außerdem war das Büro nahezu menschenleer, was sein Gefühl der Isolation noch verstärkte. Die meisten Kollegen waren noch in der Mittagspause und einige Ausgewählte in Long Bay, wo Andy auch am liebsten gewesen wäre, um die Stiletto-Morde endlich zum Abschluss zu bringen.

Andys Mobiltelefon lag vor ihm auf dem Schreibtisch, griffbereit für Jimmys Anruf, der ihm den neuesten Stand der Dinge durchgeben sollte. Bislang hatte er nichts gehört. Wo führte Ed sie wohl hin? Was erwartete sie dort? Andy hasste es grundsätzlich, von etwas ausgeschlossen zu sein, doch bei diesem Fall war es besonders schmerzhaft. Es war fast so, als wiederhole sich die Geschichte. Nur dass Andy diesmal kein Verdächtiger war wie vor achtzehn Monaten, als seine Exfrau Cassandra ermordet worden war. Stattdessen stand er lediglich im Verdacht, sein Temperament nicht unter Kontrolle halten zu können. Ein Fortschritt, aber nichtsdestotrotz qualvoll.

Komm schon, Jimmy, ruf endlich an.

Er überlegte, ob er Makedde anrufen sollte, nur um ihre Stimme zu hören. Er hatte sich vorgenommen, sie nach dem Dienst zum Essen auszuführen. Wohin könnten sie gehen? Nichts, was er sich leisten konnte, könnte es mit dem Essen vom Vorabend am Bondi Beach aufnehmen, aber das spielte keine Rolle. Mak war unkompliziert, obwohl sie als Model arbeitete.

Komm schon, Jimmy, erzähl mir was.

Wenigstens hatte Andy mittlerweile ein Problem weniger. Das Treffen mit Carol war besser gelaufen als erhofft. Er war so nett und aufrichtig gewesen, wie er nur konnte, und es hatte weder Tränen noch ein langes Gesicht gegeben, als er ihr eröffnet hatte, dass sie sich nicht mehr treffen könnten. Stattdessen hatte Carol die Neuigkeit freundlich aufgenommen und ihm alles Gute gewünscht. Er hatte nie Grund zu der Annahme gehabt, dass sie anders reagieren würde, aber trotzdem – sie war eine Frau, und Frauen waren schwer einzuschätzen. Scheinbar vernünftige, nüchtern denkende Wesen schütteten einem ohne jede Vorwarnung beim Abendessen Wein auf den Schoß, und die

Schwierigen, die immer aussahen, als würden sie in der nächsten Sekunde ausflippen, reichten einem die Hand und freuten sich über den Vorschlag, »einfach gute Freunde« zu bleiben. Vor langer Zeit schon war Andy zu dem Schluss gelangt, dass es kein System gab, um die Vertreterinnen des anderen Geschlechts einzuschätzen. Zum Teufel mit diesem Quatsch von wegen »Frauen sind von der Venus, Männer vom Mars«. Andys Theorie nach befanden sie sich wahrscheinlich nicht einmal in derselben Galaxie.

Instinktiv war ihm klar, dass es richtig gewesen war, Carol die Neuigkeit persönlich zu überbringen. Er wollte es noch einmal mit Mak versuchen, deshalb blieb für nichts anderes Platz. Er konnte sich keine Komplikationen erlauben. Wenn er bedachte, welchen steinigen Weg Mak und er bereits hinter sich gebracht hatten, blieb wenig Spielraum für weitere Fehler. Insbesondere nicht, wenn er sie überreden wollte, bei ihm in Australien zu bleiben.

Zu seiner Erleichterung klingelte in diesem Moment das Telefon. In der Hoffnung auf Nachrichten von Jimmy riss er den Hörer hoch.

»Flynn.«

»Sie sind ein Arschloch«, sagte eine Stimme am anderen Ende der Leitung.

»Wie bitte?« Es war nicht Jimmys Stimme, sondern die einer Frau. Andy war verwirrt.

»SIE SIND EIN ARSCHLOCH, habe ich gesagt«, wiederholte sie, während Andy verdattert lauschte.

»Mahoney, sind Sie's?«

Was, zum Teufel, bildete sich Mahoney eigentlich ein, so mit ihm zu reden? In der einen Sekunde war sie eine schüchterne Anfängerin, frisch von der Polizeischule, und in der nächsten blaffte sie ihn dermaßen an? Für wen hielt sich dieses Miststück – für Jimmy?

»Worauf Sie sich verlassen können, Andy«, erklärte Mahoney. »Und jetzt will ich eines wissen – wieso haben

Sie nicht gleich gesagt, dass Sie und Carol immer noch ein Paar sind?«

»Hey, hey, Moment mal… Wie war das?« Er blickte sich suchend um, ob jemand in der Nähe war, aber es war niemand zu sehen. »Das sind wir nicht.«

»Ach nein? Raten Sie mal, was ich gerade getan habe«, fuhr sie fort. »Ich habe ein bisschen Zeit mit Ihrer Freundin verbracht, habe sie zum Mittagessen ausgeführt und ihr die Stadt gezeigt. Eine hübsche kleine Tour rund um *Kings Cross*. Und wen sehen wir wohl in *Kings Cross*?« Sie betonte die Worte, als müssten sie ihm irgendetwas erklären. Was nicht der Fall war.

»Wen könnten wir dort wohl in einem Café gesehen haben? Mit seiner hübschen kleinen Krankenschwester knutschend? Hm?«

»Oh, Scheiße!«, stieß Andy hervor, als ihm endlich aufging, worauf Mahoney hinauswollte. Fieberhaft durchforstete er sein Gehirn nach jeder Bewegung, die er und Carol gemacht hatten und wie sie auf einen Außenstehenden gewirkt haben mochten.

Wir haben einander doch nicht geküsst, oder? Wann um alles in der Welt soll das gewesen sein?

»Ganz recht. Oh, Scheiße, Andy. Mak schien ziemlich von der Rolle zu sein, wenn ich das so sagen darf.«

»Oh, Gott…«

»Dabei wird nicht mal er Ihnen helfen können.«

»So war es aber nicht!«, protestierte er.

»Wie auch immer, Mick Jagger. Ich wollte es Sie nur wissen lassen.«

»Aber so war's nicht.«

»Na gut, Robbie Williams, Sam Newman, Casanova…«

»Halten Sie wohl endlich den Mund?«

»Sie hätten Maks Gesicht sehen sollen, als wir Sie und Carol eng umschlungen in diesem Café entdeckt haben. Sie sah aus, als wäre jemand gestorben. In aller Freundschaft,

Andy, ich habe Ihnen nie einen Vorwurf daraus gemacht, dass Sie das tollste Mädchen haben gehen lassen, bei dem Sie jemals eine Chance hatten. Aber, entschuldigen Sie, wenn ich das so sage, Sie sind echt dämlich. Absolut dämlich, Andy.«

»Carol und ich waren überhaupt nicht eng umschlungen«, widersprach er aufrichtig verwirrt. »Wir haben uns zum Abschied umarmt. Wahrscheinlich hat sie mir einen Kuss auf die Wange gegeben, ich weiß es nicht mehr. Ich habe ihr gesagt, dass wir uns nicht mehr treffen können. Ich wollte das Richtige tun …« Seine Stimme verklang, als ihm klar wurde, was das zu bedeuten hatte.

Mein Gott, Makedde muss mich hassen.

»Ich fasse es nicht, dass ich dieses Gespräch mit Ihnen führe«, erklärte er. Er hatte sich mit Karen Mahoney über so manches unterhalten, aber ganz bestimmt niemals über sein Privatleben.

»Sie hätten sie sehen sollen, Andy. Es war nicht schön.«

»Ich muss mit ihr reden. Wo ist sie jetzt?«

»Ich bin mir nicht sicher, ob sie Sie sprechen will«, erwiderte sie.

»Hey, hören Sie schon auf, Mahoney. Ich bin's. Ist sie im Hotel?«, beharrte er.

»Versprechen Sie mir, dass Sie sie gut behandeln?«, erklärte sie, offenbar wild entschlossen, es auf die Spitze zu treiben.

»Kommen Sie schon.«

»Sie ist im Hotel. Ich habe sie gerade dort abgesetzt. Eigentlich sollte sie noch dort sein.«

»Ich mache mich sofort auf den Weg. Falls Sie sie in der Zwischenzeit sehen, sagen Sie ihr bitte, dass es nicht so war, wie es aussieht, okay? Sagen Sie ihr, ich erkläre alles, wenn ich da bin.«

»Kein Problem. Meine Güte, wie gern wäre ich ein Mäuschen, wenn Sie das tun«, meinte Mahoney. »Ich würde nur zu gern zuhören, wie Sie sich aus dieser Geschichte rauswinden.«

Andy machte sich nicht die Mühe, darauf einzugehen, sondern schnappte seine Jacke und lief aus dem Zimmer.

Vor dem Aufzug begegnete er Hunt und Deller. »Wenn jemand nach mir fragt, ich bin für eine Stunde weg«, informierte er sie.

Constable Hunt musterte ihn erschrocken. »Sie haben doch wohl nicht vor …«

»Keine Sorge, ich komme nicht in die Nähe unseres Star-Gefangenen«, beruhigte er ihn, als hätte er seine Gedanken gelesen. »Ich bin in einer Stunde wieder hier.«

Andy stellte seinen Wagen vor Maks Hotel ab und stürmte zu ihrem Zimmer. Er klopfte dreimal leicht an die Tür.

»Makedde, ich bin's«, sagte er.

Als sich nichts rührte, klopfte er erneut. *Bitte sei da. Los, mach schon …*

»Mak?«

Schließlich hörte er langsame Schritte und sah, wie sie durch den Spion schaute.

»Ich bin's. Andy. Bitte mach auf.«

»Im Moment passt es nicht so gut, Andy«, hörte er sie sagen. »Kann ich dich später anrufen?«

Verdammt!

»Nein, nein, tu das nicht«, flehte er. »Ich muss jetzt gleich mit dir reden.«

Stille. Sie hatte ihm die Tür immer noch nicht geöffnet.

»Bitte, lass mich das doch nicht durch die geschlossene Tür tun, Mak. Mach auf.«

Keine Reaktion.

Andererseits war es nicht überraschend, dass sie wütend war, wenn sie glaubte, er habe sich mit einer anderen Frau zu einem Date zum Mittagessen getroffen, kaum dass er ihr Bett verlassen hatte. In einer solchen Situation war die Reaktion wohl bei beiden Geschlechtern vorhersehbar. Leider stand ihre Beziehung noch immer auf wackligen Beinen. Er hatte in der Vergangenheit eine Menge Fehler gemacht, das wusste er. Aber sich mit Carol zu treffen, das sollte kein Fehler sein – das war ja das Verrückte an dieser Situation. Er hatte nur versucht, das Richtige zu tun. Hätte er Mak sagen sollen, dass er sich mit Carol treffen würde? Er wusste es nicht genau.

Jedenfalls würde er sich nicht vom Fleck rühren, bis er Gelegenheit gehabt hatte, ihr zu erklären, was in Wahrheit vorgefallen war. Andernfalls würde Mak zu der Überzeugung gelangen, dass sie ihn nie wiedersehen wollte.

»Mak«, flehte er. »Bitte mach auf. Komm schon …«

»Ich bin ja schon dabei. Warte.«

Endlich löste Mak die Kette und öffnete die Tür. Als Erstes registrierte er ihre geröteten, aber trockenen Augen. Sie hatte geweint, kein Zweifel, aber inzwischen hatte sie ihre Fassung zurückgewonnen. Ihre ausdruckslose Miene war so undurchdringlich wie ein Panzerschrank, und sie hatte die Arme vor der Brust verschränkt. Er kannte diesen Ausdruck nur zu gut, schließlich sah er ihn nicht zum ersten Mal an ihr.

»Hi«, sagte sie schlicht und trat beiseite, um ihn hereinzulassen, ehe sie die Tür hinter ihm schloss.

Er trat neben sie und legte die Hände um ihre Ellbogen. Sie starrte ihn mit zusammengekniffenen Augen an, wich jedoch nicht zurück. »Es ist wichtig, dass du weißt, dass ich nicht mit Carol zusammen bin«, erklärte er.

»In Ordnung, Andy.«

»Das ist mein Ernst. Ich weiß, was du glaubst, gesehen zu haben. Mahoney hat es mir gesagt.«

»Ja, tja …«, begann Mak, ehe sie den Kopf schüttelte und sich von ihm löste.

»Ich will nicht, dass du glaubst, ich und Carol wären noch

ein Paar«, beharrte er. »Das sind wir nicht. Wir haben uns eine ganze Weile nicht mehr gesehen.«

Ja, seit heute Morgen, las er in ihren Augen.

»Wenn du willst, dass ich dir das glaube, tue ich es.« Sie stand am Fenster und sah hinaus.

»Komm schon, Mak.«

»Ich weiß nicht, ob ich dazu jetzt in der Lage bin.«

Andy trat neben sie und nahm ihre Hand. »Mak.«

Sie reagierte nicht. Sie sah ihm in die Augen, vielleicht auf der Suche nach einer Antwort auf die Frage, ob sie ihm glauben sollte oder nicht.

»Bitte, Mak, ich will nicht, dass du denkst, du hättest mich bei einem Date mit einer anderen Frau gesehen. So war es nämlich nicht.«

Sie war erschöpft. Von ihrer verspielten Ausgelassenheit vom Morgen war nichts mehr übrig. Sie stand mit hängenden Schultern und gesenktem Kopf da.

»Ich bin … durcheinander«, sagte sie. »Ich glaube nicht, dass das ein guter Zeitpunkt zum Reden ist. Gib mir ein bisschen Zeit.«

Verdammt!

»Trotz allem, was du vielleicht denkst, bin ich nicht wütend auf dich«, fuhr sie fort. »Ich möchte nur eine Weile allein sein. Die letzten Tage waren reichlich turbulent, und ich brauche etwas Zeit für mich allein. Wahrscheinlich geht alles ein wenig schnell. Ich weiß, dass das weder deine noch meine Schuld ist, und ich mache dir auch keinen Vorwurf.«

Andy fühlte sich völlig ohnmächtig. Was sollte er darauf erwidern?

»Kann ich dich später anrufen, Andy? Es tut mir Leid, aber ich möchte jetzt nichts sagen oder tun, was ich später bereuen könnte.«

Das klang geheimnisvoll.

»Wann geht dein Flug?«, fragte er vorsichtig.

»Ich bin erst für nächste Woche gebucht«, erwiderte sie, und seine Stimmung hob sich. Das bedeutete, dass ihm noch Zeit blieb.

»Wenn du hergekommen bist, um mir zu sagen, dass du nicht mehr mit dieser Frau zusammen bist, ist das in Ordnung. Ich glaube dir«, sagte sie. »Ich muss zugeben, es war ein ziemlicher Schock, dich mit ihr zu sehen, insbesondere so kurz nachdem … aber es geht mich ja nichts an. Du hast das Recht, zu tun, was du für richtig hältst. Du sollst nicht glauben, dass ich denke, nur wegen gestern Nacht … und heute Morgen … hätten wir eine feste Beziehung. Oder dass du mir so etwas wie Exklusivität schuldig bist. Das ist nicht der Fall.«

Andy lauschte mit wachsender Niedergeschlagenheit. Im ersten Moment war sie eindeutig eifersüchtig und außer sich gewesen, doch nun hatte sie dicht gemacht. Er wusste, wie es war, wenn sie sich in ihr Schneckenhaus zurückzog. In gewisser Hinsicht wünschte er beinahe, sie möge auf ihn losgehen, mit den Fäusten auf seine Brust trommeln, ihn vielleicht sogar ohrfeigen, aber ihm war klar, dass sie das nicht tun würde. Makedde war nicht der Typ für eine Szene. Stattdessen war sie in einer Weise nett, die einem den Verstand rauben konnte. Vernünftig, nett, *verschlossen* …

»Verstehe«, erwiderte er. Ihre Distanziertheit beunruhigte ihn. »Nur dass ich dich da richtig verstehe. Du willst mir also sagen, dass dir all das überhaupt nichts bedeutet hat? Noch einmal ins Bett steigen … um der alten Zeiten willen, mehr nicht?«

»Andy!« Sie hob abrupt den Kopf und starrte ihn verblüfft an. »Nein, das will ich damit nicht sagen. Sei bitte nicht so. Das ist nicht fair. Ich sage doch nur … na ja …« Sie hielt inne und holte tief Luft. Die Tränen in ihren Augenwinkeln verrieten ihm, dass ihr Widerstand zu bröckeln begann. »Ich sage nur, dass es wunderbar war, wieder mit dir zusammen zu sein, aber dass es eben wohl ein Fehler war, oder nicht?«

»Nein, Mak, so etwas darfst du nicht sagen. Sag von mir aus, was du willst, aber nicht, dass es ein Fehler war. Dieser Meinung bin ich nämlich nicht.« Sie hatte die Stirn in Falten gelegt. »Du nimmst mir das mit Carol nicht ab, stimmt's?«

»Wenn du mir sagst, dass das heute nichts zu bedeuten hatte, dann muss ich dir das glauben. Ich vertraue dir. Es ist nur, dass all das ein bisschen plötzlich kommt. Du warst mit jemandem zusammen. Ich will dir nicht im Weg stehen.«

»Im Weg stehen! Carol und ich sind nicht mehr zusammen, das sage ich doch gerade!«

»Und wann hast du Schluss gemacht? Heute?«

Treffer.

»Ich fand, ich sollte es ihr persönlich sagen…«, begann er.

»Verstehst du jetzt, was ich meine?« In ihren Augen glitzerte es, und ihre Wangen hatten sich gerötet. »Offenbar passiert immer irgendetwas, wann immer wir zusammen sind. So wie heute, als ich dich mit Carol gesehen habe. Und wie damals am Telefon, als du gemeint hast, du wolltest dich auch mit anderen treffen. So sollte es meiner Meinung nach nicht ablaufen.«

»Moment mal… hast du gerade gesagt, *ich* hätte vorgeschlagen, dass wir auch mit anderen ausgehen sollen?«, fragte Andy verblüfft.

»Nun… ja.«

Das soll wohl ein Witz sein!

Das hatte er aber völlig anders in Erinnerung. *Sie* war doch diejenige gewesen, die diesen Vorschlag gemacht hatte. War sie nicht damit angekommen? War das wieder eines dieser verdammten Missverständnisse zwischen ihnen? Sie musste geglaubt haben, er hätte diesen Vorschlag nur gemacht, um ungeniert wieder mit Carol zusammen sein zu können. Kein Wunder, dass sie zutiefst verletzt gewesen war, als sie ihn mit ihr gesehen hatte.

Frust breitete sich in Andy aus. Er war wütend, wenn auch nicht auf Makedde. Sie hatten es nicht gerade einfach miteinander gehabt, so viel stand fest. Wahrscheinlich war das der Punkt, der ihn am meisten ärgerte. Sie hatten einfach kein Glück gehabt, und das war nicht fair. Mit gerunzelter Stirn ging er im Hotelzimmer auf und ab. Was sollte er jetzt sagen? »Tut mir Leid« vielleicht? Aber was tat ihm Leid? Er konnte nicht betteln. So etwas war einfach nicht sein Ding, außerdem bezweifelte er, dass es irgendeine Wirkung bei ihr zeigen würde. Abgesehen davon hatte er nichts Falsches getan! Sie hatte vorgeschlagen, dass sie sich andere Partner suchten, und das hatte er getan. Zumindest hatte er das Gespräch so in Erinnerung. Und jetzt sollte er ein schlechtes Gewissen wegen etwas haben, das sie selbst angeregt hatte? Und nur weil er versucht hatte, das Richtige zu tun und von Angesicht zu Angesicht mit Carol Schluss zu machen, bekam er auch dafür den schwarzen Peter zugesteckt?

Verdammt noch mal! Er stützte sich mit den Händen an der Wand ab, um sich daran zu hindern, dagegen zu schlagen. Er hatte versucht, Makedde aus seinen Gedanken zu verbannen, doch es war ihm nie ganz gelungen – eine Tatsache, die ihm manchmal Angst machte. Und wenn sie jetzt ging, wäre es schlimmer für ihn als je zuvor.

»Kann ich dich heute Abend anrufen?«, fragte er.

»Wie wär's mit morgen? Ist das okay?«

Eine Abkühlphase. Super.

»Klar.« Was hätte er auch sonst sagen sollen?

Wenn es eines gab, das er sich in diesem Moment wünschte, dann die Fähigkeit, ein einziges Mal die richtigen Worte zu finden. Aber in diesen Dingen war er noch nie gut gewesen.

»Ich kriege es einfach nicht auf die Reihe«, erklärte Andy. Er fühlte sich hundsmiserabel und sah bereits mit beängstigender Klarheit eine Flasche Jack Daniels vor sich. »Beim besten Willen nicht, verdammt noch mal!«

Jimmy grinste bis über beide Ohren, als amüsiere ihn diese Erkenntnis. In seinen Augen lag ein schadenfrohes Glitzern, als er sich mit der Hand über seine dunklen Bartstoppeln fuhr. »Und *was* hast du mit Carol gemacht, als Mak euch gesehen hat?«

»Nichts, das ist es ja«, antwortete Andy. »Ich habe nur mit ihr geredet. Kann sein, dass sie mich auf die Wange geküsst hat oder so. Vielleicht sogar auf den Mund. Ich kann mich nicht mehr daran erinnern.«

»Aha. Vor Makedde.«

»Und Mahoney. Sie hat gemeint, es hätte ausgesehen, als würden wir knutschen oder so.«

»Hm. Dein Leben wünsche ich mir, ganz ehrlich. Das Supermodel, die sexy Krankenschwester und die Polizistin. An so was könnte ich mich gewöhnen.«

Andy war nicht in Stimmung für Jimmys Witze.

»So wie ich das Ganze sehe, bist du geliefert.«

»Danke. Nein, im Ernst, vielen Dank für deine Ermutigungen.«

»Und läufst du ihr nach?«

»Ich laufe überhaupt niemandem nach«, erwiderte Andy. »Ich muss nur mit ihr reden. Was mich am meisten ärgert, ist, dass alles gut lief. Mehr als gut sogar. Bis sie mich mit Carol gesehen hat. Was für ein Zufall. Aber ich schaffe es einfach nicht. Ganz ehrlich. Dabei habe ich nicht mal versucht, mich mit irgendwelchen Ausreden aus der Affäre zu ziehen.«

»Wenn du es schaffst, sie beide gleichzeitig zu küssen, gehst du in die Geschichte ein.« Jimmy dachte einen Moment lang nach. »Oder du bringst sie dazu, dass sie einander küssen, wie Britney und Madonna. Hm, das wäre …«

»Fick dich ins Knie!«

Andys missliche Lage hatte Jimmy so richtig in Fahrt gebracht. »Gute Idee. Aber meine Frau zwingt mich, mich streng an ihren Terminplan zu halten. Ständig geht es ›Nein, rühr mich nicht an!‹ und dann wieder ›Los, erfüll deine Pflicht‹. Und danach streckt sie eine halbe Stunde lang die Beine in die Luft. Bei den ersten drei Kindern war so ein Quatsch nicht notwendig. Und meine Mama, Gott hab sie selig«, fuhr er fort und bekreuzigte sich, »hat eins nach dem anderen zur Welt gebracht. Fünf Kinder. Das ging wie Brötchen backen. Ohne irgendwelchen Firlefanz.«

Zumindest hatte er endlich das Thema gewechselt.

»Erzähl mir, wie es heute bei dir gelaufen ist«, forderte Andy ihn auf.

»Ja, das wird dir gefallen. Rate mal, wohin Ed uns geführt hat.«

»Ich weiß es schon. Zu einer Tankstelle. Ich hab davon gehört«, antwortete Andy.

»Kannst du diesen Quatsch glauben?« Jimmy hob die Hände.

»Es ist originell, das muss ich zugeben, aber ich glaube es nicht. Er behauptet also, er hätte das Mädchen tief vergraben? Ziemlich praktisch an einer Tankstelle, wo man einen Bodenradar braucht, um irgendetwas zu finden. Und seit wann begräbt er seine Opfer, statt sie unter irgendeinem Busch liegen zu lassen?«

Jimmy rieb sich den Magen, als lechzte er nach einem Gyros oder einem Rieseneisbecher. »Keine Ahnung, Andy. Keine Ahnung. Ich weiß nur, dass ich es kaum erwarten kann, diesen verdammten *malaka* endlich los zu sein. Dieser Kerl treibt mich in den Irrsinn!«

»Was mir auch Sorgen macht«, meinte Andy, »ist die Tatsache, dass mir kein Grund einfällt, weshalb er dieses Geständnis überhaupt abgelegt haben könnte. Er ist eigentlich nicht der Typ dafür. Oder hat das für dich nach einem klassischen Fall von Prahlerei ausgesehen? Ich bin mir da nicht so sicher.«

Jimmy kramte in der obersten Schreibtischschublade und förderte einen Schokoriegel zutage. Er riss die Verpackung mit den Zähnen auf und begann daran herumzuknabbern. Als er mehr als die Hälfte gegessen hatte, bot er Andy den kläglichen Rest an, den dieser jedoch dankend ablehnte. »Der Kerl ist ziemlich durchgeknallt, aber du hast selber gesagt, er ist nicht dumm«, sagte Jimmy zwischen zwei Bissen. »Er muss gewusst haben, dass er erledigt ist. Wenn wir in Texas wären, würden sie ihn mindestens ein Dutzend Mal auf dem Stuhl schmoren lassen. Er versucht, ein milderes Urteil rauszuschlagen.«

Andy glaubte nicht, dass das der Grund war. Er wusste, dass die Großspurigkeit des Durchschnittspsychopathen nahezu grenzenlos war. Sämtliche Beweise und Schuldzuweisungen dieser Welt konnten sie nicht irritieren, weil sie sich für unbesiegbar hielten.

»Hast du eine Idee, wie es jetzt weitergehen soll?«

»Als Erstes überprüfen wir die Geschichte mit der Tankstelle, und dann werfen sie den Schlüssel zu seiner Zelle weg – hoffe ich zumindest. In den nächsten Stunden sollten wir Bescheid wissen.«

»Warum sollte er gestehen und euch zu der Leiche führen, wenn er nur angeben will? Wozu soll das gut sein?«, überlegte Andy laut.

»Er will uns durch die Gegend hetzen, das ist der Grund. Damit will er uns noch ein letztes Mal reinlegen. Vielleicht hat ihm sein Anwalt geraten, ein Geständnis abzulegen, und er zieht sich jetzt daran hoch, uns herumzuscheuchen. Sein letztes Werk, sein Schwanengesang.«

»Das überzeugt mich nicht. Granger schien ziemlich schockiert zu sein. Hast du sein Gesicht gesehen?«

Eds Pflichtverteidiger hatte tatsächlich erschüttert ausgesehen, ebenso wie alle anderen Anwesenden im Gerichtssaal. Andy bezweifelte, dass Granger von Eds Vorhaben gewusst hatte. Vielleicht hatte nicht einmal Ed gewusst, dass er gestehen würde. Andy wünschte, er hätte die Szene mit eigenen Augen gesehen.

»Tja, wir werden erst Genaueres wissen, wenn wir herausgefunden haben, was es mit der Tankstelle auf sich hat. Wenn es sie länger als vier Jahre gibt, können wir ihn problemlos dem Richter übergeben, und dann ist Schluss mit Sonderrechten.«

Ein schokoladenverschmiertes Lächeln breitete sich auf Jimmys Gesicht aus.

21

Vorsichtig steckte Suzie Harpin den Schlüssel ins Schloss, während sie in der anderen Hand ihre wertvolle Last balancierte. Sie warf einen Blick über ihre linke Schulter und stellte befriedigt fest, dass sie hinter den Büschen und Sträuchern, die die Straße säumten, nicht zu sehen war. Sie hatte sich bereits eine Geschichte für die Nachbarn ausgedacht, trotzdem war es ihr lieber, wenn sie unbemerkt blieb. Unbemerkt zu bleiben war grundsätzlich das Beste, insbesondere, wenn sie irgendwann ihren Bruder aus dem Haus schaffen musste.

Aus der Schachtel in ihrer Hand drang ein scharrendes Geräusch. Flügelschlagen. Ein Zwitschern. Ein Rascheln – Geräusche, die Suzie ans Herz gingen. »Gleich bist du zu Hause, Rose«, sagte sie. »Gleich.« Sie drehte den Schlüssel im Schloss und stieß mit dem Fuß die Tür auf. Später würde sie zurückgehen und die restlichen Sachen aus dem Wagen holen müssen. Sie eilte auf dem schnellsten Weg in die Küche. Aufgeregt stellte sie ihre Einkäufe auf dem

Küchentresen ab und schob alles beiseite, ehe sie in einem Anfall unvermittelt aufwallender Muttergefühle die Schuhschachtel einen Spalt breit öffnete, um hineinzuspähen. Sie konnte es kaum noch erwarten.

Agapornis roseicollis. Das Rosen- oder Pfirsichköpfchen.

»Hallo, Rose, willkommen zu Hause«, sagte sie zu ihrem neuen Rosenköpfchen, einer Kleinpapageien-Art, die auch den Beinamen »Lovebird«, Liebesvogel, trug. Der Vogel starrte sie aus seinen glänzenden Augen furchtsam an. Sie schloss die Schachtel wieder und streichelte zärtlich über den Deckel. »Braves Mädchen.«

Suzie trat vor den glockenförmigen Käfig, der mitten in ihrem brandneuen Wohnzimmer stand und mit einem schwarzen Tuch abgedeckt war. Langsam hob sie das Tuch an und runzelte beim Anblick des toten Rosenköpfchens auf dem Boden die Stirn. Er sah unfassbar klein und zerbrechlich aus. Die hübschen Farben seines Gefieders waren verblasst, und seine Augen waren fest geschlossen. Die Vogeldame hatte ihre wahre Blüte nie erreicht, und nun war sie tot. In den letzten Tagen vor ihrem Tod hatte sie kaum mehr reagiert, sondern hatte nur aufgeplustert und reglos auf ihrer Stange gesessen und Nahrung und Wasser verweigert, während ihre Federn immer blasser geworden waren. Der Umzug in ein neues, schöneres Heim hatte nicht geholfen. Suzie kannte sich mit Vögeln gut aus und hatte so etwas schon einmal erlebt. Zum Glück war es Irwin, ihrem Zoohändler, gelungen, ihr gleich einen neuen Vogel zu besorgen. Sie hatte auf einen Weiß-violetten gehofft, der als einer der hübschesten Pfirsichköpfchen galt, aber es hatte nur dieses eine Exemplar gegeben, deshalb hatte sie es genommen. Sie wollte, dass alles im Haus für ihr neues Leben vorbereitet war, und dazu gehörte auch Rose, die brav auf ihrer Stange saß und hübsch aussah.

Suzie hatte eine ausgeprägte Schwäche für Rosenköpfchen. In den letzten zwanzig Jahren hatte sie sich stets eines der Tiere gehalten, und sie hatten allesamt Rose geheißen – der Name, den Suzie als Schwangere im Teenageralter für ihre ungeborene Tochter ausgesucht hatte. Einige der Vögel waren zwar Männchen gewesen, trotzdem war der Name stets derselbe geblieben. Dieses Exemplar war ihre zwanzigste »Rose«.

Suzie nahm den toten Vogel aus dem Käfig und steckte ihn in eine Plastiktüte, trug sie nach draußen und warf sie in den Mülleimer. Morgen kam die Müllabfuhr.

Dann tauschte sie ihre Uniform gegen den weichen Schlafanzug ein, der auf dem Bett ausgebreitet lag, und schlüpfte in ihre Hausschuhe. Neben dem Bett wartete ihre neue Lektüre auf sie – eine Ausgabe des *The Anarchist's Cookbook* von William Powell. Doch damit würde sie sich später beschäftigen.

Mit wachsender Erregung kehrte sie zu ihrem neuen Haustier zurück.

»Rose, Schatz, willkommen.«

Natürlich hatte der kleine Vogel Angst. Das war zu erwarten gewesen. Als sie das Tier aus dem Karton nahm, flatterte es wie von Sinnen im Käfig herum, so dass winzige grüne Federbüschel durch die Gegend flogen. Gewissenhaft schloss Suzie den Käfig und redete durch die Gitterstäbe besänftigend auf das Tier ein. »Schätzchen, ist ja gut. Das ist dein neues Zuhause. *Unser* neues Zuhause. Und bald kommt Daddy heim.« Eilig gab sie Futter und Wasser in die Näpfchen und deckte ihn mit dem schwarzen Tuch ab. Rose würde bald schlafen, und dann wäre alles in Ordnung. Sie würde sich bestimmt schnell an ihre neue Umgebung gewöhnen. Das taten sie immer.

Suzie blickte sich um und überlegte, was als Nächstes auf dem Programm stand. Heute würde sie das erste Mal hier schlafen. Ursprünglich hatte sie gedacht, sie sollte noch warten, bis sie ihr Liebesnest mit ihrer besseren Hälfte teilen konnte, so wie es frisch verheiratete Paare machten, die ihr neues Heim als Mann und Frau einweihen wollten. Aber da es noch so viele Vorbereitungen zu treffen gab, wäre es unpraktisch gewesen, noch einmal zurück in ihr Apartment in Malabar zu fahren, ehe sie in neun Stunden zur Arbeit musste. Suzie musste so viel wie möglich erledigen und sich dann ein paar Stunden hinlegen. Das große Schlafzimmer würde sie jedoch erst benutzen, wenn sie verheiratet waren. Das war gut.

Suzie war aufgeregt. Wenn sie nach ihrem Nickerchen aufwachte, wäre das Ende ihrer Einsamkeit in greifbare Nähe gerückt. Es wäre schon bald da wie ein Weihnachtsfest, auf das sie sich ihr ganzes Leben gefreut hatte. Endlich war ihre Zeit gekommen. *Ihre* Zeit.

Und was ist mit Brooke und Ridge?

Suzie sah zum Videorekorder hinüber. Die Aufnahme war beendet. Vielleicht sollte sie sich die letzte Folge von *Reich und Schön* ansehen, bevor sie sich an die Arbeit machte. Ben besaß einen beeindruckenden, hochmodernen Videorekorder, den sie innerhalb kürzester Zeit zu bedienen gelernt hatte. Sie würde nie wieder eine Folge versäumen. Sie konnte zuerst die Sendung ansehen, und dann noch ein zweites Mal, während sie die Bilderrahmen und die anderen Sachen, die noch im Wagen lagen, verteilte und dem Haus eine wichtige, persönliche Note verlieh. Sie hatte Kerzen und einige Duftlampen besorgt und fragte sich, ob er an solchen Dingen Gefallen fand. Was aß er wohl am liebsten? Welche Musik hörte er gern?

Ja, sie würde die Serie ansehen und an Ed denken, während sie auspackte. Nach all der Plackerei hatte sie sich eine kleine Belohnung verdient.

22

»Hey, Dad, wie geht es dir?«

»Mak, bist du's?« Er klang müde.

»Tut mir Leid, dass ich so spät noch anrufe.« Mak sah auf ihre Uhr und runzelte die Stirn. In Vancouver musste es bereits nach Mitternacht sein.

»Du kannst jederzeit anrufen, das weißt du doch.«

Mak umklammerte den Hörer und schloss die Augen. Sie saß allein im Bett, hatte die Laken bis zum Hals hochgezogen und fühlte sich unendlich einsam. Sie wusste, dass sie sich über das Geständnis vor Gericht freuen sollte, aber eine nicht greifbare Furcht hatte sich in ihren Eingeweiden eingenistet.

»Stimmt etwas nicht?«, fragte Les.

»Nein, alles in Ordnung. Ich vermisse dich nur, mehr nicht.«

Irgendetwas fühlte sich falsch an. Vielleicht lag es an der Warnung ihres Vaters, aber seltsamerweise kam ihr Eds Verurteilung mit einem Mal viel zu schön vor, um wahr zu sein. Seine Worte wollten ihr einfach nicht aus dem Kopf gehen. Und sie hatte keine Ahnung, was sie im Hinblick auf Andy tun sollte. Was hatte sie zu erwarten, wenn sie wieder ein Paar wurden? Dieselbe Achterbahnfahrt aus Missverständnissen und emotionalen Altlasten, mit denen sie vom ersten Tag an zu kämpfen gehabt hatten? Sie lebten an entgegengesetzten Enden der Welt und konnten nicht versuchen, eine Beziehung auf Distanz zu führen. Das hatte ihre Erfahrung bewiesen. Ganz oder gar nicht, darum ging es.

»Wann kommst du nach Hause?«, fragte ihr Vater.

»Ich bin mir noch nicht sicher, Dad. Aber ich lasse es dich bald wissen.«

Eine Weile herrschte Schweigen in der Leitung.

»Dad, hast du noch irgendetwas über dieses Vereinbarungsgerücht gehört? Mir ist nämlich nichts zu Ohren gekommen.«

»Es heißt immer noch, dass die Staatsanwaltschaft mit ihm verhandelt«, erwiderte ihr Vater.

Maks Magen zog sich zusammen. Das war nicht richtig.

»Aber was gibt es da zu verhandeln? Er hat doch die Morde bereits gestanden. Er ist schuldig gesprochen worden.«

»Aber die Höhe des Strafmaßes ist noch nicht verkündet. Er will sie zu den Leichen führen, Mak. Ich wollte es dir nicht am Telefon sagen, aber ich möchte auch nicht, dass du es aus den Zeitungen erfährst. Er soll ihnen zeigen, wo er die anderen Leichen versteckt hat. Es überrascht mich, dass dein Freund Andy dir noch nichts davon erzählt hat.«

23

Neuer Tag, neues Glück, dachte Jimmy.

Am Samstagmorgen fuhren sie Ed Brown zum zweiten Mal auf dem Rücksitz eines zivilen Polizeifahrzeugs durch die Stadt – der zweite Anlauf, um nach den sterblichen Überresten eines seiner Opfer zu suchen. Offenbar war es nicht auszuschließen, dass Ed ihnen im Hinblick auf die Tankstelle am Vortag die Wahrheit gesagt hatte. Es hatte sich herausgestellt, dass sich an dieser Stelle bis vor zwei Jahren lediglich ein freies, mit Gestrüpp überwuchertes Grundstück befunden hatte, deshalb hatten sie unverzüglich ihren zweiten Versuch organisiert. Ein anderer Ort, ein anderes Mädchen. Es war höchst unwahrscheinlich, dass sie ein zweites Mal kein Glück hatten – zumindest hoffte Jimmy das.

»Sollen wir Ihnen etwas besorgen? Haben Sie Durst?«

»Ah, nein, danke.«

Da sie wussten, dass der Gefangene kooperationsbereit war, erhoben weder Lewis noch Jimmy Einwände, als Hoosier ihm Bier und Pommes frites oder all das anbot, wonach den meisten Männern der Sinn stand. Jimmy widerstrebte die gute Behandlung zwar nach wie vor, aber er sagte nichts. Seltsamerweise lehnte Ed jedoch alles ab, was ihm angeboten wurde. Er war ein eigenartiger Kerl. Jimmy konnte sich nicht daran erinnern, dass ein verurteilter Straftäter das Angebot abgelehnt hätte, einen Drink spendiert zu bekommen – ebenso wenig wie einer seiner eigenen Kumpels. Aber vielleicht verdarb ihm auch nur die Aussicht, gefesselt bleiben zu müssen, die Freude daran. *Schlechte Karten, Ed.*

»Also waren Sie häufiger dort? Ich habe so viele Sommer dort unten verbracht, um mit meinen Brüdern ein bisschen Sonne zu tanken …«

Offenbar hatte Hoosier vor, mit Ed zu plaudern, während er fuhr, als hätte das irgendeinen Einfluss auf die Informationen, die Ed ihnen im Gegenzug liefern würde. Aber bisher hatte Ed nicht allzu viel gesagt, er saß nur demütig und ruhig auf dem Rücksitz. Er war so still, dass Jimmy ihn fast nicht atmen hörte.

»Da entlang, Ed? Diese Straße?«, erkundigte sich Hoosier.

»Ah, ja. Ja, äh, äh«, erwiderte er.

Diese beschissene Stimme macht mich noch ganz krank.

»Oh, sehen Sie nur, eine Nando-Filiale. Haben Sie Lust auf Hühnchen, Ed?«

Heilige Mutter Gottes!

Ed schüttelte höflich den Kopf.

Großer Gott, dieser Hoosier war ein solcher Idiot. Mit einem Gefangenen auf »gut Freund« zu machen mochte eine gute Strategie sein, und im Allgemeinen verwöhnte man diese Typen auf Ausflügen wie diesem, unabhängig davon, was sie auf dem Kerbholz hatten – ob sie Pädophile, Axtmörder oder Vergewaltiger waren. Das gehörte zwar nicht zu den Dingen, die man den Familien der Opfer auf die Nase band, aber wenn es den Polizisten half, ihre Arbeit schneller und effizienter zu erledigen, gab es gegen ein Bierchen und ein bisschen Geplauder nichts einzuwenden. Aber dieser beschissene Ed Brown? Jimmy würde einen Teufel tun und ihm die Handschellen abnehmen, wie Hoosier vorgeschlagen hatte, um seine Zunge ein wenig zu lösen. Und zum Glück war Lewis derselben Meinung. Es spielte keine Rolle, dass Ed von einem halben Dutzend bewaffneter und gut ausgebildeter Beamte begleitet wurde. In diesem Fall musste man seine Grenzen kennen. Es gab keine andere Möglichkeit. Und trotz Eds defensivem Verhalten konnte Jimmy sich keine Sekunde entspannen. Eds Gegenwart fühlte sich wie eine geladene Waffe in seinem Rücken an. Er wartete nur noch auf das Klicken des Abzugs. Er war wie Ivan Milat, wie Ted Bundy: ein verdammter Psychopath. Jimmy wollte nur eines – dieses Abenteuer so schnell und schmerzlos wie möglich beenden, und zwar ohne eine Enttäuschung wie am Vortag, wenn es ging. Und dann konnte Ed in seiner Zelle verschimmeln.

Auf Anweisung des Gefangenen fuhr Hoosier in Richtung des Botany-Bay-Nationalparks, der genau in der entgegengesetzten Richtung der Tankstelle vom Vortag lag. Der Transporter der Kriminaltechnik, das Audio-Team und der zweite Einsatzwagen folgten ihnen. In Anbetracht des Einsatzes von so vielen Männern an zwei aufeinander folgenden Tagen stand Lewis unter enormem Druck, am Ende nicht wieder mit leeren Händen zurückzukommen.

»Und wohin jetzt?«, fragte Hoosier.

»Ja, ah, in den Park. Danke. Ah.«

Dieser malaka *klingt wie ein beschissener Bee Gee mit*

Sprachfehler. Ein Bee Gee, der Morde begeht. Das ist doch mal was.

Als sie das Schild an der Einfahrt des Parks passierten, versuchte Jimmy, sich die Einzelheiten des Areals ins Gedächtnis zu rufen. Er wollte jede Kurve wiedererkennen, um die sie fuhren, ehe Ed ihnen die Anweisung dazu erteilte. Das Buschland? Der nahe gelegene New South Wales Golf Club? Zum Glück hatte Ed sie nicht in Richtung Flughafen oder nach Port Botany mit den unzähligen Frachtschiffen geschickt, die sich beide in der Nähe befanden. Das wäre ein logistischer Albtraum gewesen. Führte Ed sie jedoch zu einer Stelle im Nationalpark und ließ sie dort graben, wäre das Ganze halb so wild. Es wäre nicht das erste Mal, dass sie in diesem Gebiet auf Beweismaterial stießen. Der Park war abgelegen genug, um Menschen mit zweifelhaften Absichten anzulocken. Solange er sie nur nicht mitten auf eines der belebten Greens auf dem Golfplatz führte, war alles bestens. Versuchte er das jedoch, würde Jimmy sofort dafür sorgen, dass dieses Theater ein Ende hatte. Er würde nicht zulassen, dass auch nur einer von ihnen seine Zeit mit Ed Brown vergeudete.

Zumindest nahm er sich das fest vor.

In Wahrheit besaß Jimmy gar nicht die Befugnis, bei *irgendetwas* den Stecker zu ziehen, und das wusste er auch. Sie alle würden diesen Dreckskerl bei Laune halten müssen, solange Lewis und der Detective Inspector es wollten. Und Hoosier konnte ihm die gesamte Nando-Speisekarte anbieten. Sie hatten strikte Anweisung, höflich und hilfsbereit zu sein – und die Leichen zu finden, ohne auch nur die geringste Aufmerksamkeit zu erregen. Also keine Prügel für Ed Brown. Zugegeben, das wäre ohnehin in Andys Zuständigkeitsbereich gefallen.

»D-d-d-a drüben, ah… ja, da bitte«, stammelte Ed und deutete auf die Straße, die an der Abzweigung zum Clubhaus des Golfplatzes vorbeiführte.

Er will nicht, dass wir unter dem Clubheim graben. Gesegnet seist du, Herr.

Die vier Fahrzeuge schlängelten sich langsam die gewundene, links und rechts von Sträuchern gesäumte Straße entlang. Sie kamen an einigen alten Militärgebäuden vorbei, die noch immer benutzt zu werden schienen. Schließlich erklommen sie eine Anhöhe. Hoosier drosselte das Tempo. Am Ende der Straße war ein Schild zu sehen.

GEFAHR
SCHIESSPLATZ
ZUTRITT VERBOTEN

Ah, das ist es also. Ein beschissener Schießplatz.

Rechts von der Straße befand sich ein kleiner Parkplatz, links das Vereinsheim und der Schießstand, der offenbar gut besucht war, wie der fast volle Parkplatz verriet. Jimmy hörte Schüsse und fragte sich, ob es ein Sicherheitsrisiko darstellte, wenn ein verurteilter Serienmörder in die Nähe von Feuerwaffen kam. Keine gute Idee. Vielleicht erzählte er ihnen ja, er habe mitten auf der Schussbahn eine Leiche vergraben.

Aber Ed deutete nicht in Richtung Schießplatz, sondern wies mit dem Kinn auf die Überreste von Banks Battery, einer alten Festung, von der nur noch ein Haufen halb zerfallener, mit Graffitis besprühter Betonstücke am Rand der zerklüfteten Felsen über dem blauen Meer übrig war. Keine Leute, keine Boote, keine Autos. Schon besser.

»Ah, da drin«, erklärte Ed vom Rücksitz.

»Da drin?«, wiederholte Lewis und starrte ungläubig aus dem Fenster.

»Ja … ahh … ich hab sie da hineingelegt. Ja.«

Ed deutete auf einen alten, unterirdischen Gebäudeteil aus dem Ersten Weltkrieg, dessen Eingang sich in einem mit Gras bewachsenen Hügel in der Nähe des Parkplatzes befand.

»Okay, schauen wir nach«, erklärte Lewis.

Zum Glück war weit und breit niemand zu sehen, worüber Inspector Kelley sich gewiss freuen würde. Der Golfplatz lag auf der anderen Seite des Hügels, und im Vereinsheim des Schießstands schien sich niemand aufzuhalten. Es gab also keinen Grund, Eds Handschellen zu verbergen. Befriedigt beobachtete Jimmy, wie Senior Sergeant Lewis Ed befahl, aus dem Wagen zu steigen, ohne Anstalten zu machen, ihn als etwas anderes als einen Gefangenen zu behandeln. Ed blinzelte in der Sonne und sah sich mit offenem Mund um, als rufe er sich ins Gedächtnis, wie die lange vermisste frische Luft roch und sich anfühlte.

Hoffen wir, dass nicht genau jetzt ein Hubschrauber um die Ecke geflogen kommt.

Seine Fußfesseln zwangen Ed, langsam zu gehen. Begleitet von einem halben Dutzend Beamter, bahnte er sich vorsichtig einen Weg auf den Bunker zu, dicht gefolgt von der Audio-Crew, die jede Bewegung und jeden Laut von ihm festhielten. Die Kriminaltechniker folgten ihnen. Je näher sie dem Eingang kamen, umso mehr missfiel Jimmy sein Anblick. Zwei Betonwände im Abstand von etwa einem Meter flankierten den Zugang zu dem unterirdischen Bunker, wahrscheinlich um das Eindringen von Sand zu verhindern. Dennoch hatte sich allerlei Unrat im Inneren angesammelt. Die verrostete Abdeckung einer undefinierbaren Maschine lag auf dem Pfad vor ihnen, daneben einige Betonklötze und ein Häufchen Sand und Schmutz. Der Eingang war niedrig, nicht einmal einen Meter fünfzig hoch, und mit einem schweren Eisengitter versperrt.

»*Fila mou to kolo*«, murmelte Jimmy. *Leck mich…*

»Was?«, fragte Hoosier.

»Nichts.«

»Und, Ed«, meinte Lewis, »wonach suchen wir hier?«

»Äh, ja. Ich zeige es Ihnen. Sie ist da drin… in schwarzen Plastiksäcken. Ich… äh… zeige es Ihnen.«

Jimmy runzelte die Stirn. Das schwere Tor war offenbar von der Parkverwaltung angebracht worden, um zu verhindern – wenn auch ohne Erfolg –, dass jemand den Bunker betrat. Eine Eisenstrebe war jedoch mit etwas Schwerem zur Seite gebogen worden. Jimmy hatte Zweifel, ob ein Erwachsener durch die Lücke passen würde. Und selbst wenn, erwartete sie bestimmt kein schöner Anblick. Sie würden Taschenlampen benötigen. Jede Menge.

»Wann waren Sie das letzte Mal hier?«, fragte Lewis.

»Als… ah… als ich sie hergebracht habe… ah, ich glaube, vor zwei oder drei Jahren. Ja. Drei?«

»Und wie sind Sie da hineingekommen?«

»Durch dieses… ah… Loch da. Ja, das da war's.«

»Und Sie haben eine Leiche da hineingelegt?«

»Ja, sie ist da drin. Sie… ah… war nicht besonders schwer. Hübsches Ding.«

Jimmy drehte sich der Magen um.

Er hat sich durch diese verdammte Lücke gezwängt? Toll. Bin ich eigentlich der Einzige, der gern Doughnuts isst?

»Okay, Hoosier, Sie zuerst«, befahl Lewis.

Froh, dass er übergangen worden war, reichte Jimmy Hoosier die kleine Taschenlampe, die an seinem Gürtel befestigt war. Dann wandte er sich einem der Kriminaltechniker zu, einem hageren und sonnengebräunten jungen Mann. Wie hieß der Typ noch?

»Wie viele Taschenlampen haben wir, Simmons?«, fragte er.

»Symond, Sir«, korrigierte der junge Mann. »Wir haben ein halbes Dutzend starker Taschenlampen dabei. Keine Sorge.« Er machte sich auf den Weg zurück zum Transporter. »Wir haben auch einen Bolzenschneider mitgebracht. Mal sehen, was sich mit dem Tor machen lässt.«

»Wir sollten die Parkverwaltung nicht gegen uns aufbringen«, wandte Lewis ein. »Probieren wir lieber, ob wir es schaffen, ohne etwas kaputtzumachen.«

Mit einem Bolzenschneider kommt man bei einem solchen Tor sowieso nicht weit, dachte Jimmy. Es sei denn, sie hatten mehrere Stunden Zeit und einen Mann mit Bärenkräften, der notfalls auch im Zirkus auftreten könnte. Jimmy schätzte die Größe des Lochs und ließ den Blick über die Mannschaft schweifen. Für den dünnen Symond wäre es ein Kinderspiel, kein Zweifel. Er hatte einen Körperbau wie eine Gottesanbeterin. Constable Hoosier war recht kräftig, ebenso wie Senior Sergeant Lewis, eindeutig ein begeisterter Hantel-Fan. Hoosier hatte zwar nicht wie Jimmy einen wohl verdienten Bauch, aber er war größer als er und auch als Ed. Wenn jemand wie Hoosier durch das verdammte Loch schlüpfen konnte, würden es die restlichen Mitglieder des Teams ebenfalls schaffen. Alle außer ihm, natürlich. Er bezweifelte, dass er das hinkriegen würde. Außerdem war er zu alt für derartige Verrenkungen – und er hatte eindeutig ein paar Hamburger zu viel gegessen.

»Okay, also …«

Interessiert sah Jimmy zu, wie Hoosier sich der Lücke näherte. Beim ersten Versuch hievte er sich hoch und schlüpfte mit dem Kopf voran hinein, ehe er versuchte, seine untere Körperhälfte nachzuziehen. Aber er war nicht biegsam genug, so dass er peinlicherweise feststeckte. Es war ein befriedigendes Gefühl, ihn unter der niedrigen Decke des Bunkers kauern zu sehen. Beim zweiten Anlauf versuchte er es aus einem anderen Winkel und quetschte sich hindurch, doch dann verfing sich sein Schuh an der umgeknickten Strebe des Gitters, so dass er prompt auf dem Sand landete, der den Boden bedeckte. *Bravo.* Jimmy wünschte, Andy hätte die Szene miterleben dürfen.

Symond kehrte gerade noch rechtzeitig mit Taschenlampen und dem Bolzenschneider zurück, um Hoosier den Sand von seiner Hose klopfen zu sehen.

»Ganz einfach. Und jetzt Sie«, höhnte Hoosier durch die Streben. Der Bunker war zu niedrig, um sich aufrichten zu können, deshalb stand er gebeugt wie ein Neandertaler da. Darüber hinaus bedeckte eine Sandschicht von mindestens dreißig, vierzig Zentimetern den Boden, was den Bunker noch niedriger machte.

Allein beim Gedanken daran, was ihm bevorstand, wurde Jimmy flau. Und abgesehen von dem schwierigen Einstieg wusste niemand, was sie im Inneren erwartete. Wie tief war der Bunker? Gab es da drin irgendetwas, das ihnen gefährlich werden könnte?

»Was ist da drin?«, fragte Lewis schlicht.

»Ein Mädchen. Ja.«

»Und was wissen Sie über den Grundriss des Bunkers?«

»Ah, ja. Eine Menge Tunnel. Ja, und ein paar Räume. Nicht besonders groß. Niemand geht da heute mehr rein. Nein. Nur Kinder vielleicht. Die meisten sind verschlossen. Es ist nicht weit bis zu ihr.«

»Warum schicken wir nicht ein paar Leute rein, denen er Anweisungen geben soll, während wir mit ihm hier oben bleiben?«, schlug Jimmy vor.

»Nein«, warf Ed ungeduldig ein. »Nein, ah, das war nicht ausgemacht. Ich muss selber reingehen. Ich muss sie sehen. So war es vereinbart. Das haben Sie mir versprochen.«

Jimmys Haut begann zu prickeln. *Diese beschissenen Psycho-Typen.* Er würde sich nie an sie gewöhnen. Ed wollte sein Werk begutachten, das war der Grund für seine Anwesenheit. Typen wie er genossen es, anderen zu zeigen, was sie angerichtet hatten. Als er noch ein freier Mann gewesen war, hatte Ed genau denselben Drang verspürt. Er hatte im Leichenschauhaus gearbeitet, wo er sicher sein konnte, dass er seine Leichen irgendwann wieder zu Gesicht bekam. *Dieser verdammte, degenerierte Psycho-Freak.* Aber Ed hatte Recht, was die Abmachung betraf. Er durfte ihnen seine Opfer persönlich zeigen, daran konnte weder Jimmy Cassimatis noch sonst jemand aus dem Team etwas ändern. Er tröstete sich ein wenig mit der Tatsache, dass Eds Genuss nur kurz währen würde, ganz im Gegensatz zu seiner Gefängnisstrafe.

»Sir, wieso schicken wir nicht ein paar Leute mit Hoosier rein und lassen sie erst einmal die Lage sondieren?«, beharrte Jimmy. »Ich könnte mit Ed solange im Wagen warten.«

»Jetzt sind wir schon mal hier. Keine Verzögerungen. Bringen wir das Ganze hinter uns.«

»Okay«, willigte Jimmy ein. »Dann lasst uns anfangen. Aber weiß irgendeiner, was uns da drin erwartet? Sollen wir nicht doch lieber Verstärkung rufen?«

»Sie kriegen wohl kalte Füße, was, Cassimatis?«, höhnte Lewis.

Ed meldete sich mit dieser unheimlichen Stimme zu Wort. »Ah, ich kann es Ihnen zeigen. Es ist nicht weit.«

»Okay, dann los«, erklärte Lewis als Bestätigung seiner Autorität. »Sie gehen als Nächster.« Er deutete auf einen der Kriminaltechniker.

Ed kicherte innerlich, als sich das Team in einer Reihe aufstellte, um den Weg ins Unbekannte zu wagen.

»Ed Brown«, verkündete Lewis in die laufende Videokamera. »Sind Sie bereit, sich an dieser Nachstellung der Ereignisse zu beteiligen? Sie sind nicht verpflichtet, etwas zu sagen, aber alles, was Sie sagen oder tun, kann als Beweis gegen Sie verwendet werden. Verstehen Sie …?«

Andy saß mürrisch an seinem Schreibtisch, als sein Mobiltelefon endlich klingelte. Er schnappte es, in der Hoffnung, es sei Jimmy, der ihn auf den neuesten Stand der Dinge bringen wollte, oder Makedde, was noch besser wäre.

»Andy, wie geht's?«

Die Stimme war ihm so vertraut wie seine eigene. Im Hintergrund hörte er das Pfeifen des Windes und leise Gesprächsfetzen.

»Jimmy. Ging mir schon mal besser«, presste er zwischen zusammengebissenen Zähnen hervor. »Sag schon, was gibt's Neues?«

»Zeigt sie dir immer noch die kalte Schulter?«

Ist das so offensichtlich?

»Eine Frage«, fuhr Jimmy fort.

Andy richtete sich auf und beugte sich vor, als könne er ihn so besser hören. »Schieß los.«

»Weißt du irgendetwas über Cape Banks? Du weißt schon, im Botany-Bay-Nationalpark. Banks Battery oder wie das Ding heißt.«

»Botany Bay? Junge, Junge, der Typ hat offenbar eine Schwäche für seine Heimat«, erwiderte Andy. Die geschundene Leiche von Maks Freundin Catherine hatte er in La Perouse zurückgelassen. Andy kannte den Bunker. »Ja, ich habe als Teenager da drin jede Menge Blödsinn gemacht, bevor sie schlau genug waren, das Ding endlich zu verschließen. Ich hab dort sogar mal mein Glück mit meiner ersten Flamme versucht, aber sie hat Angst bekommen und wollte nicht reingehen.«

»Ich muss zugeben, ich kann ihr keinen Vorwurf daraus machen, du alter Schwerenöter. Und wie sieht es da drin aus? Mir kommt es vor wie das Arschloch von Sydney.«

»Ziemlich dunkel und unappetitlich, soweit ich mich erinnern kann«, bestätigte Andy.

Jimmy stieß irgendeinen unverständlichen Fluch aus.

»Aber es gibt nicht allzu viel zu sehen«, fuhr Andy fort. »Es gibt mehrere Räume. Sie sind durch Tunnel verbunden, die aber nicht sehr lang und auch nicht besonders spannend sind. Als ich das letzte Mal dort war, waren alle Eingänge blockiert. Ist das die Stelle, wo ihr seid?«

»Ja, aber komm ja nicht auf die Idee, hierher zu kommen, sonst kriege ich Ärger. Ed behauptet, er hätte das Mädchen in schwarze Müllsäcke gepackt und hier liegen lassen.«

»Hm.«

»Ich wollte nur kurz hören, was du dazu sagst.«

Andy glaubte, leises Unbehagen in der Stimme seines Partners zu hören.

»Wie kommt ihr rein?«, fragte er.

»Im Tor ist eine Lücke. Angies Kochkünste sind wohl schuld, dass ich nicht durchpasse.« Er lachte. »Dieses dämliche Loch ist gerade mal so groß wie mein Bauchnabel, verdammt.«

»Kriegen die Audio-Leute die Kamera hinein?«

»Sieht ganz so aus.«

»Und braucht Lewis vielleicht Unterstützung, Karten oder so was?«

»Nein«, erwiderte Jimmy. »Wir gehen jetzt einfach rein und suchen diese Leiche.«

»Halt mich auf dem Laufenden, Kumpel. Und ruf mich an, sobald ihr etwas gefunden habt.«

»Alles klar, Andy. Du solltest Hoosier sehen, wie er seinen jämmerlichen Arsch durch diese Stäbe zwängt. Ich glaube, er hat gerade einen Einlauf mit Sandpapier gekriegt.«

Andy lachte. Das hätte er zu gern beobachtet.

24

»Tut mir Leid, Mann. Alles klar?«

Ed Brown stand vornüber gebeugt im Inneren von Banks Battery und hustete. Er spuckte Sand aus und stöhnte theatralisch.

»Alles in Ordnung?«, erkundigte sich Lewis.

Obwohl man ihm die Handschellen nicht abgenommen hatte, war es Ed verhältnismäßig mühelos gelungen, sich durch die Lücke zu schieben, doch dann war er wie Hoosier mit dem Schuh hängen geblieben. Da er sich nicht mit den Händen hatte abstützen können, war er mit dem Gesicht voran auf den sandigen Boden gestürzt. Was er jetzt bis an den Rand des Erträglichen aufbauschte. Der muskulöse Beamte, der hier das Sagen hatte, hatte ihn auf die Beine gezogen und klopfte ihm nun den Staub von der Kleidung.

»Tut mir Leid, Mann. Wir müssen die Handschellen angelegt lassen«, erklärte Lewis. »Ich weiß, dass es schwierig ist. Wir gehen es langsam an.« Wenigstens hatten sie ihm die Fußfesseln abgenommen, so dass er ungehindert gehen konnte.

»Ja… ah, ist okay«, erwiderte Ed.

Als kleinster der Männer konnte Ed nahezu aufrecht im Bunker stehen, dessen Decke niedriger war, als er sie in Erinnerung hatte. Oder lag nur mittlerweile mehr Sand auf dem Boden? Er sah einen hageren, mit einem Spurensicherungs-Overall bekleideten Mann eine Tasche mit Ausrüstungsgegenständen und eine Schaufel zwischen den Streben des Gitters hindurchschieben, ehe er mühelos folgte. Der Beamte, der für die Tonbandaufnahme zuständig war, kauerte so tief am Boden, dass es aussah, als entleere er seinen Darm. Mithilfe eines dünnen, aber gleißend hellen Kameralichts, mit dem sich der Tatort vollständig ausleuchten ließ, hielt der Kameramann alles fest. Zwei weitere Beamte standen draußen und spähten dümmlich blinzelnd durch die Gitterstreben ins Innere des Bunkers.

Nun befand er sich also mit sieben Polizeibeamten in Banks Battery. So weit, so gut. Mit einem einzigen Schritt hatte sich die Zahl von neun auf sieben verringert, außerdem war er die Fußfesseln los.

»Da unten… ah… ja«, erklärte er und deutete mit seinen gefesselten Händen auf eine steile Treppe links von ihnen.

»Edward Brown schickt uns zu etwas, das wie eine steile Treppe mit einem Geländer auf der linken Seite…« Das Licht der Kamera erhellte den dunklen Treppenschacht. Im Lauf der Jahre hatte sich so viel Sand auf den Stufen angesammelt, dass sie kaum zu erkennen waren. Das Ganze sah nicht einmal annähernd wie eine Treppe aus, sondern wie ein Sandhügel, der in der Dunkelheit verschwand, ein Müllschacht aus Beton, der ins feuchte Nichts führte.

Hinter Ed murmelte der Fettsack irgendetwas in einer fremden Sprache, während er sich nach wie vor den Schmutz abklopfte, der bei seinem wenig graziösen Einstieg durch die Gitterstäbe an seinen Kleidern haften geblieben war. Ed wusste nicht, was die Worte bedeuteten, doch er hörte die Gefühlsregung aus ihnen heraus. Das Ganze gefiel dem Kerl offenbar nicht. »Wieso kommen Sie nicht auch rein?«, forderte er einen der Polizisten draußen am Tor auf. »Dann können Sie die Treppe von oben sichern, während Ihr Partner den Eingang im Auge behält.«

Zu Eds Enttäuschung stimmte der Beamte, der das Sagen hatte, ohne zu zögern zu. »Ja. Gehen wir das Ganze streng nach Vorschrift an.«

Der Polizist vor dem Tor nickte und machte Anstalten, sich durch die Gitterstäbe zu zwängen.

»Okay, los geht's.«

Sie machten sich an den rutschigen Abstieg in die Eingeweide von Cape Banks, in die niemals auch nur ein Sonnenstrahl vordrang. Es war so dunkel, dass sie trotz der Taschenlampen und des zitternden Kameralichts im Grunde nicht sehen konnten, was sich vor ihnen befand.

»Achten Sie darauf, wohin Sie treten«, sagte Lewis, der ärgerlicherweise Eds Arm wie ein Schraubstock umklammert hielt.

»Verstanden.«

»Ah, keine Sorge«, meinte Ed beruhigend. »Ah, es ist nicht mehr weit.

Keiner sagte etwas darauf. Er spürte ihre zum Zerreißen gespannten Nerven.

Bei jedem Schritt, den sie auf der Treppe abwärts machten, rutschten sie mehrere Zentimeter weit im losen Sand und hatten Mühe, das Gleichgewicht zu halten. Die meisten Männer klammerten sich an das Geländer auf der linken Seite, ein Luxus, der Ed mit den Handschellen verwehrt blieb. Lewis musste ihm zweimal unter die Arme greifen, um zu verhindern, dass er ausrutschte und vornüber fiel. Die Taschenlampen erhellten den Boden vor seinen Füßen und wanderten flackernd über die Bunkerdecke, so dass er Mühe hatte, zu sehen, wohin er ging. Das Grüppchen kam nur quälend langsam voran. Die Männer tasteten sich im Zeitlupentempo den steilen Abstieg hinab, traten vorsichtig über irgendwelchen Unrat, verrosteten Draht und einen ramponierten Feuerlöscher, der aussah, als liege er seit mehreren Jahren hier.

»Was ist das?«, wollte Hoosier wissen.

Er ließ den Lichtkegel seiner Taschenlampe über die dicken, schmiedeeisernen Haken wandern, die rechts von der Treppe aus den Wänden ragten. Alle paar Meter waren jeweils vier dieser Haken in die Wände angebracht worden.

»Wahrscheinlich eine Halterung für irgendein Kabel.«

Ja. Für Kabel.

Ed wusste, dass sie sich auf dem Weg zum Maschinenraum befanden. Er war nur einmal vorher dort gewesen, hatte die Karten jedoch eingehend studiert. Es war schwierig gewesen, genaue Karten der Bunkeranlage zu beschaffen, doch die Gefängnis-Lady hatte sie von einem Gefangenen mit Kontakten zum Militär als Gegenleistung für irgendwelche unerlaubten Zeitschriften bekommen. Bis jetzt sah alles aus wie erwartet. Es war genauso, wie sie gesagt hatte. So weit, so gut.

»Ja, da entlang«, sagte er, aber keiner der Männer erwiderte etwas.

Mittlerweile hatte ein Teil der Gruppe den Fuß der Treppe erreicht. Ed konnte nur das Flackern ihrer Taschenlampen und das Platschen von Wasser ausmachen.

»Es ist verdammt nass hier unten. Ich hätte Gummistiefel anziehen sollen«, sagte jemand.

Also waren sie fast da.

Die Kamera- und Tonleute und drei weitere Polizisten waren hinter ihm, darunter der fette, argwöhnische Sack, dieser Idiot, der die ganze Fahrt über gequasselt hatte, und der Cop, der der Boss zu sein schien und der ihn keine Sekunde losließ. Die Tatsache, dass sie in einem mit Wasser gefüllten Tunnel standen, schien dem Boss ziemlich zuzusetzen. Allen war anzumerken, dass die Situation an ihren Nerven zerrte. Von ihrer lautstarken Tapferkeit von vorhin war nichts mehr zu spüren. Die Dunkelheit hatte sie verstummen lassen.

Langsam arbeiteten sie sich den Betonkorridor entlang. Sie standen knöcheltief im Wasser und stolperten über Betonbrocken, die auf dem Boden lagen. Holzstücke ragten in die Luft, ebenso wie die Eisenhaken auf Hüfthöhe sowie eine weitere Reihe Haken, die ein Stück tiefer verlief. Langsam näherten sie sich der Stelle.

Wo?

Ed blickte sich suchend im düsteren Licht um. Hier sollte es sein …

Da.

Ein Lichtkegel flackerte über die Wand, so dass Ed das Päckchen sehen konnte, das die Gefängnis-Lady am Ende des Korridors deponiert hatte, genauso wie er sie angewiesen hatte.

Perfekt.

Es war ein alter verrosteter Briefkasten, dessen Deckel abgerissen war und der am letzten Eisenhaken auf Taillenhöhe angebracht war. Ed blieb mit dem Rücken zu dem Kasten stehen und lehnte sich gegen die Wand. Der Kameramann und die Beamten von der Spurensicherung gingen langsam mit dem Polizisten weiter, der den Wagen gefahren hatte, und betraten den Maschinenraum auf der linken Seite, während der Fettsack und der Boss Ed nicht von der Seite wichen. Der Boss stand immer noch irritierend dicht neben ihm, lockerte jedoch zum Glück seinen Griff um Eds Ellbogen ein wenig. Seine Fingerspitzen lagen leicht auf seinem Arm, während er sich mit offenem Mund umsah.

»Hören Sie uns da oben?«, rief der Fettsack dem Polizisten am oberen Treppenabsatz zu. »Hey! Da oben! Hören Sie mich?«

Natürlich hört er dich nicht, dämlicher, ausländischer Fettsack. Und eure Walkie-Talkies funktionieren hier unten auch nicht. Keine Kommunikation mehr.

Ed lächelte im Dunkeln.

In diesem Moment wurde eine Taschenlampe auf ihn gerichtet. Er blinzelte unschuldig in den Lichtkegel.

»Ich … ich hab sie hier hingelegt«, stieß er hervor. »Sehen Sie das … äh … Plastik? Da drüben.« Er deutete auf den Maschinenraum.

Die Männer traten einen Schritt vor, und einer von ihnen ließ den Lichtkegel über die in schwarze Plastiksäcke gehüllte Gestalt wandern, ehe er ihn darauf ruhen ließ. »Ich glaube, wir haben sie gefunden, Sir.«

»Edward Brown hat uns zu einem Körper geführt, der in schwarzes Plastik gewickelt ist.«

Unbemerkt wanderten Eds Fingerspitzen in die Metallbox und tasteten nach dem Schlüssel für die Handschellen.

Da.

Der Schlüssel war mit einem Stück Klebeband an die Innenseite des Briefkastens geklebt worden. Er legte die Finger darum, ehe er behutsam den Schlüssel abzog und die Hand zur Faust ballte. Es war ein SAF-LOK-Schlüssel, ein Universalschlüssel, wie er in ganz Australien bei der Polizei und im Strafvollzug verwendet wurde und der in sämtliche Schlösser passte. Nach wenigen Sekunden hatte er ihn in das Schloss geschoben, bereit, ihn jederzeit zu drehen, aber der Boss stand immer noch zu dicht neben ihm. Inzwischen berührten die Finger des Polizisten kaum noch Eds Schulter, als er sich neugierig vorbeugte, um einen Blick auf die schwarzen Säcke auf dem nassen Boden zu werfen. Ed wartete auf ein Geräusch, das ihn ablenkte.

»Hey!«, rief dieser nervtötende Ausländer-Fettsack. »Hey, hören Sie uns da oben?«

In dieser Sekunde drehte Ed den Schlüssel um und streifte mit einer raschen Bewegung die Handschellen ab. Der Boss bekam nichts davon mit. Seine Hände waren frei. Und er war der Einzige, der es wusste.

»Sehen wir zu, dass wir das Ganze so schnell wie möglich hinter uns bringen«, sagte Lewis.

Blitzlampen flammten auf wie Stroboskope, als sich die Männer von der Spurensicherung an die Arbeit machten. Das Licht der Videokamera wanderte quer durch den Raum, ehe es auf dem schwarzen Plastik verharrte.

»Ich hab's.«

»Bringen wir Ed hier raus. Wir haben gefunden, wonach wir gesucht haben«, schlug der Ausländer vor, aber Ed wollte noch nicht gehen.

Der Lichtkegel der Taschenlampe enthüllte, dass die Männer über der verpackten Gestalt standen. »Heben wir sie hoch und bringen sie nach oben«, meinte jemand.

Ed schloss die Augen und presste sich die Hände auf die Ohren.

»Eigentlich riecht es hier drin nicht so übel, wie ich gedacht habe …«, meinte einer der Männer, ehe eine heftige Explosion den Raum erbeben ließ.

Ein greller Blitz flammte auf, dann ertönte ein lautes *Krachen*. Ein mächtiger Luftzug drohte, Ed von den Füßen zu reißen.

Als er die Augen wieder aufschlug, herrschte nahezu völlige Dunkelheit und ein wildes Durcheinander. Eine der Taschenlampen lag, noch immer brennend, in einer Ecke des Maschinenraums, während das Kameralicht erloschen war. In Eds Ohren schrillte ein lautes, durchdringendes Klingeln, unter das sich Schreie, spritzendes Wasser und das Geräusch von zu Boden fallenden Menschen und Gegenständen mischte.

Ed Brown setzte sich in Bewegung. Sein Seh- und Hörvermögen war noch immer nicht intakt, deshalb konzentrierte er sich auf das Gefühl der Tunnelwand unter seinen Fingern und arbeitete sich durch die Passage auf der rechten Seite. Er tastete sich durch die Dunkelheit, ehe er nach wenigen Metern über etwas stolperte, das in der Ecke gestanden hatte. Die verdammte Schaufel. Er fiel zu Boden und stieß einen lauten Schrei aus, als er mit den Ellbogen auf dem harten Griff der Schaufel landete.

Eine kräftige Hand schloss sich um seinen Fußknöchel.

Nein!

Ed rollte herum und schwang die Schaufel blind und mit aller Kraft durch die Luft. Sie traf irgendwo auf, und er glaubte zu hören, wie jemand keuchend den Atem ausstieß, ehe derjenige ein gequältes Stöhnen von sich gab. Es war schwer zu sagen bei dem schrillen Klingeln in seinen Ohren. Doch als sich der Griff um seinen Knöchel löste, wusste er, dass er getroffen hatte. Er war frei! Ed ließ die Schaufel fallen und trat ein Stück zurück. Wenige Sekunden später tappte er taumelnd den Tunnel entlang in Richtung Oberfläche. Allmählich verebbte die panische Geräuschkulisse in dem dunklen Maschinenraum hinter ihm.

Keine fremden Hände an seinen Armen, keine Handschellen, nur noch das durchdringende Klingeln in seinen Ohren – und das wunderschöne Bild des Pazifiks vor seinem geistigen Auge.

Ja.

Ja.

Ja!

Er gelangte an die Oberfläche und kämpfte sich durch den halb blockierten Ausgang über dem tosenden Ozean. Den Wind in seinem Haar zu spüren war das herrlichste Gefühl, das er jemals erlebt hatte. Noch herrlicher als sein erster Mord, stellte er überrascht fest. Herrlicher als all seine Pläne. Der Wind war frisch und real und der Beweis, dass er gewonnen hatte. Nach achtzehn Monaten hatte er gewonnen. Dies war nicht die schale, wiederaufbereitete Luft seiner Gefängniszelle, sondern echte, frische Luft und Freiheit, die sich endlos vor ihm erstreckte. Sie konnten ihn nicht beherrschen, konnten ihn nicht schlagen. Das war der Beweis.

Doch Ed hatte keine Zeit, in seiner Euphorie zu schwelgen. Er stieg eilig die Klippe hinunter, überquerte die Felsen und den Sand am Ufer und lief in östlicher Richtung am Wasser entlang, genau in die entgegengesetzte Richtung der Stelle, wo sie die anderen Polizisten zurückgelassen hatten, die allmählich ahnen mussten, dass etwas nicht in Ordnung war. Vielleicht hatten sie am Bunkereingang die Explosion gehört. Im Gehen schälte Ed sich aus seinen Kleidern und bemerkte das Blut auf dem Stoff. Es stammte nicht von ihm, stellte er grinsend fest. Er zog sich bis auf Boxershorts und Unterhemd aus und warf seine restlichen Sachen einfach hinter irgendeinen Felsen, wo die Polizei oder Touristen sie in den nächsten Tagen finden würden. Kurz darauf gelangte er zu einer bestimmten Stelle. Seine Haut war von einer Schicht aus Schmutz und Schweiß überzogen, doch er verlangsamte seine Schritte nicht mal, um wieder zu Atem zu kommen, sondern preschte durch die dichten, stachligen Büsche, die seine Haut aufrissen, und suchte hektisch nach dem nächsten wichtigen Gegenstand, den die Gefängnis-Lady für ihn versteckt hatte.

Da ist er!

Der Rucksack wartete wie geplant im dichten Buschwerk auf ihn.

Vorsichtig blickte er sich um, sorgsam darauf bedacht, dicht am Boden zu bleiben. Er erwartete fast, bewaffnete Polizisten den Strand entlanglaufen zu sehen, kreisende Hubschrauber und Suchboote am Ufer, und eine von einem Megafon verstärkte Stimme, die »Ed Brown, bleiben Sie auf der Stelle stehen und heben Sie die Hände hoch!« rief. Doch er war allein. Weit und breit kein anderes menschliches Wesen zu sehen.

Unfähig, ein Grinsen zu unterdrücken, öffnete Ed den Rucksack und nahm die Freizeithosen und das weiße Polohemd heraus. Er strich sich das rötliche Haar glatt und setzte sich eine Mütze auf. Schließlich schob er den Wagenschlüssel und den Zettel mit der Adresse in die Hosentasche. Fertig.

Nur noch ein letztes Detail fehlte, ehe er sich auf den Weg machen konnte. Er fand die Golfschläger, die hinter ein paar platt gedrückten Sträuchern wenige Meter neben ihm versteckt waren. Er hob sie hoch, befreite sie vom Staub und sah an sich hinunter. Alles war bereit. Er hatte nichts vergessen.

Ed machte sich auf den Weg in Richtung Golfplatz.

Den Mund zu einem lässigen Lächeln verzogen, schlenderte er den Weg entlang. Er schwitzte noch immer, doch niemand würde es bemerken. Er konnte sich entspannen. Es gab keinen Grund zur Eile. Im Gegenteil – Eile würde nur Aufmerksamkeit erregen. Nein, er war nur ein Golfer, der einen Spaziergang machte, ein weiterer Golfer, der einen schönen Tag am Meer verbrachte. Gemächlich näherte er sich dem Parkplatz von der anderen Seite des Hügels. Es würde mindestens fünf Minuten dauern, den offenen Platz zu überqueren, und er würde sich Zeit lassen. Er mischte sich so perfekt unter die anderen Spieler, dass niemand auch nur aufsah. Niemand schien zu bemerken, dass er wie aus dem Nichts vom Rand der Klippen aufgetaucht war. Er war wieder der unsichtbare, unauffällige Ed Brown. Er befand sich erneut unterhalb des Radars seiner Umwelt und lebte nach seinen eigenen Regeln. Er war frei. Er hatte gesiegt.

Erst als er sich auf dem Hügel neben dem Clubhaus in Sicherheit gebracht hatte, warf er einen Blick zum Bunkereingang hinüber. Als er sich umwandte, war er so weit vom Eingang mit dem Eisentor entfernt, dass dieser kaum größer war als ein winziger Punkt am Horizont mit Gestalten, die so groß und unbedeutend wie Ameisen waren. Es war schwer, aus dieser Entfernung zu erkennen, was dort vor sich ging, aber es spielte ohnedies keine Rolle mehr. Jetzt nicht mehr. Sie würden die Tunnel durchkämmen und das Ufer nach einem Boot absuchen, mit dem er geflohen sein könnte. Sie würden sich um die Verletzten kümmern. Sie wären immer noch in heller Panik, falls sie überhaupt begriffen hatten, was passiert war. Hatte der Polizist, der draußen geblieben war, die Explosion mitbekommen? Vielleicht hatte er ja nichts gehört. Und was für ein Blutbad hatte er angerichtet? Es würde einige Zeit dauern, bis sie sich einen Überblick verschafft hatten, und bis dahin wäre er längst über alle Berge.

Nicht einmal zehn Minuten später fuhr er mit dem ramponierten VW der Gefängnis-Lady die Anzac Parade hinunter und hörte die Sirenen. Er fuhr in aller Seelenruhe an den Straßenrand, um dem vorbeirasenden Krankenwagen Platz zu machen. Wenige Minuten danach folgten zwei blau-weiße Einsatzfahrzeuge, ebenfalls in Richtung Botany-Bay-Nationalpark.

Ed beobachtete im Rückspiegel, wie sie aus seinem Blickfeld verschwanden.

Er lächelte.

25

Andy raste zum Prince-of-Wales-Krankenhaus. Noch immer hatte er Mühe, die Nachrichten zu begreifen. Er war wie betäubt, wie ein außenstehender Betrachter, der sich selbst zusah. Die Hände ums Steuer gekrallt, fuhr er durch die Stadt und versuchte, seine Angst, seine Verzweiflung und die düsteren Befürchtungen niederzukämpfen, die ihn zu überwältigen drohten. *Ed Brown ist geflüchtet. Jimmy ist verletzt.* Die Nachricht war kaum fassbar, die Konsequenzen weit reichend. Einer der gefährlichsten Serienmörder Australiens befand sich auf der Flucht, war dem Gewahrsam der Polizei von New South Wales entkommen. Sein Verschwinden würde einen Aufschrei in der Öffentlichkeit auslösen und eine neuerliche Untersuchung nach sich ziehen. Jemand würde dafür bezahlen müssen, und wenn sie Ed Brown nicht im Handumdrehen schnappten, stünden weitere Leben auf dem Spiel, einschließlich Makeddes.

Lewis sollte lieber ein paar gute Antworten parat haben, dachte er. *Und zwar wirklich gute.*

Der Verkehr war eindeutig gegen ihn. Er hatte immer noch die Hälfte des Wegs zum Krankenhaus vor sich und stand bereits im Stau. Dies war nicht der richtige Zeitpunkt für Geduldsspiele. Wenn Jimmy, seit vielen Jahren sein Partner und loyaler Freund, ernstlich verletzt war und noch auf dem OP-Tisch starb, während Andy in irgendeinem beschissenen Stau steckte, würde er sich das niemals verzeihen.

Er schaltete die Sirene an, die mit einem lauten Kreischen zum Leben erwachte. Der Mann im Wagen neben ihm fuhr erschrocken zusammen. Die Leute in den anderen Autos und auf der Straße gafften, trotzdem bewegte sich der Verkehr keinen Zentimeter vorwärts. Andy lehnte sich aus dem Wagenfenster. »Los, macht schon! Bewegt euch!« Er drückte mit voller Kraft auf die Hupe, als ermutige das irgendjemanden, weiterzufahren. Es funktionierte nicht.

Heiße Tränen schossen ihm in die Augen und liefen über seine Wangen. Doch statt sie abzuwischen, lehnte er sich aus dem Fahrerfenster. »Los, weg da!«, brüllte er.

Die Sirene heulte noch immer. Endlich entstand auf der anderen Straßenseite eine Lücke. Ohne zu zögern, fuhr Andy über den Mittelstreifen auf die Gegenfahrbahn, wobei sein Auspuff über den Asphalt schrammte. Die Leute starrten ihn mit offenen Mündern an. Sein Herz fühlte sich wie ein Eisblock in seiner Brust an, als er durch die Wagenkolonne pflügte. Er musste sich beeilen, musste wissen, was passiert war. Musste wissen, wie es stand. Er musste zu Jimmy.

»Gehören Sie zur Familie?«, wollte die Schwester wissen.

Andy war in die Empfangshalle des Krankenhauses gestürzt und stand schweißüberströmt da. Sein Herz hämmerte in seiner Brust, und er hatte Mühe, einen klaren Gedanken zu fassen.

»Entschuldigen Sie, Sir, gehören Sie zur Familie?«, wiederholte die Schwester, als sie keine Antwort bekam.

Sprachlos vor Kummer und Wut zückte Andy seine Polizeimarke und versuchte, sich an ihr vorbeizuschieben, doch sie hielt ihn zurück.

»Ich bin Detective Senior Sergeant Andrew Flynn«, erklärte er. »Meine Kollegen sind hier. Mein Partner, Jimmy Cassimatis, ist hier. Ich muss ihn sehen«, sagte er, als er wieder sprechen konnte.

Sie schürzte die Lippen. »Sir, ich muss Sie bitten, sich hinzusetzen.«

Wie bitte?

Andy schüttelte den Kopf und machte erneut Anstalten, sich an ihr vorbeizudrängen. Wieder legte sie ihm die Hand auf die Schulter, und er verspürte den Drang, sie abzuschütteln. Sie war noch jung und unerfahren. Verdammt noch mal. Was sollte das?

»Tut mir Leid, Sir. Ich muss darauf bestehen, dass Sie sich im Aufnahmebereich hinsetzen.«

»Ich werde mich nicht hinsetzen, verdammt noch mal!« Aus dem Nebel seiner Wut löste sich plötzlich ein Gedanke. »Carol. Ist Carol Richardson hier?«

»Ja, sie ist hier, wieso?« Allmählich schien es ihr zu dämmern. »Warten Sie hier.«

»Ich muss sofort mit Carol Richardson sprechen. Und ich werde sie so lange suchen, bis ich sie gefunden habe.« Verblüfft sah die unerfahrene Schwester zu, wie er sich an ihr vorbeidrängte und auf den Aufzug zustürmte. Wo konnten sie sein? In der Notaufnahme? In welcher Richtung war die noch mal? Eigentlich sollte er es wissen. Schließlich war er häufig genug hier gewesen. Doch er konnte keinen klaren Gedanken mehr fassen. Panik stieg in ihm auf.

Es dauerte nicht lange, bis Carol ihn gefunden hatte. Er sah sie in ihrer Schwesterntracht den Gang entlangeilen, das schöne, blonde Haar zu einem Knoten im Nacken frisiert.

»Andy! Man hat mir gesagt, dass du hier bist. Es ist schrecklich, was passiert ist. Es tut mir so Leid.«

Sie lief auf ihn zu und umarmte ihn kurz. Stocksteif ließ er es über sich ergehen. Dann löste sie sich von ihm.

»Wo ist Jimmy?«, fragte er ohne Umschweife.

Carol nahm ihn an der Hand und führte ihn um eine Ecke in einen Korridor neben der Aufnahme. »Andy, mir ist klar, dass du völlig durcheinander bist, aber ich denke, du solltest dich ein bisschen beruhigen.«

»Carol«, sagte er und blieb stehen, »sag mir, verdammt noch mal, wo Jimmy ist, und lass mich endlich durch, verdammte Scheiße!«

Sie hielt inne. Ihre Augen mit dem dichten Kranz getuschter Wimpern weiteten sich, und sie blinzelte erschrocken. Sein Benehmen schien sie zu schockieren, ebenso wie ihn selbst, um die Wahrheit zu sagen.

Andy war klar, wie unvernünftig sein Verhalten war, trotzdem konnte er sich zu keiner Entschuldigung durchringen. Er musste Lewis oder sonst jemanden finden, der ihm erklären konnte, was vorgefallen war. Er musste wissen, was mit Jimmy und Ed Brown los war.

»Wo ist Senior Sergeant Lewis?«, fragte er.

»Zimmer dreihundertelf«, antwortete sie leise und deutete in Richtung Aufzüge.

Kaum hatte sie die Worte ausgesprochen, stürzte er los. Hilflos ließ Carol ihn gehen. Sie kannte ihn gut genug, um zu wissen, dass sie sich ihm lieber nicht in den Weg stellen sollte, wenn er in dieser Verfassung war.

Zimmer 311. Vor der Tür des Krankenzimmers blieb er stehen. Vier Betten standen darin. Inspector Kelley war bereits eingetroffen. Er sah blass aus. Er bemerkte Andy im Türrahmen und sah ihn an. In Kelleys Blick lag ein eigentümlicher Ausdruck, eine Erschöpfung, die Andy nur wenige Male bei ihm beobachtet hatte. »*Es gab Tote… einige unserer Männer sind tot.*« Kelley nickte und erhob sich von seinem Stuhl neben dem Bett, in dem einer der Beamten lag. Andy konnte ihn nicht identifizieren, weil sein Kopf dick verbunden war. *Ist das Jimmy?*

»Flynn«, sagte Kelley ernst und trat zu ihm in den Korridor.

»Heilige Scheiße noch mal«, fluchte Andy leise. »Wer ist das?«

»Symond. Die Hälfte seines Gesichts fehlt.«

»Was ist passiert?«

»Wie es aussieht, hatte Ed in dem Bunker Sprengladungen versteckt. Irgendeine Art Bombe.« Er ließ den Blick zuerst über die Männer in dem Krankenzimmer schweifen, dann wieder zu Andy. »Es gab gar keine Leiche. Das Ganze war ein Trick.«

Mein Gott, dachte Andy.

»Eine versteckte Sprengladung? Wie ist das möglich?«

»Das wissen wir noch nicht. Wir brauchen zuerst noch die Aussagen von denjenigen, die vernehmungsfähig sind. Sie waren in einer Art unterirdischer Bunkeranlage in Cape Banks, als es passiert ist. Zwei Constables sind oben geblieben und nicht verletzt worden. Sie sagen, sie hätten etwas gehört, aber nicht gewusst, was es gewesen sei. Einer von ihnen ist nach unten gegangen und hat das Blutbad entdeckt. Und kein Hinweis auf unseren Gefangenen. Sie haben sofort Alarm geschlagen.«

Woher sollte Ed Sprengladungen bekommen? Wie hat er das angestellt?

»Hoosier bleibt vielleicht für immer blind. Die Ärzte sagen, es steht fünfzig zu fünfzig, dass er sein Augenlicht zurückerlangt. Die Männer von der Spurensicherung hatten nicht so viel Glück, ebenso wenig wie die vom Audio-Team. Sie haben direkt daneben gestanden. Parker hat einige Finger verloren, Flemming sogar einen Arm. Die Granatsplitter sind überall herumgeflogen. Die Ärzte meinen, irgendwann erlangen sie ihr Hörvermögen wieder zurück. Wir wissen nicht, welche Art Sprengladung es war, aber wir hoffen, verdammt noch mal, dass Ed auch verletzt wurde. Das wäre die sicherste Methode, um ihn zu schnappen. Wir behalten sämtliche Krankenhäuser und auch Tierkliniken im Auge, alles, wo er hingehen könnte, um sich behandeln zu lassen. Wir haben keine Ahnung, wie er Lewis entkommen konnte.«

Begierig sog Andy die Informationen auf, doch auf eine wesentliche war Kelley noch nicht zu sprechen gekommen.

»Wie sieht es mit Jimmy aus?«

»Nicht so gut, Andy«, antwortete Kelley. Andy wartete, doch er fuhr nicht fort.

»Hat er direkt an der Explosionsstelle gestanden? War es ein Splitter?«

»Nein.«

Kelley wollte eindeutig nicht mehr sagen. Das war ein schlechtes Zeichen.

»Sie glauben nicht, dass er durchkommt«, sagte Andy tonlos.

Wortlos blickte Kelley ihm in die Augen, in denen ein mühsam beherrschter Zorn lag. Und ein Anflug von Verzweiflung. Einige von Kelleys Männern waren ernstlich verletzt worden, Männer, die in gewisser Weise wie Kinder für ihn waren. Er würde jemanden suchen, der dafür bezahlte.

»Jimmys Zustand ist sehr schlecht. Offenbar war er am Tatort ohne Bewusstsein. Die Ärzte können noch nicht sagen, ob er es schafft. Es ist etwas mit seinem Herzen«, erklärte Kelley.

Andy starrte ihn mit aufgerissenen Augen ungläubig an.

»Setzen wir uns, Andy.«

»Nein«, erwiderte er. Er wollte sich nicht setzen, wollte sich nicht entspannen oder sich beruhigen. »Nein, nein …«

»Andy …

Andy bemerkte Carol hinter sich. Er wandte sich um. Sie führte ihn in den Korridor, während Kelley zu seinen Männern zurückkehrte.

»Es ist schrecklich. Es tut mir so Leid«, sagte sie und sah ihn mitfühlend an.

»Sag es mir. Sag mir die Wahrheit. Was ist mit Jimmy passiert? Wie stehen seine Chancen?«

»Ich weiß es nicht, Andy«, gab sie zu. »Ich wünschte, ich könnte dir darauf eine Antwort geben, aber ich kann es nicht. Er hat AF. Er hat Warfarin genommen.«

»Was?«

»Arteriales Flimmern. Die Arterie in seinem Herzen pumpt nicht mehr richtig. Es bestand die Gefahr, dass er einen Schlaganfall bekommt, Andy. Er hat ein Medikament zur Verdünnung des Bluts erhalten, um ein Gerinnsel zu vermeiden. Leider bedeutet das, dass seine inneren Blutungen sehr massiv waren...«

»Was ist mit ihm passiert?«

»Er ist von einer Schaufel am Kopf getroffen worden; wahrscheinlich bei einem Kampf.«

Ed. Er hat versucht, Ed aufzuhalten.

»Bei der Einlieferung war er bewusstlos. Um die Blutung zu stoppen, mussten sie ihm etwas geben, das der Wirkung des Blutverdünnungsmedikaments entgegenwirkt. In seinem Fall bestand das Risiko eines Blutgerinnsels. Ich fürchte, er hat auf dem OP-Tisch einen Schlaganfall erlitten. Es tut mir Leid, Andy.« Beruhigend legte sie ihm die Hand auf den Arm. »Sein Zustand hat sich ein wenig stabilisiert. Er hat gute Chancen, durchzukommen.«

Andy war wie betäubt. Es dauerte einige Momente, ehe er antworten konnte. »Ist das alles, was du mir sagen kannst?«

»Ich fürchte, ja.«

»Danke, Carol. Es tut mir Leid, wenn ich...«

»Ich verstehe das«, erwiderte sie und drückte seine Hand. »Wenn ich noch etwas für dich tun kann, gib mir Bescheid.«

Sie verließ ihn, und Andy kehrte wieder ins Krankenzimmer zurück, um mit Kelley zu reden.

»Hat schon jemand Angie informiert?«

»Wir haben gerade ein paar Constables hingeschickt,

um es ihr zu sagen. Sie kennt Hunt. Er wird sich um sie kümmern.«

Drei Kinder. Warum sollte Jimmy eine Frau und drei Kinder zurücklassen müssen? Er darf nicht sterben. Er darf einfach nicht.

»Und als sie hingekommen sind, war nirgendwo eine Spur von Ed Brown? Nichts?«, fuhr Andy fort.

»Seine Handschellen lagen auf dem Boden. Er war verschwunden.«

»Niemand verschwindet einfach so. Haben wir die Boote am Ufer schon überprüft? Das Buschland? Den Frachthafen? Jemand muss doch etwas gesehen haben, Herrgott noch mal!« Andy ballte die Fäuste. »Hat schon jemand Makedde gesagt, dass Ed geflüchtet ist?«

»Wir schicken gleich jemanden zu ihr.«

»Ich muss als Erster mit ihr reden. Geben Sie mir zehn Minuten.«

»Flynn ...«

»Geben Sie mir nur diese paar Minuten, Sir. Bitte.«

»Makedde ...«

»Am Apparat.« Ihre Stimme klang teilnahmslos und neutral.

»Ich muss sofort mit dir reden.«

»Dir auch einen Guten Tag«, sagte sie, als sie seine Stimme erkannte.

Andy war so erleichtert darüber, dass sie klang, als gehe es ihr gut, dass er ihre Distanziertheit kaum registrierte.

Kelley hatte gesagt, sie sei zuvor nicht ans Telefon gegangen, doch nun war sie in ihrem Hotelzimmer und damit in Sicherheit. In Sicherheit. *Gott sei Dank.* Die Furcht, die wie eine kalte Hand nach seinem Herzen gegriffen hatte, ebbte ein wenig ab. Das Hotel war im Moment der sicherste Ort für sie. Es war unwahrscheinlich, dass Ed Brown sich schnurstracks auf den Weg zu ihr machte. Denn er hatte bestimmt alle Hände voll zu tun, seinen Hintern aus der Schusslinie zu halten. Andy musste dafür sorgen, dass sie in diesem Hotelzimmer blieb, bis er ihr selbst die Situation erklären konnte, und er würde nicht lange zum Hotel brauchen. Er wusste, dass das, was er ihr zu sagen hatte, wahrscheinlich die schlimmsten Nachrichten waren, die man ihr überbringen konnte, und dass sie ein Recht darauf hatte, sie von ihm zu hören. Andy ertrug den Gedanken nicht, sie könnte es von irgendeinem plattfüßigen Constable oder von einem der Beamten erfahren, die gerade auf dem Weg zu ihr waren, um sie zu beschützen.

»Es gibt etwas Wichtiges, das ich mit dir besprechen muss«, sagte er so ruhig er konnte, während er, das Handy am Ohr, über den Krankenhausparkplatz stürmte.

»Läufst du?«, fragte sie.

»Äh, ja.«

»Ich wollte dich später sowieso anrufen«, sagte Mak.

Endlich erreichte Andy seinen Wagen und riss die Tür auf. Er sprang hinters Steuer und steckte den Zündschlüssel ins Schloss.

»Ich kann es dir nicht am Telefon erklären«, stieß er leicht atemlos hervor. »Ich muss mit dir persönlich reden. Ich bin schon unterwegs.«

»Oh, Andy. Ich treffe mich in einer Viertelstunde mit Loulou. Ich wollte mich gerade auf den Weg machen.«

»Geh nicht raus. Du gehst nirgendwohin. Ich bin gleich da. Versprich mir, dass du bleibst, wo du bist.« Er wusste, dass seine Worte herrisch, vielleicht sogar barsch klangen. Er würde sich später dafür entschuldigen müssen. Und auch bei Carol, die sich als große Hilfe im Krankenhaus erwiesen hatte.

»Aber …«

Andy klemmte den Hörer zwischen Ohr und Schulter und startete den Motor, der mit einem beruhigenden

Brummen ansprang. Er wollte gerade aufs Gaspedal treten, als er einen alten Mann sah, der seinen Kombi langsam rückwärts aus der Parklücke rollen ließ … wie in Zeitlupe … ganz langsam, so gottverdammt langsam. Frustriert drückte er auf die Hupe, wohl wissend, dass es keinerlei Auswirkungen auf die Fahrkünste des Mannes hatte.

»Verdammte Scheiße …«

»Bitte?« Mak war noch immer am Apparat.

»Tut mir Leid, ich habe nicht dich gemeint«, sagte er. *Beeil dich, Opa. Los, mach schon!* »Bleib in deinem Hotelzimmer«, befahl er knapp, denn seine Geduld wäre bald zu Ende. »Ich bin in ein paar Minuten da, höchstens zehn …«

»Aber …«

Endlich war der Kombi losgefahren. Andy drückte das Gaspedal durch und fuhr, eine schwarze Gummispur auf dem Asphalt zurücklassend, los. Das Handy fühlte sich heiß an seinem Ohr an.

»Andy, bist du noch dran?«

»Mak«, rief er. »Du musst unbedingt im Hotel bleiben. Versprich mir, dass du dort bleibst, bis ich komme.«

»Hm. Okay.«

»Und lass niemanden ins Zimmer. Wer auch immer klopft. Verriegle die Tür. Leg die Kette vor. Ich bin in spätestens zehn Minuten da. Mach niemandem die Tür auf, hast du mich verstanden? Wenn du mich auch nur ein bisschen kennst, weißt du, dass das hier kein Spielchen ist. Ich sehe dich in ein paar Minuten.«

Er schaltete das Handy aus.

26

Besorgt näherte sich Ed Brown dem Haus.

Fast fünf Minuten lang saß er bereits bei abgeschaltetem Motor im Wagen der Gefängnis-Lady am Ende der Straße, noch immer in seinem Golfer-Outfit und der tief ins Gesicht gezogenen Mütze auf dem Kopf. Er verschränkte die Arme vor der Brust und beobachtete die Umgebung. Weder auf der Straße noch im Haus rührte sich etwas. Um sicher zu sein, dass er vor dem richtigen Haus stand, las er mehrmals den Zettel, den ihm die Gefängnis-Lady gegeben hatte.

Damit hatte er nicht gerechnet.

Sie hatte ihn zu einem großen, modernen Vorstadthaus mit zwei Stockwerken in einer ruhigen Wohngegend geschickt – ein eher ungewöhnliches Domizil für eine allein stehende Frau. *Sie muss Witwe sein*, dachte er. Aber darüber hatte sie nie etwas gesagt. Er hoffte nur, dass sie nicht einen Exmann hatte, der sich irgendwo herumdrücken und Probleme machen könnte. Vielleicht war es nur eine Doppelhaushälfte, oder sie teilte sich das Haus mit jemandem. Wenn dies der Fall war, würde er nicht einmal lange genug bleiben können, um zu duschen und sich frische Sachen anzuziehen. Stattdessen würde er nehmen müssen, was er kriegen konnte, und verschwinden.

Der Rasen in den Vorgärten war sehr gepflegt. In einer der Einfahrten stand ein Dreirad. Lächelnd malte Ed sich die Bilderbuchfamilien aus, mit Tupperware-Partys und goldblonden Kindern, die sich im Sommer vom Rasensprenkler nass spritzen ließen. Das Ganze sah aus wie aus einer Waschmittelwerbung im Australien der Fünfziger und glich nicht im Geringsten der Gegend, in der er groß geworden war. Er konnte sich nicht an Vorgärten und Dreiräder entsinnen. Seine Erinnerung beschränkte sich darauf, in seinem Zimmer eingeschlossen zu sein, auf Lektionen, die ihm unter Einsatz von heißen Bügeleisen und einem Stück Seil erteilt worden waren, und an Kinder, die ihn nach der Schule verprügelten und wegen seiner seltsamen Sprechweise hänselten. Das war das Australien, wie er es kannte.

Ed hielt sich vor Augen, dass es Samstagmittag war und damit die Gefahr bestand, dass einige der Familien zu Hause waren. Jemand könnte ihn im Wagen der Gefängnis-Lady bemerken, wenn er sich zu lange hier herumdrückte. Er musste eine Entscheidung treffen. Sollte er hineingehen? Ed ließ den Wagen an und fuhr am Haus vorbei, um noch einen Blick darauf werfen zu können. Noch immer rührte sich nichts. Die Vorhänge waren zugezogen, und es bewegte sich nichts, als er vorbeifuhr. Er umrundete den Block und wartete noch eine Weile. Niemand schien ihm von Botany Bay gefolgt zu sein. Und auf der Straße war ebenfalls niemand zu sehen. Wenn er dieses Haus jemals betreten wollte, dann jetzt.

Wachsam und bereit, jederzeit zu reagieren, lenkte Ed den Wagen in die Auffahrt, die hinter einer Reihe dichter Sträucher verborgen war. Er schaltete den Motor ab und stieg aus, ließ jedoch die Fahrertür offen stehen und den Schlüssel im Zündschloss stecken. Dann hastete er um das Haus zur Hintertür, wobei er sich immer wieder nervös umsah, aus Angst, die Polizei könnte ihn bereits erwarten. Aber er konnte nichts Verdächtiges bemerken. Er beschloss, hineinzugehen. Schließlich musste er irgendwo duschen und sich umziehen. Er musste essen. Er brauchte Bargeld oder etwas, das sich schnell dazu machen ließ. Im Gegensatz zu den Ausbrechern im Fernsehen hatte Ed nicht irgendwo etwas deponiert für den Fall, dass er fliehen konnte. Er hatte nie in Betracht gezogen, dass er jemals seiner Freiheit beraubt werden könnte. Er verfügte über keine tollen Kontakte zu Leuten, die ihn mit einem falschen Pass oder illegalen Waffen versorgen würden. Er fing bei Null an und konnte nur hoffen, dass er alles in diesem Vorstadthaus finden würde, was er brauchte, um ein neues Leben anzufangen. Dann konnte er sich auf seine weiteren Pläne konzentrieren.

Ed fand den Hausschlüssel unter der Fußmatte an der Hintertür, wie die Gefängnis-Lady versprochen hatte. WILLKOMMEN stand auf der Strohmatte.

Ed nahm den Schlüssel und steckte ihn ins Schloss. Er passte. Er drehte ihn, und die Tür sprang auf. Keine Alarmanlage. Er trat ein. Die Gefängnis-Lady hatte ihm versichert, dass niemand da sein würde, und wie es aussah, hatte sie die Wahrheit gesagt. Er schloss die Tür hinter sich und lauschte. Nichts. Das Licht war abgeschaltet. Keine Schatten, die sich bewegten. Er konnte sein Glück kaum fassen. War er tatsächlich in Sicherheit?

Überraschenderweise war das Haus riesig.

Die nächsten Minuten sah sich Ed im Haus um. Lachend ging er nach oben und wieder hinunter. Es war keine Doppelhaushälfte. Er zählte vier Schlafzimmer, alle mit teurem Mobiliar. Es gab alle möglichen Dinge, die er verkaufen könnte. Videorekorder, Fernseher, Golfschläger und diverse andere Gerätschaften. Es gab sogar einen Billardtisch, auch wenn er nutzlos war, weil er ihn unmöglich aus dem Haus schaffen konnte. Als er in die riesige Küche trat, sah er eine Nachricht, die gegen einige in Klarsichtfolie verpackte Schinken-Käse-Sandwiches gelehnt stand. Hungrig riss er die Folie ab und biss herzhaft in eines davon, dann aß er das Zweite und das Dritte. Schließlich faltete er das Blatt Papier auseinander.

Liebster Schatz,

bitte lass es dir gut schmecken. Fühl dich ganz wie zu Hause. Ich komme gegen ein Uhr von der Arbeit. Ich kann es kaum noch erwarten, bis wir endlich zusammen sind! Ich liebe dich.

In Liebe

Deine Suzie

Eine Nachricht von der Gefängnis-Lady.

Ed hatte vorgehabt, nur einen Tag zu bleiben, aber vielleicht konnte er seinen Aufenthalt ja ein wenig verlängern und alles vorbereiten. Das Haus sah behaglich genug aus, und es war einigermaßen sauber. Seit Wochen dachte er darüber nach, wann er die Frau töten würde. Allem Anschein nach hatte sie Geld, was er nicht erwartet hatte. Vielleicht sollte er sie ja doch nicht sofort erledigen. Sie war nicht sein Typ, deshalb wäre es kein besonderer Genuss, sie zu töten. Aber vielleicht konnte er ihr in den nächsten Tagen noch ein bisschen Geld abluchsen. Dann würde er ihre Wertsachen nehmen, in den Wagen steigen und verschwinden. Bisher hatte sie sich als nützlich erwiesen, nützlicher, als er jemals zu hoffen gewagt hatte. Er würde sie noch ein paar Tage am Leben lassen und sehen, was er alles von ihr bekommen konnte. Wenn etwas schief lief, konnte er sie immer noch im Handumdrehen loswerden.

Es blieb ihm etwa eine Stunde, ehe die Gefängnis-Lady von der Arbeit nach Hause kam. Er würde duschen und sich umziehen. Es würde bestimmt merkwürdig werden, ihr außerhalb des Gefängnisses gegenüberzustehen. Wahrscheinlich erwartete sie Zuneigung von ihm. Das könnte zum Problem werden. Aber sie würde ihm alles darüber erzählen können, wie seine kleine Eskapade in Long Bay aufgenommen worden war. Inzwischen wussten sie bereits, dass es keine Leiche gab. Es hatte weder dort noch an der Tankstelle jemals eine gegeben. Damit hatte sich die Polizei bis auf die Knochen blamiert.

Ed grinste.

Ich hab es geschafft. Ich bin frei.

27

Japsend kam Andy vor Makeddes Hotelzimmer an und klopfte ungeduldig an die Tür, sicherheitshalber einen Finger an der Waffe im Holster.

Bitte lass sie da sein. Bitte lass sie allein sein…

Er hörte Schritte. Dann herrschte einen Moment lang Stille, als er durch den Spion gemustert wurde, ehe sich die Tür unter metallischem Klicken öffnete.

Makedde stand vor ihm.

Ihr Haar war noch nass und zu einem Zopf im Nacken zusammengebunden. Sie trug ein schwarzes T-Shirt und Lederhosen, und in ihren Augen lag ein herausfordernder Ausdruck, als wollte sie sagen: »Du solltest besser einen guten Grund für das hier haben.« Sie sah ihn mit leicht hochgezogenen Brauen an und schürzte neugierig die Lippen, so dass sich kleine Furchen an ihrem Kinn bildeten. Ihre Miene verriet Besorgnis. Wie üblich hatte sie die Arme verschränkt. Sie trug keine Schuhe, was ihm das Gefühl gab, noch größer zu sein als üblicherweise.

»Ich muss sagen, dein Anruf hat mir wirklich Angst eingejagt«, erklärte sie.

»Er ist geflüchtet«, erwiderte Andy ohne Vorwarnung und schloss die Tür hinter sich. Er hatte beschlossen, keine Zeit mit langen Erklärungen zu vergeuden. Kein »Hallo« oder »Na, wie geht's?«.

»Geflüchtet«, wiederholte sie mit tonloser Stimme.

»Ja.«

»Ich, äh, ich nehme nicht an, dass du mit so etwas Scherze machst oder… oder… ich bezweifle auch, dass du vom Schoßhund von jemandem sprichst oder…«

Sie suchte nach einem Strohhalm. Er schüttelte kaum merklich den Kopf.

Sie holte tief Luft und ließ ein freudloses Lachen hören.

»Sag mir eines, Detective, wie kann ein verurteilter Serienmörder flüchten? Das ist doch der Mann, von dem du sprichst.«

Sie löste einen Augenblick lang ihre Arme, ehe sie sie erneut verschränkte. Ihr ebenmäßiges Gesicht war leichenblass geworden, und ihr Mundwinkel zuckte nervös. Sie verlor nur selten die Fassung, doch nun drohte sie in Panik zu geraten.

»Ja«, fuhr sie fort. »Ein *schuldiger, verurteilter Serienmörder*, der anscheinend unter strengster Bewachung steht. Hm. Wie kann so jemand entkommen? Gerade mal – wie lange ist das her? – achtundvierzig Stunden nach seiner Verurteilung?« Ihr Zorn und ihre Ungläubigkeit waren förmlich mit Händen zu greifen.

»Wir sollten uns lieber setzen«, meinte Andy.

Mak nickte. Er wusste, dass sie sich in einer Art Schockzustand befand und das volle Ausmaß dieser Tatsache noch nicht wahrnahm. Sie ließ sich auf die Kante des Hotelbettes sinken. Andy zog einen Stuhl heran und nahm neben ihr Platz. Schweigend beobachtete sie ihn. Er konnte nicht erkennen, was sie dachte, doch ihm war klar, dass es sehr düstere Gedanken sein mussten.

»Makedde, es tut mir sehr Leid, dass ich dir diese Nachricht überbringen muss, aber Ed Brown ist heute aus der Schutzhaft geflohen.« Er registrierte, dass er wie von selbst in die Rolle des Überbringers schlechter Nachrichten geschlüpft war und sich dieser typisch sanfte, beruhigende, aber emotionslose Tonfall in seine Stimme geschlichen hatte, den er sich im Lauf der Jahre angeeignet hatte. *Nur die Fakten. Halt dich an die Fakten.* »Und dieses Mal wissen wir nicht, wo er ist. Mein Partner, Jimmy Cassimatis, befindet sich in einem ziemlich schlechten Gesundheitszustand.« Seine Stimme bebte leicht. »Die anderen Beamten, die dabei waren, sind verletzt worden, einige sogar schwer. Ed hat eine Art Bombe gezündet… irgendwie.«

Sie sagte nichts, doch bei der Erwähnung von Jimmy füllten sich ihre Augen mit Tränen, die sie jedoch nicht zu bemerken schien. Eine einzelne Träne löste sich aus ihren Wimpern und lief zu ihrem Mundwinkel. Andy verspürte das Bedürfnis, sie wegzuküssen. Die frustrierende Tatsache, dass er es nicht konnte, die Wahrheit über Jimmys Zustand und seine eigene Hilflosigkeit trieben ihm erneut die Tränen in die Augen. Er blinzelte heftig und zwang sich zu innerlicher Distanz.

»Ed sollte heute Morgen eine Gruppe von Beamten zur Leiche eines seiner Opfer führen«, fuhr er fort. »Er hat mit der Staatsanwaltschaft so etwas wie einen Handel abgeschlossen. Sie haben auch schon gestern nach einer Leiche gesucht, aber ohne Erfolg.« Er hielt inne. Der Teil, der als Nächstes kam, war am schwierigsten. »Ich war nicht dabei, als es passiert ist. Sie wollten mich nicht in Eds Nähe lassen, also musste ich im Revier bleiben. Und jetzt liegt Jimmy an meiner Stelle im Krankenhaus.«

Das hätte er nicht sagen dürfen. Das stimmte nicht, oder etwa doch? Wäre Andy dabei gewesen, hätte Jimmy trotzdem an dem Ausflug mit Ed teilgenommen und würde jetzt in Lebensgefahr schweben. Aber, verdammt noch mal, irgendetwas hätte er doch unternehmen können. *Ich hätte dort sein müssen. Wie konnte ich nur nicht mitkommen? Wie konnte ich das zulassen?*

»Oh, armer Jimmy. Es tut mir so Leid«, sagte Mak leise. »Wird er wieder gesund?«

»Sie wissen es noch nicht.«

Andy wusste nicht, was er noch sagen sollte. Er stützte das Kinn in die Hände und runzelte gedankenverloren die Stirn.

»Also gab es tatsächlich einen Handel, ja? Mein Vater hat etwas in dieser Richtung erwähnt, und weißt du, was? Ich habe es ihm nicht geglaubt.« Sie schüttelte den Kopf. »Wie konnte so etwas nur passieren?«

»Das wissen wir nicht.« Mit einer besseren Erklärung konnte Andy nicht dienen.

»Wann?«

»Vor etwa einer Stunde.«

Sie schüttelte den Kopf. »Ich glaube es einfach nicht. Ich meine, es wurden doch Vorkehrungen getroffen, oder nicht? Bestimmt gibt es doch Vorsichtsmaßnahmen, damit so etwas nicht passieren kann. Er ist ein schuldig gesprochener Mörder. Schuldig gesprochen, Andy! Wie, zum Teufel, macht ihr Burschen eigentlich eure Arbeit?«

Andy wusste nicht, was er darauf sagen sollte. Sie hatte vollkommen Recht. Nach achtzehn Monaten in Untersuchungshaft, nach achtzehn Monaten Ermittlungsarbeit und dem Versuch, einen wasserdichten Fall auf die Beine zu stellen, hatten sie ihn endlich geschnappt. Er hatte gestanden. Er war in einem Gerichtssaal schuldig gesprochen worden. Und dann hatte jemand Mist gebaut. Unvorstellbar.

»War Karen Mahoney auch dabei? Geht es ihr gut?«

»Sie war nicht dabei.«

Bekümmert stützte Mak den Kopf in die Hände.

»Ich muss weg hier, Andy«, erklärte sie.

Ihre Worte rissen ihn aus seinen Gedanken. »Wie bitte?«

Sie stand auf. »Ich werde nicht untätig hier herumsitzen, sondern ich nehme den nächsten Flug, den ich kriegen kann, verdammt.«

Andy stand auf und packte sie am Arm. »Ich denke nicht, dass das geht.«

»Ach ja?« Ihre Augen verengten sich zu Schlitzen. »Und warum nicht? Willst du behaupten, er kann sich frei bewegen und ich nicht? Ha!« Sie schüttelte seine Hand ab. »Und nimm die Finger von mir. Du hast kein Recht dazu!«

»Makedde, es tut mir Leid. Beruhig dich doch. Ich muss erst mit …«

»Nein«, erklärte sie mit ruhiger Stimme, »du wirst deinem Boss, wer auch immer das sein mag, sagen, dass ich die nächste Maschine nehme und von hier verschwinde. Ich habe einen Auftrag in Hongkong, den ich annehmen werde.« Sie trat vor die Kommode, zog eine Schublade nach der anderen auf und warf ihre Kleider aufs Bett. »Diesen Fehler habe ich schon beim letzten Mal gemacht. Ich hätte gehen müssen. Gehen, solange ich noch Gelegenheit dazu gehabt habe.«

»Und was ist das mit Hongkong?«, fragte er verblüfft.

»Arbeit, Andy. Ich muss meinen Lebensunterhalt verdienen wie alle anderen auch. Ich kann nicht nur durch die Gegend fliegen und bei irgendwelchen sinnlosen Prozessen von mehrfachen Mördern aussagen. Und ich werde die nächste Woche bestimmt nicht hier zubringen, während ihr Burschen mit dem Finger in der Nase dasitzt und hofft, dass Ed Brown wieder auftaucht.«

»Mak, ich verstehe ja, dass du wütend bist«, flehte Andy und musterte sie hilflos. »Ich verstehe, wie du dich fühlen musst, aber wir müssen einiges koordinieren, um zu gewährleisten, dass du in Sicherheit bist. Wir wissen nicht, was er vorhat und wo er steckt.«

»*Du verstehst, wie ich mich fühle*? Oh, das bezweifle ich, Andy. Ich bezweifle das sogar sehr.« Sie spie die Worte förmlich aus, und sie trafen ihn mitten ins Herz. »Ihr und etwas koordinieren. Dass ich nicht lache!«

Wenn Ed einen Traum hatte, dann den, Makedde wieder in seine Gewalt zu bringen, so wie er es unmittelbar vor seiner Verhaftung getan hatte. Er war immer noch wie besessen von ihr. Andy wusste das. Einer der Theorien der Polizei zufolge sah Ed in Makedde die Reinkarnation seiner Mutter in jungen Jahren. Mehr als jede andere der unschuldigen, jungen Frauen, die Ed auf dem Gewissen hatte, stellte Mak für ihn die Chance dar, sich für die Misshandlungen zu rächen, denen er in seiner traumatischen Kindheit ausgesetzt gewesen war. Er war wild entschlossen, sie zu zerstören. Oberflächlich betrachtet besaß sie eine gewisse Ähnlichkeit mit seiner Mutter in jungen Jahren, und das genügte Ed, um sie als Opfer auszuwählen; ebenso wie die Vorliebe der anderen Frauen für Stilettos, wie seine Mutter sie stets getragen hatte, ausgereicht hatte, sie als Opfer auszuwählen. Die Polizei hatte mittlerweile Eds Zelle auf den Kopf gestellt und das Zeitungsfoto von Makedde gefunden, das auf der Rückseite des Fotos von seiner Mutter klebte. Falls irgendjemand geglaubt hatte, seine Obsession habe sich gelegt, wurde er damit eines Besseren belehrt.

Es war nicht weiter überraschend, dass Makedde das Land verlassen wollte.

»Mak, du kannst nicht einfach verschwinden.«

Sie stemmte die Hände in die Hüften und warf ihm einen Blick zu, der nichts anderes als »Verpiss dich, Blödmann« bedeuten konnte. Sie riss die Augen auf, ehe sie sich zu Schlitzen verengten. Ihre sinnlichen Lippen waren zu einer schmalen Linie zusammengepresst. Würde sie zu Gewalttätigkeit neigen, hätte sie wahrscheinlich in diesem Moment die Finger um seine Kehle gelegt. Sie hatte Recht, enttäuscht zu sein. Vielleicht hatte sie auch ganz Recht mit ihrem Bedürfnis, den Überbringer der Botschaft zu töten.

»Mak, du verstehst nicht …«

»Ganz genau. Ich verstehe nicht. Und es interessiert mich auch nicht mehr. Du kannst gern deinen Vorgesetzten anrufen und ihm oder ihr sagen, ich hätte geschäftlich in Hongkong zu tun. Genau dort fliege ich nämlich mit der nächsten Maschine hin. Und ich komme nicht mehr nach Australien zurück, es sei denn, um meinen Flug nach Hause anzutreten. Wenn ich gleich von Asien aus fliegen kann, ist mir das sogar noch lieber. Beim letzten Mal habe ich mich hier herumgetrieben, um zuzusehen, wie Catherines Mörder geschnappt wird. Kann sein, dass das richtig war, aber vielleicht war es nichts als kindliche Naivität, zu glauben, ich könnte dadurch das Ergebnis in irgendeiner Weise beeinflussen. Aber dieses Mal gibt es keinen Grund, hier zu bleiben. Absolut keinen.«

Er wusste genau, was sie meinte – ihre Worte schlossen ihn mit ein.

Zornige Tränen sprangen ihr in die Augen. »Wir hatten ihn. Er war verurteilt, Andy!« Sie stieß den Stuhl beiseite, der prompt umkippte. »Verdammt! Das kann doch nicht wahr sein! Wie konnten eure Leute so etwas zulassen?« Er legte ihr eine Hand auf die Schulter, woraufhin sie sich einen Moment lang beruhigte. Er trat einen Schritt näher und wollte sie trösten, doch sie wich zurück.

»Das mit Jimmy tut mir wirklich Leid«, sagte sie. »Ich weiß, wie nahe ihr euch gestanden habt.« Sie öffnete ihren Koffer und riss die Türen des Kleiderschranks auf, dann zerrte sie ihre Kleider von den Bügeln und warf sie in den Koffer.

»Bitte, geh jetzt«, sagte sie.

Er rührte sich nicht.

Sie wandte sich um.

»Geh, Andy. Raus hier. Auf der Stelle.«

28

Um Viertel nach eins wurde leise an die Hintertür des Hauses geklopft.

Der Türknauf drehte sich.

Ed Brown, der gerade die Küchenschränke durchforstet hatte, stürzte beim ersten Geräusch instinktiv ins Wohnzimmer und sprang hinters Sofa. Seine Ohren klingelten noch immer von der Explosion. Er fragte sich, welche Geräusche er deswegen nicht gehört hatte.

Die Tür wurde geöffnet und wieder geschlossen.

»Liebling? Bist du zu Hause?«

Es war die Gefängnis-Lady. Ed überlegte, ob er nach unten gehen und sie begrüßen sollte. Es bestand noch immer die Gefahr, dass das Ganze eine Falle war. Er beschloss, zu warten, bis sie die Stufen heraufkam und er sie sehen konnte, falls sie nicht allein war. Möglicherweise übertönte das Klingeln in seinen Ohren die Schritte der Polizisten. Doch das Gesicht der Gefängnis-Lady würde ihm auf der Stelle verraten, ob sie ihn hinters Licht führen wollte.

»Schatz?«

Da war sie. Allein. Sie erschien in ihrer Long-Bay-Uniform am oberen Treppenabsatz und hatte eine Schachtel Vogelfutter und eine Flasche mit irgendeiner Flüssigkeit in einer braunen Papiertüte in der Hand.

Ed tauchte hinter dem Sofa auf.

»Oh, da bist du ja«, rief sie aufgeregt und trat einen Schritt auf ihn zu.

Ed rührte sich nicht von der Stelle. »Ist alles in Ordnung? Ist dir jemand gefolgt?«, fragte er.

»Nein, niemand. Ich war ganz vorsichtig. Aber ich sage dir, bei der Polizei ist die Hölle los. Einige ihrer Leute sind im Krankenhaus. Die Bombe hat offenbar ganze Arbeit geleistet.«

Das hatte sie. Die Explosion war als Ablenkungsmanöver gedacht gewesen, so dass Ed durch den rückwärtigen Tunnel fliehen konnte, doch am Ende war selbst er von ihrer Intensität schockiert gewesen. Er hatte Glück gehabt, dass ihn kein Splitter getroffen hatte.

Er spürte, dass er sich ein wenig entspannte. Sie sagte die Wahrheit. Es war keine Falle. Die Gefängnis-Lady mochte ihn wirklich. Sie half ihm tatsächlich gern.

Im Krankenhaus? Perfekt.

Sie stellte das Päckchen mit dem Vogelfutter ab und kam auf ihn zu.

»Oh, Liebling!«

Ed hatte geahnt, dass das passieren würde. Das war der schlimmste Teil. Er ließ ihre Umarmung über sich ergehen, auch wenn sich alles in ihm sträubte, als er ihren Körper an seinem spürte. Er brachte keinen Ton heraus und hoffte inbrünstig, dass sie bald von ihm ablassen würde.

»Ich freue mich so, dass wir endlich zusammen sind!«, erklärte sie und drückte ihn aufgeregt an sich.

»Ich auch«, erwiderte er und hielt erneut den Atem an.

»Du redest ja so laut«, meinte sie und musterte ihn verwirrt.

Es war unangenehm, sie aus der Nähe zu sehen, ohne die schützenden Gitterstäbe zwischen ihnen.

Er deutete auf seine Ohren. »Sie klingeln immer noch. Aber es wird bald besser.«

»Oh, tut mir Leid, Liebster.« Wieder umarmte sie ihn.

»Äh, das ist Rose«, sagte sie, lockerte ihren Griff ein wenig und deutete auf den Vogelkäfig unter dem Tuch in der Mitte des Raums. Noch immer spürte er ihre Arme, die sich unangenehm fest um ihn schlangen. »Ich hoffe, du magst Vögel.«

Vögel sind schmutzig. Schmutzige, schmutzige Geschöpfe.

»Wie schön«, sagte er.

»Oh, Liebling, wir haben es geschafft!«, rief sie und umarmte ihn ein weiteres Mal.

29

Er versuchte, ihr eine Hand auf die Schulter zu legen, doch sie wich zurück. Er war sich nicht sicher, was er noch sagen oder tun könnte.

»Angie, du musst all das nicht allein durchstehen.«

»Nein«, blaffte sie ihn an, während Tränen über ihre Wangen liefen. Angie Cassimatis stand schluchzend vor der Arbeitsplatte in ihrer Küche. Neben ihr kühlte eine verkochte Moussaka auf einem Tablett ab. »Ich schaffe das schon«, sagte sie.

Andy fühlte sich hilflos. Er trat zurück und sah zu, wie sie versuchte, wie gewohnt weiterzumachen, als wäre nichts passiert; als mache Jimmy wieder einmal Überstunden und käme bald nach Hause.

»Angie, wie kann ich dir helfen?«, drang eine Stimme aus dem Nebenzimmer. Der Fernseher lief. Eines der Kinder rannte im Wohnzimmer im Kreis herum. Es kam an der Tür vorbei und setzte zur nächsten Runde an.

»Tut mir Leid, tut mir Leid«, flüsterte Angie, gab etwas von der Moussaka auf die Teller und versuchte, sie mit zitternden Fingern anzurichten, während sie von hysterischen Schluchzern geschüttelt wurde.

»Es braucht dir nicht Leid zu tun, Angie«, beruhigte er sie. »Ist schon okay. Es ist in Ordnung. Du hältst dich ganz wunderbar.«

Angies Mutter Rina kam herein und umarmte ihre Tochter liebevoll. »Wie sieht es bei euch aus? Angie, Liebes, geh und setz dich mit deinem Vater an den Tisch. Ich mache das schon. Die Salate sind fertig. Komm.«

»Mum?«, drang eine ungeduldige Kinderstimme aus dem angrenzenden Zimmer herüber. Die Kinder saßen am Tisch und warteten auf ihr Abendessen – Jimmys Kinder. Andy kannte sie kaum. Er war ihnen nur einige wenige Male begegnet. Er wusste, dass Jimmy kein besonders guter Familienvater gewesen war. Er hatte die Erziehung seiner Frau überlassen und stattdessen eine Menge Zeit auf dem Revier verbracht, so wie Andy, als er noch verheiratet gewesen war. Cassandra hatte Andy verlassen, Angie hingegen war trotz allem bei ihrem Ehemann geblieben.

»Wo ist Papi?« Es war Kris, der in die Küche gekommen war. Obwohl er der Älteste war, reichte er Andy gerade mal bis zur Hüfte. Er hatte einen Schopf dunkler Locken und lange, schwarze Wimpern. Cleo und Olympia waren vielleicht noch zu klein, um zu begreifen, warum ihr Daddy noch nicht zu Hause war.

»Kris, komm und setz dich zu deinem Großvater.« Angies Vater kam herein und trug Kris nach nebenan.

Andy hatte den Großteil des Tages im Krankenhaus verbracht und die Männer befragt, die sprechen konnten. Er hatte Lewis Fragen gestellt, Fragen, die er auf ein Blatt Papier hatte schreiben müssen, weil Lewis praktisch immer noch taub war. Jimmys Zustand hatte sich weiter verschlechtert. Es stand auf Messers Schneide, und Andy wurde laufend über die Veränderungen informiert. Er würde alles für Angie und Jimmys drei Kinder tun, was in seiner Macht stand.

Aber zuerst würde er Ed Brown finden. Er würde ihn mit neu entfachter Hingabe jagen, und wenn sich dieses Mal die Gelegenheit ergab, würde die Kugel ihr Ziel nicht verfehlen.

30

Am Sonntagmorgen wachte Makedde in einer kleinen Suite eines eleganten Hotels in Double Bay auf, einem exklusiven, am Hafen gelegenen Viertel der Stadt. Auf Kosten der Staatsanwaltschaft war sie vom Hyde Park Plaza in der Innenstadt ins Sir Stamford gezogen und stand unter Polizeischutz. Seit ihrer Ankunft hatte sie ihre Hoteletage weder verlassen noch war sie den Aufzügen auch nur nahe genug gekommen, um es ernsthaft in Erwägung zu ziehen.

Das Hotelzimmer wurde von einem Sonnenstrahl erhellt, der durch einen Spalt in den schweren Vorhängen drang. Obwohl sie dringend noch ein wenig Schlaf bräuchte, hatte sie das Aufwachen nicht länger hinauszögern können. Sie fühlte sich matt und leicht depressiv. Trotz ihrer Erschöpfung hatte sie sich die ersten Stunden der Nacht unruhig hin und her gewälzt. Im Großen und Ganzen war sie vielleicht auf vier Stunden Schlaf gekommen. Eine Zeit lang hatte sie überlegt, ob sie eine Schlaftablette einnehmen sollte und wie sie sie beschaffen könnte.

Ah, ein neuer Tag in Australien mit Ed Brown.

Vergeblich bemühte sie sich, dem Gedanken eine humorvolle Seite abzugewinnen.

Sie schälte sich aus den gestärkten, weißen Laken, die sie bis zum Kinn hochgezogen hatte, und schaute sich im Zimmer um. Ihr fiel auf, dass sich die Laken an einer Ecke des Bettes gelöst hatten. Wahrscheinlich hatte sie im Schlaf um sich getreten. Ihr Wasserglas war vom Nachttisch gefallen, doch der Fleck auf dem Teppich war bereits wieder getrocknet. Der Fernsehtisch stand noch am Fußende des Bettes, wo sie ihn stehen lassen hatte, nachdem sie sich am Vorabend einen Film des Hotelkanals angesehen hatte. Auf dem Tisch stand ein leeres Fläschchen Bailey aus der Minibar, daneben eine halb leere Tüte mit gesalzenen Cashew-Kernen. Maks Blick wanderte zu den Skizzen in den üppig verzierten, altmodischen Rahmen an den Wänden. Die Suite war in einem gedeckten Mitternachtsblau gestrichen und mit Antiquitäten im europäischen Stil möbliert. Unten in der Lobby waren ihr sogar einige Werke von Norman Lindsay ins Auge gefallen. Unter anderen Umständen hätte ihr das Hotel sehr gefallen, doch im Moment fühlte es sich wie ein Gefängnis an.

»Guten Morgen«, rief sie und fragte sich, ob wohl jemand antworten würde.

»Tag«, drang eine tiefe Männerstimme aus dem Zimmer nebenan.

»Morgen. Alles in Ordnung?« Das war die Stimme der Polizistin namens Sykes. *Alison? Anne?*

»Ja, alles klar«, rief Mak.

Die Beamten hielten Wache in ihrer Suite. Sie waren die ganze Nacht auf ihrem Posten im Wohnzimmer in der Nähe der Zimmertür gewesen und hatten dem Zimmerkellner einen gehörigen Schrecken eingejagt, als Mak sich etwas zu essen bestellt hatte. Sie beneidete sie nicht, auch wenn es bestimmt üblere Orte für einen Personenschutzeinsatz gab als ein Hotel in Double Bay. Um neun Uhr endete ihre Schicht, und dann würden ihr zwei andere Fremde nicht von der Seite weichen. Ob es Mak gefiel oder nicht – um ihrer eigenen Sicherheit willen würde jeder Schritt bewacht werden, bis sie das Flugzeug nach Hongkong bestieg. Die nächste verfügbare Maschine ging an diesem Abend, und sie würde unter Garantie darin sitzen.

Nur noch ein paar Stunden, dann bin ich hier weg. Und ich komme nie wieder zurück. Nie wieder.

Für Maks Vater Les war die Nachricht von Eds Flucht ein neuerlicher Ansporn gewesen, und er hatte gedroht, Magengeschwür hin oder her, nach Sydney zu kommen und sich der Angelegenheit mit seinen eigenen Methoden anzunehmen. Doch da sie sowieso bald abreiste, erschien Mak diese Idee wenig sinnvoll. Sie würde die Stunden in der Abgeschiedenheit des Hotels und lediglich in Gesellschaft der Polizisten verbringen. Offenbar hatten sie Anweisung erhalten, ihr aus dem Weg zu gehen, aber niemanden in ihre Nähe zu lassen, es sei denn, es ließ sich nicht vermeiden.

»Äh, Miss Vanderwall?« Das war die Stimme der Frau.

»Ja?«

»Sind Sie auf?«

»Gleich.« Sie stand auf und glättete ihr T-Shirt und die Boxershorts – ihre beiden Lieblingsstücke zum Schlafen, auch wenn ihr ursprünglicher Besitzer längst Geschichte war. Am abgewetzten Saum der Boxershorts zeigte sich bereits ein Loch.

»Detective Flynn hat eine Nachricht für Sie hinterlassen. Sie sollen ihn anrufen, sobald Sie wach sind.«

»Hm. Okay.« Ihr Herz zog sich schmerzhaft zusammen.

»Soll ich ihn für Sie anrufen?«, fragte die Frau.

»Nein … Moment. Ich brauche noch ein paar Minuten.«

Toll. Aufpasser und Koordinator meines Soziallebens in einer Person. Vielleicht organisieren sie ja irgendwo ein nettes Date für uns … nur wir und der Stacheldraht um uns herum.

Mak putzte sich die Zähne und warf sich einen Bademantel über. Ungeschminkt und ungekämmt durchquerte sie das Schlafzimmer und trat in den Wohnraum, wo sie auf ihre zwei Aufpasser stieß, die es sich auf dem Sofa und einem Sessel bequem gemacht hatten und Zeitung lasen. Sykes nickte ihr zu. Die Augen des männlichen Beamten weiteten sich bei ihrem Anblick.

»Guten Morgen. Ja, ich weiß … ziemlich glamourös, was?« Maks Stimme troff vor Sarkasmus. Sie wandte sich Sykes zu. »Ich rufe jetzt Detective Flynn an. Wollte er auf dem Handy angerufen werden?«

Mak schloss die Verbindungstür und wählte auf dem Apparat neben dem Bett Andys Nummer. Es fühlte sich irritierend intim an, auf dem Bett zu sitzen und mit ihm zu reden, und das ließ sie unwillkürlich an die langen Telefonate von früher denken. Ihr Versuch, eine Beziehung auf Distanz zu führen, war jämmerlich gescheitert. In Wahrheit konnte Mak ihr Studium und ihren Traum von einer eigenen Praxis in Vancouver nicht vergessen, und von Andy konnte niemand erwarten, dass er seinen Job hier aufgab und eine Zukunft bei der kanadischen Polizei ins Auge fasste. Ihre Situation war verwirrend, eine emotionale Achterbahnfahrt, glücklos, nicht praktikabel …

Es läutete zweimal. »Flynn.« Er klang nicht besonders freundlich.

»Vanderwall«, erwiderte sie.

»Oh, Mak. Du rufst an.«

»Hi, wie geht's?«

»Ah… okay.«

Undurchdringlich.

»Wie sieht es bei Jimmy aus?«, fragte Mak. »Irgendwelche Neuigkeiten?«

»Er kann weder sprechen noch essen, außerdem spürt er seine eine Körperhälfte nicht, aber er lebt.«

»Und wie kommst du klar?«

»Ich? Gut.«

Das stimmte nicht, daran bestand kein Zweifel. »Sollen wir uns heute treffen?«, fragte sie. »Äh… es ist nur, na ja, es wäre vielleicht gut, wenn wir uns noch mal sehen könnten, bevor ich heute Abend fliege.«

»Ja, das würde ich gern tun.«

»Schätzungsweise bin ich den ganzen Tag über im Hotel. Ich habe schließlich nicht allzu viele Wahlmöglichkeiten. Wo auch immer ich hingehe, brauche ich einen Tisch für drei Personen.«

31

Ed öffnete eine weitere Schublade. Eine Schere, Klebeband, Geschenkbänder, Visitenkarten, Reißzwecken und Staub. Die Schublade enthielt nichts als Krimskrams.

Los, komm schon… komm schon…

Allmählich wurde er ungeduldig. Er hatte beinahe das ganze Haus durchkämmt auf der Suche nach den Kontounterlagen und der PIN-Nummer der Gefängnis-Lady. Doch er fand nichts. Es war fast so, als lebe sie nicht in diesem Haus. Keine Papiere, nichts. Er bemerkte einen Aktenschrank und zog die oberste Schublade auf. Sie war leer. Nur eine einzelne Büroklammer lag darin.

Nächste Schublade. Nichts.

Das Geräusch eines Motors in der Einfahrt ließ ihn zusammenfahren. Eilig schloss er die Schublade und lief, so schnell er konnte, die Treppe hinauf. Gerade als er den Korridor durchquert hatte und sein Schlafzimmer erreichte, hörte er, wie die Hintertür aufgeschlossen wurde.

»Liebling, ich bin zu Hause«, rief sie von unten.

Ed gab keine Antwort, sondern kroch ins Bett und zog das Laken bis zum Kinn hoch. Er würde es später noch einmal versuchen, und wenn er kein Glück hatte, würde er die Gefängnis-Lady dazu bringen, zu einem Bankautomaten zu fahren und selbst Geld abzuheben. Sobald er das Geld hatte, konnte er verschwinden. Und seinen Plan in die Tat umsetzen. Er hatte so lange darauf gewartet. Endlich war er frei. Er hatte es fast geschafft.

»Liebster?«

Sie kam den Korridor entlang. Er lag reglos mit geschlossenen Augen da und tat so, als schlafe er. Ein schwerer, Übelkeit erregender Geruch stieg ihm in die Nase. Er war noch schlimmer als am Tag zuvor. Ehe sie zur Nachtschicht aufgebrochen war, hatte sie noch einige dieser Duftpotpourri-Säckchen und Keramikgefäße in Form von Hundebabys und Häschen in seinem Zimmer verteilt. Er sah sie auf der Kommode stehen.

Nur noch eine Weile.

Er hörte ihre Schritte näher kommen. Sie blieb stehen, schien zu sehen, dass er schlief, und machte kehrt. Aus der Küche drangen gedämpfte Geräusche, dann hörte er wieder ihre Stimme. »Liebster?«

Sie schob sich seitwärts mit einem Tablett durch die Tür, auf dem sich eine Tasse Kaffee und eine mit Hefepastete bestrichene Scheibe Toast befanden. Ihr schmaler, lippenloser Vogelmund war zu einem Lächeln verzogen. Er gähnte und räkelte sich, als sei er todmüde.

»Hallo, du Schlafmütze.« Sie beugte sich vor und küsste ihn auf die Stirn. Am liebsten wäre er zurückgezuckt, doch so etwas konnte er sich nicht erlauben. Noch nicht. Er musste sie zuerst dazu bringen, zu einem Bankautomaten zu gehen. Er brauchte noch ein klein wenig Zeit. Seine Stirn konnte er auch noch später säubern, wenn sie es nicht mitbekam. Ed musste sie höchstens noch einen Tag am Leben lassen, bis er ein bisschen Geld und seinen Plan ausgearbeitet hatte. Er wusste, dass dies für den Augenblick das beste Versteck war. In der Wohnung seiner Mutter würde es von Polizisten wimmeln, deshalb konnte er unmöglich dorthin zurückkehren. Das irritierte ihn. Außerdem, was noch schlimmer war, würde er seine Schätze nicht mehr vorfinden. Zumindest nichts von dem, wonach er sich so sehnte. Die Polizei hatte alles als Beweismaterial mitgenommen.

Meine Mädchen.

Die Polizei hatte ihn seiner Freiheit und seiner wohl verdienten Trophäen beraubt. Aber jetzt würde er sie sich zurückholen. Sie würden schon sehen. Andy Flynn würde schon sehen.

»Und wie geht's meinem kleinen Liebesvögelchen? Hast du gut geschlafen?«, fragte die Gefängnis-Lady.

»Ich habe sehr gut geschlafen, Liebes. Du siehst heute ja sehr schön aus.« Er bemühte sich nach Kräften, sie anzusehen und zu lächeln.

Eine zarte Röte breitete sich auf der schlaffen Haut ihrer Wangen aus. Er bemerkte, dass sie sich mächtig ins Zeug gelegt hatte, um ihm zu gefallen. Sie trug sogar noch mehr Make-up als am Tag zuvor. Im Dienst hatte er nie Make-up an ihr bemerkt, doch nun zierte ihre dünnen Lippen ein korallenroter Lippenstift, und ihre kleinen, schwarzen Augen waren mit blauem Lidschatten geschminkt. Er hoffte nur, dass sie nicht so bei der Arbeit erschienen war. Jemand könnte es bemerken.

»Oh, du bist so nett.« Sie lächelte affektiert.

Er zwang sich ebenfalls zu einem Lächeln. »Liebes, ich

danke dir sehr für alles, was du getan hast. Du hast dir so große Mühe gegeben. Und all das hier«, sagte er und deutete auf die Ziergegenstände und den Duft-Krimskrams, »du hast versucht, es behaglich für mich zu machen.«

»Gefällt es dir? Oh, danke.«

»Oh, ja, aber ich fürchte, ich bin allergisch gegen Parfüm«, log er. »Rieche ich da Lavendel? Meine Nase fühlt sich« – er hustete effektvoll – »verstopft an.«

»Oh, nein!«, rief sie entsetzt. »Es tut mir so Leid, Ed! Ich bring es sofort raus.«

»Ist schon okay, Liebes«, beruhigte er sie. »Woher hättest du das denn wissen sollen? Ich fürchte, ich komme mit Parfüm einfach nicht klar.«

Sie lief bereits im Zimmer herum und sammelte die Keramiktierchen und mit Duftwachs gefüllten, verzierten Gefäße ein. Angewidert sah er ihr zu. Sie hatte ihre Jeans bis zur Taille hochgezogen und ein pastellfarbenes T-Shirt mit Blumenmuster in den Bund gestopft. Sie war eine stämmige, durchtrainierte Frau. Nicht dick, aber sie brauchte vermutlich Kraft, um ihren Job machen zu können. Ihr braunes Haar war drahtig, und eine widerspenstige Strähne hing ihr in die kleinen Augen. Ihr Gesicht erschien ihm hart und maskulin.

Suzie hatte bereits alle entsprechenden Gegenstände eingesammelt, als ihr Blick auf ein weiteres Duftpotpourri fiel, das sie ebenfalls mitnahm, ehe sie den Raum verließ.

Wann bringe ich sie um? Und wo? Darüber konnte er sich erst Gedanken machen, wenn er ihr Geld hatte. Alles weitere sollte ihm keine Schwierigkeiten mehr bereiten. Sie war nur eine Frau, wenn auch eine mit einer gewissen physischen Kraft, und sie fraß ihm aus der Hand.

Mit gerötetem Gesicht kehrte sie ins Schlafzimmer zurück.

»Vielen Dank, Liebling. Es tut mir wirklich Leid«, meinte Ed.

»Oh, nein. Mir tut es Leid«, beharrte sie.

»Vielleicht könnte ich ein Desinfektionsmittel…«, begann er.

»Oh, natürlich.« Sie stürzte aus dem Zimmer und kehrte kurz darauf mit einer Sprühflasche zurück, deren Inhalt sie im Raum versprühte, bis er von einer herrlichen Dunstschicht eingehüllt war.

Er spürte, wie er sich entspannte. Um die Keime konnte er sich später noch kümmern. Fürs Erste ging es ihm schon besser.

»Gefällt dir das Haus wirklich?«, fragte sie aufgeregt durch eine Teebaumöl-Wolke, seinem Lieblingsgeruch. Im gerichtsmedizinischen Institut, wo er früher gearbeitet hatte, hatten sie immer ein Teebaumöl-Desinfektionsmittel benutzt.

»Ja«, erwiderte er.

Vorerst genügt es.

»Es ist das perfekte Liebesnest, findest du nicht auch?«

»Ja. Tut mir Leid, dass ich so müde war. Ich war bisher keine besonders gute Gesellschaft.«

»Oh, Liebster, du hast eine anstrengende Zeit hinter dir. Aber jetzt kannst du dich entspannen. Ich werde mich um dich kümmern. Wir haben alle Zeit der Welt.«

»Komm her und setz dich aufs Bett«, forderte er sie auf. Er hasste es, sie so dicht bei sich zu haben, doch damit würde er sich vorläufig arrangieren müssen. Sie hatte dafür gesorgt, dass sie in getrennten Zimmern schliefen, wofür er ihr insgeheim überaus dankbar war. Aber es gab einige Dinge, die er wissen musste. Strahlend trat sie neben das Bett. *Durch das Desinfektionsmittel ist sie sauber*, dachte er.

»Hast du etwas von der Polizei gehört?«, fragte er.

»Oh, nein, mach dir keine Sorgen.« Sie legte ihr albernes Mädchengetue ab und wurde ernst, so wie am Anfang, als sie sich in Long Bay kennen gelernt hatten. »Heute hat man mich gefragt, ob mir im Gefängnis etwas Ungewöhnliches aufgefallen ist, aber darauf war ich ja vorbereitet. Es wird alles gut gehen. Sie haben nichts in der Hand, um eine Verbindung zwischen mir und den Vorfällen herzustellen.«

Er nickte, halbwegs beruhigt. Wahrscheinlich hatte ihm das ein paar Tage verschafft, vielleicht sogar noch mehr, bevor die Lage gefährlich wurde. Die Polizei würde die Flughäfen, die Grenzen und sämtliche Orte durchkämmen, an denen er sich in der Vergangenheit aufgehalten hatte.

»Kommen sie hierher, um dich noch mal zu befragen?«, erkundigte er sich.

»Oh, nein, ich wohne ja nicht hier. Vielleicht reden sie noch mal bei der Arbeit mit mir, aber morgen ist mein freier Tag.«

Ed fuhr hoch. »Du wohnst gar nicht hier?«, fragte er verwirrt.

»Das Haus… äh«, stammelte sie leicht verlegen, »hat einem verstorbenen Familienmitglied gehört.«

»Oh.« Es war das Haus ihrer Mutter, vermutete er; ziemlich plausibel angesichts all der Zierkissen und dem anderen Krimskrams.

»Ich verbringe meine freien Tage hier, aber keiner weiß etwas davon. Hierher kommt niemand. Es ist das perfekte Versteck für uns. Wir sind ganz allein hier.«

Sie verschwieg ihm irgendetwas.

»Oh, gut«, meinte er und fragte sich, ob er das Thema, das ihm unter den Nägeln brannte, schon so früh zur Sprache bringen konnte. Spielte das überhaupt eine Rolle? Er brauchte nur noch einen Tag. »Also bist du ganz sicher, dass niemand herkommt? Keine Freunde oder Familienmitglieder?« Diese Frage hatte er ihr schon einmal gestellt, aber er musste sich absichern.

»Ich verspreche es, Liebster. Wir sind hier frei.«

Er lächelte sie an und heuchelte gespannte Erregung,

doch als sie sich näherte, um ihn zu küssen, wich er instinktiv zurück. Die Gefängnis-Lady drückte ihre Lippen auf seine und hinterließ einen feuchten Film darauf. Als sie den Raum verließ, um ihm Rührei zuzubereiten, stürzte Ed ins Badezimmer und schrubbte sein Gesicht mit Wasser und Seife, bis es rot war. Ihr Lippenstift schmeckte wie ranziges Salatöl.

32

Am späten Sonntagnachmittag trafen sich Makedde und Andy in der kleinen Lobby im dritten Stock des Sir-Stamford-Hotels. Seit Ed Browns Flucht waren etwas mehr als einundzwanzig Stunden vergangen.

Mak sah Andys hoch gewachsene Gestalt, als sie den Korridor entlangging. Er hatte sie noch nicht bemerkt, was ihr Gelegenheit gab, ihn einige Augenblicke in Ruhe zu betrachten und sich innerlich darauf vorzubereiten, ihm gegenüberzutreten. Er trug die üblichen Jeans und eine schwarze Lederjacke, so wie bei ihren ersten Begegnungen. Er sah noch hohlwangiger aus als sonst und hatte eindeutig nicht geschlafen. Die beeindruckende Wirkung seiner Größe wurde durch die gebeugten Schultern geschmälert, als laste das gesamte Gewicht der Welt darauf. *Genauso wie ich*, dachte sie. Auch wenn sie es sich nicht eingestehen wollte, sogen ihre Augen begierig seinen Anblick auf. Wahrscheinlich lag es an seinem vertrauten Gesicht oder daran, dass er mit seinem Erscheinen ihrer Langeweile vorübergehend ein Ende bereitete. Oder es lag an ihrem Mitgefühl für den Kummer, den ihm Jimmys Zustand bereitete. Sonst nichts. Sie konnte unmöglich verliebt sein. Das wäre nicht gut für sie. Schließlich bereitete sie sich gerade darauf vor, ihn nie wiederzusehen.

»Hi, Andy.« Beim Klang ihrer Stimme wandte er den Kopf. »Danke, dass du gekommen bist. Wie geht es dir?«

»Ja, gut.«

Es entstand eine verlegene Pause. Sollten sie einander umarmen? Die Hand schütteln? Auf die Wange küssen wie Europäer? Am Ende nickten sie einander nur zu und vermieden jeden Körperkontakt.

»Da drüben ist ein hübscher Platz, wo wir uns hinsetzen können«, meinte Mak und deutete auf eine gemütlich aussehende Nische. »Bestimmt bringt man uns etwas zu trinken und lässt uns dann eine Weile allein.«

»Klingt gut.«

Sie gingen hinüber, ehe sie nach einem weiteren Augenblick der Unsicherheit einander gegenüber Platz nahmen. Wenige Sekunden später erschien ein Kellner, um ihre Bestellung aufzunehmen. Mak bat um einen Milchkaffee, und Andy schloss sich ihr an. Der Anlass ihrer Begegnung hätte zwar nach etwas Stärkerem verlangt, doch es war schließlich erst Nachmittag.

»Hier haben sie dich also untergebracht«, meinte Andy und blickte sich um. »Ziemlich verschwiegenes Plätzchen. Wie hast du den Abend gestern verbracht?

»Eurem gefangenen Special Guest ging es sehr gut.«

»Gefangener Special Guest?«, meinte er. »Ja, ich glaube, das stand auf deiner Akte.«

»VIP-Gefangene«, bemerkte sie.

Er lachte kurz auf, ehe sich Stille ausbreitete. Sie konnten nicht ewig nur Smalltalk betreiben.

»Wie geht es Angie?«

Traurig schüttelte Andy den Kopf. Einen Augenblick lang schien er nicht antworten zu können.

»Jimmy ist ein guter Kerl«, meinte Mak. »Und Angie ist eine tolle Frau. Sie ist stark.«

»Ja, eine gute, griechisch-orthodoxe Familie, die fest zusammenhält. Sie wollten noch ein Kind bekommen.« Andy runzelte die Stirn. »Ed Brown hat mehrere Polizisten verletzt, Mak. Eine üble Sache. Und sollte einer jetzt sterben … nicht dass das, was er bisher getan hat, nicht schon schlimm genug wäre, aber …«

Ein Außenstehender hätte die Bemerkung als Taktlosigkeit Mak gegenüber empfinden können. Schließlich hatte sie ihre beste Freundin Catherine an den Mann verloren, der auch sie in seine Gewalt gebracht hatte, aber Mak wusste, wie es gemeint gewesen war. Da Ed Brown der Polizei entkommen war und Polizeibeamte schwer verletzt hatte, war er einen wesentlichen Schritt weiter gegangen. Die Polizei schützte ihre Leute, eine nachvollziehbare Reaktion, und jeder Beamte hatte ihn ab sofort im Visier.

»Ich glaube, mein Boss weiß nicht so recht, was er mit mir anfangen soll«, fuhr Andy fort. »Jetzt, wo Ed auf der Flucht ist, haben sie das Gefühl, sie brauchen mich. Beim letzten Mal habe ich ihn geschnappt. Aber nach der Geschichte mit Jimmy können sie mich nicht an die Arbeit gehen lassen, ohne dass ich die übliche psychologische Betreuung nach traumatischen Ereignissen und eine therapeutische Einschätzung hinter mich gebracht habe. Sie müssen sicher sein, dass ich ›stabil‹ bin, wie sie es nennen. Morgen findet das Gespräch statt. Kannst du dir das vorstellen? Genau in dieser Minute sollte ich die Straßen nach ihm absuchen, aber sie lassen mich nicht. Das war von Anfang an das Problem. Hätten sie mich, verdammt noch mal, meine Arbeit machen lassen, wäre es vielleicht nie so weit gekommen.«

»Ich kann mir vorstellen, wie du dich fühlst. Aber es gibt einen Grund für diese Vorschriften. Auch du bist nicht immun gegen Kummer und Schmerz, Andy. Niemand ist das. Ich bin sicher, sie setzen jeden verfügbaren Mann auf diesen Fall an. Du kannst dir einen Tag leisten, an dem du nicht daran arbeitest. Du bist nicht allein für Ed verantwortlich.« Mak fürchtete, Jimmys Gesundheitszustand würde Andy wieder zur Flasche greifen lassen. Und genau diese Befürchtung hatten seine Vorgesetzten offenbar auch.

»Du klingst überhaupt nicht nach Therapeutin, was?«, spöttelte er.

Das saß. Wahrscheinlich sollte es nur ein Scherz sein, aber die Worte schmerzten trotzdem. Sie versuchte nur, sich wie ein Freund zu verhalten.

»Können wir über etwas anderes reden?«, meinte er.

Mak hatte nichts dagegen. »Heute Morgen ist mir klar geworden, dass wir im Grunde über gar nichts geredet haben. Wir haben uns kaum unterhalten, seit ich hier bin.« Während des Vorfalls in der Felsspalte am Bondi Beach, so intim er auch gewesen sein mochte, war keine Zeit für Gespräche geblieben. Ebenso wenig wie bei ihrer Begegnung unter der Dusche. »Ich bin sicher, in Wahrheit willst du am liebsten über uns reden. *Das* ist doch ein unverfängliches Gesprächsthema.« Sie lachte.

»Ich habe ein schlechtes Gewissen wegen dieser Geschichte neulich.«

»Du meinst Carol?«, fragte Mak.

»Es war nicht das, wonach es ausgesehen hat.«

»Ist schon okay, du brauchst es mir nicht zu erklären.«

»Das muss ich aber, wenn du mir nicht glaubst, Mak.«

»Ich glaube dir, Andy. Das ist nicht der Punkt.«

»Nein?«

»Ich habe dir immer geglaubt.« Der Vorfall mit Carol war unwichtig. Wichtig war nur, dass diese Beziehung aussichtslos war. Sie würde nicht bestehen können. Was sollte sie ihm sagen? Dass sie fand, sie sollten Sex haben, nur um in ein paar Stunden wieder durch mehrere Kontinente voneinander getrennt zu sein? »Es spielt keine Rolle. Wir haben viel zu viel Aufhebens darum gemacht.«

Der Kellner erschien mit ihrem Milchkaffee, der in hohen, schlanken Gläsern mit langen Löffeln serviert wurde.

Mak gab ein Päckchen Zucker hinein und begann, den Kaffee wie ein Dessert zu löffeln.

»Und wie findest du meine Aufpasser?«, fragte sie.

Die Beamten von der Tagschicht saßen im Frühstücksrestaurant auf der anderen Seite der Lobby in der Nähe der Aufzüge. Obwohl sie Zivilkleidung trugen, ließ sie die Aura »entspannter Wachsamkeit« verdächtig wirken – sie lasen die Zeitung, obwohl sie mit den Augen ganz woanders waren, saßen viel zu aufrecht auf ihren Stühlen und schienen stets ein wenig zu aufmerksam zu sein. Mak hatte bemerkt, dass sie sie und Andy interessiert beobachteten. Vielleicht wussten sie etwas über ihre gemeinsame Vergangenheit. Wahrscheinlich wussten alle davon.

»Ja, ich habe sie gesehen.«

»Kennst du sie?«

»Nein«, erwiderte er. »Sie sind keine Detectives. Ich hoffe, sie behandeln dich gut.«

»Das kann ich noch nicht sagen. Diese beiden hier sind erst seit neun Uhr heute Morgen hier.« Sie beugte sich vor und senkte die Stimme. »Und glaubst du im Ernst, Ed macht sich die Mühe, nach mir zu suchen? Das wäre doch ziemlich riskant für ihn, oder nicht?«

Zunächst sagte Andy nichts. Mak nippte an ihrem Kaffee, doch beim Gedanken an Ed griff eine eisige Hand nach ihren Eingeweiden.

Ob er tatsächlich nach mir sucht?

»Mak, ich denke, wir sollten kein Risiko eingehen«, sagte Andy schließlich. »Ich bin froh, dass du beschützt wirst, solange du hier bist. Risiko und Rationalität sind Dinge, die für Menschen wie Ed kaum von Bedeutung sind. Die ganze Zeit, als er in Untersuchungshaft saß, hat man darauf geachtet, dass in seiner Zelle nur ein Minimum an Einrichtungsgegenständen ist, und als sie sie jetzt auf den Kopf gestellt haben, hat sich gezeigt, dass auf der Rückseite der Aufnahme seiner Mutter ein Zeitungsfoto von dir klebt. Das ist nicht gut. Es muss ihn einige Mühe gekostet haben, es zu verstecken.«

Ein dumpfer Schmerz breitete sich von der Basis ihres Schädels aus. *Er hatte ein Foto von mir.* Sie spürte ein Prickeln in ihrem großen Zeh, das sich innerhalb kürzester Zeit in ein heftiges Jucken verwandelte.

»Stimmt«, gab sie düster zurück.

»Ich war mir nicht sicher, ob ich es dir sagen soll, aber ich halte es für das Beste, wenn du alles weißt. Offenbar hat er dich leider nicht vergessen. Ich finde, du solltest es wissen.«

Großer Gott, er wird versuchen, mich zu finden. Er tut es wirklich.

»Mak, ich...« Seine Stimme verklang. »Es macht mich sehr traurig, dass du heute Abend fliegst.«

»Ich weiß, Andy, aber ich glaube, wir wissen beide, dass es so am besten ist.«

Er nahm die Worte schweigend hin. Sie wünschte, er würde etwas sagen, irgendetwas. Ein Teil von ihr sehnte sich danach, dass er protestierte, doch keine Silbe kam über seine Lippen.

»Ich habe es sehr genossen, Andy«, sagte sie und kämpfte ihre Gefühle nieder.

»Ich auch«, erwiderte er.

Es war also vorbei. Das war's.

33

Lisa Milgate hatte schlechte Laune.

In ihrem Kopf hatte sie schon längst wieder ihren Mädchennamen angenommen, aber unglücklicherweise war sie rechtlich gesehen noch immer Lisa Harpin, wenn auch nicht mehr lange. Ihr zukünftiger Exmann hatte in letzter

Zeit auf keinen ihrer Anrufe reagiert, so dass ihr nichts anderes übrig blieb, als ihn persönlich aufzusuchen. Sein Mangel an Respekt ihr gegenüber machte sie wütend. Glaubte Ben etwa, sie hätte nichts Besseres zu tun, als ihm nachzulaufen?

Wahrscheinlich ist das nur ein lahmer Versuch, unsere Ehe zu retten, dachte sie, als sie ihren nagelneuen, babyblauen Jaguar auf der Straße parkte – ein Geschenk von Heinrich, einschließlich Sonderlackierung. Sie stieg aus dem Wagen und musterte das Haus, das einmal ihr Heim gewesen war, mit zusammengekniffenen Augen. Der Vorgarten sah vernachlässigt aus. Offenbar hatte Ben seit einiger Zeit den Rasen nicht mehr gemäht. *Die Nachbarn werden nichts zu lachen haben mit ihm,* dachte sie. Es gab gewisse Standards in der Nachbarschaft, an die man sich halten musste.

Er weiß, dass ich gekommen bin. Er genießt das. Dieses Arschloch.

Lisa wollte die Scheidung. Und zwar sofort. Sie würde sich von Bens Verzögerungstaktiken nicht mehr hinhalten lassen. Seit ihrem Auszug war mehr als ein Jahr vergangen. Sie hatte sich weiterentwickelt, war ihren eigenen Weg gegangen und wollte die Trennung nun amtlich machen. Mit geballten Fäusten stürmte sie die Auffahrt hinauf zur Haustür. Die vertraute Glocke ertönte. Ungeduldig lauschte Lisa auf das Geräusch von Bens Schritten. Sie glaubte, etwas im oberen Stockwerk zu hören.

Mach schon, beeil dich.

Sie drückte erneut auf die Klingel und wartete darauf, dass er erschien – wahrscheinlich in einem schmutzigen T-Shirt und Jogging-Hosen, die aussahen, als hätte er seit Tagen das Haus nicht mehr verlassen. Erwartungsvoll stand sie da, mit vorgereckter Brust und die Hände in die Hüften gestemmt. Ihr neuer Wagen stand direkt vor dem Vorgarten, so dass er ihn nicht übersehen konnte. Ein Blick, und er würde wissen, dass sie ihm weit überlegen war. Erfolg ist die wirksamste Rache. Dagegen würde er nichts sagen können.

Lisa verspürte nicht die geringste Lust auf eine Diskussion darüber, wie sie ihre Ehe retten könnten, oder über eine Eheberatung, worum er sie ständig bat. Er hatte sie nach Strich und Faden verarscht, und jetzt war Schluss damit. Sie war mit Heinrich zusammen, und daran gab es nichts zu rütteln. Mit Heinrich, der, abgesehen von vielen anderen positiven Seiten, vor allen Dingen einen festen Job hatte.

Sie drückte noch einmal auf die Klingel.

Keine Reaktion.

Das ist doch Schwachsinn. Er ist da drinnen. Ich hab ihn doch gehört. Er sitzt auf seiner verdammten Couch vor dem verdammten Fernseher, trinkt ein verdammtes Bier und beachtet mich einfach nicht.

Lisa warf ihr Haar zurück, schürzte mit grimmiger Entschlossenheit die Lippen und hämmerte mit beiden Fäusten gegen die Tür.

»Mach auf!«

»Wer ist diese Frau? Was will sie hier?«, wollte Ed Brown wissen und hielt den Arm der Gefängnis-Lady fest, die starr vor Angst neben ihm auf den Knien kauerte. Die beiden hatten sich neben den zugezogenen Vorhängen im Wohnzimmer geduckt, sorgsam darauf bedacht, keinen Lärm zu machen, bis der Eindringling verschwand. Ohne Suzies Arm loszulassen, zog Ed den Vorhang einige Millimeter beiseite und spähte zu der fremden Frau hinaus. Die Frau rührte sich nicht.

»Wer ist das?«, wiederholte er wütend.

Während die Gefängnis-Lady in jämmerlichem Schweigen auf dem Boden saß, trommelte die Frau unablässig schreiend auf die Haustür ein. War sie eine Nachbarin? Oder eine Freundin der Gefängnis-Lady? Lockte sie die Polizei an? Oder war sie gar eine Polizistin in Zivil?

»Ben, mach die Tür auf!«, brüllte die Frau und drückte mehrmals nacheinander auf die Türklingel.

Ben? Wer ist Ben?

»Ed, Liebster, beruhig dich«, flüsterte die Gefängnis-Lady.

Ed starrte emotionslos auf die vor ihm kniende Gestalt hinunter. Es sah aus, als bete sie zu Jesus, so als wäre er, Ed Brown, der Erlöser höchstpersönlich. Um ein Haar hätte er laut aufgelacht.

»Ich kann es dir erklären…«

»Ich weiß, dass du da drin bist, verdammt noch mal!«, hörten sie die Frau vor der Tür kreischen.

»Wer ist das?«, wiederholte Ed, dessen Wut erneut aufflackerte, und stieß die Gefängnis-Lady mit einer brutalen Bewegung von sich, so dass sie mit dem Gesicht auf dem Teppich landete.

»Ist schon gut, Liebling… ich kann es dir erklären. Ich erkläre dir alles, ich verspreche es.« Der Teppich dämpfte ihre Stimme. »Sieh nicht mehr aus dem Fenster, sonst bemerkt sie dich noch.«

Ed ließ sie los und stand stocksteif neben den geschlossenen Vorhängen. Er wollte nachsehen, ob die Polizei bereits das Haus umzingelte. Aber vielleicht hatte die Gefängnis-Lady Recht. Jemand könnte merken, wenn sich der Vorhang bewegte. Er drehte sich Richtung Küche und sah den Messerblock. Er konnte eines von ihnen nehmen und der Gefängnis-Lady die Kehle aufschlitzen. Er konnte sie als Geisel benutzen, wenn die Polizei das Haus stürmte.

»Ist schon gut… ist schon gut…«, murmelte die Gefängnis-Lady, noch immer kniend.

Ohne auf sie zu achten, lauschte er auf weitere Bewegungen vor der Tür. Nach einigen Minuten angespannten Wartens hörte das Klopfen auf.

Ed hörte das Klicken von Absätzen in der Einfahrt und spähte durch einen Spalt zwischen den Vorhängen nach draußen. Die Frau stieg in ihren blauen Sportwagen, schlug die Tür zu und fuhr davon. Erleichterung. Es kehrte wieder Ruhe ein. Die Gefahr war gebannt. Zumindest für den Augenblick.

Ed ging im Wohnzimmer auf und ab und versuchte, sich zu beruhigen und zu einer Entscheidung zu gelangen, was er tun sollte. Ed hasste Überraschungen. Er konnte nicht gut mit Überraschungen umgehen. Wenn er etwas tat, plante er seine Schritte sorgfältig. Alles musste perfekt sein. Organisiert. Beim letzten Mal war er von Andy Flynn und seinem Partner überrascht worden, als er mit Makedde allein gewesen war. Und diese Überraschung hatte mit seiner Verhaftung geendet. Die tiefe, gezackte Narbe an seiner Schulter war das Vermächtnis der Kugel, die ihn niedergestreckt, aber nicht getötet hatte. Nein, er mochte keine Überraschungen. Absolut nicht.

Noch nie in seinem Leben war Ed in einer Situation wie dieser einem anderen Menschen auf Gedeih und Verderb ausgeliefert gewesen, außer seiner Mutter. Seine Gedanken kreisten nur um eines – um Mord. Er malte sich aus, wie er die Gefängnis-Lady packte und ihr mit einem der Küchenmesser die Kehle aufschlitzte. Er hatte bereits ein großes Fleischermesser entdeckt, das seinen Zweck zweifellos erfüllen würde. Er konnte sie töten, so viele Wertsachen schnappen, wie er tragen konnte, und mit ihrem Wagen das Weite suchen. Dann gäbe es keine Überraschungen oder offenen Fragen mehr. Keine hässliche Frau mit ihren widerlichen Küssen und ihrem schmutzigen Mund. Er wäre wieder auf sich gestellt. Innerhalb einer Stunde könnte er mit einer Wagenladung Wertgegenständen, die er verkaufen konnte, die Stadt verlassen. Aber wenn er sie jetzt tötete, war jede Hoffnung auf Bargeld zerstört, das war der Haken daran. Der Erlös aus dem Verkauf der Wertsachen wäre rasch aufgebraucht, so viel stand fest, und im Moment konnte er nirgendwo einen Job annehmen. Diese schlichte Tatsache hinderte ihn daran, sein Vorhaben in die Tat umzusetzen. Er hatte so lange gewartet. Sie jetzt zu töten, war einfach nicht vorgesehen. Er musste sich beruhigen und nachdenken.

Sei nett zu ihr. Du brauchst trotz allem ihr Geld. Bring sie noch nicht um. Finde nur heraus, wer die Frau gerade war und wie viel Zeit dir noch bleibt, um von hier wegzukommen.

»Liebster, mach dir keine Sorgen. Das war nichts…«, versuchte ihn die Gefängnis-Lady zu besänftigen. Als sie bemerkte, dass er sich allmählich beruhigte, stand sie langsam auf und sah ihn entschuldigend an. »Liebling, es tut mir so Leid. Ich kann mir vorstellen, dass du Angst hast. Vertrau mir einfach. Es gibt keinen Grund zur Sorge. Ich kann dir alles erklären«, sagte sie.

Ed war inzwischen ruhig genug, um reden und sich ihre Erklärung anhören zu können. Er bemühte sich nach Kräften, sich zusammenzunehmen. Um des Geldes willen. »Oh, Liebling«, sagte er. »Es tut mir so Leid, dass ich wütend geworden bin. Es liegt wohl daran, dass ich mir so große Sorgen wegen der Polizei mache. Tut mir Leid, wenn ich dir wehgetan habe.«

»Ist schon okay, Schatz. Ich verstehe dich doch.« Sie lief zu ihm und drückte seine Hand. Ihre Bereitschaft, ihm zu verzeihen, war ungewöhnlich groß, und sie schien dankbar zu sein, dass er wieder freundlich zu ihr war. Dieses Verhalten war ihm noch nie an ihr aufgefallen. Zumindest nicht im Umgang mit ihm.

»Setzen wir uns hin, dann kannst du mir erzählen, warum jemand an der Tür war«, schlug er mit sanfter Stimme vor.

Hand in Hand gingen sie zur Couch hinüber. Ihre Haut fühlte sich schmierig an, und er sehnte sich danach, sich so gründlich zu waschen, wie er nur konnte. Ed war noch immer angespannt, doch seine Panik verebbte allmählich. Die Schweißtropfen auf seiner Stirn trockneten. Seine

Gedanken wirbelten nicht mehr wild umher, sondern er konnte wieder klar denken. Er setzte sich neben die Gefängnis-Lady und ließ sie erzählen.

»Ich … na ja, ich wollte dieses schöne Heim für uns. Ein perfektes Liebesnest«, begann sie.

»Ja, Liebling, aber es darf niemand kommen und an die Tür klopfen.«

»Ich weiß, ich weiß, aber ich versuche dir nur zu sagen, dass das Haus meinem Bruder gehört hat, bevor du gekommen bist.«

»Deinem Bruder?«

»Ja, Ben. Ben ist mein Bruder. Das verstorbene Familienmitglied, von dem ich gesprochen habe. Die Frau an der Tür war Lisa, seine Frau. Aber es ist nicht ihr Haus. Sie hat ihn verlassen. Es hat Ben gehört … Ich schätze, ich muss ein Geständnis ablegen. Ich hätte es dir vorher sagen sollen, aber ich wollte dich nicht belasten. Ich hoffe, du bist nicht böse auf mich.«

»Sag mir einfach, was los ist. Wie könnte ich dir böse sein?« Er streichelte ihr hässliches Gesicht mit derselben Hand, die sie bereits mit ihrer schwitzigen Handfläche besudelt hatte. »Du bist die Frau, die an mich geglaubt hat, die Frau, die mich gerettet hat!«

Ihre schmalen Lippen verzogen sich zu einem Lächeln. Endlich schien sie bereit zu sein, ihm alles zu sagen.

»Ich musste meinen Bruder loswerden, damit wir hier bleiben konnten«, erklärte die Gefängnis-Lady.

Was sagte sie da? Loswerden?

»Liebste«, meinte er, »ich verstehe das. Du hast nur getan, was getan werden musste, hab ich Recht?«

»Ja.«

»Es ist okay, Liebling. Ich bin stolz auf dich.«

»Ehrlich?«

»Ja. Wo ist dein Bruder jetzt?«, fragte er sanft.

»Unten in der Tiefkühltruhe.«

Suzie Harpin nahm Ed Brown bei der Hand. Er war ihr erster Freund seit zwanzig Jahren, und schon jetzt wusste sie, dass er die Liebe ihres Lebens war. Ed war der Mann, auf den sie gewartet und zu dem sie das Schicksal geführt hatte. Er war der Mann, den sie heiraten würde. Und deshalb wusste sie auch, dass er verstehen würde, was sie getan hatte.

Sie gingen in den Keller des Hauses, das Suzie zu ihrem Heim gemacht hatte. Sie bemühte sich, ihm alles ganz genau zu erklären, und bisher war er sehr verständnisvoll. Nun musste sie es ihm nur noch zeigen. Er hatte darauf bestanden, sich das Ganze anzusehen.

Ich musste es für uns tun, verstehst du. Damit wir zusammen sein können…

Suzie hoffte inbrünstig, dass er nicht wütend auf sie wurde. Sie mussten nur diese ersten Tage überstehen, dann würde alles ganz wunderbar werden. Sie musste ihm alles erklären, und er würde die Opfer zu schätzen wissen, die sie für ihn gebracht hatte. Dann konnten sie zusammenleben wie Brooke und Ridge, ohne dass ihnen jemand in die Quere kam. Weder Ben noch dieses Miststück von seiner Frau, die ihn verlassen hatte. Und auch die Polizei nicht. Niemand.

»Liebste«, sagte Ed, als sie die Treppen hinuntergingen, »ab sofort müssen wir alles miteinander teilen.« Zärtlich drückte er ihre Hand.

Sie nickte. Er hatte Recht. Sie war so froh, dass er sie verstand.

Ed, ihr Liebster, hatte die Beherrschung verloren. Das musste sie akzeptieren. Es war beängstigend gewesen, und Suzie hatte es gar nicht gefallen. Es war nicht richtig gewesen, sie so zu schubsen, und für den Bruchteil einer Sekunde hatte sie den Impuls verspürt, sich zu wehren. Suzie hatte sich ausgemalt, wie es wäre, ihm mit etwas Schwerem einen Schlag zu verpassen, so dass sie ihn überwältigen und in ihrem Schlafzimmer einschließen konnte, bis er sich entschuldigte. Doch sie war heilfroh, dass sie nichts Derartiges getan hatte. Nachdem sie in Ruhe noch einmal darüber nachgedacht hatte, war ihr klar geworden, dass diese kleinen Aussetzer zu erwarten gewesen waren. Selbst bei den schönsten Romanzen dieser Welt gab es manchmal Anlaufschwierigkeiten. Ed hatte über anderthalb Jahre ganz allein in einer Zelle in Long Bay verbracht. Das war eine ziemlich lange Zeit, und Suzie wusste aus erster Hand, wie schrecklich dieser Ort war. Es würde eine Weile dauern, bis er sich wieder sicher fühlte und einem anderen Menschen traute. Das war völlig in Ordnung, wenn man bedachte, was er durchgemacht hatte. Suzie würde ihm zeigen, wie sicher er war und wie sehr er geliebt wurde. Sie würde es ihm zeigen, und Vorfälle wie vorhin mit Lisa würden nie wieder vorkommen. Sie musste ihm eine gewisse Eingewöhnungsphase zugestehen. Das war nur fair.

Aber zuerst musste sie ihm zeigen, was sie getan hatte.

»Liebster, bitte sei mir nicht böse«, wiederholte sie, als sie am unteren Treppenabsatz angelangt waren.

»Wie könnte ich dir böse sein? Du hast mich gerettet, Liebling. Du bist die Liebe meines Lebens.«

Suzie lächelte. Ed konnte manchmal wie Ridge Forrester sein. So romantisch, so verständnisvoll und verzeihend. Auch sie musste Verständnis zeigen und über die kleinen Ausbrüche in der Anfangszeit hinwegsehen. So etwas war völlig natürlich und normal in einer Beziehung. Man musste sich doch nur einmal überlegen, wie Ridge damals Bridget geküsst hatte. Ridge und Brooke hatten diesen Fehltritt überwunden und führten fortan eine glückliche, von Romantik erfüllte Ehe. Es war nicht Eds Schuld, dass er manchmal nervös, verängstigt, paranoid oder wütend war. Es war nicht seine Schuld, wenn er manchmal etwas unbeherrscht reagierte. Er war doch auch nur ein Mensch.

Sie kamen zur Tür, die in die Garage führte. Suzie öffnete sie und schaltete das Licht an. Die fluoreszierenden Röhren an der Decke erwachten mit einem Surren zum Leben. Ein schwacher Staubgeruch hing in dem kühlen Raum. Suzie trug Spitzensöckchen, die sie gekauft hatte, um auch im Haus hübsch auszusehen, und die Kälte des Betons drang durch den dünnen Stoff. Sie erschauderte.

»Das ist die Kühltruhe«, erklärte sie mit einer Handbewegung. »Tut mir Leid, wenn ich ein solches Chaos angerichtet habe. Aber ich musste Platz schaffen, damit er hineinpasst.« Auf dem Boden waren noch immer einige feuchte Stellen zu sehen.

Ed sah zu Boden und runzelte die Stirn. Suzie bekam augenblicklich ein schlechtes Gewissen, weil sie nicht aufgewischt hatte. Diese Hausfrauenarbeiten waren neu für sie, deshalb hatte sie noch kein Gespür dafür entwickelt. Sie hatte einfach nicht daran gedacht, ihn jemals hierher zu führen; zumindest nicht so früh. Sie hätte erst Ordnung gemacht und den Boden gesäubert, wenn sie das gewusst hätte. Er war immer so sauber und ordentlich.

Ed näherte sich der Tiefkühltruhe, wobei er um die Pfützen auf dem Betonboden herumging, wie man Kakerlaken oder toten Ratten auswich.

»Also, ah, liegt dein Bruder hier drin?«, fragte er und deutete auf die Kühltruhe.

Sie nickte.

Die Kühltruhe war etwa anderthalb Meter lang und tief genug, um Suzie bis fast zur Hüfte zu reichen. Suzie trat ebenfalls näher, legte die Finger um die Kante des Deckels und hob ihn hoch. Die Gummidichtung löste sich mit einem leisen Schmatzen.

»Du musst verstehen, dass ich es für uns getan habe«, sagte sie. »Ich musste es tun.«

»Ich weiß, Liebes. Du hast getan, was getan werden musste. Ich bin stolz auf dich«, sagte er.

Er liebt mich. Er liebt mich wirklich.

Suzie und Ed spähten in die Kühltruhe und betrachteten die verschiedenen Tiefkühlgerichte und Eis.

»Siehst du, er ist gut versteckt«, erklärte sie. »Ich war sehr vorsichtig.« Jemand konnte seine Lebensmittel hineinlegen, ohne zu ahnen, dass sich ihr Bruder in der Truhe befand. Sie hatte ihn auf den Boden der Truhe verfrachtet, wo er unter zahlreichen Lebensmitteln begraben war. Ed half ihr, die Sachen aus der Truhe zu nehmen. Rinderfilet. Ein Behälter mit Eiscreme-Resten. Gefrorene Fleischpasteten. Weißbrot. Eine Tüte Tiefkühl-Erbsen, auf der das Logo von Jolly Green Giant prangte.

Und da, unter den Erbsen, ragte Bens Kopf hervor. Er sah aus wie eine fleischige, in Folie eingeschweißte, rosafarbene Bowlingkugel. Wenn man nicht wusste, was man vor sich hatte, würde es einige Zeit dauern, bis man die Konturen zuordnen konnte. Suzie hob den Kopf heraus. Ed nahm ihn ihr wortlos ab, drehte ihn einige Male hin und her und betrachtete ihn durch die Folie, ehe er sie abzulösen begann.

Bitte lass ihn nicht böse auf mich sein. Bitte.

Es war eine ziemliche Schweinerei gewesen. Garantiert alles andere als ein Vergnügen. Als sie fertig gewesen war, war die Badewanne voll Blut und Gewebereste gewesen, aber es war nichts, das sich nicht mit ein paar Stunden Schrubben hätte beseitigen lassen. Schließlich war es ihr gelungen, Ben in nur acht Teilen in die Kühltruhe zu verfrachten – Kopf, Rumpf, die in jeweils zwei Hälften geteilten Beine und die beiden Arme.

Ed hatte einen Teil des Kopfes bis auf eine Schicht Klarsichtfolie freigelegt, so dass das Gesicht, die Wimpern, angeschwollenen Lippen und die Zunge sichtbar waren. Interessiert inspizierte er die restlichen sieben Päckchen.

Zu Suzies Entzücken schien er nicht im Geringsten böse zu sein.

Er versteht mich.

Er liebt mich.

Ich bin so froh, dass ich ihn gefunden habe. Er ist mein perfekter Liebesvogel.

34

»Dann ist es wohl Zeit für den Abschied«, meinte Mak.

Andy nickte.

Der Page hatte bereits ihr Gepäck abgeholt, und sie standen unbehaglich im Vorraum ihrer Suite. Andy hatte die Hände in die Taschen geschoben.

Geh nicht.

Mak trug einen flauschigen Pullover, der auf der einen Seite ihre glatte, gebräunte Schulter entblößte, und Designer-Jeans mit schicken, wenn auch völlig unnötigen Taschen überall. Die Jeans saßen perfekt, wie gewöhnlich. Ausnahmsweise hatte sie flache Schuhe angezogen, so dass sie nicht ganz so groß wie sonst wirkte. Auch sie hatte die Hände in den Hosentaschen vergraben und stand mit gesenktem Kopf da, ihre große, schwarze Bordtasche aus Leder auf dem Boden neben sich. Die Tür fiel hinter ihnen ins Schloss, und Andy war sich schmerzlich bewusst, dass dies vielleicht ihre letzten Augenblicke allein waren, vielleicht sogar für immer. Ihr Flug ging um 21 Uhr 35, in nicht einmal zweieinhalb Stunden. Sie musste gehen. Wenn er etwas tun wollte, dann musste es sofort sein.

»Wahrscheinlich ist es das Beste so«, erklärte Mak. »Und wenn es nicht das Beste ist, dann …« Sie lächelte dünn und ließ ein kurzes, angespanntes Lachen hören. »Tja, irgendwann werden wir uns bestimmt sowieso wieder über den Weg laufen.«

So schien es nun einmal zwischen ihnen zu sein – immer

wieder zueinander hingezogen und dann wieder getrennt zu werden. Nur dass es diesmal keine Konferenzen in Vancouver gab, an denen er teilnehmen musste, und auch keine Prozesse mehr in Australien. Welche Ausrede blieb ihm also, sie wiederzusehen?

»Bist du sicher, dass ich dich nicht zum Flughafen begleiten soll?«, fragte Andy. Er wollte so gern bis zum letzten Augenblick bei ihr sein. Das erschien ihm nach allem, was sie erlebt hatten, nur richtig.

»Nein, Andy, bitte«, erwiderte sie mit brüchiger Stimme. »Ich glaube, es ist besser so. Es ist schon alles vorbereitet. Karen muss jeden Moment hier sein, um mich abzuholen.«

»Mahoney. Okay. Okay, dann belassen wir es dabei.« Er drängte sie nicht weiter. Es war ihr deutlich anzusehen, wie die Situation an ihren Nerven zerrte.

Aber ich will es nicht dabei belassen, Mak. Ich will nicht.

»Danke«, sagte sie.

Bleib bei mir.

»Darf ich dich dann wenigstens zum Wagen bringen?«, bat er.

»Natürlich.« Sie schulterte ihre Ledertasche und ging zur Tür. Der Moment war vorüber. Das war's. Sie ging. Er hatte sie weder geküsst noch gebeten, zu bleiben. Er hatte die Worte nicht ausgesprochen, die er insgeheim geprobt hatte. Stattdessen hatte er gar nichts getan.

»Mak«, sagte er mit gepresster Stimme.

»Ja?«

Sie wandte sich ihm zu. In ihren Augen glitzerte es, als wäre sie den Tränen nahe. Auch für sie war es schwer. Sie bemühte sich nach Kräften, sich nichts anmerken zu lassen, doch er kannte sie zu gut, als dass ihm der Schmerz hinter ihrer tapferen Fassade entgangen wäre.

»Äh, lass mich die Tür aufhalten«, meinte er lahm. Jedes Fünkchen Mut hatte ihn verlassen.

Er hielt ihr die Tür auf, und sie trat in den Korridor.

Die beiden Zivilpolizisten erwarteten sie bereits. Ohne Andy anzusehen oder zu begrüßen, trat einer der Beamten vor, der andere hinter sie, so dass Andy gezwungen war, ihnen mit einigen Schritten Abstand zu folgen. Die Prozession näherte sich den Aufzügen. Mak lächelte und nickte der Frau am Tresen in der Lobby zu. »Danke für alles«, sagte sie. »Schönen Tag noch.«

Jemand drückte auf den Knopf am Aufzug.

Tu etwas. Irgendetwas. Sag ihr die Wahrheit. Sag ihr, du willst nicht, dass sie geht. Sag ihr, dass du das, was Donnerstagnacht passiert ist, nicht für einen Fehler hältst.

Der Aufzug kam, und schweigend stiegen die vier ein. Mittlerweile war jeder Hauch von Intimität endgültig verschwunden. Zusammengepfercht wie Sardinen standen sie in der Aufzugskabine, und Andy hatte das Gefühl, kaum atmen, geschweige denn sprechen zu können. Mak ging. Das war's. Sollte er etwas tun, wenn sie im Erdgeschoss ankamen? Sie beiseite nehmen? Gab es etwas zu sagen? Aber was? Andy war klar, dass es wahrscheinlich nichts gab, was er sagen könnte, um sie zum Bleiben zu bewegen. Nicht jetzt. Ed Browns Flucht hatte ihr Schicksal noch endgültiger besiegelt als die Missverständnisse zwischen ihnen. Mak war so verschlossen, dass sie wahrscheinlich zu keinem weiteren Versuch mehr bereit war. So hoffnungsvoll er in dieser Nacht am Bondi Beach gewesen war, so klar war ihm jetzt, dass die Chancen, endlich wieder glücklich vereint zu sein – vor dem Hintergrund, dass Ed verurteilt war und sie beide das Trauma überwinden konnten, das ihr Leben beinahe zerstört hätte –, endgültig verspielt waren. Für einige wenige Stunden war all das in greifbare Nähe gerückt gewesen. Eine Illusion.

Der Aufzug blieb im Erdgeschoss stehen, und die Türen glitten auf. Sie betraten die makellos weißen Fliesen und gingen auf die Glasschiebetür zu, hinter der das Leben der

Stadt pulsierte. Andy ließ den Blick über die Gäste im Cosmopolitan Café nebenan schweifen, über die Menschen auf den Straßen, die Gesichter in den Autos. Er bemerkte einen Mann auf der anderen Straßenseite im Schatten der Häuser. Er hatte sich gegen eine Mauer gelehnt und schien in ihre Richtung zu blicken.

Ed.

Da trat eine junge Frau in einem langen Mantel zu ihm. Er hob sie hoch und drückte sie an sich. Händchen haltend, gingen die beiden davon. Als sie an einem Laternenpfahl vorbeikamen, konnte Andy das Gesicht des Mannes erkennen. Es war nicht Ed Brown. Aber das hieß nicht, dass er nicht irgendwo da draußen war und sie beobachtete. Irgendwo. Er war gefährlich und gerissen und fand stets Mittel und Wege, sich alles zu beschaffen, was er wollte – Informationen, Zugang, was auch immer. Automatisch suchte Andy erneut die Straße ab. Alles sah normal aus.

Mak und ihr Gefolge hatten mittlerweile das unmarkierte Polizeifahrzeug erreicht, hinter dessen Steuer Senior Constable Mahoney saß. Sie sah zu ihm hoch und nickte. »Hey, Andy«, sagte sie, stieg aus und lehnte sich gegen die Wagentür. Der Page hatte Maks Gepäck gebracht und lud es in den Kofferraum, dann öffnete er die Beifahrertür und wartete darauf, dass sie einstieg.

Mak trat neben ihn. Augenblicklich schlug ihm das Herz bis zum Hals.

»Auf Wiedersehen, Andy. Danke für alles«, sagte sie. Das konnte nur eine Höflichkeitsfloskel sein, mehr nicht. Wofür könnte sie ihm schon danken wollen? »Ich hoffe, Jimmy wird bald wieder gesund.« Sie drückte liebevoll seine verkrampften Hände.

»Pass auf dich auf, ja?«, fügte sie hinzu. »Ich freue mich sehr, dass wir etwas Zeit füreinander hatten.«

Mak beugte sich vor und umarmte ihn, bevor er reagieren konnte. Seine Kehle war wie zugeschnürt. Er spürte ihre Arme um sich, wie sie ihn an sich drückte, und dann war sie fort. Sie stieg in den Wagen, der Page schlug die Tür zu. Benommen machte Andy einen Schritt rückwärts. Er hatte kein Wort gesagt. Warum nicht? Karen Mahoney fing seinen Blick auf und gab ihm mit einer Geste zu verstehen, dass sie ihn später anrufen würde. Andy nickte.

Der Wagen setzte sich in Bewegung.

Andy rührte sich nicht vom Fleck.

Er fühlte sich völlig leer.

Andy Flynn sah zu, wie der Wagen die Knox Street entlangfuhr, und als er verschwunden war, machte er sich auf die Suche nach Jack Daniels. In einer Seitenstraße befand sich ein Schnapsladen, der noch geöffnet hatte. Er hatte eine lange, ruhelose Nacht vor sich und konnte ein wenig Gesellschaft gebrauchen.

35

Die Hand der Gefängnis-Lady lag noch immer auf seinem Arm. Ed Brown wünschte, sie würde sie endlich wegnehmen. Er *musste* dafür sorgen, dass sie sie wegnahm – auf der Stelle.

Die Gefängnis-Lady wurde allmählich ungeduldig. Nun, da sie keine Gitterstäbe mehr voneinander trennten, erwartete sie einen Heiratsantrag von ihm. Sie erwartete, dass er ihr seine Zuneigung zeigte.

»Liebster«, säuselte sie, »wann sollen wir heiraten? Was meinst du?« Sie streichelte sein Gesicht und ließ ihre Finger über seine Brust wandern.

Diese Finger … die ihn berührten.

Die Gefängnis-Lady wollte Sex.

SEX!

Sie wollte Sex mit ihm. Er wusste es. Sie sei noch Jungfrau, hatte sie behauptet, aber man musste sich diese Frau nur einmal ansehen. Sie war genau wie alle anderen. Alle wollten nur eines – Sex. Allein der Gedanke daran stieß ihn ab. Richtiger, schmutziger Sex mit Körperflüssigkeiten, Schweiß, diesem Geruch und Keimen und …

Wieder legte ihm die Gefängnis-Lady die Hand auf die Schulter. Mit einer abrupten Bewegung zuckte Ed zurück, so dass er gegen die Wand prallte und vor Entsetzen und Furcht nach Luft schnappte.

Nein!

Die Gefängnis-Lady starrte ihn verblüfft und verletzt an. Auf ihrem übertrieben geschminkten Gesicht zeichnete sich Enttäuschung ab. »Liebling, willst du mich denn nicht mehr heiraten?«, winselte sie, den Tränen nahe. »War es falsch von mir, dieses Haus zu organisieren?« In ihren weit aufgerissenen Augen lag ein flehender Ausdruck. Sie sehnte sich verzweifelt danach, dass er ihre Zweifel ausräumte. Ed hatte keine Ahnung, was er mit der Leiche in der Kühltruhe anstellen sollte. Hatte sie das getan? Für ihn? Hatte sie es allein getan?

Ed wusste, dass er es sich nicht erlauben konnte, sie vor den Kopf zu stoßen. Er brauchte sie noch, um an das Geld zu gelangen, sonst hätte er einen ganzen Tag verloren. Es war Sonntagabend, und am Montag hatte die Bank wieder geöffnet. Wenn er seine Karten richtig ausspielte, könnte er in nicht einmal zwölf Stunden … mal sehen … zwanzigtausend Dollar in bar in der Hand haben. Vielleicht sogar mehr. Bisher hatte sie jeder Anweisung von ihm Folge geleistet, warum sollte sie also nicht auch ihre Ersparnisse abheben, wenn er sie darum bat? Er war so weit gekommen und musste nur noch bis zum nächsten Morgen durchhalten. Sie jetzt zu töten wäre Verschwendung, die reinste Verschwendung. Sobald er genug Geld zum Leben hatte, konnte er sich ihrer entledigen und sich auf die Suche nach Makedde machen, wo auch immer sie sich aufhielt. Er konnte ihr über den ganzen Erdball folgen, nach Kanada, Europa, wohin auch immer. Aber ohne das Geld der Gefängnis-Lady würde er lernen müssen zu stehlen, womit er riskierte, entdeckt zu werden. Ed war kein gewöhnlicher Dieb. Er verabscheute Diebe.

»Habe ich etwas falsch gemacht …?«

»Nein, Liebes. Du hast deine Sache gut gemacht«, brachte Ed mühsam hervor. Im Grunde konnten ihm die Leiche in der Tiefkühltruhe und die Frage, wie sie dorthin gekommen war, doch vollkommen egal sein. Für ihn war nur eines wichtig – von hier wegzukommen und so schnell wie möglich Geld aufzutreiben, damit er Makedde suchen konnte. »Es ist nur … Ich will den richtigen Moment abwarten, bevor ich um deine Hand anhalte«, erklärte er. »Du wirst schon sehen.«

Er musste sie nur noch eine kleine Weile hinhalten, ohne ihr Vertrauen und ihre Bewunderung zu verlieren. Das würde schwierig werden, denn in solchen Dingen hatte er keine Erfahrung. Und wenig Geduld. Wann immer sie ihm zu nahe kam, wurden die Gewaltfantasien in seinem Kopf so übermächtig, dass er kaum einen klaren Gedanken fassen konnte.

Denk an das Geld.

»Schatz, ich liebe dich.« Die Gefängnis-Lady trat neben ihn und legte ihm erneut die Hand auf den Arm. Ihr Mund kam gefährlich nahe, so dass der widerliche Lippenstift seine Lippen zu berühren drohte. »Ich habe so lange auf dich gewartet. Lass uns nicht noch mehr Zeit verlieren.«

Ed gab keine Antwort. Er war viel zu beschäftigt damit, seine gewalttätigen Gedanken im Zaum zu halten.

Bring sie um. Schlitz sie auf und lass sie einfach hier liegen. Nimm die Stereoanlage und hau ab.

»Liebst du mich denn nicht, Schatz?«

Bring sie um. Schlitz ihr die Kehle auf.

»Liebster …?«

Denk an das Geld.

»Liebes, doch, natürlich liebe ich dich«, erwiderte er und kämpfte mit jeder Faser seines Körpers gegen den übermächtigen Drang an. »Du bist eine schöne Frau.« Es gelang ihm, ein Lächeln auf sein Gesicht zu zaubern und mit der rechten Hand, die er ohnehin bald waschen würde, über ihr schlaffes Haar zu streichen. Er hatte ihr im Gefängnis viele Komplimente gemacht. Was hatte er zu ihr gesagt? Wie lauteten die richtigen Worte? Die Worte aus dieser Fernsehserie, die sie sich so gern ansah?

Die Gefängnis-Lady schien immer noch nicht zufrieden zu sein. Sie setzte sich auf die Bettkante und verzog schmollend ihre dünnen Lippen. Ed musste an etwas anderes denken. Wenn sie ihn weiterhin ständig anfasste, würde er sie umbringen müssen.

»Du bist die Einzige für mich«, sagte Ed. »Ich möchte, dass du meine Frau wirst.«

»Oh, Ed!«

»Aber wenn die Zeit gekommen ist, werde ich noch formell um deine Hand anhalten. Hab ein bisschen Geduld.«

Sie hatten schon in Long Bay darüber gesprochen. In ihrem Wohnzimmer lag ein Stapel Hochzeitszeitschriften unter einem Kerzenhalter in Herzform. Er hatte sie nicht übersehen können. Er musste sie nur noch ein wenig länger bei Laune halten.

»Bitte hab Geduld. Ich liebe dich«, sagte er. »Du bist die Einzige für mich.«

Zum Glück waren ihm die Worte wieder eingefallen, und ihm wurde bewusst, dass er damit ein großes Problem gelöst hatte. Seine Beteuerungen würden sie in Schach halten, bis er ihr Geld hatte.

Und dann würde sie sterben.

36

Andy hielt die Flasche mit beiden Händen fest. Tränen strömten ihm ungehindert übers Gesicht. Eine landete auf seinem Handrücken, und er wischte sie eilig ab, als wäre sie aus ätzender Säure, ehe er blicklos den feuchten Fleck auf seiner Hand anstarrte. Die Tatsache, dass er weinte, schockierte ihn, und es fiel ihm schwer, damit zurechtzukommen. Andy gehörte nicht zu den Männern, die weinten. Das war einer der vielen Punkte, die seine tote Exfrau an ihm kritisiert hatte. Cassandra hatte ihm mehr als einmal den Vorwurf gemacht, er habe keine Gefühle.

Und sieh mich jetzt an.

Das Problem war nicht, dass er keine Gefühle hatte, sondern nur, dass sie ihm auch nicht weiterhalfen. Gefühle besaßen keinen Wert. Inwiefern sollten einem Gefühle helfen können, wenn ein Kind ermordet auf der Straße aufgefunden wurde und es ein Verbrechen aufzuklären galt? Inwiefern sollten einem Gefühle helfen, wenn ein guter Detective im Krankenhaus lag und ein sadistischer Psychopath frei herumlief?

Der Anblick der Familie Cassimatis im Krankenhaus an diesem Morgen hatte Andy an seine Grenzen gebracht. In den Augen von Angie und den Kindern hatte ein Ausdruck gelegen, den er noch nie zuvor gesehen hatte – die Verlorenheit all jener, die nicht wissen, wie ihre Zukunft aussieht, die sich ihres Schicksals und ihres Platzes auf der Welt auf einmal nicht mehr sicher sind. Der Anblick von Jimmys Schreibtisch ließ das Ganze noch realer werden. Den ganzen Tag war er leer geblieben, und die zahllosen Blätter lagen noch immer dort, wo er sie hingelegt hatte, bevor er nach Long Bay aufgebrochen war, um Ed Brown abzuholen. Es schien alles falsch zu sein. *Unnatürlich.* Was, wenn Jimmy nie mehr zurückkam? Auf seine eigene, perverse Art hatte Ed Andy wieder einmal besiegt. Er hatte Cassandra Flynn als Opfer ausgewählt und hatte sie ermordet, und dann hatte er auch noch Jimmy bekommen. Stück für Stück nahm er Andy alle notwendigen Bestandteile seines Lebens weg, bis der Profiler, der ihn gejagt und am Ende geschnappt hatte, so allein und isoliert war wie der Mörder selbst.

Davon abgesehen hätte er um ein Haar Makedde erwischt. Solange Ed noch frei herumlief, war es besser, wenn sie so weit wie möglich von Australien weg war. Sein Wunsch, dass sie hier blieb, war selbstsüchtig. Er sollte sich mit Makeddes Abreise abfinden, stattdessen schien dies sein Gefühl des Verlusts nur noch zu verstärken. In all den Monaten, als er gewusst hatte, dass sie zum Prozess nach Sydney kommen würde, hatte er das Warten ertragen und die Kluft zwischen ihnen ignoriert. Er hatte die Zügel schleifen lassen, in der Annahme, er hätte noch genug Zeit, alles in Ordnung zu bringen. Doch nun war sie weg und hatte keinen Grund, nach Australien zurückzukommen. Er hatte seine Chance vertan.

Die Worte, die er ihr hatte sagen wollen, aber nicht ausgesprochen hatte, gingen ihm unablässig im Kopf herum.

Ich liebe dich, Mak. Bleib bei mir.

»Du hast kein Wort gesagt, verdammt noch mal!«, schrie er in den schweigenden Raum hinein. »Du Idiot …«

Er hatte ihr nicht einmal zum Abschied gewinkt.

In Wahrheit glaubte Andy, dass Mak Nein gesagt hätte. Warum sollte sie auch bei ihm bleiben? Er hatte ihr nichts zu bieten.

Du warst für Cassandra nicht da. Du warst für Jimmy nicht da. Du bist ein Versager, ein Säufer …

Seine destruktiven Gedanken dröhnten mit ohrenbetäubender Lautstärke in seinem Kopf, und das Apartment, in dem er saß – eine schicke, neue Junggesellenbude, die er von den Ersparnissen seiner toten Frau gekauft hatte –, fühlte sich leerer an denn je. Die Wände schienen ihn förmlich zu erdrücken. Gefangen im Kampf gegen die Einsamkeit und den Kummer, den er nicht als das hinnehmen konnte, hinnehmen *wollte*, was er war, griff er aus reiner Gewohnheit nach dem Hörer, um seinen verletzten, halbseitig gelähmten Freund, seine verstorbene Frau, seine Geliebte anzurufen, irgendjemanden, der ihn aus dem Sumpf seiner zerstörerischen Gedanken reißen konnte.

Doch da war niemand, den er anrufen konnte. Es gab keine Hilfe.

Die einzige Hilfe, die er kannte, befand sich in greifbarer Nähe. Die Flüssigkeit in der Flasche wartete geduldig darauf, ihn mit ihrer samtigen Betäubung zu umfangen – auch wenn das behagliche Gefühl nicht ohne Folgen bleiben würde.

Du wirst morgen psychologisch untersucht, Andy. Wenn du das tust, ist es vorbei.

Er starrte die Flasche in seinen Händen an – Gift und Heilung in einem. Wenn er nachgab, die Kontrolle verlor, könnte er damit endgültig seine Karriere aufs Spiel setzen.

Ein kleiner Schluck schadet sicher nicht.

37

»Verstehst du jetzt, Liebling? Ist dir klar, warum es zu gefährlich ist, hier zu bleiben?«

Es war Montagmorgen. Ed Brown saß zusammengekauert auf dem Beifahrersitz des Wagens der Gefängnis-Lady und versuchte, ihr die Gründe für ihre Abreise plausibel zu machen. Es hatte ihm den letzten Rest Geduld abverlangt, die Nacht hinter sich zu bringen, und nun waren sie endlich auf dem Weg zur Bank. Es war das erste Mal seit seiner Flucht am Samstag, dass sie riskierten, das Haus zu verlassen. Er würde sie dazu bringen, ihr gesamtes Vermögen abzuheben, und begleitete sie zur Bank, um sicherzugehen, dass sie es auch tatsächlich tat. Er hatte vor, nur noch lange genug im Haus zu bleiben, um sie beseitigen zu können und die Wertsachen an sich zu nehmen. Die einzige Möglichkeit, sie dazu zu bewegen, ihr Konto zu plündern, war der Vorschlag, zusammen zu verreisen. Er hatte gehofft, sie würde sich über die Idee freuen, doch sie schien keineswegs begeistert von dieser Aussicht zu sein. Er verstand sie nicht. Fanden Frauen Reisen denn nicht romantisch?

Er war frustriert, und allmählich verlor er die Geduld. Er musste diese Frau so schnell wie möglich loswerden.

Denk an das Geld.

»Liebling, nicht böse sein«, sagte er, legte ihr unter Aufbietung seiner gesamten Selbstbeherrschung die Hand aufs Knie und drückte es zärtlich, wie er es bei den Paaren im Fernsehen beobachtet hatte.

Komm nicht mit der Hand in die Nähe deines Mundes. Du musst sie vorher waschen.

Sie standen an einer roten Ampel. Die Gefängnis-Lady krallte die Hände ums Steuer und hatte die Winkel ihres schmallippigen, freudlosen Mundes nach unten gezogen. Sie sah ihn nicht an. Ihm war klar, dass sie böse war.

»Wir machen doch nur eine kleine Reise, bis sich alles beruhigt hat«, erklärte er in dem Bemühen, sie aufzuheitern.

Gib ihr einen Kuss, wenn es nicht anders geht. Tu, was nötig ist.

Ed beugte sich hinüber und drückte ihr einen Kuss auf die Wange. Ihre Haut fühlte sich rau an und war von einer widerlich schmeckenden, gelblichen Make-up-Schicht bedeckt. Ed sehnte sich fast schmerzlich danach, sich den Mund abzuwischen. Die Desinfektionstücher waren in greifbarer Nähe, und am liebsten hätte er eines genommen. Der Anblick des Päckchens war verlockend, doch Ed wusste, dass er warten musste, bis sie ausstieg. Er durfte nicht zulassen, dass sie ihn dabei beobachtete. Das würde sie nur noch unzufriedener machen.

Beruhig dich. Tu, was notwendig ist.

Endlich sprang die Ampel auf Grün, und die Gefängnis-Lady fuhr über die Kreuzung. Ed war froh, dass wenig Verkehr herrschte, denn je weniger Menschen auf der Straße waren, umso weniger Zeugen gab es. Er sah das Schild einer Filiale der ANZ-Bank inmitten einiger Geschäfte einer kleinen Ladenzeile. »Ist es das?«

Sie nickte.

»Halt hier an«, sagte er und deutete auf eine Lücke auf dem Parkplatz eines kleinen Supermarkts zwei Häuser von der Bankfiliale entfernt. Die Gefängnis-Lady gehorchte und schaltete den Motor ab.

»Aber warum müssen wir denn weg, Liebling?«, jammerte sie mit verdrossener Miene und knetete die Hände im Schoß. »Wieso können wir nicht noch eine Weile in dem Haus bleiben? Wir hätten bestimmt einen Monat Zeit, bis jemand merkt, dass Ben nicht mehr da ist. Er tut doch nie etwas! Niemand vermisst ihn. Und wenn doch, würden die Leute glauben, dass er verreist ist oder so was.«

Halt einfach den Mund und besorg das Geld!

Ed war noch nie in dieser Weise mit einer Frau konfrontiert gewesen. Das war niemals notwendig gewesen. Sein Kontakt mit dem anderen Geschlecht hatte sich weitgehend auf seine Mutter und auf die Mädchen beschränkt, die er auf der Straße aufgegabelt hatte. Von Zeit zu Zeit hatte eine Frau in der Nachtschicht im Leichenschauhaus gearbeitet, aber es war ihm gelungen, ihr aus dem Weg zu gehen. Ed hatte einige Mühe, sich zu überlegen, wie er mit der Situation zurechtkommen sollte. Er dachte an die Folgen im Fernsehen von *Reich und Schön*, die er sich genau angesehen hatte, aber es wollte ihm beim besten Willen kein Dialog einfallen.

»Ah, denk doch nur an diese Frau, die gestern beim Haus war«, erklärte er mit ruhiger Stimme. »Wir dürfen nicht zulassen, dass so etwas noch einmal passiert, oder? Die Nachbarn könnten Verdacht schöpfen. Sie kommt irgendwann wieder, Liebling, das ist dir doch bestimmt klar.«

»Diese verdammte Lisa! Ich scheiß auf sie. Diese blöde Schlampe hat alles ruiniert!« Sie drosch mit beiden Fäusten auf das Steuer ein, während sich ihre Augen mit Tränen füllten.

So wütend hatte Ed sie noch nie erlebt. Ihr Verhalten löste noch größere Panik in ihm aus als ihr Geständnis über den Inhalt der Kühltruhe. Er durfte nicht zulassen, dass sie eine derartige Szene machte. Jemand könnte sie bemerken. Er hatte keine Ahnung, was er tun sollte. Warum, warum nur hatte er ihre PIN-Nummer nicht gefunden? Einen kurzen Moment lang überlegte er, ob er aufgeben und mit ihr nach Hause fahren sollte, um sie zu töten und dann noch einmal das Haus zu durchsuchen. Aber selbst wenn er die PIN-Nummer fand, könnte er nur fünfhundert Dollar auf einmal abheben. Oder sogar noch weniger. Er musste die Gefängnis-Lady dazu bringen, in diese Bank zu gehen.

Wieder legte Ed ihr die Hand aufs Knie, um sie zu besänftigen. Er hatte sie begleitet, um sicherzugehen, dass sie alles abhob, was sie besaß. Aber sie schien noch immer nicht überzeugt zu sein.

Zwei Minuten. Wenn sie es in zwei Minuten nicht tut, ist sie tot.

»Tut mir Leid. Ich wollte so schmutzige Worte nicht in den Mund nehmen.« Sie senkte den Kopf und gewann offenbar ihre Fassung wieder. »Oh, Liebster, es ist nur … ich habe mir so gewünscht, dass das unser Liebesnest wird, und jetzt ist alles ruiniert. Ich habe so lange davon geträumt. Du verstehst das nicht. Jetzt sagst du, wir können nicht mal dort bleiben!«

»Ist schon gut, Liebes. Alles wird gut. Alles, was ich brauche, bist du«, erklärte er. »Wir können zurück in das Haus kommen, sobald sich die Situation ein bisschen beruhigt hat. Und jetzt holst du so viel Bargeld, wie du kriegen kannst, damit wir eine Weile herumreisen können. Sieh es als unsere Hochzeitsreise. Wir können keine Kreditkarten benutzen, weil sie uns sonst auf die Spur kommen, deshalb brauchen wir Bargeld. Sobald sich die Aufregung gelegt hat, kommen wir zurück, und ich zahle dir das Geld zurück. Wir sind ein Team, wie Bonnie und Clyde.«

Neunzig Sekunden, dann ist sie tot.

Das schien ihr zu gefallen. Ein Lächeln breitete sich auf ihren schlaffen Zügen aus. »Bonnie und Clyde…«, murmelte sie. Dann drückte sie liebevoll Eds Hand, löste ihren Sicherheitsgurt und stieg aus dem Wagen. Ed sah zu, wie sie die Bank betrat.

Nun lächelte auch er. Und es war ein aufrichtiges Lächeln.

Komm schon, tu es. Heb alles ab. Schnell.

Ed kauerte sich auf dem Beifahrersitz zusammen. Er trug eine Baseballmütze von diesem toten Typen, die er im Billardzimmer gefunden hatte. Sie war rot und trug die Aufschrift »Sydney Swans« über dem Schild, der groß genug war, um sein Gesicht einigermaßen zu verdecken. Normalerweise gab es in der Nähe von Banken und Geschäften jede Menge Überwachungskameras. Wenn die Polizei die tote Gefängnis-Lady fand, würden sie ihre Banktransaktionen zurückverfolgen und irgendwann auf die Videoaufnahmen stoßen. Aber sie würden Ed Brown nicht genau erkennen können, sondern nur eine reglose Gestalt mit einer Baseballmütze. Und darüber würde sich Detective Flynn schwarz ärgern. Er wäre längst über alle Berge, und Andy Flynn hätte wieder einmal versagt.

38

»Und, wo sind Sie? Stufe dreizehn?«

»Wie bitte?«

Andy Flynn ging mit Senior Constable Karen Mahoney die Victoria Street in Kings Cross entlang. Sie hatte darauf bestanden, ihn zum Frühstück einzuladen, wohl wissend, dass er bis zu seinem Evaluierungsgespräch später an diesem Tag zwangsbeurlaubt war.

»Ihre Mitgliedschaft bei den Anonymen Alkoholikern. Ist das Stufe dreizehn?«, fragte sie. »Die Stufe, bei der Sie wieder zur Flasche greifen und die ersten zwölf Stufen einfach vergessen.«

»Hey«, protestierte er. Die Kleine wurde allmählich frech. »Ich bin nicht rückfällig geworden, nur dass Sie's wissen. Ich habe gestern Abend keinen Tropfen getrunken.«

»Ehrlich?«

»Ehrlich.«

Aber es war nahe dran gewesen. Verdammt nahe sogar. Nach einem weiteren grässlichen, schönen Schluck Jack Daniels hatte ihn schlagartig die Realität eingeholt. Wenn er jetzt ein Saufgelage veranstaltete, konnte er seine Karriere vergessen. Ed Brown war geflüchtet, und Andy musste ihn schnappen. Er musste es für Jimmy tun, und für Cassandra und Mak. Für sich selbst. Wenn er sich erneut dem Trost der Flasche hingab, wäre dies sein Ende. Sein Stolz wäre endgültig dahin, und Ed Brown hätte gewonnen. Andy packte die volle Whiskeyflasche und trug sie zum Müllschacht im Treppenhaus des Apartmentgebäudes. Mit einer Mischung aus Erleichterung und Schmerz lauschte er dem Poltern, als sie den Metallschacht hinunterfiel und beim Aufschlagen in tausend Teile zerbarst. Jetzt führte kein Weg mehr zurück. Nie wieder.

»Nur ein Rat. Halten Sie sich von Ihrer Freundin, der Flasche, fern, sonst kaufen die Ihnen nie ab, dass Sie emotional stabil und geistig auf der Höhe sind. Die beobachten Sie ganz genau.«

»Danke für die Aufmunterung.« Andy war fest entschlossen, nicht in sein altes Verhaltensmuster zurückzufallen. Es jagte ihm Angst ein, dass er so dicht davor gewesen war, seine Karriere, seine Zukunft und seine Chancen, Ed zu kriegen, zu ruinieren. »Ich habe Kelley gesagt, dass er mich unmöglich von diesem Fall fern halten kann, insbesondere jetzt nicht, wo die Hälfte unserer guten Männer im Krankenhaus liegt. Ich glaube, ihm ist klar geworden, dass ich Recht habe.« *Das hoffe ich zumindest.* »Ich glaube nicht, dass er es sich leisten kann, Nein zu sagen.«

»Ich glaube nicht, dass er einen Grund dazu hat, solange Sie nicht wieder eines Ihrer Saufgelage veranstalten. Ich glaube, im Moment hält er sich einfach ans Protokoll ...« Ihre Stimme verklang.

Andy blieb stehen. »Was ist?«

»Oh, Scheiße. Sehen Sie mal da.« Karen deutete mit offenem Mund auf das Fenster eines Zeitungsstands auf der anderen Straßenseite.

»Verdammter Mist«, stieß er hervor. Augenblicklich war ihre Unterhaltung vergessen.

»Scheiße, Scheiße, Scheiße ...«

Mit dumpfer Enttäuschung – wenn auch keineswegs ungläubig – starrten sie die Schlagzeile der Morgenausgabe der Montagszeitung im Fenster an.

MODEL FLIEHT NACH HONGKONG.

»Das muss ein Witz sein«, murmelte Andy und fuhr sich nervös mit der Hand über den Mund.

»Jedenfalls sieht sie super aus«, bemerkte Mahoney halb im Scherz. »Obwohl man glauben könnte, sie hätte gerade einen dieser Freddy-Krueger-Filme gesehen«, fügte sie hinzu. »Oder wäre in einem drin gewesen.«

Auf dem verschwommenen Foto war Makedde beim Einsteigen in die Maschine zu sehen. Karen hatte Andy vorgewarnt, dass es der Presse gelungen war, ihnen bis zum Flughafen zu folgen, und dass es zu einem Handgemenge gekommen war. Andy blutete das Herz beim Anblick des Fotos. Mak sah aus wie ein gehetztes Tier im Scheinwerferlicht – das Haar zerzaust, die Augen voller Panik weit aufgerissen und die Lippen zu einem verblüfften »Oh« verzogen. Im wahren Leben hatte sie noch nie so verängstigt ausgesehen, nicht einmal im Krankenhaus. Ihre Züge verrieten sämtliche Elemente des perfekten Opfers.

»Aber sehen Sie mich erst mal an. Das ist ja grauenhaft«, meinte Karen und legte stirnrunzelnd den Kopf schief.

Das Gesicht der jungen Polizistin war zur Hälfte im Hintergrund zu sehen. Sie hatte die Hand in Richtung Kamera gestreckt und schien irgendwelche Obszönitäten von sich zu geben. *Eine Schande, dass sie die Linse nicht verdeckt hat,* dachte Andy. Eine verdammte Schande.

Andy rief sich ins Gedächtnis, wie enttäuscht er gewesen war, dass er Mak nicht zum Flughafen begleiten sollte. Seine Anwesenheit wäre der Presse keinesfalls entgangen. »Verwitweter Detective und Exgeliebte, das Model und Opfer des Stiletto-Mörders, wieder vereint« hätte die Schlagzeile in diesem Fall gelautet. Oder sonst irgendein Blödsinn. Und bei dieser Begegnung wäre die Linse eines Fotografen – oder gar sein Gesicht – wohl zu Bruch gegangen. Andy konnte nicht auch noch eine Anzeige wegen Körperverletzung gebrauchen, und Kelleys Laune wäre in diesem Fall endgültig im Keller gewesen.

Karen ging auf den Zeitungskiosk zu, und Andy folgte

ihr. Bekümmert betrachtete er die Meldungen, als dokumentierten sie einen schmerzlichen Verlust seines Lebens, was in gewisser Weise der Fall war. Es sah aus, als stünde auf jeder Titelseite etwas über Makedde, und wenn es nur eine Erwähnung in Briefmarkengröße war, und ihm fiel auf, dass dasselbe Foto mehrmals abgebildet war. Auf einer der Zeitungen nahm die verschwommene Aufnahme die gesamte Seite ein, daneben erschien ein kleines Schwarzweißfoto eines unheimlich grinsenden Ed. Der Artikel stammte von keiner Geringeren als Patricia Goodacre.

Andy konnte sich den Klatsch am Wasserspender in sämtlichen Büros der Stadt lebhaft vorstellen: »Oh, das arme Ding! Ich weiß nicht, wie sie jetzt weiterleben soll!« Maks missliche Lage, die offenkundige Unfähigkeit der Polizei und der Name Ed Brown waren garantiert Thema Nummer eins in sämtlichen Radiosendungen mit Zuschauerbeteiligung, in Cafés und an den Abendbrottischen des Landes – etwas, das Mak aus tiefster Seele verabscheuen würde. Insofern konnte er froh sein, dass sie nicht in Australien war und nichts davon mitbekam.

Karen und Andy kauften jeweils eine Ausgabe jeder Zeitung, fünf insgesamt, einige, die landesweit erschienen, und gingen mit ihrer unerfreulichen Beute weiter.

39

Automatisch näherte sich Eds Hand dem Päckchen mit den Desinfektionstüchern. Zum zweiten Mal, seit er auf die Gefängnis-Lady wartete, riss er es ungeduldig auf, fuhr sich wieder und wieder mit dem feuchten, scharf riechenden Tuch über den Mund und genoss das erleichternde Gefühl der Sauberkeit. Hin und her. *Besser. Viel bes-*

ser. Keine Keime mehr. Er wischte sich die Hände ab und ließ das Tuch auf den Boden fallen.

Der kleine Fernseher, dachte er. *Der Videorekorder. Die Stereoanlage. Die Cappuccino-Maschine. Die beiden Sätze Golfschläger. Schmuck? Wo bewahrt sie den Schmuck auf?*

Ed fragte sich, ob sie irgendwelche Wertgegenstände besaß, die er noch nicht gefunden hatte. Vielleicht bewahrte sie sie ja in ihrer eigenen Wohnung auf, wo auch immer das sein mochte. Sollte er sie dazu bringen, hinzufahren? Oder wäre das zu riskant? Und es gab noch etwas anderes, das ihn beschäftigte – die Leiche. Die Geschichte der Gefängnis-Lady war schwer zu glauben. Hatte sie gedacht, sie könne ihn damit beeindrucken? Ed hatte kein Interesse an männlichen Leichen. Das hatte er noch nie gehabt. Weder als er im Leichenschauhaus gearbeitet hatte noch jetzt. Glaubte sie, er sei schwul oder was? Nein, er war ziemlich sicher, dass sie das nicht allein getan hatte, aber das spielte jetzt keine Rolle mehr, da sie dem Toten in der Kühltruhe schon bald Gesellschaft leisten würde.

Leg sie einfach in Einzelteilen zu ihrem Bruder in die Kühltruhe. Das wird Flynn gefallen. Vielleicht sollte ich ihm ja eine Nachricht hinterlassen. Lieber Detective Flynn, ich hoffe, meine Überraschung gefällt Ihnen …

Irgendetwas in Eds Augenwinkel erregte seine Aufmerksamkeit. Sein Herz machte einen Satz …

Ein Foto von Makedde.

MODEL FLIEHT NACH HONGKONG.

Makedde.

Mutter.

Makedde. Mutter. Makedde. Makedde. Makedde.

Sie war gleich da drüben, vor dem Laden.

Und sah ihn an.

40

Erwartungsvoll betrachtete Makedde die neue und fremde Welt durchs Fenster.

Hongkong.

Sie fühlte sich unausgeruht und erschöpft nach dem neunstündigen Flug von Sydney hierher. Aber vor ihr tat sich eine neue, glitzernde Welt auf, die sie auf sich wirken ließ, während sie die Beine streckte und ihre Handgelenke kreisen ließ, um die, wie sie es nannte, »Economy-Krämpfe« loszuwerden. Der bemerkenswert saubere und effiziente Flughafen-Express brachte sie mit halsbrecherischer Geschwindigkeit ins Zentrum der Metropole. Eine atemberaubende, wenn auch zugleich etwas unheimliche Landschaft zog an ihr vorbei. Die Stadt, in weiche Pastelltöne getaucht, erwachte im fahlen Morgenlicht zum Leben. Graue Apartmentkomplexe ragten auf der Insel empor, so weit das Auge reichte, wie Türme aus Lego-Bauklötzen, dicht an dicht, jedes mit hunderten identischen Fenstern und identischen, würfelförmigen Klimaanlagen davor. Jedes Fenster stand für die Existenz irgendwelcher Menschen, und dennoch stellten Pflanzen auf den schmalen Fenstersimsen und die zahllosen, schlaff an behelfsmäßigen Wäscheleinen hängenden Hosen, Hemden und Strümpfe den einzigen Beweis ihrer Individualität dar.

Allmählich wurde Mak die Existenz der sieben Millionen Einwohner Hongkongs bewusst, die ein völlig anderes Gefühl für Raum hatten als sie selbst. In Nordamerika war alles groß – Autos, Häuser, Menschen. Hier war das nicht so. Sie blickte wieder in Richtung Ozean, wo sich der Nebel allmählich zu lichten begann. Das Meer war übersät mit hunderten Fischerbooten, Dampfern und vereinzelten chinesischen Dschunken, die neben den modernen, vor Anker liegenden Frachtern winzig wirkten. In der

Ferne war die noch dichter bebaute Innenstadt zu erkennen.

Makedde hatte vor, eine – hoffentlich erfolgreiche – Woche in Hongkong zu bleiben, ehe sie zurück nach Hause flog. Wenn alles gut lief, könnte sie nach der Ely-Garner-Show noch weitere Aufträge bekommen. Es war geplant, dass sie in einer Gegend namens Mid Levels in einem Apartment wohnte, das die Agentur für sie organisiert hatte und für das sie nach der Show am Dienstag eine bescheidene Miete würde bezahlen müssen. Sie hoffte nur, dass nicht zu viele andere Models dort lebten. Normalerweise waren in diesen Apartments mehrere Mädchen untergebracht, so dass der Aufenthalt ein wenig unangenehm werden konnte, je nachdem, auf welche Mitbewohnerinnen man stieß.

Makedde war noch nie zuvor in Asien gewesen, da die Einsatzmöglichkeiten für hoch gewachsene Models wie sie dort eher beschränkt waren. Die Aussicht, das berühmte Tor zur Welt zu entdecken, war für sie eine mehr als willkommene Abwechslung. Die Reise schuf eine Distanz zu allem, was sie vergessen wollte, brachte sie fort von all der Gewalt und dem Tod, die sie förmlich zu verfolgen schienen. Hier war sie eine Fremde, ohne jede Bedeutung und ohne Skandal. Sie würde viele neue Dinge sehen, und nichts würde sie an das hinter ihr liegende Entsetzen erinnern.

Nach einer Woche als anonyme Fremde wäre sie bereit, nach Kanada zurückzukehren und sich den Folgen der Ereignisse in Sydney zu stellen. Ihr Vater würde garantiert noch schäumen vor Wut. Sie würde versuchen, das Ganze um seiner Gesundheit willen herunterzuspielen, bezweifelte jedoch, dass sie ihn davon abhalten konnte, seine weitläufigen Kontakte zu aktivieren.

Oh Dad, bitte reg dich nicht so auf…

41

»Versprechen Sie mir einfach, dass Sie sich nicht aufregen.«

Andy stand abrupt auf. Er war froh, endlich den heißen Stuhl verlassen zu können.

»Detective Flynn …« Dr. Fox blickte ihn mit hochgezogenen Augenbrauen an, als er nicht reagierte.

»Das werde ich. Ich rege mich nicht auf«, erwiderte er.

Hätte er am Vorabend nachgegeben, wäre das Ergebnis dieses Gesprächs zweifellos weniger vorteilhaft ausgefallen. Nach seinen Panikattacken vor dem Prozess hatte er sämtliche Flüssigkeiten aus seiner Wohnung verbannt, einschließlich des Mundwassers. Und er hatte die Flasche Jack Daniels weggeworfen, die er in Double Bay gekauft hatte. Es war nicht einfach gewesen, ebenso wenig, wie das Bedürfnis zu unterdrücken, in den Wagen zu springen und sich auf die Suche nach dem nächsten Schnapsladen zu machen. Aber er hatte es geschafft. Das war doch immerhin etwas. Ein erster Schritt. Und hier war er nun – nüchtern für seine Begutachtung, und Dr. Fox hatte keinen Grund zu der Annahme, dass der Alkohol noch ein Problem für ihn darstellte.

»Und lassen Sie die Finger vom Alkohol«, sagte er. »Wenn Sie sich nicht zusammenreißen, wird Ihre Leber in ein paar Jahren nicht mehr mitspielen.«

Andy nickte bescheiden.

Dr. Louise Fox war eigentlich gar nicht so übel. Für eine Therapeutin. Sie würde ihr Gutachten bestimmt in Andys Sinn formulieren, so dass Kelley ihn nicht länger von dem Fall fern halten konnte.

»Versprechen Sie mir, dass Sie am Ball bleiben. Sie können nicht einfach wieder verschwinden und ein Saufgelage veranstalten so wie damals, als Ihre Frau …«

»Danke. Ich habe verstanden.«

»Unterschätzen Sie nicht …«

»Ich verstehe schon, ich verstehe«, sagte er. »Danke, Louise. Danke.«

»Kein Problem«, meinte sie und wedelte kopfschüttelnd mit der Hand. »Los, gehen Sie schon.«

Andy war erleichtert. Evaluierungen und Therapiesitzungen waren nach einem traumatischen Ereignis oder einem Todesfall Vorschrift, trotzdem waren sie nervtötend. Und wenn die Jungs mitbekamen, dass man aus irgendeinem Grund einen zweiten Termin benötigte, durfte man sich das noch wochenlang anhören. Jimmy hatte beispielsweise nie eine Gelegenheit ausgelassen, den betroffenen Kollegen bis aufs Blut zu plagen, indem er irre Grimassen geschnitten hatte und pausenlos mit Zitaten aus *Einer flog übers Kuckucksnest* angekommen war … »*Wenn man das unter Verrücktsein versteht, dann hab ich keinen Verstand, hab ihn verloren, bin abgetreten, irre.*«

Jimmy.

Der verdammte Jimmy.

Sich auf seine Arbeit zu stürzen und zu versuchen, Jimmy und Mak zu vergessen, war das Beste, was Andy im Augenblick tun konnte. Arbeit zu haben, auf die man sich konzentrieren konnte, war ein Geschenk des Himmels. Und was hatte er schon außer seiner Arbeit? Wenn er einen klaren Kopf behielt und all sein berufliches Wissen und Können einsetzte, konnte er den Fall knacken, und genau das hatte er vor. Er würde Ed finden und ihn dingfest machen. Genau das würde er tun.

Andy saß am Schreibtisch und las zum zweiten Mal die Protokolle der Aussage durch, die Eds Mutter nach dem Verschwinden ihres Sohnes gemacht hatte. Unter Einsatz all des Wissens, das er sich auf der FBI-Akademie in Quantico, Virginia, über die Analyse von Zeugenaussagen angeeignet hatte, ging er die Aussage Wort für Wort durch, auf der Suche nach Ungereimtheiten und ungewöhnlichen Äußerungen, die darauf schließen ließen, dass sie Informationen zurückgehalten oder versucht hatte, die Polizei zu täuschen. Bislang war er auf nichts gestoßen. Das einzig Auffällige war, dass Mrs. Brown eine Frau war, die die Polizei und jede Form von Autorität hasste und dass sie – das war das Erschütterndste daran – offenbar wütender darüber war, dass ihr Sohn ohne ihr Wissen gehandelt hatte, als über die Brutalität seiner Taten. Aber Andy konnte sich noch von seiner ersten Begegnung an sie erinnern. Im Moment wollte er nur herausfinden, ob sie etwas Wichtiges wusste, das sie ihnen damals nicht erzählt hatte. Und in diesem Punkt war er sich noch nicht sicher.

Wenn man davon ausging, dass Ed einen Komplizen gebraucht hatte, um die selbst gebastelte Bombe an den Ort des Geschehens zu schaffen, die ihm bei seiner Flucht helfen sollte, stellte sich die Frage, wer dieser Helfer gewesen sein könnte. Ed war ein bemerkenswert unbeliebter Bursche, kein Charmeur wie Ted Bundy und ein Meister der Manipulation wie Charles Manson. Ed war klug, aber nur bedingt zu sozialen Kontakten fähig, und sein Sprachfehler und sein zarter Körperbau waren nicht gerade hilfreich im Umgang mit anderen. Andy war sicher, dass Ed Brown, wenn überhaupt, nur wenige alte Freunde hatte und nicht der Typ war, der schnell neue Bekanntschaften schloss. Wer könnte also ein solches Risiko für ihn eingehen? Welchen Menschen könnte er bedrohen, bestechen oder dazu verleiten, ihm zu helfen? Und wenn seine Flucht nicht geplant gewesen war, bevor er in Untersuchungshaft gekommen war, wie hatten die Vorkehrungen in der Abgeschiedenheit des Hochsicherheitstrakts eines Gefängnisses getroffen werden können?

Deshalb stand die besondere Verbindung von Ed zu seiner Mutter im Mittelpunkt von Andys Ermittlungen. Trotz der Hinweise, dass Mrs. Brown, in jungen Jahren allein erziehende Mutter und drogenabhängige Prostituierte, ihren Sohn schwer vernachlässigt und dass der kleine Ed möglicherweise den Brand gelegt hatte, bei dem sie ihre Beine verloren hatte, gab es wahrscheinlich niemanden auf der Welt, der ihm näher stand. Die beiden waren auf eine höchst eigentümliche Weise aneinander gebunden. Sie war Andys Hauptverdächtige, Ed bei der Flucht geholfen zu haben. Obwohl ihre Behinderung dafür sprach, dass sie die Bombe nicht selbst an Ort und Stelle gebracht hatte, konnte sie durchaus an ihrer Herstellung beteiligt gewesen sein und hatte jemanden engagiert, der sie in Banks Battery versteckt hatte. Wenn jemand etwas über Eds Verbleib wusste, dann sie.

Ed Brown und seine Mutter – eine recht merkwürdige Familie. Bei seiner Verhaftung hatte Ed zu Hause gelebt, und seine Mutter wohnte noch heute dort, trotz all der gewalttätigen Polaroid-Aufnahmen, der Fetischmagazine, der abgetrennten Zehen und Reste menschlichen Fleisches, die im Zimmer ihres Sohnes gefunden worden waren. Keine normalen Eltern wären in der Lage gewesen, dort zu leben, wo der eigene Sohn Körperteile seiner Opfer und Erinnerungsstücke an seine Morde und Verstümmelungen aufbewahrt hatte; ganz zu schweigen davon, auch nur in der Nähe eines solchen Zimmers zu schlafen. Aber Mrs. Brown war offenbar eine bemerkenswerte Frau, die sich von den Taten ihres Sohnes und den Beweisen gegen ihn nicht im Geringsten beeindruckt zeigte. Diese Tatsache ließ bei jedem Detective sämtliche Alarmglocken schrillen. Aus diesem Grund stand ihre Wohnung mittlerweile rund um die Uhr unter Beobachtung.

Leider war Ed bis jetzt nicht nach Hause zu seiner Mutter zurückgekehrt.

Andy wandte den Kopf, um etwas zu seinem Partner zu sagen. »Was war das …?« Er unterbrach sich. Seine Kehle schnürte sich zusammen. Ganz automatisch war er davon ausgegangen, dass Jimmy da war. Verdammt. Es war, als wollte man nach etwas greifen, ehe einem einfiel, dass man keine Arme mehr hatte. Er lehnte sich auf seinem Stuhl zurück und schloss die Augen.

»Hey, Andy.«

Erschrocken schlug er die Augen wieder auf und sah Karen Mahoney vor sich stehen.

»Alles klar?«

Er nickte.

»Wie war's bei der Therapeutin?«, fragte sie.

»Dr. Fox hat mir grünes Licht gegeben.«

»Das habe ich mir schon gedacht.«

»Und wie war's in Long Bay?«, erkundigte er sich.

»Gut«, erwiderte sie. »Wir haben die Mitarbeiter noch mal befragt, die mit Ed zu tun hatten. Sie sind fest davon überzeugt, dass er keinen Kontakt zu anderen Gefangenen hatte. Er war von Anfang an zu seinem eigenen Schutz isoliert worden. Wie wir gedacht haben.«

»Ja.« Ed mit einem kürzlich entlassenen Mithäftling in Verbindung bringen zu können, war eine Möglichkeit, auf die sie gehofft hatten, obwohl ihnen im Grunde bereits klar gewesen war, dass die Chancen praktisch bei Null lagen. »Und Besuche?«

»Laut Gefängnisunterlagen hat ihn seine Mutter mit geradezu religiöser Regelmäßigkeit alle zwei Wochen besucht.«

»Was ist mit dem Nasenmann … diesem George Fowler, dem Hausverwalter?«

Vom ersten Augenblick an hatte Andy geahnt, dass George Fowler nicht nur der Verwalter des Apartmentkomplexes war, in dem die Browns lebten. Zwischen ihm und Eds Mutter bestand eine intime Beziehung, und er versuchte, sie zu beschützen. Ihre Körpersprache ließ auf eine Affäre schließen, obwohl Fowler verheiratet war. Das machte auch ihn zu einem Verdächtigen, bei Eds Flucht geholfen zu haben. Wie viel würde er für Mrs. Brown und ihren Sohn tun? Fowler war mit einer ungewöhnlich großen Nase geschlagen, die sich mit dem Alter und unter Alkoholeinfluss gerötet hatte und aufgequollen war und mittlerweile einer verrottenden Tomate glich. Daher stammte auch sein Spitzname – der Nasenmann.

»Gewöhnlich hat er sie begleitet. Außer ihnen haben Ed nur Anwälte und Psychiater besucht.«

»Ziemlich beliebt, der Busche.«

»Kann man wohl sagen. Wir haben alle Aufseher im Gefängnis unter die Lupe genommen, die Protokolle, Besuchszeiten, Daten, Zeitpunkte… Seine Mutter ist nach wie vor die plausibelste Verdächtige. Und dieser Fowler.« Mahoney stemmte die Hände in die Hüften und legte den Kopf schief, damit eine ihrer roten Locken zur Seite glitt, die ihr über ein Auge gefallen war. »Irgendetwas Spannendes in den Protokollen?«

»Bisher nichts, das mir nicht schon früher aufgefallen wäre«, erwiderte Andy enttäuscht.

»Und wonach suchen Sie jetzt? Wie funktioniert so was?«

»Die Analyse von Aussagen ist ziemlich einfach. Sie sind ja inzwischen mit Körpersprache und Befragungstechniken vertraut, Mahoney. Die Aussageanalyse anhand von Vernehmungsprotokollen wie diesem gibt Ihnen die Möglichkeit, die Worte von sämtlichen Einflüssen während der Vernehmung loszulösen und herauszufinden, ob sie mehr preisgeben, als der Befragte beabsichtigt hat. In diesem Fall wissen wir bereits von ihrem früheren Verhalten, dass Mrs. Brown feindselig und unkooperativ ist.«

»Sie ist ein echtes Miststück.«

Er lachte.

»Wenn ich mir die Aussagen so ansehe, habe ich keine Zweifel, dass sie Ed jederzeit bei der Flucht helfen würde, ohne deswegen Schuldgefühle zu haben. Sie würde mit dem größten Vergnügen lügen, wenn ihr der Sinn danach steht. Ich versuche herauszufinden, ob das der Fall ist oder nicht und ob sie mehr weiß, als sie uns verraten hat.«

Mahoney zog einen Stuhl heran. »Ich weiß, dass Sie mir all das schon mal erzählt haben, aber könnten Sie mir trotzdem ein Beispiel geben? Wie war das noch mal mit dem Pronomen?«

Andy blätterte durch das Vernehmungsprotokoll. »Bisher habe ich weniger gefunden, als ich gehofft habe. Aber hier ist eine interessante Aussage.« Eifrig deutete er auf die ersten Seiten des Protokolls. »Hier wird sie gefragt, ob sie die Polizei rufen würde, wenn ihr Sohn Verbindung zu ihr aufnähme. ›Wir würden das Richtige tun‹, sagt sie daraufhin.«

Mahoney nickte vage. Offenbar war ihr die Bedeutung der Aussage noch nicht ganz klar.

»In erster Linie geht es hier um zwei Dinge«, erklärte Andy. »Erstens benutzt sie das Pronomen ›wir‹. Sie personalisiert ihre Antwort nicht. Sie sagt ›wir‹, obwohl die Frage an sie gerichtet war und bei der Vernehmung niemand bei ihr war. Sie hätte ›ich‹ sagen können. Normalerweise benutzen Menschen das Wort ›wir‹, wenn sie sich von dem Gesagten distanzieren wollen. Ansonsten wird das ›wir‹ nur dann verwendet, wenn die Leute so etwas wie Verbundenheit empfinden, ob bewusst oder unbewusst. Bei falschen Vergewaltigungsvorwürfen müssen die Ermittler beispielsweise Verdacht schöpfen, wenn das vermeintliche Opfer von sich und dem vermeintlichen Täter als ›wir‹ spricht. Ein echtes Opfer würde im Zusammenhang mit ihrem Angreifer dieses Pronomen niemals verwenden.«

Mahoney nickte wenig beeindruckt.

»In diesem Fall«, fuhr er fort und zeigte auf die Seite, »deutete es darauf hin, dass Mrs. Brown George Fowler als eine Art Partner betrachtet, deshalb versucht sie, ihm ihre Antwort zuzuschieben, obwohl er gar nicht anwesend ist. ›Wir würden das Richtige tun‹, sagt sie, aber was ist ihrer Meinung nach das Richtige? Um uns zu versichern, sie würde uns anrufen, falls ihr Sohn Kontakt zu ihr aufnimmt, hätte sie entweder einfach ›Ja‹ oder ›Ich lasse es Sie wissen, wenn ich etwas von ihm höre‹ sagen können.«

»Mit diesem ›wir‹ könnte also gemeint sein, dass sie und der Nasenmann in irgendeiner Weise für Ed aktiv geworden sind? Dass sie und der Nasenmann zusammenhalten, wenn es um ihren Sohn geht?«, meinte Karen.

»Sie sind auf der richtigen Spur, Mahoney. Ich kann Ihnen noch ein klassisches Beispiel geben, von dem Sie wahrscheinlich schon gehört haben. Wenn jemand bei einer Befragung unter Druck gesetzt wird, sagt er vielleicht ›Ich versuche, so ehrlich wie möglich zu sein‹. Das klingt, als wäre derjenige kooperationsbereit, oder?« Andy wartete auf Karens Argumente, warum dies der Fall war oder auch nicht. »Was denken Sie?«, fragte er.

»Was soll ich von so einer Aussage halten? Tja ... hm ...«

»Erstens«, meinte Andy, »dass derjenige, der so etwas von sich gibt, nicht sagt, er sei ehrlich. Stattdessen sagt er, er *versuche*, ehrlich zu sein. Der ›Versuch‹ impliziert aber das Misslingen. Und das ›wie möglich‹ stellt eine Einschränkung des Ausmaßes an Ehrlichkeit dar, das derjenige an den Tag legen will.«

Karen nickte.

»Und damit, Mahoney, ist der Unterricht für heute beendet. Und jetzt erzählen Sie mir etwas. Sie müssen in Long Bay doch auf irgendeinen neuen Hinweis gestoßen sein, während ich mich habe analysieren lassen. Kommen Sie schon, welchen Eindruck hatten Sie?«, drängte er.

Sie biss sich auf die Lippe und sah zur Zimmerdecke, während sie versuchte, sich die Details ins Gedächtnis zu rufen. »Keiner hatte besonders viel zu sagen. Ehrlich gesagt scheinen allesamt erleichtert zu sein, dass sie die Flucht nicht zu verantworten haben. Ich will nicht behaupten, dass ich ihnen einen Vorwurf daraus machen kann.«

»Was ist mit denjenigen, die am häufigsten Kontakt zu ihm hatten? Sie müssen doch eine Meinung dazu haben. Haben sie es kommen sehen? Hatten sie einen Verdacht, dass die Mutter irgendetwas vorhat? War er zu ungewöhnlichen Zeiten wach und hat Pläne geschmiedet?«

Enttäuschenderweise war kaum etwas in seiner Zelle gefunden worden. Keine Anleitungen, wie man Bomben baute oder etwas Derartiges. Ed war sehr umsichtig vorgegangen. Zu umsichtig, verdammt noch mal.

Erneut kaute Mahoney nachdenklich auf der Innenseite ihrer Lippe herum. »Na ja, einer der Aufseher hat etwas gesagt, das mich ein bisschen überrascht hat«, sagte sie schließlich.

Andy horchte auf. »Das wollte ich hören. Was war es denn?«

»Einer der Aufseher hat gemeint, Ed hätte einen ziemlich seltsamen Schlafrhythmus gehabt. Von fünf Uhr nachmittags bis Mitternacht oder so. Insofern war er tatsächlich zu ungewöhnlichen Zeiten wach.« Sie schlug ihren Notizblock auf und blätterte in ihren Aufzeichnungen.

»Von fünf Uhr nachmittags bis Mitternacht?«

Ed hatte in der Nachtschicht im Leichenschauhaus in Glebe gearbeitet, ehe man ihn wegen Diebstahls von Autopsie-Instrumenten gefeuert hatte. Vielleicht war er daran gewöhnt, nachts wach zu sein. Trotzdem war es merkwürdig. Andy konnte nicht ausschließen, dass es wichtig war.

»Das hat der Typ gesagt«, erklärte Karen. »Pete Stevens hat die Schicht von mittags bis Mitternacht. Ed hat sich immer direkt nach dem Essen hingelegt. Stevens hat es nicht weiter gestört; schließlich hat es ihm die Arbeit leichter gemacht.«

Das konnte sich Andy lebhaft vorstellen.

»Er meinte, Suzie Harpin hätte am meisten von der Zeit mitgekriegt, wenn Ed wach gewesen sei. Offenbar haben sie sich ganz gut verstanden.«

»Verstanden?«, fragte Andy. »War das das Wort, das er benutzt hat? Dass sie sich *verstanden* haben?«

»Ja, ich glaube schon.« Sie warf noch einen Blick auf ihre Notizen. »Ja.«

Andy blätterte durch die Vernehmungsprotokolle. »Wie war der Name? Harpin?«

»Miss Suzie Harpin.«

»Hier ist sie.« Andy zog die Informationen über sie und ihre Aussage hervor. »Neununddreißig Jahre alt, allein stehend, war nie verheiratet, keine Kinder. Sie arbeitet praktisch ihr ganzes Erwachsenenleben im Strafvollzug…«

Schweigend überflog er ihre Aussage.

»Was ist mit seiner früheren Arbeitsstätte? Hatte er Freunde im Leichenschauhaus in Glebe?«, wollte Mahoney wissen.

»Eine Sekunde.« Ohne auf ihre Frage einzugehen, hob Andy die Hand und begann eine Passage der Befragung vorzulesen.

Det. Hunt: Ist Ihnen irgendetwas Verdächtiges aufgefallen?

Harpin: Eigentlich nicht, nein.

Det. Hunt: Eigentlich nicht?

Harpin: Ich meine, nein.

Det. Hunt: Soweit ich weiß, haben Sie sich während Ihrer Schichten einige Male mit Ed Brown unterhalten.

Harpin: Oh. Wir waren spätnachts wach.

Det. Hunt: Wie meinen Sie das?

Harpin: Ich wollte damit sagen, dass ich die Nachtschicht habe. Alle anderen haben geschlafen.

Andy stand auf und schob das Protokoll beiseite. »Kommen Sie, wir fahren noch mal nach Long Bay.«

Mahoney sah ihn überrascht an. »Was ist los?«

»Wir haben ein ›wir‹ gefunden.«

Das vertraute Gefühl der Erregung erfasste ihn, wie immer, wenn er etwas auf der Spur war. Wenn er dieses Gefühl bekam, war er wie ein Hund, der Witterung aufgenommen hat. Er wusste noch nicht, was er witterte, aber er würde sich nicht davon abbringen lassen. Was, wenn Eds nächtliches Wachbleiben etwas mit dieser Frau zu tun hatte? Mit dieser Frau, die im Zusammenhang mit einem gefährlichen Häftling das Wort ›wir‹ verwendet hatte. Nicht »Ich habe mich einige Male mit dem Gefangenen unterhalten«, sondern »Wir waren spätnachts wach«.

Im Augenblick war ein einfaches Pronomen der vielversprechendste Hinweis, den er hatte.

42

Irving Milgrom schloss seinen Laden um 17 Uhr 34. Er drehte das Schild an der Tür um und trat hinter seine Kasse, um die Abrechnung zu machen. Es war kein besonders einträglicher Tag gewesen. Außer einem bisschen Vogelfutter, einigen Goldfischen und einem Kratzbaum für Katzen hatte er so gut wie nichts verkauft. Die Musik lief noch. Er trat vor den tragbaren CD-Player, um ihn etwas lauter zu drehen. Es war ein Stück von Vivaldi, das er gern mochte, und er summte leise mit. Congo Congo, sein sprechender Vorzeigepapagei, stimmte in das Summen ein.

»Sch, Congo! Du ruinierst alles! Das ist der schönste Teil!«

»Congo! Congo!«, krähte der Papagei.

Congo Congo, Irvings Kongo-Graupapagei, hatte die

Gewohnheit, sich ständig zu wiederholen. Er war ein mit Preisen ausgezeichneter Vogel mit einem beachtlichen Vokabular, trotzdem wollte ihn niemand kaufen. Offenbar schreckte das Preisschild mit den 1950 Dollar sämtliche Kunden ab. Sie wussten eben nicht, was Qualität bedeutete. Irving war auf exotische Vögel spezialisiert und so etwas wie ein Experte, aber heutzutage wollten alle nur einen »süßen Vogel« haben, ein Tier, das wenig Pflege bedurfte. Ein Tier, über das sich die Kinder zu Weihnachten freuten und das anschließend in den Käfig verbannt wurde.

Es klopfte an der Tür.

Was, jetzt noch Kundschaft?

Irving ging zur Tür, um den Störenfried abzuwimmeln, doch dann erkannte er eine seiner Stammkundinnen wieder. Er schloss die Tür auf und öffnete sie einen Spaltbreit.

»Suzie, wie geht es Ihnen?«

»Oh, Sie haben schon geschlossen?«

Wie man unschwer erkennen kann.

Suzie Harpin war eine gute Kundin, auch wenn sie stets ein unbehagliches Gefühl in Irving auslöste. Vielleicht lag es an ihren Augen. Sie waren rund und unglaublich dunkel, und sie schien sie ein wenig zu weit aufzureißen, so dass man das Weiße um die Iris erkennen konnte. Die Augen einer Verrückten, würden manche vielleicht sagen. Er hatte gehört, dass sie in irgendeiner Anstalt arbeitete. Vielleicht war es ja eine Irrenanstalt, die auf sie abgefärbt hatte.

Sie hatte den Schuhkarton bei sich, mit dem sie vor ein paar Tagen den Laden verlassen hatte. *Sie hat dem Tier doch hoffentlich nichts getan!*

»Was ist los? Ein Problem mit dem Pfirsichköpfchen?«

»Nein … na ja, doch. Ich bin nicht zufrieden damit«, erwiderte sie.

Widerstrebend öffnete er die Tür vollends, obwohl er

sie am liebsten gebeten hätte, am nächsten Tag wiederzukommen. Aber das konnte er nicht machen. Sie kaufte seit Jahren ihre Rosenköpfchen bei ihm, manchmal sogar im Abstand von nur wenigen Monaten. Und diejenigen, die ihr gefielen, waren gewöhnlich nicht billig. Er konnte es sich nicht erlauben, sie zu vergraulen.

»Bitte, kommen Sie doch herein. Entschuldigen Sie die laute Musik.«

Suzie trat mit ihrer Schuhschachtel in den Laden, und Irving schloss die Tür hinter ihr.

»Wo liegt denn das Problem?«

»Ich bin einfach nicht zufrieden«, wiederholte sie.

Das war etwas ganz Neues. Suzie hatte das rotgrüne Pfirsichköpfchen doch erst vor ein paar Tagen gekauft, und der Vogel hatte sich in einem ausgezeichneten Gesundheitszustand befunden.

»Versteht er sich nicht mit den anderen?«, fragte er.

»Was?« Sie schien verwirrt zu sein. »Welche anderen?«

»Mit Ihren anderen Vögeln.« Sie musste mittlerweile eine ganze Schar davon haben.

»Oh, nein. Tja, ja. Das ist das Problem. Sie passt nicht dazu.«

Irving runzelte die Stirn. Was für eine merkwürdige Frau.

»Wollen Sie ihn gegen einen anderen eintauschen? Ich kriege bald einen hellblauen rein, der Ihnen bestimmt gefällt.«

»Nein, ich will ihn nur zurückgeben.« Sie reichte ihm die Quittung und die Schuhschachtel. Er spürte, dass sich etwas darin bewegte; ein Flattern, als der Karton den Besitzer wechselte.

»Verstehe«, sagte er.

Ich hätte die Tür nicht aufmachen sollen.

Irving ließ die Kasse aufspringen und gab ihr das Geld zurück.

»Danke«, meinte sie abwesend und wandte sich zum Gehen.

Die Tür fiel hinter ihr zu. Er schloss ab und beobachtete durch die Glasscheibe, wie die Frau zu ihrem Wagen ging.

Da geht mein Tagesgewinn hin, dachte er bitter.

»*Kraah.* Was? Welche anderen? *Kraah.*«

»Ach, halt die Klappe, Congo.«

»Halt die Klappe, halt die Klappe«, wiederholte der Papagei.

43

Die Agentur Wang Models in Hongkong hatte ein spärlich möbliertes Apartment mit drei Schlafzimmern in einem Hochhaus angemietet, dessen große Fenster einen aufregenden Blick über die Stadt boten. Das Gebäude stammte aus den Sechzigerjahren, vermutete Mak. Das Inventar der Wohnung ließ teilweise zu wünschen übrig, und der einstmals moderne Aufzug war reichlich eng. Eine winzige Hausmeisterin, die nur Kantonesisch sprach und hinter einem Metalltisch im Hauseingang saß, hatte Mak die Schlüssel gegeben und nach oben gedeutet.

Mak sollte sich das Apartment mit zwei anderen Models von derselben Agentur teilen – mit einer reizend aussehenden Amerikanerin namens Jen und einer Britin, Gabrielle, die Mak noch nicht kennen gelernt hatte. Mak hatte zwar nur kurz Gelegenheit gehabt, sich mit der Amerikanerin zu unterhalten, aber sie schien nett zu sein. Sie sah blutjung aus und hatte einen unglaublich hellen Porzellan-Teint, als würde sie ohne Sonnenschirm keinen Schritt vor die Tür machen. Jen hatte Mak das hintere Zimmer zugewiesen. Mak zog ihren Koffer hinter sich her und trat in einen kleinen Raum, unter dessen niedrigem Fenster ein kurzes Bett stand. Auf dem Boden und im Kleiderschrank hingen Dutzende von Metallkleiderbügeln, aber von Bettwäsche war nirgendwo etwas zu sehen. Immerhin funktionierte das Licht. Und es war makellos sauber. Was für eine Erleichterung. Bei ihrer ersten Reise nach New York war sie mutterseelenallein um Mitternacht vom Flughafen gekommen und hatte in einem Zimmer gestanden, in dem es weder Glühbirnen in den Lampen noch Bettzeug gegeben hatte, dafür eine Schachtel voll mit Maden verseuchtem chinesischem Essen unter dem Bett. Im Vergleich dazu war dieses Apartment der reinste Luxus.

Auf Strümpfen machte Mak einen Rundgang durch ihre neue Bleibe. In dem beinahe leeren Kühlschrank stieß sie auf ein paar Becher mit entrahmtem Bio-Joghurt, einen Karton fettarme Sojamilch, einen Pfirsich, zwei Orangen und zwei Flaschen Champagner. In den sauberen Schränken befand sich nicht zueinander passendes Geschirr. Eine Haftnotiz auf der Arbeitsplatte besagte, dass die Putzfrau am nächsten Tag kommen sollte. Es lag ein leichter Geruch nach Zigarettenrauch in der Luft, den auch das Eukalyptus-Raumspray nicht überdecken konnte. In dem winzigen Badezimmer stapelten sich Kosmetika. Drei Frauen und nur ein Badezimmer – nie eine gute Idee. Ein Duschvorhang mit Pokémon-Muster. Luffahhandschuhe. Nagellackentferner. Selbstbräuner. Der konnte unmöglich Jen gehören. Das Wohnzimmer mit den Sofas, auf denen bestickte Seidenkissen drapiert waren, und dem großen, mit Zeitschriften bedeckten Kaffeetisch sah recht behaglich aus. Neben der Tür waren etliche Schuhpaare aufgereiht, die Mehrzahl davon Designer-Exemplare, wie es aussah. An einer Stuhllehne hing ein Hut mit Gucci-Logo, daneben eine Tasche mit dem Emblem von Bottega Veneta. Hier verdiente offenbar jemand gut.

Die Wohnung war sauber und ordentlich, bot einen tollen Ausblick auf die Stadt, und im Hintergrund drückte sich nicht ständig eine Hand voll Polizisten herum und bewachte jeden ihrer Schritte. Hier würde Mak die nächsten Tage leben. Es gab nichts dagegen einzuwenden.

Sie zog sich an und machte sich auf die Suche nach vollwertigen Lebensmitteln.

Wenige Stunden, nachdem Karen und die anderen Beamten die Vollzugsanstalt Long Bay verlassen hatten, kehrte sie in Begleitung von Andy zurück. Trotz der neuerlichen Störung zeigte sich der Vollzugsbeamte hilfsbereit. Andy wollte so schnell wie möglich Pete Stevens befragen. Zu warten, bis seine Schicht um Mitternacht endete, kam nicht in Frage. Ed konnte überall sein und alles Mögliche anrichten. Sollte auch nur die geringste Chance bestehen, etwas Brauchbares von Stevens zu erfahren, könnte dies einen Wendepunkt in der Ermittlungsarbeit darstellen. Es könnte ihre einzige neue Information sein.

Suzie war seit Ende ihrer Schicht am Sonntag nicht erreichbar gewesen. Montag war ihr freier Tag. Sie ging nicht ans Telefon, und als Andy Hunt zu ihrem Apartment geschickt hatte, war niemand zu Hause gewesen.

Während sie warteten, versorgte der Aufseher Andy mit Detailinformationen über das Gefängnis, doch es war nichts, was er nicht schon gesehen oder gehört hatte. In Long Bay und in der hochmodernen Supermax-Vollzugsanstalt in Goulburn saßen die gewalttätigsten und schwersten Verbrecher ein. Hier waren einige Männer untergebracht, die den Namen des Detectives, dem sie ihre Inhaftierung zu verdanken hatten, wohl nicht so schnell vergessen würden.

Sie brauchten nicht lange auf Stevens zu warten.

Ein Blick genügte, um zu wissen, warum er im Strafvollzug arbeitete. Für einen Mann wie Pete Stevens war eine Tätigkeit als Gefängniswärter, Soldat, Feuerwehrmann oder Rausschmeißer wohl unvermeidlich. Er war beinahe zwei Meter groß, mindestens fünfzig Kilo schwerer als Andy und hatte fleischige, dicht behaarte Arme und einen rasierten Schädel. Allein sein Anblick reichte aus, um anderen Menschen Angst einzujagen, was in seinem Beruf zweifellos sehr praktisch war.

»Danke, dass Sie heute noch mal mit uns sprechen«, fing Andy an. »Sie haben meinen Kollegen erzählt, der Gefangene Ed Brown hätte zu ungewöhnlichen Zeiten geschlafen. Wann denn?«

»Na ja, von nachmittags bis gegen Mitternacht.«

»Können Sie uns sonst noch etwas darüber erzählen? Irgendwelche Eindrücke?«, fuhr Mahoney fort und ahmte Andys Befragungsstil nach, wobei sie versuchte, so wenig wie möglich von Suzie Harpin, seiner Kollegin von der Nachtschicht, preiszugeben. »Warum hat er das Ihrer Meinung nach getan?«

»Das weiß ich nicht. Ich habe kaum mit ihm geredet, aber er war eindeutig ein schräger Vogel, selbst im Vergleich zu den anderen. Und zwar nicht nur, was seine Schlafgewohnheiten betrifft.«

»Wie meinen Sie das?«

»Na ja, er hat seltsame Dinge gesagt. Ich schätze, das wissen Sie schon«, erwiderte Stevens.

Andy nickte. »Und wie sah es mit seinen anderen Gewohnheiten aus? Irgendetwas Außergewöhnliches?«

Stevens fuhr mit seiner riesigen Hand über seinen stoppeligen Schädel. Andy bemerkte die Narben auf seinen Fingerknöcheln. »Na ja, der ist ein echter Sauberkeitsfanatiker. Hat wahnsinnige Angst vor Keimen. Er war immer ganz, ganz sauber. Besessen sauber, was man hier drin nicht oft zu sehen kriegt. Hier gibt es Jungs, die auf den Boden machen, spucken und die Wände verschmieren. Aber Ed hat seine Zelle immer blitzsauber gehalten. Oh, und er, ah…« Stevens lachte. »Er sieht sich Seifenopern im Fernsehen an.«

Andy war verblüfft.

»*Seifenopern?*«

»Ja, *Reich und Schön*. Seit sechs Monaten oder so hat er keine Folge verpasst.«

»Nach diesem Zeug kann man süchtig werden«, murmelte Mahoney.

»Brown war immer höflich, hat nie Schwierigkeiten gemacht. Vielleicht war es einfacher für mich, dass er während meiner Schicht geschlafen hat. Miss Harpin hat ihn wohl besser gekannt.«

»Was meinen Sie mit ›hat ihn wohl besser gekannt‹?«, hakte Andy nach.

»Ich meine gar nichts damit, nur dass sie gelegentlich mit ihm geredet hat, ganz im Gegensatz zu mir.« Mit einem Mal war Stevens auf der Hut. »Ich wollte damit nicht andeuten, dass da etwas ist. Ich will Suzie nicht anschwärzen.«

»Das verstehen wir.« Andy verlagerte das Gewicht auf seinem Stuhl. Er war eindeutig auf etwas gestoßen, hatte einen empfindlichen Punkt getroffen.

»Miss Harpin ist schon hier, seit ich mich erinnern kann«, fuhr Stevens sichtlich unbehaglich fort. »Sie erledigt ihre Arbeit gut und gewissenhaft. Ist hart im Nehmen. Sie gehört praktisch zum Inventar.«

Allem Anschein nach widerstrebte es ihm, etwas Negatives über seine Kollegin zu sagen. Andy respektierte das, aber Schmutzwäsche war genau das, was sie brauchten. Wenn diese Miss Harpin irgendwie verdächtig war, hätte er es bestimmt gespürt.

»Aber Sie waren besorgt…«, schmeichelte Andy.

»Ich habe sie vorher nie mit einem Gefangenen so oft plaudern gesehen. Ich habe es seltsam gefunden, einzig deshalb habe ich es erwähnt«, erklärte er. »Aber er hat den ganzen Tag geschlafen, und nachts war sonst niemand wach. Vielleicht war das der Grund, weshalb sie sich so oft unterhalten haben.«

»Also war er größtenteils während Miss Harpins Schicht wach«, meinte Mahoney.

Stevens nickte.

»Und wie lange kennen Sie Miss Harpin schon?«

44

»Was, um alles in der Welt, isst du da?«

Es war früher Abend. Mak hockte im Schneidersitz auf dem Sofa im Wohnzimmer und sah auf die hellen Lichter von Hongkong hinaus. Sie hatte eine Schale mit ihrem Abendessen in der Hand, und auf ihrem Schoß lag eine Ausgabe von Sandra Lees Tatsachenbericht über die australische Serienmörderin Katherine Knight. Sie hob den Kopf und sah eine hoch gewachsene, dramatisch dünne Brünette mit geschwungenen Augenbrauen im Türrahmen stehen. Dem Akzent nach musste sie waschechte Londonerin sein.

»Ich esse Suppe. Glaube ich zumindest«, erwiderte Mak.

Einen Lebensmittelladen in der Nähe zu finden hatte sich als echte Herausforderung erwiesen, aber nach einer Weile war Mak auf einen winzigen Kiosk gestoßen, der kaum mehr als ein Loch in der Wand war. Sie hatte der alten, freundlich lächelnden Chinesin, deren Züge wegen der vielen Falten kaum mehr erkennbar gewesen waren, einige mit chinesischen Schriftzeichen versehene Päckchen Nudeln abgekauft. Mak hatte sich gerade eines davon zubereitet und musste feststellen, dass es ziemlich gut schmeckte. Vielleicht etwas salzig, fast wie Ichiban.

»Igitt, Kohlehydrate«, stöhnte die Frau.

»Du musst Gabrielle sein.«

»Ja, Gabby. Und wer bist du?«

»Makedde Vanderwall. Freut mich, dich kennen zu lernen.« Sie stand auf.

»Geh ja nicht ins erste Zimmer. Das ist meines«, erklärte Gabriella kategorisch.

»Ja, ich weiß.«

»Und lass die Finger von meinen Handtüchern. Es sind die weißen, die über dem Handtuchhalter hängen.«

»Okay.«

»Ich bin dann weg. Ich treffe mich mit ein paar Freunden im Felix.«

»Ah, ich bin ein echter Fan von Philippe Starcks Design. Es soll toll sein, habe ich gehört«, meinte Mak, die immer noch versuchte, freundlich zu sein.

»Was?«

Mak hatte etliche Zeitungsartikel über das »Felix«, eine Bar mit Restaurant über den Dächern der Stadt, gelesen. Es war ein Designer-Meisterwerk mit raumhohen Glaswänden und einer runden Bar mit beleuchteten Böden. Außerdem hatte der Künstler die Gesichter einiger seiner Promi-Freunde auf den Stuhlrücken verewigt.

Gabby sah sie ausdruckslos an.

Mak zwang sich zu einem Lächeln. »Äh… dann viel Spaß«, sagte sie.

Gabby trabte bereits in Richtung des verbotenen Schlafzimmers, während Mak sich wieder an ihren einsamen Fensterplatz zurückzog.

Im Badezimmer begann die Dusche zu rauschen, ehe sie kurz darauf wieder abgedreht wurde. Mak hörte das Tapsen von bloßen Füßen, dann das Klicken von Absätzen und schließlich das Geräusch von sich öffnenden und schließenden Schranktüren. Nicht einmal eine Viertelstunde später war Gabby verschwunden.

Es war ihr erster Abend in Hongkong, und Mak hatte Zeit genug, um über die Ereignisse der Vorwoche nachzugrübeln. Was passierte in Sydney? Waren sie bei ihrer

Suche nach Ed vorangekommen? *Oh Gott, ich hoffe, er hat sonst niemanden verletzt*. Es war schwierig, sich seine Flucht vorzustellen.

Der Gedanke, dass er frei herumlief, erschütterte sie bis ins Mark.

45

Der Beamte der Einwanderungsbehörde musterte sie. Er war ein kleiner, in einer Art Militäruniform gekleideter Chinese, der ihre Pässe in seinen weiß behandschuhten Händen hielt. Argwöhnisch betrachtete er zuerst genau die Fotos, dann ihre Gesichter, dann wieder ihre Pässe und schließlich noch einmal ihre Gesichter. Betrachtete sie eingehend.

Suzie Harpin.

Ben Harpin.

Sie sahen nicht aus wie Geschwister, aber durchaus wie Mann und Frau. Ed Brown trug einen goldenen Ehering am Finger. Er hatte Ben Harpin gehört, dem toten Bruder der Gefängnis-Lady. Sie hatte ihn vor der Abreise bereitwillig von seiner tiefgekühlten Hand abgezogen und ihn Ed überlassen. Es war ein schlichter Ring, so wie Ed sie in der Vergangenheit benutzt hatte, um seinen »Mädchen« das trügerische Gefühl von Sicherheit zu vermitteln. Der Ring war ihm ein wenig zu groß, aber er achtete darauf, dass er ihn nicht verlor. Die Gefängnis-Lady trug einen billigen Modeschmuck-Ring am linken Ringfinger. Wenn man nicht genau hinsah, ging der Glasstein durchaus als Brillant durch. Er genügte. Er genügte vollkommen, sie wie Mr. und Mrs. Harpin aussehen zu lassen, die Urlaub im schönen Hongkong machen wollten.

Mit einem Anflug von Unbehagen registrierte Ed Brown

die schwer bewaffneten Wachleute des Flughafens in ihren sorgfältig gebügelten und gepflegten Uniformen. Rote Armee, vermutete er, auch wenn sie nichts Rotes trugen. Die Sicherheitsleute am Flughafen von Sydney waren jedenfalls nicht mit solchen Uzis ausgestattet wie diese Männer. Keiner der Sicherheitsbeamten beachtete sie, wie es aussah. Noch nicht. Ihre Waffen hingen um ihren Hals, und ihre Finger lagen locker am Abzug. Vor ihrem Abflug nach Hongkong war Ed noch nie auf einem Flughafen gewesen. Er hatte noch nie in einem Flugzeug gesessen. Die Vorstellung, sich in der Luft zu befinden, machte ihn nervös, aber die Sicherheitsleute und die Einwanderungsbeamten bereiteten ihm noch viel größere Sorgen. Und die Waffen. Er mochte diese Waffen nicht, insbesondere nicht nach der Wucht, mit der die Kugel aus Detective Flynns Glock in seinen Körper eingedrungen war.

»Ich kann es gar nicht erwarten, Hongkong zu sehen«, ereiferte sich die Gefängnis-Lady. »Wir wollten immer schon mal herkommen.«

Der Beamte der Einwanderungsbehörde erwiderte nichts.

Halt die Klappe.

Er kniff seine schwarzen Augen zusammen und musterte sie ein weiteres Mal, ehe er das Foto von Ben Harpin erneut ansah…

Ed hatte sein Haar dunkelbraun gefärbt, so dass es zu dem auf dem Foto passte – die Farbe hatte eine ziemliche Schweinerei im Waschbecken des Vororthauses angerichtet –, aber er war erheblich schmaler im Gesicht, als Ben wohl jemals gewesen war. Außerdem war er nicht so groß wie er, und seine Nase war ebenfalls anders geformt. Doch die Ähnlichkeit sollte für einen flüchtigen Blick genügen. Für einen flüchtigen Blick durchaus, aber hierfür? Er hatte die Gefängnis-Lady beseitigen wollen, insbesondere nachdem sie nur magere zweihundert Dollar von ihrem Konto abgehoben und sich damit als keine befriedigende Geldquelle herausgestellt hatte. Sie könne nicht mehr auf einmal bekommen, hatte sie gesagt. Offenbar war der Großteil ihres Vermögens fest angelegt. Aber die Situation hatte sich grundlegend geändert, nachdem er herausgefunden hatte, wo Mak steckte. Ed war klar, dass die Behörden an jedem Hafen und Flughafen nach ihm suchen würden. Ein allein reisender Mann würde Verdacht erregen, aber ein Mann und eine Frau? Seine Erleichterung, als sie den Flughafen von Sydney hinter sich gelassen hatten, war grenzenlos gewesen. Er verstand es, die Nerven zu bewahren, aber er wusste nur zu gut, dass er es ohne seine »Frau« und sein verändertes Aussehen niemals geschafft hätte, das Land zu verlassen. Trotzdem war er noch nicht endgültig in Sicherheit. Noch nicht.

Schwarze Augen, argwöhnisch zusammengekniffen …

Komm schon, wink uns durch.

Der Beamte zögerte. Andere Reisende wurden durchgewinkt, nur sie nicht. Ed spürte, wie ihm der Schweiß ausbrach. Wirkte er nervös? Registrierten diese schwarzen Augen, dass etwas nicht in Ordnung war?

Er wartete darauf, dass jemand »Würden Sie bitte mitkommen?« sagte oder einen Schwall chinesischer Worte hervorstieß, der die Wachen veranlasste, sie zu packen und ins Gefängnis zu stecken. Am Flughafen in Sydney war er nervös gewesen, als er seine Schuhe und den Gürtel hatte abnehmen und durch den großen Metalldetektor treten müssen, aber der Wachmann auf der anderen Seite hatte ihn angelächelt und ihn und die Gefängnis-Lady ohne irgendwelche Zwischenfälle passieren lassen. Es hatte sich herausgestellt, dass sich niemand für den harmlos aussehenden, dunkelhaarigen Mann und seine ebenso unscheinbare Frau interessierte. Genau darauf hatte Ed gesetzt. Aber was, wenn ihnen die Polizei bereits dicht auf den Fersen war? Möglicherweise waren sie inzwischen auf die Verbindung mit der Gefängnis-Lady gestoßen.

»Danke«, sagte der Mann, ohne zu lächeln, und winkte sie weiter zum nächsten Beamten.

Eds Magen verkrampfte sich.

Der zweite Beamte sah für Ed genau gleich aus – die gleiche Uniform, die gleichen schwarzen Augen, die jede Bewegung registrierten. Er führte sie zu einem großen Apparat, den Ed nicht einordnen konnte, und bedeutete ihnen, ihre Pässe zu zeigen. Sie reichten sie ihm. Eds Herz hämmerte in seiner Brust.

»Australier?«, fragte der Beamte mit einem starken Akzent.

Sie nickten.

Er betrachtete ihre Pässe eingehend.

Hinter der seltsamen Maschine stand eine Frau mit einer chirurgischen Gesichtsmaske, richtete einen Sensor auf sie und starrte angestrengt auf einen Monitor. Ed konnte nicht sehen, was darauf zu erkennen war. Er spürte, wie ein dicker Schweißtropfen über seine Schläfe rann.

»Danke. Ja«, sagte der Beamte und reichte ihnen ihre Pässe gemeinsam mit irgendeinem Zettel.

Erleichterung.

Es war eine Broschüre über SARS. Die Schwester am Computer hatte auf der Suche nach Krankheitssymptomen ihre Temperatur gemessen. Sie durften gehen.

Ed lächelte.

Er und die Gefängnis-Lady holten ihr Gepäck und machten sich auf den Weg, vorbei an weiteren bewaffneten Wachleuten, zum Ausgang. Durch die Glasschiebetüren traten sie hinaus in die schwüle Luft und die Kakophonie eines Hongkonger Morgens.

Sie hatten es geschafft.

Ed Brown war in Hongkong.

Und dieses Mal war weit und breit kein Andy Flynn.

46

Am Dienstagmorgen um halb neun Uhr schlenderte Makedde bereits durch die Innenstadt von Hongkong, verblüffend entspannt und zuversichtlich, und sah sich staunend um.

Das riesige Gebäude der Bank of Hongkong, das sämtliche beeindruckend hohen Betontürme darum herum überragte, erhob sich in den blauen Himmel. Weiße Wolken spiegelten sich in den tausenden Bürofenstern des dichten Großstadtdschungels wider. So viele Millionen Menschen auf einer so kleinen Insel. Es fühlte sich höchst eigentümlich an, zwischen den vielen Menschen hindurchzuschlendern, die ihr gerade einmal bis zur Brust reichten. Aber in Wahrheit war sie natürlich die Fremde hier. Ihre beachtliche Körpergröße und ihre westlichen Züge stachen aus der Menge hervor, doch die meisten Passanten waren höflich genug, sie zu ignorieren.

Sie bemerkte die Designer-Geschäfte mit ihren eindrucksvoll dekorierten Schaufenstern um sie herum: Louis Vuitton, Gucci, Givenchy, Dolce & Gabbana, Christian Dior. Wie die meisten Models trug Mak diese Kleidung zwar im Foto-Studio und auf dem Laufsteg, konnte sie sich aber privat nicht leisten. Trotzdem machte es Spaß, sich die Schaufenster anzusehen und ein wenig zu träumen.

Mak musste lachen, als sie das vertraute grüne Schild eines Starbucks-Cafés auf der anderen Straßenseite entdeckte. Die Filialen der Kette schossen überall auf der Welt wie Pilze aus dem Boden, genauso wie bei McDonald's einige Jahrzehnte zuvor. Sie schüttelte den Kopf und dachte an ihr Treffen mit Loulou in Sydney. Und an Andy.

Sie hatte ihn nicht angerufen.

Und was willst du sagen, wenn du es tust?

Die Versuchung war groß, ihn anzurufen, obwohl es ihr

Schicksal zu sein schien, voneinander getrennt zu sein. Der Gedanke, ihn einfach zu vergessen, machte sie trauriger, als sie sich gestatten wollte.

»*Copy watch! Copy watch*!«, rief eine Stimme. Erschrocken wirbelte sie herum. Es war ein hoch gewachsener Inder mit einem Stapel fotokopierter Broschüren in der Hand, von denen er ihr eine in die Hand zu drücken versuchte. »Rolex?«

»Nein, danke«, erwiderte sie, reihte sich in den Strom der Passanten ein und überquerte die Straße. Ein Mädchen mit Zöpfen und neonfarbenen Moonboots deutete auf Mak und tuschelte aufgeregt mit ihrer Freundin. Was sie von dieser riesigen Weißen mit den üppigen blonden Haaren denken mochten? Wäre sie an ihrer Stelle, würde sie ebenfalls lachen.

»Faith Hill! Faith Hill! Foto!«

Wie bitte?

Das Mädchen mit den Zöpfen kam auf sie zugestürzt. Sie und ihre Freundin waren im typischen Tokioter Punk-Look gekleidet, und Mak fragte sich, ob sie ebenfalls zu Besuch in der Stadt waren.

»Faith Hill!«, wiederholte das Mädchen aufgeregt.

»Oh, äh… tut mir Leid, aber ich bin nicht Faith Hill«, erwiderte Mak.

Die beiden ließen sich davon nicht im Mindesten beeindrucken, sondern strahlten sie noch immer kichernd an. Mak überlegte kurz, ob sie ihnen ihren richtigen Namen sagen sollte, um zu beweisen, dass sie nicht die große, blonde Country-Sängerin war, für die sie sie hielten, ehe sie sich eines Besseren besann. Wenn sie kein Englisch sprachen, halfen die Worte »Makedde Vanderwall« bestimmt auch nicht weiter.

»Foto!« Das Mädchen mit den Zöpfen nickte eifrig. »Foto!«

Die Mädchen zogen eine glänzende Kompakt-Digitalkamera hervor, die kaum größer als ein Feuerzeug war, und blickten sich suchend nach jemandem um, der das Foto machen könnte. *Prima.* Mak stellte sich neben die kichernden Mädchen, die nicht älter als dreizehn sein konnten, während ein ernst dreinschauender Geschäftsmann ein Foto schoss und mit dem Duo einige hastige Worte auf Kantonesisch wechselte. Sobald sie fertig waren, stoben die beiden aufgeregt davon.

»Sie sind nicht Faith Hill«, sagte der Mann in einwandfreiem Englisch.

»Ich weiß«, erwiderte Mak und blieb allein auf der Straße zurück.

47

Mit finsterer Miene klopfte Lisa Milgate-Harpin mit einer Hand an Bens Haustür, während sie mit der anderen das Mobiltelefon an ihr Ohr presste.

Noch immer machte weder jemand die Tür auf noch wurde das Telefon abgehoben.

Das war endgültig das letzte Mal, dass sie sich von ihrer höflichen Seite zeigte. Ben war unmöglich. Und kindisch noch dazu. Er rief nicht zurück und zeigte sich nicht im Geringsten kooperationsbereit. Offenbar versuchte er, sich der Scheidung zu entziehen, indem er einfach nicht auf sie reagierte – ein nervtötend albernes Benehmen und ein weiterer Punkt auf der Liste der Dinge, die sie ihm nicht verzeihen konnte.

Das war's. Ich gehe jetzt da rein.

Lisa steckte ihren Schlüssel ins Schloss. Er passte immer noch. Trotz allem, was passiert war, hatte er offenbar nicht einmal die Schlösser ausgewechselt. Aber im Grunde überraschte es sie nicht. Das Austauschen hätte ja Arbeit bedeutet, etwas, was nicht zu seinen Stärken gehörte. Lisa drehte den Schlüssel um, woraufhin die Tür mit einem Quietschen aufging. Im Haus war es vollkommen still. Lisa warf einen flüchtigen Blick über die Schulter, als erwartete sie, ihren zukünftigen Exmann von hinten auftauchen zu sehen, aber in der Einfahrt war niemand. Kein neugieriger Nachbar, der sie über seinen gepflegten Vorgarten hinweg beobachtete. Eilig schloss Lisa die Tür hinter sich.

»Hallo?«, rief sie. »Hallooooo?«

Mit einem unerwarteten Gefühl des Triumphs ging sie die Treppe hinauf. Sie hatte nicht ernsthaft geglaubt, tatsächlich ins Haus zu gelangen, aber nun, da sie hier war, fühlte es sich gut an. Dieses Mal hatte in der Einfahrt kein Wagen gestanden, und sie hatte die Post von mehreren Tagen im Briefkasten bemerkt. Also hatte er doch ein paar Tage Urlaub genommen, ja? Ben Harpin gehörte zu den enttäuschenden Ehemännern, in deren Augen eine *Simpsons*-Folge ebenso gut war wie ein Besuch in einem teueren Restaurant und die einen schnöden Angelausflug mit ihren Kumpels lustiger fanden als eine Kreuzfahrt auf einem Luxusdampfer. Wahrscheinlich machte er genau das gerade – Angeln. Dieser Dreckskerl hätte ihr auch sagen können, dass er vorhatte, ein paar Tage wegzufahren. Vielleicht sollte sie ja seinen Kumpel Brad anrufen und herausfinden, ob er mitgefahren war. Es wäre nett gewesen, wenn Ben ihr irgendwo eine Nachricht hinterlassen hätte, damit sie nicht ihre Zeit verschwenden musste.

Andererseits war seine Abwesenheit ein echter Segen. Wenn er nicht auf ihre Anrufe reagierte, schuldete sie ihm nichts. Und da sie schon mal hier war, konnte sie auch die Cappuccino-Maschine mitnehmen. Er konnte sie nicht daran hindern, und in Wahrheit gehörte sie ohnehin ihr. Was machte es schon aus, wenn Heinrich eine perfekte Krups-Maschine besaß? Es war Lisas Entscheidung gewesen, diese Gaggia-Maschine auf die Liste der Hochzeitsgeschenke zu setzen, und deshalb gehörte sie ihr auch. Ben hatte sich nie darum gekümmert; wahrscheinlich wusste er nicht einmal, wie sie funktionierte.

Lisa hatte beinahe den obersten Treppenabsatz erreicht, als ihr ein merkwürdiger Geruch in die Nase stieg. Parfüm? Ein seltsamer Geruch nach Lavendel hing in den Räumen.

»Hallo? Ist irgendjemand hier?«

Das Haus antwortete mit unheimlichem Schweigen. Lisa betrat das Wohnzimmer und blieb mit offenem Mund stehen.

Was ist denn das?

Der schwerste Schock für Bens Frau war die Tatsache, dass das Haus makellos sauber war, obwohl Ben kein auf Sauberkeit bedachter Mensch war. Außerdem stand ein Vogelkäfig mitten im Wohnzimmer. Seit wann hatte Ben auch nur ansatzweise Interesse an Vögeln oder irgendwelchen anderen Haustieren? Aber das war noch nicht alles. Das Haus war mehr oder weniger von Grund auf umgestaltet. Überall standen Nippesfiguren und Bilderrahmen herum. Lisa durchquerte das Wohnzimmer, um das Foto der Frau näher zu betrachten, das auf dem Kaminsims stand. *Nie im Leben*, dachte sie ungläubig. Ben hatte eine *Freundin*? Moment mal … dieses Gesicht kannte sie doch. Es war ein Foto von Bens Schwester, Suzie, die aber irgendwie verändert aussah. Sie trug Make-up und lächelte zur Abwechslung einmal. Verblüfft betrachtete Lisa ein weiteres Foto und stellte es zurück. Wer war das – dieser Seifenopern-Darsteller Ronn Moss? In einem herzförmigen Zinnrahmen steckte der Zeitungsausschnitt einer Promi-Hochzeit. Daneben lag ein Stapel Hochzeitszeitschriften. Was sollte all dieses Zeug? Überall stand herzförmiger Kram herum, und dann dieser grässliche Geruch nach Lavendel!

Lebt er mit jemandem zusammen? Ist er mit einer anderen Frau verlobt?

Lisa machte sich auf den Weg ins Schlafzimmer, blieb jedoch abrupt stehen, als ihr Blick auf den Fleck auf dem Teppichboden in der Diele fiel. Er sah aus wie rote Farbe. *Also hat er es geschafft, den Teppich zu ruinieren.* Angewidert schüttelte sie den Kopf. Der Teppichboden würde ausgetauscht werden müssen, ehe sie das Haus verkaufen konnten. Wie viel das wohl wieder kostete?

Ich will verdammt sein, wenn ich auch nur einen Cent dafür bezahle. Das kann er vergessen.

Das große Schlafzimmer sah ganz anders aus als bei ihrem Auszug. Und das Bett war sorgfältig gemacht. Das sah gar nicht nach Ben aus. Auch hier stand überall Krimskrams herum, außerdem sah sie Kosmetika auf der Kommode und weitere Fotos von Bens verdammter Schwester. Lisa trat vor den Schrank und stellte entsetzt fest, dass er weitgehend ausgeräumt war. Außer ein paar Frauenkleidern auf Bügeln und einigen von Bens alten Sachen, die auf eine Seite geschoben worden waren, war er leer. Sie betastete eine hässliche Bluse mit Blumenmuster und fragte sich verwirrt, was sie auf der Seite des Schranks zu suchen hatte, die früher einmal ihre gewesen war. Lisa ging weiter ins Gästezimmer und ließ ihren Blick umherschweifen. Das Bett war benutzt, aber ebenfalls sorgfältig gemacht worden. In einer Ecke lag ein Stapel Magazine, daneben eine Schere und einige leere Blätter. Es sah so aus, als hätte jemand etwas ausgeschnitten.

Wie betäubt kehrte Lisa in die Diele zurück und stieg über den Fleck hinweg.

Wie eigenartig…

War Suzie bei Ben eingezogen? Wenn ja, musste sich einiges in der Familie geändert haben. Nach dem letzten Stand der Dinge hatten sich die beiden nicht besonders gut verstanden. Bei den Harpins hatte selbst zu den besten Zeiten kein besonderer Familienzusammenhalt bestanden. Bens Schwester war ihrer Hochzeit mit dem Argument ferngeblieben, sie müsse arbeiten – eine reichlich lahme Ausrede, wie Lisa fand. Ben und Suzie sahen einander nur zu einigen wenigen Gelegenheiten, wie beispielsweise zu Weihnachten oder an den Geburtstagen. Und hatte sie nicht in der Nähe des Gefängnisses eine eigene Wohnung? Versuchte sie, an Bens Geld heranzukommen, nun, da Lisa weg war? Irgendwie war sie ihr immer schon merkwürdig vorgekommen. Es würde sie nicht wundern, wenn sie scharf auf das Haus wäre.

Mit wachsendem Unbehagen stand Lisa im Wohnzimmer.

Warum sollte er sie hier einziehen lassen?

Aber wenn sie sich so umsah, schien es beinahe, als lebe Ben gar nicht mehr hier. Wo waren all seine Sachen?

48

Am Dienstagnachmittag war Ed bereits ganze drei Tage auf der Flucht.

Entsetzliche zweiundsiebzig Stunden des Wartens, ob eine neue Leiche gefunden wurde, die Eds Handschrift trug. Bis jetzt waren sie auf keine unselige junge Frau gestoßen, die zur falschen Zeit am falschen Ort gewesen war. Bis jetzt …

»Er ist immer noch nicht aufgetaucht«, bestätigte Detective Flynn.

Senior Constable Karen Mahoney schnitt eine Grimasse. Die Ermittlerin drückte sich um Andys Schreibtisch herum und konnte sich kaum von dem Fall losreißen.

Zu ihrer aller Enttäuschung hatte Ed, soweit sie informiert waren, nach wie vor keinen Kontakt zu seiner Mutter aufgenommen. Das Abhören der Telefone hatte nichts ergeben. Falls sie diejenige war, die ihrem Sohn bei der Flucht geholfen hatte, gingen sie sehr vorsichtig vor. Die Ausstellung des Durchsuchungsbefehls für Mrs. Browns Wohnung dauerte länger als geplant – eine stete Quelle allgemeiner Verärgerung. Sie mussten das Apartment dringend nach Briefen, Nachrichten und sonstigen Informationen durchsuchen, die ihnen helfen konnten, die Puzzleteilchen richtig aneinander zu legen und auf Fluchtpläne oder, was noch besser wäre, verdächtige Spuren von Brandverstärker, Nitraten oder noch exotischeren Substanzen zu stoßen, die für den Bau einer Bombe verwendet worden waren. Ein aufschlussreiches Telefonat hätte ihnen erheblich weitergeholfen, auch wenn sie in Andys Augen trotzdem genug für einen hinreichenden Tatverdacht in der Hand hatten. Wie üblich mahlten die Mühlen der Justiz viel zu langsam. Aber Andy hoffte, dass es nicht mehr lange dauern würde, bis sie den Durchsuchungsbeschluss bekamen.

Und dann war da noch der zweite Hinweis, den Andy hatte. Sie würden noch weitere Beweise brauchen, um sich darauf stützen zu können…

»Wann findet die Besprechung statt?«

»In zehn Minuten. Sie sollten lieber Ihren Hintern hinüberbewegen.«

Andy würde gleich die Sondereinsatztruppe über Eds Flucht informieren. Im Gegensatz zum ersten Mal, als sie versucht hatten, Ed zu schnappen, leitete er die Ermittlungen diesmal nicht, aber wenigstens gehörte er dem Team an, das ihn festnageln würde. Wenn er rückfällig geworden wäre, hätte man ihn weiterhin aus den Ermittlungen ausgeschlossen, deshalb war er dankbar für die Chance. Er hätte es sich nie verziehen, wäre er vom Dienst suspendiert worden.

»Andy, sie geht immer noch nicht ans Telefon.«

»Die Gefängnisaufseherin, meinen Sie?«

»Genau.«

Das wusste er bereits. Suzie Harpin aufzustöbern erwies sich als reichlich schwierig. Verdächtig schwierig sogar. War sie bei Freunden? Bei ihrer Familie? Bei einem Freund, von dem niemand etwas wusste? Alle schienen davon überzeugt zu sein, dass sie allein stehend war. Sie hatte ein kleines Apartment in der Nähe des Gefängnisses und lebte offenbar nur für ihre Arbeit. Seit Jahren hatte sie weder Urlaub genommen noch sich krank gemeldet. Warum jetzt auf einmal? Da stimmte doch etwas nicht. Irgendetwas …

»Mir geht nicht aus dem Kopf, dass Ed nachts immer wach war …«, meinte Mahoney.

Andy nickte.

»Gestern Abend kam mir der Gedanke, dass er das mit Absicht getan hat. Dass er wegen dieser Aufseherin wach sein wollte. Als bestünde eine Art Freundschaft zwischen den beiden.«

»Wir reden nach der Einsatzbesprechung darüber«, meinte Andy.

»Aber was ist, wenn sie etwas weiß, Andy? Abgesehen von Eds Mutter gibt es kaum jemanden, mit dem er geredet hat. Wir müssen sie finden. Vielleicht stoßen wir ja in ihrem Apartment auf etwas. Wir haben aber nicht genug Indizien für einen Durchsuchungsbeschluss, oder?«

»Da gibt es noch die Kleinigkeit namens ›hinreichender Tatverdacht‹, von der Sie vielleicht auf der Polizeischule schon mal gehört haben, Mahoney.«

Wie bei dem Durchsuchungsbeschluss für Mrs. Browns Wohnung würden sie auch in diesem Fall die Staatsanwaltschaft mithilfe einer eidesstattlichen Versicherung überzeugen müssen, dass ein hinreichender Tatverdacht oder ein plausibler Grund zu der Annahme bestand, dass sich in Suzies Wohnung Beweise befanden, mit denen sich eine Verbindung zu Eds Flucht herstellen ließ. Ohne das würden sie ihre Wohnung nicht auf Sprengkapseln, Chemikalien, Drähte, Nitrat und solche Dinge durchsuchen können.

»Wir reden nach der Besprechung darüber«, wiederholte er.

»Irgendetwas sagt mir, dass wir diese Frau finden müssen.«

»Ich bin ganz Ihrer Meinung, Mahoney«, erklärte Andy schließlich, woraufhin sich ihre Miene erhellte. »Suzie Harpin kann durchaus wichtig sein. Hoffen wir, dass sie bald auftaucht. Aber fixieren Sie sich nicht zu sehr darauf, diese Frau zu finden, so dass Sie für andere Hinweise nicht mehr zugänglich sind. Sie könnten so etwas wie eine Hinweisblindheit entwickeln, die Sie daran hindert, andere Verdächtige oder Muster zu registrieren. Und jetzt schaffen Sie Ihren Hintern in den Besprechungsraum.«

Mahoney machte sich auf den Weg, während Andy die letzten Vorbereitungen traf. Er hatte schon einmal den Fall Ed Brown vor seinen Kollegen präsentiert – als sie das erste Mal nach ihm gefahndet hatten. Damals hatten sie seinen Namen nicht gewusst, sondern nur die sterblichen Überreste seiner Opfer und die Tatorte als Hinweise gehabt. Nun wussten sie praktisch alles über ihn; alles bis auf das Allerwichtigste … wo er sich aufhielt.

Detective Flynn stand im Besprechungsraum vor seinen Kollegen und fühlte sich lebendiger als seit Tagen. Er war in seinem Element.

»Danke, dass Sie mit so großem Engagement an diesem Fall arbeiten«, begann er und ließ den Blick über die Leute des Sonderkommandos schweifen. »In Ihren Unterlagen«, fuhr er fort und deutete auf das Arbeitsmaterial, das allen Anwesenden ausgehändigt worden war, »finden Sie ein vollständiges Profil unseres Täters und seiner Besonderheiten sowie die Details über seine neun bisher bekannten Morde und seine kürzliche Flucht aus der Untersuchungshaft.«

Er schluckte. Er konnte nicht glauben, dass Jimmy nicht da war. Andy wurde bewusst, dass er noch nie eine Einsatzbesprechung ohne ihn abgehalten hatte.

»Die Zeit stellt ein enormes Problem für uns dar. Es wird nicht lange dauern, bis Ed Brown sich seiner Sache wieder sicher genug fühlt, um weiterzumorden. Vergessen wir nicht, dass er sich in dem Augenblick, als seine Taten in den Zeitungen standen, bekanntere Opfer ausgesucht hat. Er will uns unter die Nase reiben, dass er es geschafft hat, zu entkommen, und ich hoffe, dass das zu seinem Untergang beiträgt. Wir dürfen nicht zulassen, dass er noch mehr Menschen tötet, bevor wir ihn schnappen.«

Mahoney, die ganz vorn saß, schien tief in Gedanken versunken zu sein. Andy wusste, dass sie auf die Aufseherin fixiert war.

»Der Mörder wird alles daransetzen, die Polizei bloßzustellen, ebenso wie er jedem Menschen Schwierigkeiten macht, der es wagt, sich ihm in den Weg zu stellen«, fuhr Andy fort. »Wie viele von Ihnen wissen, war ich persönlich betroffen, als ich die Ermittlungen damals geleitet habe. Er hat versucht, mich zu diskreditieren und die Ermittlungen durcheinander zu bringen, indem er den Verdacht auf mich gelenkt hat, ich hätte meine Exfrau Cassandra Flynn getötet.«

Einige der Beamten rutschten unbehaglich auf ihren Stühlen herum. Es war ein heikles Thema, aber es war wahr und durfte nicht vernachlässigt werden. Andy wusste, dass seine Ermittlungen den unmittelbaren Anstoß zu dem brutalen Mord an Cassandra gegeben hatten. Sie war lediglich ein Werkzeug gewesen, um Andy zu bekommen. Ed hätte Andys Exfrau niemals als Opfer ausgewählt, wäre er nicht auf den Fall angesetzt gewesen. Dieser Fall hatte ihn so viel gekostet, dass er den Gedanken nicht ertragen konnte, noch mehr zu verlieren.

»Ed Brown macht seine Hausaufgaben«, brachte Andy es auf den Punkt. »Er weiß, wer wir sind. Er weiß, wer unsere Angehörigen sind. Wir müssen davon ausgehen, dass er über Mittel und Wege verfügt, herauszufinden, wie viel wir wissen. Er ist ein Psychopath mit einem hohen IQ, er ist gerissen und in der Lage, jede Situation zu seinem Vorteil zu nutzen. Seine Flucht beweist seine Fähigkeit, sich aus einer heiklen Lage zu befreien. Wir dürfen ihn nicht unterschätzen. Wie Sie alle wissen, beobachten wir Mrs. Brown ganz genau. Laut Abhörprotokoll hat sie noch keinen Anruf von Ed bekommen, aber wir hoffen, dass das bald passiert. Ich hoffe auch, dass unser Durchsuchungsbeschluss innerhalb der nächsten Stunden ausgestellt wird. Aber da ist noch eine weitere Person aufgetaucht, die von Interesse sein könnte und die ich Ihnen hier vorstellen möchte.«

Andy nahm einen Stapel Unterlagen vom Tisch und bat darum, dass jedem Beamten ein Exemplar davon ausgehändigt wurde. Mahoneys Augen weiteten sich, als sie ihre Kopie entgegennahm und die Fotografie der Gefängnisaufseherin erkannte.

»Das, meine Damen und Herren, ist Suzie Harpin. Sie hat die Nachtschicht als Aufseherin in Eds Zellentrakt in Long Bay. Neununddreißig Jahre alt, allein stehend, keine Kinder. Die Eltern sind verstorben. Sie hat einen Bruder, den wir bisher aber nicht erreichen konnten. Den Berichten zufolge ist sie eine Einzelgängerin und Ed während seines Aufenthalts näher gekommen. Zum Zeitpunkt von Eds Verschwinden hat sie sich freigenommen und wurde seitdem nicht mehr gesehen. Wir fahnden nach dieser Frau, weil sie dringend befragt werden muss.«

49

»Hallo?«

Lisa Milgate-Harpin sah in die Richtung, aus der das Geräusch gekommen war, und runzelte die Stirn, ehe sie in die Diele trat.

»Ist da jemand?«

Sie war sicher gewesen, dass niemand im Haus war, aber dann hatte sie das Geräusch in der Küche gehört. Da war es wieder. Ein lautes Poltern.

»Hallo?«, wiederholte sie angespannt. Sie griff in ihre Tasche und zog ihre Schlüssel heraus, die sie wie eine Waffe umklammerte.

Bumm.

Mit ausgestrecktem Arm trat sie in die Küche und stellte erleichtert fest, dass das Fenster offen stand. Der Wind hatte die Jalousien gegen den Fensterrahmen geschlagen.

Sie atmete tief durch und ließ den Arm sinken.

Da sie schon mal hier war, würde sie die Gaggia-Maschine und ein paar andere Kleinigkeiten wie den Alessi-Korkenzieher mitnehmen. Ben war mit seinen Kumpels beim Angeln, und sie schlich auf Zehenspitzen im Haus herum und machte sich wegen jedem kleinen Geräusch in die Hose. Herrgott noch mal, was für ein Mistkerl. Sie würde mitnehmen, was sie haben wollte, und wenn ihm das nicht passte, konnte er sie mal!

In diesem Moment fiel ihr Blick auf etwas, das sie erstarren ließ.

Sie blieb abrupt stehen und starrte wie gebannt auf die blutige Masse im Spülbecken unter dem Küchenfenster.

Oh mein Gott! Oh mein Gott! Oh mein Gott!

Sie schrie.

Es war ein abgetrennter Arm. Ein Männerarm, an der Schulter abgeschnitten.

50

Die Stufen knarrten unter ihren Füßen. Laute Disco-Musik drang aus der Bar herauf. Nebenan stritt sich ein Paar, ein Bett quietschte. Suzie Harpin erklomm die Stufen des heruntergekommenen Apartmentgebäudes im Bezirk Wan Chai mit einer Tüte Essen, das sie in einem chinesischen Restaurant gekauft hatte. Es würde sie nicht wundern, wenn es zu einer Auseinandersetzung käme. Sie runzelte die Stirn. Sie hasste die Wohnung, die ihr Liebster Ed von ihrem Geld für sie beide gemietet hatte. Sie hasste dieses Wan Chai. Nach nicht einmal einem Tag hasste sie Hongkong. Warum hatten sie hierher kommen müssen? Warum? Suzie konnte hier niemals glücklich sein, so viel stand fest.

Allem Anschein nach war Wan Chai ein Rotlichtbezirk. Strip-Clubs und so genannte Girlie-Bars, in denen Asiatinnen sich bemühten, Kontakte zu Männern zu knüpfen, und überall sah man Touristen, vorwiegend männliche. Vermutlich war dies eine Gegend, die in sicherer Entfernung lebende Leute aufsuchten, um unanständige und widerliche Dinge zu tun, ohne erkannt zu werden. Ed hatte erklärt, dies sei das einzige billige und vollständig möblierte Apartment, das er so schnell finden konnte, und es befinde sich nun einmal in einer Gegend, in der kein großer Wert auf Formalitäten wie Pässe, Heimatanschriften und Kreditkarten gelegt wurde. Aber es gab doch bestimmt irgendetwas Besseres als das hier, oder? Suzie konnte nicht fassen, dass sie die Behaglichkeit des Liebesnestes verlassen hatten, das sie in Sydney für sie hergerichtet hatte, um in diesem widerwärtigen Loch hausen zu müssen. Sie wären um so vieles glücklicher gewesen, wenn sie in Sydney geblieben wären. Es war ein großer Fehler gewesen, das hübsche, gemütliche Haus zu verlassen. Für Suzie stellte diese Reise einen enormen Rückschritt dar, nachdem sie hart dafür gearbeitet hatte, ihr Ziel zu erreichen. Sie hatte *so hart* gearbeitet.

Sie steckte den Schlüssel ins Schloss und drehte den Knauf. Die Tür knarzte. Die Plastiktüte mit dem Essen verfing sich in einer der losen, rostigen Schrauben, mit dem der Türknauf im Holz befestigt war. Sie verzog das Gesicht und löste sie, ehe sie das Apartment betrat. Ed saß am Küchentisch, wie sie vermutet hatte, und starrte trübsinnig vor sich hin. Er sprang nicht auf, um sie zu begrüßen. Kein »Willkommen zu Hause, Liebes. Du hast mir gefehlt!«, kein »Liebes, endlich bist du da!«.

»Hallo, Schatz«, sagte Suzie, schloss die Tür hinter sich und schob den Riegel vor.

Da war wieder dieser Gestank. Abgestandener Zigarettenrauch. Trotz des Lärms, der von draußen hereindrang, hatte Suzie den ganzen Tag die Fenster weit offen stehen lassen, aber es half nicht. Es war lediglich laut *und* stank nach Zigaretten.

»Liebling, wo warst du den ganzen Tag?«, fragte sie.

»Ich bin nach Hause gekommen, und du warst nicht hier«, antwortete er unfreundlich, ohne aufzublicken.

Sie trat in die Küche und packte das Essen auf der Arbeitsplatte aus – Schwein süßsauer, Nudeln und irgendeine Suppe. Sein Blick wanderte zu dem Essen, dann zu ihrem Gesicht.

»Ich habe nur etwas zu essen besorgt«, log sie, obwohl sie insgeheim vor Wut schäumte. »Ich wusste nicht, wann du zurückkommst. Ich habe sicherheitshalber so viel gekauft, dass es für uns beide reicht. Willst du etwas haben, Liebster?«

Ehrlich gesagt war Suzie Ed von dem Augenblick an gefolgt, als er am Nachmittag die Wohnung verlassen hatte. Er hatte sich über drei Stunden in der Nähe einer Model-Agentur namens Wang Models Hongkong herumgedrückt, bis das Büro geschlossen hatte und alle nach Hause gegangen waren. Dann war er einer Hand voll junger Mädchen zu einem Restaurant in einem Viertel namens Lan Kwai Fong gefolgt, das vorwiegend von in Hongkong lebenden Ausländern aus Großbritannien, den USA und aus Australien besucht wurde. Dort hatte er ein Bier getrunken und die Mädchen über die schmale Kopfsteinpflastergasse hinweg beobachtet. Die ganze Zeit über hatte Suzie überlegt, ob sie ihn stellen sollte, aber sie war zu neugierig gewesen, was ihr Liebster als Nächstes tun würde. Schließlich war er nach Wan Chai zurückgekehrt, ohne mit einem der Models gesprochen zu haben. Suzie war ihm im Abstand von nicht einmal einem Block gefolgt und hatte noch kurz etwas zu essen besorgt, ehe sie ebenfalls das Apartmentgebäude betreten hatte. Sie wollte eine Ausrede parat haben, warum sie nicht zu Hause gewesen war.

»Oh«, erwiderte Ed desinteressiert, ohne Anstalten zu machen, ihre Frage zu beantworten. Dachte er allen Ernstes, sie würde den ganzen Nachmittag und Abend in dieser schmierigen, kleinen Bude auf ihn warten? Er glaubte tatsächlich, dass sie herumsaß und auf ihn wartete, während er nach dieser Frau suchte?

Diese Frau. *Makedde Vanderwall.*

Auch Suzie hatte die Schlagzeile gesehen. Sie wusste genau, was hier vorging.

MODEL FLIEHT NACH HONGKONG.

»In Asien können wir mit dem Geld, das wir haben, wie Könige leben«, hatte Ed vor wenigen Tagen argumentiert. »Und wir können dort heiraten, ohne dass jemand Fragen stellt.« Aber sie kannte den Grund, weshalb er in Hongkong sein wollte. Er wollte wegen dieser Frau hier sein.

Ich bin kein Dummkopf, Freundchen.

Suzie wusste, dass sie Geduld haben musste. Wenn die einzige Möglichkeit, ihr Ziel zu erreichen, darin bestand, diese Frau zu kriegen, dann sollte es ihr recht sein. Sie war bereit, Geduld zu haben, und ihm notfalls sogar dabei zu helfen. Sie wünschte sich ebenso sehr wie er, dass diese Makedde Vanderwall für immer vom Antlitz dieses Planeten verschwand. Aber warum diese Lügerei? Eds mangelnde Ehrlichkeit schmerzte sie sehr. Und er begann sich zu verändern. Allmählich wurde ihr klar, dass sich all das vielleicht doch nicht zu der Romanze entwickelte, die sie sich ausgemalt hatte. Dabei hatte sie sich so große Hoffnungen gemacht. Zwar kam immer wieder ihr Traummann zum Vorschein – in diesen Momenten war er süß und liebevoll –, doch dann schlug die Stimmung um. Einmal heiß, einmal kalt, wie die Wasserhähne in dieser abgewrackten, stinkenden Bude.

Er hat mir immer noch keinen Antrag gemacht. Wann macht er mir endlich einen Antrag?

Sie hoffte, dass sie nicht in eine weitere enttäuschende Liebesbeziehung hineingeschlittert war. Zuerst war da Michael gewesen. Sie war gerade einmal vierzehn, und er war erfahren und aufregend, aber es stellte sich heraus, dass er eine Verlobte hatte. Im nächsten Jahr folgten verschwitzte Abende auf dem Rücksitz von Colin Garrisons altersschwachem Wagen und die Nachricht, dass sie schwanger war. Suzie war sicher, dass sie ein wunderschönes Mädchen zur Welt bringen würde; dass die kleine Rose in ihrem Bauch nur darauf wartete, geboren zu werden. Aber *er* wollte sie nicht. Colin zwang Suzie, sie zu töten, und sobald sie die Abtreibung überstanden hatte, war auch er verschwunden. Seitdem hielt sie sich von bösartigen Männern fern. Sie lebte noch bei ihren Eltern zu Hause, als sie sich den ersten Vogel zulegte. Und sie nannte ihn nach ihrer Tochter Rose. Doch der Vogel wollte nicht wie versprochen singen, also hörte Suzie nach sechs Wochen auf, ihn zu füttern. Als Nächstes legte sie sich ein Weibchen zu, das ein wenig länger durchhielt.

Als Suzie Ed kennen lernte, war auch er in gewisser

Weise in einem Käfig gefangen, und nun, da er draußen war, hielt er nicht, was er versprach. Wie Rose, das kleine Pfirsichköpfchen, das sie am Tag vor Eds Flucht gekauft hatte. In der Zoohandlung hatte sie wunderschön gesungen, aber als sie sie nach Hause geholt hatte, war es nicht mehr dasselbe gewesen. Sie war froh, dass sie den Vogel wieder in den Laden gebracht und ihr Geld zurückbekommen hatte, obwohl sie ohnehin nicht gewusst hätte, was sie mit dem Tier machen sollte, nachdem Ed sie davon überzeugt hatte, dass sie das Land verlassen mussten. Aber Rose hatte Suzies Erwartungen sowieso nicht erfüllt. Wenn die Farben ihrer Federn an Leuchtkraft verloren und sie aufhörten zu singen, war klar, dass sie bald sterben würden. Würde bei Ed dasselbe passieren? Verlor auch er an Leuchtkraft?

»Liebling, möchtest du etwas zu essen?«, beharrte Suzie.

Er gab keine Antwort. Sie stellte ihm trotzdem einen Teller Suppe hin und setzte sich gegenüber von ihm an den Tisch. Ihr Blick fiel auf eine Hand voll Stadtpläne, die vor ihm lagen und auf denen einige Viertel mit einem roten Kreis markiert waren. Ed griff nach dem Löffel und aß schweigend seine Suppe. Nicht einmal ein Dankeschön! Kein Wort der Entschuldigung, dass er den ganzen Tag verschwunden gewesen war!

Sei vernünftig, Suzie! Hab Geduld!

Obwohl Suzie wusste, dass sie bei Ed gewisse Zugeständnisse machen musste, fraß sich die Enttäuschung wie Säure durch ihre Eingeweide. Düstere Gedanken überkamen sie, bis sie das Gefühl hatte, kaum noch Luft zu bekommen. Ed gab ihr nicht die Liebe und Aufmerksamkeit, die sie verdiente. Suzie hatte ihn befreit. Sie hatte sich freigenommen, wie Ed vorgeschlagen hatte. Sie hatte praktisch ihre gesamten Ersparnisse abgehoben, wie er verlangt hatte, und zwei Flüge auf ihre Kreditkarte gebucht, obwohl sie es sich eigentlich nicht leisten konnte.

Und was war mit dem Haus, das sie für sie hergerichtet hatte? Dafür verdiente sie doch eine Gegenleistung, verdammt noch mal! Sie verdiente seine uneingeschränkte Zuneigung!

Ich lasse nicht zu, dass er mich wegen dieser blöden Frau sitzen lässt. Ich habe mir so viel Arbeit gemacht. Sie wird ihn nicht bekommen!

»Schatz, lass uns doch morgen die Sehenswürdigkeiten ansehen«, schlug Suzie vor. »Bitte, ja?« Sie streckte den Arm aus und drückte seine Hand. »Es gibt so viele Dinge, die ich mit dir unternehmen möchte.«

Und wenn ich sie selbst aus dem Weg räumen muss, tue ich auch das.

51

Das riesige Lagerhaus war erfüllt vom Geruch nach Rauch und teurem Parfüm.

Diese Corsage ist so verdammt eng…

Hongkongs *crème de la crème,* Filmstars und Mode-Experten saßen dicht an dicht auf ihren Stühlen, während ihre Parfüms, Egos und persönlichen Assistenten verzweifelt um die Oberhand wetteiferten. Das aufgeregte Stimmengewirr wurde von einer riesigen Nebelmaschine auf einer Seite der Bühne übertönt, die fahle Nebelschwaden über den T-förmigen Laufsteg und die wartenden Journalisten und VIPs wabern ließ, während sie gespannt auf Ely Garners neueste Kollektion namens EG warteten.

Es war Elys erste große Show seit der Auflösung der Partnerschaft von Nobelius Garner, und die PR-Maschinerie war förmlich heiß gelaufen, um seinen Status als Gewinner in dieser Auseinandersetzung zu zementieren. Die erste Reihe war mit dem nötigen medialen Kanonenfutter bestückt – Leonardo DiCaprio saß neben Chloë Sevigny, daneben Lucy Liu, deren Schlitz im Rock den Blick auf ihren wohl geformten Oberschenkel freigab. Außerdem hatten sich etliche lokale Starlets eingefunden. Mak kannte sie zwar nicht, doch es war nicht zu übersehen, dass sich die Paparazzi um sie rissen. Gebleckte Zähne und Blitzlichter lieferten sich erbitterte Duelle. Die internationalen Größen hatten sich zweifellos von ihrer persönlichen Freundschaft, wenn nicht gar von dem Versprechen kostenloser Kleidung und eines Platzes in der ersten Reihe anlocken lassen, während die lokalen Stars von Glück sagen konnten, überhaupt hier sein zu dürfen.

Alle, die als nicht wichtig genug für einen Platz in der ersten Reihe erachtet wurden, zogen über diejenigen her, denen der Vorzug gegeben worden war; das übliche Lästern, Spotten und Tuscheln. Backstage spähten die stark geschminkten Models durch die Vorhänge, um irgendein bekanntes Gesicht zu sehen zu bekommen. Alle außer Makedde. Sie hatte bereits einen Blick auf die Promi-Riege geworfen und versuchte nun, eine der Helferinnen dazu zu bringen, die Corsage ihres Kleides ein wenig zu lockern.

»Psst.«

Dieses Ding bringt mich um…

»Pssst.«

»Was ist denn?« Endlich drehte sich die Frau zu ihr um. Sie war von Kopf bis Fuß in Schwarz gekleidet, und an ihrem breiten Gürtel hing ein Funkgerät, aus dem ein Rauschen drang. Eine neonpinkfarbene Strähne fiel ihr in die durchdringenden, zusammengekniffenen Augen.

»Sie sprechen Englisch?«, fragte Mak erstaunt.

»Wie kommen Sie nur *darauf*?« Arroganz? Auch gut.

»Könnten Sie mir einen Gefallen tun und diese Corsage ein winziges bisschen lockern?« Sie drehte sich um, so dass die Seidenbänder zum Vorschein kamen, die ihr Kleid zusammenhielten. »Dieses Ding bringt mich um. Mir ist schon ganz schwindlig.«

Die Frau musterte das Kleid. »Oh, ich glaube nicht, dass ich das tun sollte.«

»Kommen Sie schon. Ich will schließlich nicht ohnmächtig werden.«

»Ely erlaubt nicht, dass wir irgendetwas anfassen. Ich sollte ihn rufen.« Sie hob die Hand und wollte dem Designer ein Zeichen geben.

»Nein, nicht!« Entsetzt packte Mak die Hand der Frau und zog sie herunter. Sie wollte auf keinen Fall den Modeschöpfer beleidigen, der auf die Idee gekommen war, Mak nach Hongkong einfliegen zu lassen. Wahrscheinlich würde sie schon bald keine derartigen Aufträge mehr bekommen. »Schon gut«, beschwichtigte sie die Frau. »Sie sind alle sehr beschäftigt, machen Sie sich keine Mühe. Es sind ja nur noch ein paar Minuten.«

Doch Makedde hatte schon zu lange gewartet. Ihre Rippen begannen zu schmerzen und ihr war bedrohlich schwindlig. *Das kann doch nicht gesund sein.* Sich hinzusetzen war ein absolutes Tabu, nachdem die Models angezogen waren, deshalb gab es bei Modeschauen hinter der Bühne grundsätzlich keine Stühle. Aber wenn sie sich jetzt hinsetzte, würde wahrscheinlich einer der Korsettstäbe brechen und sich in ihre Rippen bohren oder irgendwelche lebenswichtigen Organe noch mehr verschieben, also blieb Mak stehen und rang weiterhin nach Luft.

»Wenn ich das Bewusstsein verliere und sterbe, sorgt ihr bitte dafür, dass meine Leiche nach Kanada geschickt wird?«

»Wie bitte?« Das Model hinter ihr musterte sie stirnrunzelnd. Oder vielleicht sah sie auch immer so aus.

»Schon gut.«

Wieso kann eine Modeschau grundsätzlich nicht pünktlich anfangen? Gegen welches Gesetz verstößt das?

Die Show hatte schon jetzt dreißig Minuten Verspätung, dann vierzig, fünfundvierzig, fünfzig ... Mak spürte die Unruhe im Publikum auf der anderen Seite des Vorhangs. Sie suchte unter den Models die beiden Mädchen, die das Apartment mit ihr teilten, konnte jedoch keine von ihnen entdecken. Aber vielleicht erkannte sie sie nur nicht unter all dem Make-up und den Haarteilen. Mak sollte als Zweite folgen, wenn auch in gebührendem Abstand zu dem hervorragenden brasilianischen Supermodel Gisele – dem Star der Show und wahrscheinlich der Hauptgrund für Leo DiCaprios Anwesenheit. Ihr Auftritt kostete Ely mindestens schlappe zwanzigtausend Dollar mehr als Makeddes bescheidene Gage. Für Modelbegriffe spielte Gisele in einer völlig anderen Liga.

»Ich sterbe für eine Kippe«, sagte jemand.

Ein zierlicher Mann in kunstvoll zerrissenen Jeans und einem schwarzen T-Shirt schob sich an Mak vorbei, trat neben Gisele und sprühte etwas Öl auf ihre nackte, bronzefarbene Haut. Als er mit Bauch und Brust fertig war, drehte sie sich um, damit er auf ihrem Rücken und ihrem Hinterteil weitermachen konnte. Dann verschwand er. Die beiden hatten kein Wort gewechselt. Mak hatte darauf geachtet, nicht in die Reichweite des Öls zu kommen.

Nach einer Weile, die ihr wie eine Ewigkeit vorkam, gab die missmutige Frau mit dem Walkie-Talkie das Zeichen. Gisele, frisch eingeölt, nahm graziös ihre Position ein, während »Get Me Off« aus den riesigen Lautsprechern zu dröhnen begann, so dass der Lärm der Nebelmaschine, das Stimmengewirr und das nervöse Klicken der Manolo Blahniks übertönt wurden. Die Scheinwerfer gingen an und sandten rote Farbsäulen durch die Schwaden, während Gisele dastand, die Hände in die Hüften gestemmt, in einem schwarzen Lederbikini und unfassbar hohen Stilettos, deren Schnürung sich bis zu ihren Knien emporwand. Sie wartete auf ihren Einsatz, ihr üppiger, geschmeidiger

Körper gespannt wie eine Feder, und als die ersten hämmernden Klänge verebbt waren und der Gesang einsetzte, schritt sie im Rhythmus der Musik den Laufsteg entlang, ihren nicht zu übersehenden Sex-Appeal auf das Publikum und die Kameras gerichtet.

Gleich war es Zeit für Mak.

»Los!«

Mak wurde nach vorn geschoben, so dass sie gerade noch routiniert ihre Pose einnehmen konnte, ehe die Scheinwerfer sie erfassten. Als zweites Model nach Gisele würde sie wohl kaum dieselbe Beachtung finden, dennoch wandte sich ihr das Publikum pflichtschuldig zu. Blitzlichter flammten auf. Auf ihrem Gesicht lag der obligatorische Ausdruck milder Herablassung, als sie den Catwalk entlangschritt. Automatisch positionierte sie ihre Füße im perfekten Winkel, schob die Hüften nach vorn und hielt den Kopf gerade. Die Corsage war noch immer zu eng, aber unter dem gleißenden Licht der Schweinwerfer spürte sie ohnehin nichts.

In diesem Augenblick blieb ihr Blick an einem bleichen Mann mit rötlichem Haar und einer Kamera um den Hals hängen, der einen Satz nach vorn machte. Mak erstarrte innerlich zu Eis.

Oh mein Gott… Ed Brown!

Ihre Nackenhärchen richteten sich auf, und ihre Beine drohten vor Entsetzen nachzugeben. Sie fühlte sich, als könnte sie keinen Schritt weitergehen…

Auf den zweiten Blick stellte sich heraus, dass es sich bei dem Mann nicht um Ed Brown handelte, sondern um einen Journalisten aus Übersee, der hergeschickt worden war, um über die Modeschau zu berichten. Er sah Ed nur ein klein wenig ähnlich, das war alles. Aber es war zu spät. Ed war in ihre Gedanken vorgedrungen, und sie spürte, wie Panik in ihr aufstieg.

Du bist in Hongkong. Ed ist nicht hier. Du bist in Sicherheit.

Ed ist nicht hier, wiederholte sie wie ein Mantra, um sich zu beruhigen.

Es gelang Ed Brown immer noch, ihre Gedanken zu vergiften; sogar jetzt, wo sie so viele Meilen von ihm entfernt in einer neuen, exotischen Welt war. Selbst bei der Arbeit ging er ihr nicht aus dem Kopf. Es war, als hätte sie sich von seinen Fesseln niemals ganz befreien können.

Trotz der Dämonen, die sie quälten und sie zu überwältigen drohten, taten Makeddes Füße in den Stilettos ihre Arbeit mit der gewohnten Präzision. Unter der undurchdringlichen Fassade der Gelassenheit schwebte sie über den Laufsteg, und die Augen und Kameralinsen, die jede Bewegung verfolgten und festhielten, bekamen nichts von der Angst mit, die in ihrem Inneren wütete.

52

Dreizehn…

Während viele Menschen in Wan Chai schliefen und andere sich mit Fremden und Freunden in den Diskotheken und Bars vergnügten, war Ed Brown in seinem Zimmer und dachte an die Zukunft.

Das Licht der Neonschilder drang durchs Fenster und tauchte den Raum in einen fiebrigen Pinkton. Die Tür zu seinem Zimmer war verschlossen, und im Nebenraum schlief die Gefängnis-Lady. Die Geräusche seiner Bewegungen waren über den ständigen Straßenlärm bestimmt nicht zu hören. Er war sicher, dass sie nicht versuchen würde, ihm heute Nacht zu Leibe zu rücken. Also hatte er Zeit zum Nachdenken und um Pläne zu schmieden.

Eds Nase berührte den Holzboden. Seine Füße befanden sich etwa einen halben Meter über seinem Kopf gegen das Bett gestemmt. Seine seitlichen Bauchmuskeln zuckten. Seine Schultern schmerzten vor Übersäuerung. Das Blut begann in seinem Kopf zu rauschen. Mit einer langsamen, gleichmäßigen Bewegung stemmte er sich ein weiteres Mal hoch und ließ sich wieder sinken.

Vierzehn…

Mit einem keuchenden Atemzug vollführte er noch einen Liegestütz. Auf und ab.

Fünfzehn…

Es war gut, Raum zum Nachdenken zu haben. Die Gefängnis-Lady hatte ihm zugestimmt, es sei unangemessen, im selben Bett zu schlafen, bevor sie verheiratet waren, aber ihm war klar, dass sie allmählich ungeduldig wurde. Sie erwartete einen angemessenen Heiratsantrag von ihm. Aber das spielte keine Rolle, da er sie schon bald nicht mehr brauchen würde.

Morgen würde Ed noch einmal zu der Model-Agentur fahren und nach Makedde Ausschau halten. Er hoffte, dass er dieses Mal mehr Erfolg hatte, aber selbst wenn sie nicht auftauchte, blieben ihm bestimmt noch ein paar Tage, um sie aufzuspüren, ehe die Gefahr bestand, dass sie das Land verließ. Und wenn sie nach Kanada flog, konnte er ihr mit der Hilfe der Gefängnis-Lady in der Verkleidung des glücklich verheirateten Paares auch dorthin folgen. Er würde ihr an jeden Ort auf der Welt folgen, bis er sie gefunden hatte. Aber er hoffte, dass es nicht so weit kommen würde. Er wollte das Risiko nicht eingehen, noch einmal die Formalitäten am Zoll und bei der Einwanderungsbehörde hinter sich bringen zu müssen. Ebenso wenig wollte er die Gefängnis-Lady noch lange um sich haben, wenn es nicht unbedingt notwendig war. Aber das Wichtigste war, dass Ed so lange gewartet hatte – achtzehn lange Monate, seit jenem Augenblick mit Makedde, den Andy Flynn so abrupt unterbrochen hatte –, und er wollte nicht länger warten müssen.

Wenn er sie morgen Nachmittag nicht gefunden hatte, würde er sich etwas anderes einfallen lassen müssen.

Achtzehn…

Eds Trizeps begann zu beben, und seine Schultern ermüdeten. Eine Schweißspur rann von seiner Stirn zu seiner Augenbraue.

Neunzehn…

Sobald er seinen Zeitrahmen für Makedde kannte, wäre er glücklicher. Der Zeitrahmen bestimmte das Ausmaß des Risikos, das mit ihrer Entführung verbunden war, und wie viel Zeit ihm blieb, um ein hübsches, ruhiges Plätzchen für sein Vorhaben in Hongkong zu finden.

Zwanzig…

Es war zwar noch einiges ungeklärt, trotzdem war es ein wichtiger Tag für Ed gewesen. Es war ihm gelungen, ohne größere Schwierigkeiten nach Hongkong einzureisen. Er war diesem Idioten von der australischen Polizei entkommen. Er hatte Makeddes Model-Agentur ausfindig gemacht, was nicht weiter schwierig gewesen war. Er hatte einfach ihren Agenten in Sydney angerufen und sich mit der Gegend vertraut gemacht, die sie möglicherweise aufsuchen würde. Es lief gut. Wenn er nur herausfinden könnte, wo sie wohnte. Wer könnte es ihm sagen? Welche Geschichte würde überzeugend klingen?

Einundzwanzig…

Nach dem fünften Satz seiner einundzwanzig Liegestütze ließ er sich zu Boden sinken und drehte sich auf den Rücken. Es gab noch immer einige Dinge, die ihm Sorgen bereiteten; Dinge, über die er nachdachte und für die es befriedigende Lösungen zu finden galt. Er wusste, dass es riskant wäre, nach Australien zurückzukehren. Das war bedauerlich. Um sich seinen Wunsch erfüllen zu können, wieder mit Makedde vereint zu sein, hatte er seine Heimat verlassen. Und es war so gut wie ausgeschlossen, sie dazu zu bringen, mit ihm zurückzufliegen. Er träumte schon so lange davon, mit ihr dort zu sein, in der vertrauten Umgebung, in der er aufgewachsen war. Er hatte sich ausgemalt, wie er sie in der Garage seines Hauses fesselte und sie wochenlang gefangen hielt. Dort konnte er tun, wonach ihm der Sinn stand – er konnte sich so einfachen Freuden hingeben, wie beispielsweise einen Spaziergang um den Block machen, während sie auf ihn wartete, gefesselt und geknebelt; er konnte mit ihr reden, ihr all seine Geheimnisse und Wünsche anvertrauen; er konnte die Tür hinter sich schließen und sie im Dunkeln zurücklassen, wenn er Lust dazu hatte; er konnte sie mit der Hand füttern, sie berühren. Und wenn die Zeit gekommen war, würde er den letzten Akt des Besitzes vollziehen und ihr die Souvenirs nehmen, die sie ihm zuvor gestohlen hatte. Das Schicksal wollte es so. Er hatte in Gedanken bereits alles für sie vorbereitet; und er wusste genau, wo er in Sydney alles bekam, was er brauchte – Klammern, Metalltabletts, Werkzeuge und chirurgisches Besteck, sterilen Verbandmull, Betäubungsmittel, Formaldehyd. Aber nun würden sich diese Träume nicht erfüllen, zumindest nicht in der Art und Weise, wie er es sich vorgestellt hatte. Deshalb suchte er nach Alternativen. Nun, da alles ganz anders war als geplant, würde er sich an die Gegebenheiten anpassen müssen. Er würde trotz allem wie vorgesehen Zeit mit ihr verbringen, und zwar so viel, wie er wollte. Bis er zufrieden war. Das stand fest. Und wenn es in Hongkong passierte, dann sollte es ihm auch recht sein. Er würde schon Mittel und Wege finden.

Doch er fragte sich, was danach passieren sollte, auch wenn es schwierig war, es sich vorzustellen. Sollte er in Asien bleiben? Ein neues Leben anfangen? In diesem Fall würde er seine Mutter und Australien vielleicht nie wiedersehen. Er war sich nicht sicher, was er davon halten sollte. Und wie sollte er ohne Mutter an Geld kommen?

Besorgt rappelte er sich auf, schlüpfte in seine Schuhe

und griff nach seiner Jacke. Er wischte sich mit einem Desinfektionstuch die Hände sauber und steckte das Päckchen für später ein. Dann holte er sich zwanzig Hongkong-Dollar. Das Bargeld der Gefängnis-Lady ging rasch zur Neige.

Es war Zeit für einen Besuch in den Bars der Gegend. Vielleicht fand sich ja eine Möglichkeit, an Geld zu gelangen, oder, was noch besser wäre, heute war die Nacht der Nächte, und er fand Makedde.

Vorsichtig öffnete er die Tür seines Zimmers, stellte fest, dass niemand im Wohnzimmer war, und ging weiter ins Badezimmer, um sich ein wenig Wasser ins Gesicht zu spritzen und sich die Hände zu waschen – zweimal, dreimal –, ehe er die Wohnung verließ.

Spürst du mich, Mak? Spürst du, dass ich komme?

Zieh deine Stilettos für mich an.

Es ist dein Schicksal.

53

»Hey, wie war dein Name noch mal? Macayly, stimmt's?«

Makedde blickte von ihrer Speisekarte auf und musterte Gabby, die schroffe Britin aus ihrem Apartment. Ihre knochigen Schultern, die aus dem dünnen Hemdchen ragten, und das dunkle, leicht verschmierte Make-up um ihre Katzenaugen ließen sie noch dünner wirken als am Abend zuvor. Im Stehen sah sie aus, als wäre ihr Körper in die Länge gezogen worden.

»Eigentlich wird mein Name *Mak-kay-dee* ausgesprochen«, erwiderte Mak. »Aber du kannst Mak zu mir sagen.«

Nach der Ely-Garner-Show hatte Jen, die Amerikanerin, Mak eingeladen, mit ihr und ein paar anderen Models zu einem späten Abendessen in ein Restaurant namens Che's zu kommen. Insgesamt waren sie zu acht, allesamt in der typischen Uniform aus modisch lässigen Jeans und einem knappen Top.

»Mak. Stimmt ja«, schnaubte Gabby, als schere sie sich nicht um die richtige Aussprache. Zweifellos würde sie es auch beim nächsten Mal nicht richtig hinkriegen.

Jen, die links von Gabby saß und das genaue Gegenteil von ihr war, strahlte Mak an. Mit ihrem frischen Gesicht und ihrem unverkennbaren Midwestern-Akzent besaß Jen die Natürlichkeit von frischem Heu und warmem Apfelkuchen. Seit Maks Ankunft hatte sie nicht viel Zeit in dem Apartment verbracht, trotzdem mochte Mak sie schon jetzt. Gabby hingegen war die geborene schmollende Drama-Queen, deren ständige Begleiter eine qualmende Zigarette und eine frostige Arroganz zu sein schienen.

»Rot oder weiß«, fragte Gabby – beziehungsweise knurrte sie. Es war schwer zu sagen.

»Rot, danke.«

»Noch jemand? Rot, ja?« Sie rief den Kellner heran. »Wir hätten gern zwei Flaschen Canonbah Bridge Shiraz.«

Der Keller nickte und verschwand.

»Seid ihr regelmäßig hier?«, erkundigte sich Mak bei Jen. Es erschien ihr klüger, sich an die freundlichere ihrer beiden Mitbewohnerinnen zu halten, außerdem hatte sie die Namen der anderen nicht richtig mitbekommen. »Ich muss zugeben, dass ich sofort kubanisches Essen im Sinn hatte, als du ›Che‹ gesagt hast.«

Jen sah sie ausdruckslos an.

»Wegen Che Guevara«, erklärte Mak.

»Nein, es ist ein chinesisches Restaurant«, erwiderte Jen, die immer noch nicht verstand, worauf Mak hinauswollte. »Es gehört einem der hiesigen Filmstars! Wir hoffen, er kommt später noch vorbei«, ereiferte sie sich.

Dass hier traditionelle kantonesische Küche serviert wurde, war Mak nicht entgangen, da die riesigen Fischbassins und die üppigen, goldenen Verzierungen im Restaurant nicht zu übersehen waren. An den Wänden waren sogar Gefäße mit geheimnisvollen, getrockneten Substanzen aufgereiht.

»Es wäre toll, wenn er vorbeisehen würde«, platzte Jen heraus, offenbar noch immer mit den Gedanken bei dem Filmstar.

Gabby nickte vage. Es machte nicht den Eindruck, als hätte sie Interesse an einem Gespräch über lokale Filmgrößen oder die kubanische Revolution. Mak fragte sich, wie alt – oder wie jung – Jen wohl war, ehe sie sich wieder ihrer Speisekarte widmete. Schnell wurde ihr klar, dass es nicht ganz einfach werden würde, herauszufinden, was sich hinter den angegebenen Speisen verbarg. Das hier war nicht gerade das Ming's in der Quadra Street.

»Äh, kann mir jemand verraten, was mit dem doppelt gekochten süßen Vogelnest gemeint ist?«, erkundigte sie sich und erntete prompt Gelächter der Mädchen auf ihrer Seite des Tisches.

»Es ist Vogelspucke«, erklärte das männliche Model neben ihr mit irritierend vertrautem australischem Akzent, beugte sich vor und lächelte sie boshaft an. Er war ein tief gebräunter Typ mit zerzaustem Haar in einem zerrissenen T-Shirt für dreihundert Dollar und Tsubi-Jeans – genau der Typ, wie sich die Werbeindustrie den typischen Bondi-Surfer vorstellte. Er hieß Shawn.

»Vogelspucke«, erwiderte Mak tonlos, zog eine Augenbraue hoch und wartete auf die Pointe.

»Kein Scheiß. Es ist wirklich Vogelspeichel. Das ist eine Delikatesse hier.«

Mak bedauerte, dass sie sich unwissentlich neben den einzigen Australier in der Runde gesetzt hatte. *Was ist, wenn er mich von den Prozessfotos wiedererkennt?* Reflexartig tauchte sie hinter ihrer Speisekarte ab.

Hm. Entenschnäbel in pikanter Sauce. Schlangenfilet mit chinesischen Heilkräutern. Taubendarm mit Soja. Schellfisch aus dem Elephant Trunk. Die Karte las sich wie etwas aus *Ripleys unglaubliche Welt*. Seehornschnecken. Fünfundzwanzigköpfige Abalone-Schnecken. Außerdem gab es eine separate Rubrik für »Conpoys«; etwas, dessen Genuss in ihrer Heimat wahrscheinlich nicht einmal erlaubt war.

Sie beugte sich über den Tisch zu Jen. »Hilfe, was, um alles in der Welt, ist ein Conpoy?«

Jen deutete auf einige Gefäße an der Wand, in denen eigentümliche, verhutzelte Fleischstücke zu sehen waren. »Sonnengetrocknete Jakobsmuscheln. Diese Dinger sind eine Spezialität des Hauses.«

Klar. Vielleicht bleibe ich bei gedämpftem Gemüse, dachte Mak. Normalerweise war ihre Philosophie auf Reisen, sich einfach auf die lokalen Gewohnheiten einzulassen, doch heute Abend war der Gedanke an all die exotischen Speisen alles andere als einladend. Sie hatte Kopfschmerzen, und ihr war leicht übel. Lag es nur am Jetlag – oder quälte sie etwas anderes Unheilvolles?

Reiß dich zusammen, Mak, ermahnte sie sich streng. *Du bist in Hongkong. Du bist in Sicherheit. Ed ist nicht hier. Du bist in Sicherheit…*

54

»Hallo, Sie wollen Gesellschaft?«

Der Akzent war exotisch, doch Ed konnte ihn nicht genau zuordnen. Gelangweilt starrte er das Mädchen an, das neben ihn getreten war. Er betrachtete ihre dunkelbraunen Augen, ihre goldfarbene Haut, den üppigen Schmollmund. Und obwohl er schwieg, rührte sie sich nicht von der Stelle. Stattdessen klimperte sie mit den Wimpern und lächelte. Ihre Stirn war von kleinen Pickeln übersät, und sie verströmte einen leichten Geruch nach Hefe.

»Was wollen Sie?«, fragte er.

»Sie wollen Gesellschaft? Sie sehr gut aussehen.«

Ed konnte der zierlichen Philippina absolut nichts abgewinnen. Sie trug klobige Sandalen zu einem Minirock, und ihre Zehen waren quadratisch geformt und hässlich. Sie hatte sich nicht einmal die Zehennägel lackiert. Ihre Füße stießen ihn ab.

»Nein, ich suche keine Gesellschaft.«

»Sie haben Frau?«, fragte sie.

»Ja. Ich habe eine Frau.«

Er trug noch immer den Ehering des tiefgekühlten Mannes am Finger. Es hatte eine Zeit gegeben, als Ed mindestens einmal pro Woche einen solchen Ring getragen hatte, damals, als er sich auf die Suche nach Mädchen gemacht hatte. Im Lauf der Jahre hatte er gelernt, dass die Vorstellung, er sei auf dem Nachhauseweg zu seiner Frau, die Mädchen beruhigte. Ein Ehering ließ ihn harmlos wirken. Er gab den Ausschlag – wenn das Angebot, sich an einem regnerischen Abend von einem freundlich wirkenden, bebrillten Samariter nach Hause fahren zu lassen, zu verlockend war, wenn auch nicht verlockend genug, damit ein Mädchen aller Vorsicht zum Trotz in seinen Transporter stieg. *Ich sollte eigentlich schon längst zum Abendessen zu Hause sein, aber ich habe Sie gesehen und dachte, Sie brauchen vielleicht Hilfe. Die Gegend hier ist nicht gerade sicher, müssen Sie wissen…* Bei den anderen – den Huren und den Stripperinnen – reichte Geld in aller Regel als Argument völlig aus, damit sie in seinen Wagen stiegen. Wenn sie sich weigerten, bot er ihnen einfach mehr an, so dass sie irgendwann nachgaben.

Ed hatte den Ring bei einem privaten Flohmarkt erstanden – seltsam, dass es Leute gab, die einen Trauring dort verkauften –, und nun lag er irgendwo bei seinen Habseligkeiten in der Asservatenkammer der Polizei in einer kleinen, mit einem Aufkleber »Edward Brown« versehenen Schachtel. Den Ring konnte er ersetzen, aber nicht all die anderen Dinge, die die Polizei ihm gestohlen hatte. Er vermisste seine Souvenirs schmerzlich. Er war so stolz auf sie gewesen. Im Lauf der Jahre hatte er einige der Zehen der Mädchen wie einen Schatz in einem Schuhkarton unter seinem Bett gehütet, diejenigen, die er fein säuberlich vom Fuß abgetrennt hatte. Es hatte großes Geschick und viel Geduld erfordert, die Schnitte exakt vorzunehmen und die optimale Aufbewahrungsmethode zu erarbeiten. Er hatte sogar einen ganzen Fuß in einem mit Formalin gefüllten Glas aufbewahrt – ein herrliches Kunstwerk, das er immer wieder gern betrachtet hatte. Das Mädchen hatte perfekte, symmetrische Zehen mit gepflegten, rot lackierten Zehennägeln besessen. Absolut perfekt. Der Schwung des Fußgewölbes war einzigartig gewesen. Und nun würde er ihn nie wieder ansehen können.

»Sie wollen etwas trinken mit mir?« Es war erneut die dunkelhaarige Frau, die noch immer neben ihm stand, ihn anlächelte und mit den Fingern eine Strähne ihres schwarzen Haares zwirbelte. Dann legte sie ihm die andere Hand auf den Arm, so dass ihre langen, pinkfarbenen Kunstnägel sein nacktes Handgelenk berührten.

»Gehen Sie weg!«, herrschte Ed sie an und riss sich los. Wäre sie die Mühe auch nur halbwegs wert, würde er sie gleich hier, auf dem gefliesten Fußboden der Diskothek, aufschlitzen. Das würde sie zum Schweigen bringen und dafür sorgen, dass sie ihn nicht mehr anfasste.

Das Mädchen fuhr zusammen und trat endlich den Rückzug an. Er beobachtete, wie sie zu ihren Freundinnen zurückkehrte und einige Worte mit ihnen wechselte. Zuerst starrten sie finster zu ihm herüber, ehe sie den Blick abwandten. Eine von ihnen zeigte auf einen großen, dicken Mann im Anzug, der allein an der Bar stand, woraufhin das Mädchen zu ihm hinüberschlenderte.

Ed ließ den Blick durch den Raum schweifen. Keine Makedde Vanderwall. Es waren etliche Amerikaner und Australier hier und auch viele asiatische Mädchen. Sollte das ein Ort sein, an dem er Makedde finden würde?

Er trank seinen billigen Drink aus und sank auf seinem Barhocker zusammen. Wie lange würde es dauern, sie aufzustöbern? Und wenn er sie gefunden hatte, wo würde er sie gefangen halten und wie lange? Die Discomusik dröhnte in seinen Ohren, und das flackernde Licht ließ die Welt um ihn herum verschwimmen. Er spürte, wie ihn die Müdigkeit überkam. Der Jetlag und die Zeitumstellung forderten ihren Tribut. Vielleicht noch eine kurze Runde durch den Bezirk, dann würde er in das Apartment zurückkehren.

Bald werde ich dich finden, Makedde.

Du kannst dich nicht vor mir verstecken.

55

Um ein Uhr früh verließen die Models das Che's, standen in der Lockhart Road und diskutierten, ob sie noch auf einen letzten Drink in eine Bar gehen sollten. Mak war völlig erledigt, hatte Kopfschmerzen und wollte nichts lieber, als in das Apartment zu fahren und sich hinzulegen. Die anderen hingegen waren offenbar entschlossen, noch eine Weile auf die Piste zu gehen. Aber sie litten auch nicht unter Jetlag und unter dieser nagenden Angst.

Die Lockhart Road war von Girlie-Bars gesäumt – moderne, trendige Etablissements inmitten der traditionellen Strip-Clubs. Zwischen den zahlreichen und farbenfrohen chinesischen Schriftzeichen zierten Neonschilder mit der Aufschrift *Pussy Cat, Cavalier, San Francisco Club, Dreams Café, Club Carpenter* und dem hintergründigen Namen *Cockeye Model Dancers Club* die Häuser und rangen auf

Englisch um die Gunst der Besucher. Weiße – und vorwiegend – Männer auf der Suche nach Amüsement, drückten sich lässig grinsend und mit geröteten Wangen an den Eingängen herum.

»Ins Pluto's?«, schlug Shawn vor und legte einen Arm um Gabby, den diese jedoch sofort abschüttelte.

»Nein, verdammt«, sagte sie. »Nicht das Pluto's.«

»Dann gehen wir eben irgendwo anders hin«, versuchte Jen einzulenken. »Wie sieht's mit dem Felix aus?«

»Ist wohl ein bisschen spät für das Felix, Schätzchen«, gab Shawn zu bedenken. »Vor allem, bis wir dort sind. Los, zeigen wir unserem Neuankömmling doch mal das wahre Wan Chai.«

Mak zog eine Augenbraue hoch. »Ich bin ein bisschen zu erschöpft für das ›wahre‹ was auch immer, aber trotzdem danke.« Mit dem Zeitunterschied von zwei Stunden zu Sydney war es für sie inzwischen drei Uhr früh. Sie war nun mal kein richtiges Partygirl.

»Komm schon, nur noch ein Drink«, lockte Shawn.

Mak blickte Hilfe suchend zu Jen und Gabby, in der Hoffnung, die beiden würden mit ihr nach Hause fahren. Aus irgendeinem Grund wollte sie die leere Wohnung nicht allein betreten.

»Das Pluto's ist doch total blöd«, maulte ein elfengesichtiges Model namens Amber und zog die Nase kraus.

»Nur ein Drink. Kommt schon. Das ist Teil der Initiation.«

Initiation?

»Okay, genug jetzt«, erklärte Gabby. »Ein Drink. Gehen wir.«

Mak verließ der Mut.

Unter zahlreichen müden Luftküssen verabschiedeten sich Amber und ihre Freundin Raquel von den anderen und stiegen in ein Taxi nach Hause. *Das »wahre« Wan Chai, das klingt ja ziemlich interessant,* dachte Mak. Vielleicht war es ja die paar Minuten wert.

Das Pluto's war eine Kellerbar mit einer Tanzfläche, zumindest auf den ersten Blick. Sie setzten sich an einen kleinen Seitentisch und bestellten etwas zu trinken. Skeptisch nippte Makedde an ihrem kostenlosen Gin Tonic.

»Und was für eine Initiation soll das genau sein?«

»Nur ein Blick auf Hongkongs Abgründe, mehr nicht«, beruhigte Shawn sie.

»Wieso ist das hier Hongkongs Abgrund?«, wollte Mak wissen. »Es sind doch keine Einheimischen hier.«

»Gut beobachtet.«

Für Mak lag es auf der Hand – die Bar war zwar gut besucht, aber nicht von Chinesen. Stattdessen waren weiße Geschäftsleute sowie einige Inder und Afrikaner zu sehen, aber die Mädchen waren allesamt asiatischer Herkunft, vorwiegend aus Thailand und den Philippinen, wie es aussah. Ohne Raquel und Amber waren Jen, Gabby und Mak die drei einzigen weißen Frauen in der Bar. Niemand von ihnen brauchte für seinen Drink zu bezahlen, was Mak ein wenig seltsam und verdächtig vorkam. Sie versuchte mehrmals, der Kellnerin ein paar Hongkong-Dollar zuzuschieben, doch sie weigerte sich, sie anzunehmen.

»Also sind das Prostituierte aus dem Ausland, oder?«

»Zu neunzig Prozent, ja«, bestätigte Shawn. »Sie kommen mit einem Touristenvisum hierher und versuchen, so viel Geld wie möglich zu verdienen, das sie größtenteils ihren Familien nach Hause schicken. Wenn sie wieder daheim sind, gelten sie als Heldinnen, weil sie die Rechnungen bezahlen können. Sie tun alles, was ihnen Geld zum Leben einbringt.« Mit einem Mal schien Shawn so etwas wie Mitgefühl zu empfinden.

Mak nickte nachdenklich. Was für ein Leben diese Frauen führen mussten. Und sie dachte, *sie* hätte Probleme.

Doch es war nicht weiter überraschend, dass Shawns Ausbruch von Feinfühligkeit nur von kurzer Dauer war.

Wenig später deutete er begeistert in Richtung Bar. »Oh, die hat einen am Haken! Ja, am Haken, inklusive Angel und Schwimmer!« Er lachte. Gabby verdrehte die Augen.

Ein hübsches Mädchen in einem winzigen Rock und einem Lycra-Top lächelte bewundernd zu zwei Amerikanern in Jeans und gebügelten Hemden auf, klimperte mit den Wimpern und warf das Haar zurück. Sie war höchstens einen Meter fünfzig groß, und die Männer überragten sie um ein beträchtliches Stück. Sie waren leicht übergewichtige, anständige Jungs, die diese Art eifriger weiblicher Aufmerksamkeit von zu Hause nicht gewöhnt waren. Für Mak sahen sie wie zwei College-Jungs aus. Was glaubten sie, was sie da taten? Die gespielte Zuneigung einer verarmten Prostituierten genießen? Wenige Augenblicke später hatte das Mädchen sie unter Kichern dazu gebracht, sie auf einen Drink einzuladen. Sie lehnte sich gegen die Schulter des einen und lächelte aufreizend, dann legte sie ihre manikürte Hand auf seinen Bauch. Er sah entzückt aus. Als Nächstes würde der Preis ausgehandelt werden.

»Mak«, sagte Shawn halblaut, »ich wollte dich etwas fragen.«

Instinktiv bereitete sie sich auf das Schlimmste vor.

»Bist du zufällig die Mak aus Kanada, die gerade wegen des Prozesses in Sydney war?«

»Nein«, erklärte sie hastig, ehe er noch etwas sagen konnte.

»Lasst uns gehen«, schlug Jen vor, die offenbar nichts von ihrem Wortwechsel mitbekommen hatte. Mak sah, wie sie Gabby am Ärmel zupfte. »Ich hab morgen ein Foto-Shooting.«

»Oh, nun genieß doch das Leben mal ein bisschen. Du wirst das morgen schon hinkriegen«, maulte Shawn und nippte an seinem kostenlosen Cocktail. Zumindest hatte sie ihn vom Thema abgebracht.

»Es sind Probeaufnahmen für meine Mappe. Ich brauche etwas Schlaf«, beharrte Jen.

»Ich komme mit«, erbot sich Mak und ergriff die Gelegenheit beim Schopf.

Jens Miene erhellte sich. »Toll!«

»Danke für den Ausflug in die Abgründe der Stadt, Shawn«, meinte Mak. »Vergiss nicht, ein ordentliches Trinkgeld zu geben. Bye, Gabby.«

Und damit ging sie mit Jen die Treppe hinauf.

»Ich hasse diese Bar«, erklärte Jen, als sie auf der Straße standen. »Es ist so unheimlich da drin. Ich verstehe nicht, wie manche Leute so etwas mögen.«

»Na ja, wir sind wohl nicht gerade das Zielpublikum. Und Shawn steht eher auf die kostenlosen Drinks, glaube ich. Komm, besorgen wir uns ein Taxi.«

Einige rote Hongkong-Island-Taxis rauschten an ihnen vorbei; sie waren allesamt besetzt. Leises Unbehagen beschlich Mak. Auf ihren Armen bildete sich eine Gänsehaut. Beobachtete sie jemand? Ja. Sie spürte es. Waren es nur die Türsteher am Eingang des Clubs da drüben, oder starrte sie noch jemand anderer an?

Wieso mache ich mir ständig Gedanken wegen Ed, obwohl ich so weit weg bin?

Suzie Harpin blinzelte ein Mal, dann ein zweites Mal. Ja, sie musste es sein. Eine hoch gewachsene, blonde junge Frau war nicht einmal einen halben Block von ihr entfernt mit einem anderen Mädchen auf die Straße getreten.

Makedde Vanderwall.

Suzie stand an einer Ecke unmittelbar gegenüber von der heruntergekommenen Bar, in der Ed verschwunden war. Sie hatte die Haustür gehört, als er das Apartment verlassen hatte, und war ihm eilig gefolgt. Ihr Liebster war hinter dieser Makedde her, und sie war hier, genau vor Suzie. Sie war es. Und Suzie hatte sie gefunden.

Die Wut begann in ihren Adern zu pulsieren, als sie entschlossen auf die Frau zuging, die für all die Ungewissheit in ihrer Beziehung verantwortlich war. Makedde war der Grund, weshalb sie Eds wahre Hingabe nicht bekommen konnte. Makedde lenkte ihn ab. Makedde war das Einzige, was sie auseinander bringen konnte. Makedde stand zwischen ihnen. Makedde war die Feindin. *Makedde Vanderwall.*

Nur wenige Meter von ihr entfernt.

In diesem Moment drehte sie sich um und sah Suzie direkt an. Sie hatte blaugrüne Augen, mit denen sie Suzie mit einer Mischung aus Überraschung und Besorgnis betrachtete. Erkannte sie sie wieder?

»Oh, hier!« Ein Taxi blieb vor den beiden stehen, und die hintere Tür öffnete sich dank einer seltsamen kleinen Hydraulikvorrichtung automatisch. Makedde und das andere Mädchen stiegen eilig ein. Suzie stürzte auf das Taxi zu, verfehlte die Tür jedoch, die sich in diesem Augenblick schloss.

Verdammt!

»Hast du die Frau da gesehen?«

»Wo?«, fragte Jen.

»Die mit den irren Augen. Sie hat mich angestarrt.« Mak war zutiefst erschüttert.

Jen drehte sich um und spähte hinaus. »Sie wollte unbedingt das Taxi haben. Sieh nur, jetzt versucht sie, das Nächste zu kriegen.«

Mak wandte sich ebenfalls um. Die Frau bemühte sich vergeblich, ein Taxi zum Anhalten zu bewegen.

Makeddes Herz hämmerte. »Mid Levels«, sagte sie zum Fahrer und ließ sich wieder auf dem Sitz zurücksinken. »Ich bin froh, dass wir ein Taxi gefunden haben. Ich glaube, diese Gegend hat mir ein bisschen Angst eingejagt.«

56

»Wachen Sie auf, Andy. Wir haben etwas.«

»Ich bin wach, ich bin wach«, krächzte er und kämpfte sich durch das Dickicht seiner wirren Gedanken. Er schlug ein Auge auf und sah, dass der Wecker auf dem Nachttisch zehn Minuten vor sechs Uhr zeigte. Er rollte sich zwischen den Laken aus dem Bett, das Mobiltelefon noch immer ans Ohr gepresst.

»Erzählen Sie mir bloß nicht, Sie sind wieder mal am Schreibtisch eingeschlafen und erst mitten in der Nacht nach Hause gekommen.«

»Sagen Sie mir einfach, was es ist, Mahoney. Etwas Gutes?« Er hob ein Hemd vom Boden auf und zog es an.

»In Seven Hills gab es einen Mordfall. Wahrscheinlich besteht ein Zusammenhang. Soll ich Sie abholen?«

Verdammt. Eine Leiche.

Andy hatte sich bereits gefragt, wie lange es wohl dauern würde. Wer war sie? Wessen Leben hatte Ed dieses Mal ausgelöscht?

»Nur wenn ich fahren darf«, antwortete er.

»Kommt nicht in Frage. Ja, Sir, meine ich. Was auch immer Sie wollen, Herr Vorgesetzter. Gestern Abend ging ein Anruf der Frau des Bruders unserer Gefängniswärterin Suzie Harpin bei der zuständigen Dienststelle ein«, fuhr Mahoney fort. »Sie hat gesagt, jemand sei im Haus ihres Mannes eingezogen. Er selbst sei nicht da. Und sie habe einen menschlichen Arm im Spülbecken gefunden.«

»Einen Arm?«

»Alles andere erzähle ich Ihnen unterwegs.«

57

»Alles in Ordnung mit dir?«

Die Stimme drang leise durch die Badezimmertür. Mak fuhr erschrocken zusammen. Es war kurz vor halb fünf Uhr früh. Sie öffnete den Mund, um etwas zu erwidern, wurde jedoch von einer neuerlichen Woge der Übelkeit erfasst.

»Baaah«, kam statt einer Antwort.

»Makedde?« Wieder das Flüstern, gefolgt von einem Poltern, als drücke jemand gegen die Tür.

Geh doch weg, bitte…

»Nur… äh, eine Minute«, stöhnte Mak, wischte sich den Mund ab und zog sich an der Toilettenschüssel hoch. »Ja?«, sagte sie durch die verschlossene Tür.

»Geht es dir gut?«

»Ja, klar«, erwiderte sie. *Natürlich.* »Ich komme gleich.« Mak kramte ihren Kulturbeutel hervor, den jemand in das Badezimmerschränkchen hinter die Kosmetika und den Dior-Selbstbräuner eines der Mädchen gestellt hatte. Sie putzte sich die Zähne und spuckte den Schaum ins Waschbecken, dann spritzte sie sich Wasser ins Gesicht.

Abgesehen von ihrem Ausrutscher am Abend vor dem Prozess konnte Mak sich nicht erinnern, wann ihr das letzte Mal übel gewesen war. Sie hoffte nur, dass das nicht zur Gewohnheit wurde. Erbrechen aus Kummer. Wegen zu viel Alkohol. Weil einem Hongkong so gut gefiel. Diese Übelkeitsanfälle waren ein deutliches Zeichen, dass ihr Leben den Bach hinunterging.

Noch immer ein wenig unsicher auf den Beinen, öffnete sie die Tür und stieß auf Jen, die in einem Schlafanzug auf der Couch saß und sie besorgt musterte. Ihr Gesicht war sauber und ihr glänzendes Haar zu einem Zopf zusammengebunden. Ohne Make-up sah sie aus wie zwölf.

»Das Bad gehört ganz dir«, brachte Mak mühsam hervor.

»Du bist nicht fett, weißt du. Du bist nur ziemlich groß«, erwiderte Jen.

»Wie?«

»Ich sage nur … na ja …« Jen sah sie verlegen an. Mak bemerkte, dass sie die Hände unter die Oberschenkel geschoben hatte. »Ich will damit nur sagen, dass du nicht fett bist.«

Mak war verwirrt. *Wieso sagt sie so was?*

»Ich weiß, dass ich nicht fett bin.«

Jen sah in Richtung Badezimmer, dann wieder zu ihr. In diesem Moment dämmerte es Mak.

»Oh, nein, nein, ich habe keine Bulimie«, rief sie. »Nein. Danke, dass du dich so um mich sorgst, aber so ist es nicht.« Wahrscheinlich war Jen schon häufiger Zeuge von Brechanfällen geworden. »Es ist nur … mir ist nur übel. Vielleicht wegen etwas, das ich gestern Abend gegessen habe. Diese Muscheln, die ich doch noch probiert habe oder so.«

Jen schien einigermaßen überzeugt zu sein und nickte.

»Du solltest wieder ins Bett gehen«, meinte Mak. »Tut mir Leid, wenn ich dich geweckt habe. Es ist noch sehr früh, und du hast doch heute die Probeaufnahmen.«

Für Mak war es bereits halb sieben Uhr morgens, deshalb bezweifelte sie, dass sie noch einmal einschlafen konnte. Damit stand fest, dass dies der Anfang ihres Tages war – und was für einer.

Wieder erschien der verlegene Ausdruck auf Jens Gesicht. »Ich habe gar keine Aufnahmen heute«, gab sie zu. »Ich wollte nur … Shawn abwimmeln. Er ist ein ziemlicher Partylöwe.«

Mak lachte. »Verstehe. Bekommt ihr sonst auch immer eure Drinks bezahlt?«

Jen nickte. »In einigen Lokalen zahlen sie uns die Drinks, wenn wir unsere Setkarten mitbringen.«

In jeder größeren Modestadt gab es zahllose Lokale, in denen die Models ihre Drinks umsonst bekamen, wenn sie häufiger vorbeikamen. Als Mak in Mailand angefangen hatte, waren einige der reichsten Playboys Italiens bekannt dafür gewesen, dass sie Club-Besitzern beträchtliche Summen zukommen ließen, wenn sie junge Models in ihre Läden lockten. Einige Clubs hatten sogar Vereinbarungen mit Model-Agenturen, dass sie die neuen Mädchen in der Stadt ermutigten, ihre Partys bei ihnen zu feiern. Die meisten neuen Models hatten keine Ahnung von diesen Machenschaften, und dass sie noch minderjährig und damit leicht zu beeinflussen waren, galt bei gewissen mächtigen Männern keineswegs als Hinderungsgrund. Mak war es gelungen, sich den Annäherungsversuchen eines widerlichen Schleimers zu entziehen, indem sie *intimidazione* gewesen war, wie er es genannt hatte – eine fast einen Meter achtzig große Fünfzehnjährige, die einen beeindruckenden rechten Haken platzieren konnte.

»Äh, ich hoffe, du hältst mich nicht für unhöflich, Jen, aber darf ich fragen … äh, wie alt du bist?«

Bitte lass sie nicht fünfzehn sein.

»Siebzehn.«

Mak war erleichtert. »Ich werde dieses Jahr achtundzwanzig«, erklärte sie. Als Fünfzehnjährige war sie in Europa zu den wildesten Partys eingeladen worden. Hamburg, München, Mailand, London, Paris, Barcelona, Madrid – wo auch immer es Arbeit gab, wurde gefeiert. Sie hatte recht schnell beschlossen, die Partys nicht zu besuchen, und die Tatsache, dass sie oft früh zu Bett gegangen war, hatte ihr wahrscheinlich zu acht zusätzlichen Jahren in der Modelbranche verholfen.

»Du hast eine schöne Haut«, sagte sie zu Jen. »Leg dich ja nie in die Sonne.«

Meine Güte, Mak, du klingst wie eine Mutter.

Mit diesem Gedanken stürzte sie wieder ins Badezimmer, als sich die nächste Woge der Übelkeit ankündigte.

58

Ein abgetrennter Arm…?

»Wir sind hier auf eine wahre Goldmine gestoßen, Detective Flynn.«

Andy Flynn und Karen Mahoney wurden von einem jungen Mann in Empfang genommen, der sie auf den neuesten Stand brachte, während sie aus dem Wagen stiegen und auf das Vorstadthaus zugingen.

Eine familienfreundliche Umgebung mit hübschen, grünen Vorgärten, einem Dreirad in einer Einfahrt, Rasensprengern, einem Basketballkorb in einem der Gärten und Kreidezeichnungen für Hüpfspiele auf dem Gehsteig. Das Haus, das mit Polizeiband abgesperrt war, gehörte zu den größeren, neuen Gebäuden. Es machte einen gepflegten Eindruck, obwohl der Garten ein wenig verwildert wirkte. Wenn tatsächlich eines von Eds Opfern hier wohnte, weshalb stand dann der Rasen so hoch? Ed war doch erst ein paar Tage auf freiem Fuß.

Einige Nachbarn hatten sich eingefunden und gafften, darunter sogar eine Frau im Morgenrock und mit Lockenwicklern im Haar wie in einem alten Doris-Day-Film. Einige Häuser weiter stand ein älterer Mann in seiner Einfahrt und starrte durch ein Fernglas herüber. Aber zum Glück waren nirgendwo Kinder zu sehen. Kein Geschrei oder sonstige Szenen. Noch nicht. Sie passierten das blau gemusterte Absperrband und folgten dem Constable in Richtung Haustür.

»Detective Flynn«, hörten sie eine laute Stimme rufen.

Sie wandten sich um.

»Pat Goodacre. Oh, Scheiße. Die Mediengeier sind hier«, stöhnte er leise.

Lässig überquerte er den Rasen. »Wie schön, Sie hier zu sehen«, begrüßte er sie.

»Was haben wir denn hier?«

Er lächelte. Sie war verflixt gut.

»Im Augenblick jedenfalls nichts, was für Sie von Interesse ist, Pat. Tut mir Leid, aber ich kann Ihnen nicht helfen.«

»Oh, ich glaube schon, dass Sie das können.« Pat erwiderte sein Lächeln, wobei sie eine Reihe strahlend weißer Zähne entblößte, und musterte ihn aufmerksam. »Was wurde in diesem Haus gefunden, Detective? Und wie hängt dieser Fall mit den Stiletto-Morden zusammen?« Sie schwang ihr Mikrofon wie eine Waffe. Mächtiger als ein Schwert, wenn man es genau nahm.

»Wir haben keinen Grund zur Annahme, dass hier irgendetwas in Zusammenhang mit den Stiletto-Morden steht. Tut mir Leid, Pat, aber hier gibt es keine Story. Aber über unsere Pressestelle werden Sie bestimmt davon erfahren, wenn es Neuigkeiten gibt.«

Die Reporterin lächelte erneut. »Aber Andy, die Story ist immer dort, wo Sie sind, und wo Sie sind, ist auch die Story, das wissen wir doch beide.«

»Mit Ihren Schmeicheleien kommen Sie auch nicht weiter, Pat«, erwiderte Andy und wandte sich zum Gehen. Trotzdem blieb Pat eisern vor der Absperrung stehen. Sie erkannte eine Geschichte, wenn sie eine vor sich hatte. Andy Flynn würde sich nicht unmittelbar nach Eds Flucht in Seven Hills ein Haus ansehen, wenn er nicht einen verdammt guten Grund dafür hatte, und das wussten sie beide. Das einzig Gute an Pat war, dass sie es so perfekt beherrschte, schneller als die anderen zu sein, und dass möglicherweise nicht einmal ihr Boss wusste, hinter welcher Geschichte sie in diesem Moment her war. Wenn jemand anderer hiervon Wind bekam, würden die Nachrichtensender sofort einen Tipp bekommen und mit ihren Hubschraubern anrücken, so dass sie unweigerlich in den Frühnachrichten auftauchen würden.

Erleichtert, die Menge hinter sich lassen und die Tür schließen zu können, folgte Andy Mahoney und dem Constable ins Haus.

»Hey, Flynn«, sagte Sampson, ein junger Detective des Sondereinsatzkommandos, am oberen Treppenabsatz. Neben ihm suchte ein Beamter nach Fingerabdrücken. Das weiße Geländer war bereits mit schwarzem Kohlestaub bedeckt, während ein schwarzer Bilderrahmen mit einer weißen Lanconide-Schicht überzogen war.

»Sieht aus, als hätte unser Mann einige Zeit hier verbracht«, erklärte er. »Wir haben überall wunderschöne Abdrücke. Wir haben sie durchlaufen lassen, und nach der ersten Überprüfung dürften wir eine ziemlich gute Übereinstimmung haben. Sogar eine verdammt hervorragende.«

Bingo. Ein Hinweis. Endlich.

Und diese Suzie Harpin war in den Fall verwickelt. Als Geisel oder als Komplizin?

»Wir haben Abdrücke in der Küche, den Badezimmern und den Schlafzimmern gefunden. Unser Mann hat sich offenbar eine ganze Weile hier aufgehalten. Hat es sich gemütlich gemacht. Er hat sogar ein paar Artikel über sich aus der Zeitung ausgeschnitten«, erklärte der Beamte, während er weiter einstäubte.

»Erzählen Sie mir etwas über unseren Unbekannten«, bat Andy. »Beziehungsweise den Arm. Wem gehört er?«

»Oh, wir haben inzwischen auch den Rest gefunden. Die Frau, eine gewisse Lisa Harpin, wird versuchen, den Kopf zu identifizieren. Er war ziemlich gut erhalten. Wahrscheinlich ist er ihr Ehemann.«

»Ja, wie ein gefrorener Truthahn eingewickelt«, bemerkte der junge Constable und stocherte mit dem Fingernagel in seinen Zähnen herum.

»Herzlichen Dank!«, meinte Mahoney und schüttelte den Kopf, so dass die roten Locken heftig wippten.

»Also ist das Opfer … männlich?«, fragte Andy.

Ein Nicken. »Sie werden sich bestimmt erst im Keller umsehen wollen. Später zeige ich Ihnen alles andere.«

Was soll das, Ed? Einen Mann töten? Das würdest du doch nur dann tun, wenn er dir in die Quere käme … wie bei Jimmy. Und seit wann wickelst du deine Opfer in Folie ein und steckst sie in die Kühltruhe? Das ist doch gar nicht dein Stil … Wer hilft dir – und warum?

59

Schon früh am Mittwochmorgen saß Mak auf dem Deck einer der berühmten Star Ferries, legte den Unterarm auf die Reling und genoss die eindrucksvolle Aussicht, während die Fähre durch das dunkle, verschmutzte Wasser des Victoria Harbour tuckerte. Hinter ihr ragten Hongkongs glitzernde Wolkenkratzer aus Glas und Stahl empor und hoben sich gegen den blauen Himmel und die üppig grünen Hügel in der Ferne ab. Sie hatte bereits ein halbes Dutzend Fotos mit ihrer Digitalkamera geschossen und hielt sie sich nun für eine weitere Aufnahme vors Auge. Sie war unterwegs nach Kowloon, gemeinsam mit dem frühmorgendlichen Strom der Geschäftsleute und Ladenbesitzer auf dem Weg zur Arbeit. Sie wollte sich ein paar Sehenswürdigkeiten ansehen und vielleicht ein wenig einkaufen, auch wenn jetzt schon feststand, dass sie außer Ohrringen und Handtaschen nichts finden würde, was ihr passte.

Klick.

Sie betrachtete das Foto auf dem winzigen Bildschirm.

Die Stadt sah absolut atemberaubend aus. Kleine Boote hüpften im strahlenden Morgenlicht auf und ab. Sie hatte riesiges Glück mit dem Wetter.

Inzwischen hatten sie die Hälfte des Weges nach Kowloon zurückgelegt, als die Fähre ins Fahrwasser eines vorbeikommenden Schleppers geriet. Mak spürte, wie sich ihr der Magen hob, und sämtliche Gedanken über das Wetter verloren schlagartig jede Bedeutung.

Das Boot schlingerte.

Ihr Mund füllte sich mit Speichel.

Unwillkürlich bewegte sie die Zunge.

Makedde krallte die Hand um die Reling, während ihr der kalte Schweiß aus sämtlichen Poren drang. Oh nein. Ihre frühmorgendliche Übelkeit war noch nicht überwunden. Wie idiotisch, auf eine Fähre zu gehen. Ihr wurde schlecht. Sie hatte das Gefühl, als müsste sie gleich …

Von unkontrollierbaren Krämpfen geschüttelt, übergab sie sich in den Victoria Harbour. In ihren Ohren klingelte es. Sie umklammerte die Reling und beugte sich über die Bootsseite, während der Wind und das Schwanken des Schiffes eine gelbliche Spur Erbrochenes an ihr vorbeitrieb.

Oh Gott, wie grauenhaft.

Niemand machte sich die Mühe, nach ihr zu sehen oder Hilfe anzubieten, wofür Makedde überaus dankbar war. Es konnte ohnehin niemand etwas tun, bis ihr Körper beschloss, dass es vorüber war.

Endlich dockte die Fähre in Kowloon an. Blass und zittrig folgte Mak den anderen Passagieren in Richtung Gangway und wünschte, die Leute würden sich etwas schneller bewegen, so dass sie endlich vor all diesen Fremden flüchten konnte, die Zeugen ihrer peinlichen Vorstellung geworden waren. Als sie an einem Abfalleimer vorbeikam, warf sie ihren immer noch vollen Becher Milchkaffee hinein. Allein der Gedanke, das Gebräu trinken zu müssen, ließ erneut bittere Gallenflüssigkeit in ihrer Kehle aufsteigen.

Den Kopf gesenkt und eine Papierserviette auf den Mund gepresst, trat sie eilig auf festen Boden.

Das Wichtigste war, so schnell wie möglich eine Toilette zu finden. Im Hafengebäude fand sie einen Waschraum, der zwar nicht gerade luxuriös war, aber Mak wie eine Oase erschien. Wenigstens gab es fließendes Wasser. Sie war allein – zumindest glaubte sie das, bis sie die winzige Chinesin in der Ecke bemerkte, die mindestens achtzig Jahre alt sein musste und sie beobachtete. Die alte Frau folgte ihr zum Waschbecken und reichte ihr ein Papiertaschentuch, als Mak sich die Hände wusch. Mak säuberte sich, so gut es ging, mit Seife und gurgelte mit Wasser aus dem Hahn, während sie sich fragte, ob genau das die Ursache für ihre Übelkeit war. Sie warf einen Hongkong-Dollar in den Plastikbecher und wandte sich zum Gehen.

»*Dor jeh*«, sagte die alte Frau. *Danke.*

Mak blieb stehen und lächelte die Chinesin an. Sie hatte noch nie eine solche Haut gesehen, so verwittert und dünn wie zusammengeknülltes Krepppapier. In den Falten schien sich sogar der Schmutz abgesetzt zu haben, doch die geröteten Augen blickten sie freundlich an.

Mak suchte nach den passenden Worten. »Hm... *m sai haak hei.*« *Bitte sehr.*

»*Nay hoy mmm hoy some a*«, erklärte die Frau und legte sich die Hände auf den Bauch.

»Tut mir Leid, aber ich verstehe Sie nicht«, erwiderte Mak. »*Dor jeh.*«

Mit entschlossenen Schritten verließ sie das Hafengebäude und folgte dem Menschenstrom in Richtung Kowloon, bemüht, den noch immer leichten Geschmack nach Erbrochenem hinunterzuschlucken. Die Fahrzeuge rasten so schnell durch die Straßen, dass es außer den unterirdischen Passagen keine sichere Möglichkeit zu geben schien, auf die andere Straßenseite zu gelangen.

ZUM PENINSULA HOTEL

ZUM NEW WORLD CENTER

Mak ging eine Treppe hinunter, folgte den anderen Fußgängern um einige Ecken und stand kurz darauf im Innenhof eines kleinen Einkaufszentrums.

Vor ihr ragte ein vier Meter hoher, beigefarbener Plüschteddybär auf. In der Mitte des Hofes stand ein riesiger künstlicher Baum, auf dem hunderte Bären dieses Typs im Kleinformat saßen, die winkten und irgendwelche unsinnigen Lieder sangen. Der Baum erstreckte sich über drei Stockwerke. In der untersten Etage befand sich ein ebenfalls mit Bären dekoriertes Schnellrestaurant, das jedoch leer war.

WILLKOMMEN IM KÖNIGREICH DER BÄREN

Genau!

Mak blieb abrupt stehen.

Die Hände der alten Frau auf dem Bauch. Ihr Lächeln und die unverständlichen Worte.

Was, wenn es keine Lebensmittelvergiftung ist, Mak?

Zwanzig Minuten später saß Mak auf einer Bank in der unteren Etage des New World Center und wartete nervös, bis eine Apotheke öffnete. Sie hatte die Beine übereinander geschlagen und kämpfte gegen die lähmende Angst an, während ihre Umgebung von Fröhlichkeit und guter Laune erfüllt war. Pop-Klänge hallten unbarmherzig von den strahlend weißen Wänden und den schimmernden Glasfronten der Geschäfte wider. Es waren nur wenige Menschen unterwegs, nur hier und da eilten ein paar geschäftige Angestellte in den noch nicht geöffneten Läden umher.

Mak schloss die Augen und betete.

Bitte lass es eine Magenverstimmung oder eine Lebensmittelvergiftung sein. Bitte nicht etwas anderes.

Sie konnte nicht von Andy Flynn schwanger sein. Das war schlicht und ergreifend unmöglich. Es war nicht geplant, und es würde auch nicht funktionieren. Sie waren nicht zusammen. Sie waren kein Paar. Sie lebten nicht einmal auf demselben Kontinent. Es war unmöglich, unvorstellbar. Sie hatte ihn noch nicht angerufen. Wann immer sie an ihn dachte, zog sich ihr Magen krampfhaft zusammen. Sie hasste sich dafür, dass sie ihn vermisste und sich wünschte, sie gehörten trotz allem zusammen, obwohl es eindeutig nicht so war.

Mak war immer noch schlecht, was inzwischen wahrscheinlich eher auf ihre quälende Sorge und nicht mehr auf eine Lebensmittelvergiftung, eine Magenverstimmung, eine Grippe, Seekrankheit oder morgendliche Übelkeit zurückzuführen war … was auch immer die Ursache sein mochte.

Du machst dich völlig umsonst verrückt. Überleg dir mal, wie dumm du dir in ein paar Minuten vorkommen wirst, wenn du es endgültig weißt.

Lähmende fünfundzwanzig Minuten später öffnete endlich die Apotheke. Sowie der Rollladen hochgezogen wurde, tauchte Mak darunter hindurch und trat vor den Verkaufstresen.

Ein junges Mädchen stand an der Kasse.

»Äh, sprechen Sie Englisch?«, fragte Mak.

»Dankeschön. Wie kann ich Ihnen helfen?«, erwiderte das Mädchen.

»Ich brauche einen Schwangerschaftstest, bitte.«

»Schwangerschaft. Test für Baby, ja?«

»Ja. Für ein Baby.« Wieder drehte sich ihr der Magen um.

»Eine Minute, ja. Danke.«

Maks Herz hämmerte. *Es ist bestimmt nur eine Lebensmittelvergiftung,* versuchte sie sich zu beschwichtigen. Das seltsame Essen hatte ihr zugesetzt. Und die Übelkeit war durch das Schwanken der Fähre noch verstärkt worden. Nichts, weswegen man sich aufregen müsste. Natürlich war es eine Lebensmittelvergiftung! Sie hatte doch gestern Abend Jakobsmuscheln und Schnecken gegessen. Und das Wasser! Vielleicht war es ja doch nicht so sicher, wie alle behaupteten. Sie hatte sich die Zähne damit geputzt. Das könnte gereicht haben. Mit dem Essen war wahrscheinlich alles in Ordnung, stattdessen war das Wasser schuld. Sie hatte gewöhnliches Reisefieber, mehr nicht.

Das Mädchen kehrte mit einer kleinen, weißen Schachtel zurück. Ein Schwangerschaftstest. »Okay?«

»Okay«, erwiderte Mak.

60

»*Nei hou*. Wang Models Hongkong.«

»Hallo, hier spricht Victor Thomas vom Magazin *Moda*. Ich würde gern eines Ihrer Models buchen.«

»Natürlich«, sagte die Frau in klarem, wenn auch mit starkem Akzent behafteten Englisch. »Ich verbinde Sie.«

»*Nei hou*«, meldete sich eine zweite Stimme.

»Sprechen Sie Englisch?«, fragte Ed Brown.

»Ja, danke sehr. Bitte.«

»Hier spricht Victor Thomas vom Magazin *Moda*. Ich interessiere mich für eines Ihrer Models; Makedde Vanderwall von der Agentur Book in Sydney.«

»Ja. Mak-eddie.«

»Ich bin ein Bekannter von ihr aus Australien und würde gern Kontakt zu ihr aufnehmen.«

»Möchten Sie eine Nachricht für sie hinterlassen? Ich leite sie gern …«

»Es wäre einfacher, wenn ich sie direkt anrufen könnte«, drängte Ed.

»Ich kann gern eine Nachricht weiterleiten, aber wir

geben grundsätzlich die Telefonnummern unserer Models nicht heraus.«

»Wie schade«, meinte er. »Wie sieht ihr Terminplan in den nächsten zwei Wochen aus?«

»Planen Sie einen redaktionellen Beitrag?«

»Wir sind die nächsten zwei Wochen für ein Shooting hier, und ich würde Makedde Vanderwall gern buchen, bitte. Steht sie zur Verfügung?«

»Nächste Woche ist sie verfügbar. Würden Sie mir …«

Ed legte auf. Wie vermutet, gaben sie die Adresse nicht preis.

Wenigstens wusste er jetzt, dass sie mindestens noch eine Woche in der Stadt bleiben würde. Das sollte genügen, um sie aufzustöbern. Er würde heute die Agentur beobachten, und wenn sie nicht auftauchte, fiel ihm schon etwas anderes ein …

61

»Hi, Loulou. Wie geht's?«

»Gut, Mädchen. Wie läuft es bei dir?« Es war großartig, Loulous vertraute Stimme – *irgendeine* vertraute Stimme – zu hören. »Hey, alles okay bei dir?«, fragte Loulou. »Du klingst, als würdest du weinen oder so.«

Mak lachte. Unkontrolliert.

»Äh … eigentlich muss ich eher lachen.« Und weinen zugleich.

Mak saß allein auf dem Sofa des Apartments, den Test in der rechten, den Telefonhörer in der linken Hand, und blickte mit Tränen der Erleichterung in den Augen auf die pulsierende Stadt hinunter.

»Lachen?«

»Ja, du wirst es nicht glauben, aber mir ist übel geworden. Ich muss irgendetwas Schlechtes gegessen haben, und ich Dummkopf komme plötzlich auf die Idee, ich könnte schwanger sein. Ist das nicht köstlich?«

»Aber du bist es nicht, oder?«

»Nein, nein. Ich habe einen Test gemacht. Zweimal. Ich bin nicht schwanger. Kannst du dir vorstellen, wie ich auf so eine Idee kommen konnte?«

»Also geht es dir gut.«

»Ja, paranoid, aber gut«, beruhigte Mak sie.

»Du hast bestimmt schon gehört, dass deine Abreise hier für Schlagzeilen gesorgt hat.«

»Ach ja?« Andy hatte ihr mehrere Nachrichten auf der Mobilbox hinterlassen, aber sie hatte sie noch nicht abgehört. Vielleicht war das der Grund für seine Anrufe gewesen.

»Ja, in den Zeitungen stand, dass du nach Hongkong geflohen bist.«

Makedde spürte, wie sich ihr erneut der Magen umdrehte. »Oh. Ich wusste nicht, dass sie das drucken. Und es stand tatsächlich drin, dass ich nach Hongkong geflogen bin?«

Ed liest die Zeitungen. Ed weiß, wo ich bin.

»Das Foto war toll«, meinte Loulou, aber Mak hörte ihr kaum noch zu.

Ed weiß, wo ich bin.

Ihr Zeh begann wie verrückt zu jucken.

»Mak?«

Aber er kann nicht herkommen. Er kann das Land nicht verlassen. Sie würden ihn schnappen.

»Mak?«, wiederholte Loulou besorgt.

»Tut mir Leid, Loulou. Es geht mir gut. Hey, ich muss mich noch bei dir bedanken, weil du während des Prozesses bei mir geblieben bist und all das.«

»Schon gut. Wie lief die EG-Show?«

»Gut. Gisele hat einfach toll ausgesehen. Dürr wie eine

Bohnenstange, aber absolut toll. Eigentlich wollte ich mich gerade auf den Weg zur Agentur machen, um herauszufinden, ob ich neue Aufträge habe. Mach's gut, ja?«

Mak ging an der Empfangsdame im Büro von Wang Models vorbei und machte sich auf den Weg zu Sam, ihrem Booker, der eifrig auf seine Computertastatur einhämmerte. Jemand namens »Mink 3« bekam ein fürstliches Honorar für ein Shooting für ein Print-Magazin. So einen Auftrag hätte Mak auch gern gehabt, da er ihr bei der Begleichung ihrer Studiengebühren helfen würde.

»Ich habe gleich Zeit für dich«, meinte Sam und lächelte.

Mak trat vor eine Wand mit Setkarten und bewunderte die Fotos der Fashion-Models, die darauf abgebildet waren. *Ying. Alexxus. Phaedra. Ines. Alsou.* Hatte eigentlich irgendjemand einen gewöhnlichen Namen? Das sagte ja genau die Richtige! Es gab eine Reihe atemberaubender Eurasierinnen, aber auch reizend aussehende Chinesinnen mit unglaublich blassem Teint. Nur wenige, darunter auch Mak, hatten europäische und nordamerikanische Züge. Die Models waren allesamt jung, doch nur wenige von ihnen waren bekannt. Im Lauf der Jahre hatte Makedde verfolgt, wie die großen Supermodels allmählich von jungen Mädchen mit frischen, aber weniger einprägsamen Gesichtern ersetzt worden waren, die jedoch die Bankkonten der Designer erheblich weniger strapazierten als die großen Laufsteg-Stars von früher. Die alte Garde der Supermodels hatte sich größtenteils aus dem Geschäft zurückgezogen, mit einigen wenigen Ausnahmen wie die immer noch gern gesehene Kate Moss und die von ihren Wutausbrüchen geläuterte Naomi Campbell, die immer mal wieder in Erscheinung trat. Mak vermisste den einst so vertrauten Anblick einer vitalen, gesund aussehenden Claudia Schiffer oder einer athletischen Paulina Porzikova auf der Titelseite eines Modemagazins. Ah, die goldenen Jahre des Supermodel-Geschäfts. Sie hatten die Modewelt für die junge Makedde so aufregend aussehen lassen. Doch heutzutage war Gisele einer der wenigen Namen, der außerhalb der Branche noch bekannt war.

Ich werde langsam alt.

»Mak-eddie.«

Sam wirbelte auf seinem Schreibtischstuhl zu ihr herum. »Wie geht's? Du siehst gut aus.«

Tatsächlich?

»Äh, danke.« Das übliche Agenturgeplauder. Im Grunde *mussten* sie so etwas ja sagen.

»Einige unserer Kunden, die dich bei der EG-Show gesehen haben, waren ziemlich beeindruckt. Machst du auch Bademode?«

»Klar.« *Noch.*

Ein zweiter Auftrag würde die Reise wenigstens zu einem finanziellen Erfolg machen, auch wenn er in jeder anderen Hinsicht ein Desaster war.

»Da war noch ein Kunde, *Moda*. Er hat heute angerufen, aber wir sind unterbrochen worden.«

Mak zog eine Augenbraue hoch.

»Hoffentlich ruft der Mann wieder an. Ich glaube, das Shooting sollte in den nächsten Wochen stattfinden. Der Kunde kennt dich aus Australien und wollte deine Nummer haben. Ein gewisser Victor Thomas, glaube ich.«

Maks Brust wurde eng. *Ich kenne keinen Victor*. »*Moda*? Die italienische Zeitung? Du hast aber meine Nummer nicht hergegeben, oder?«

»Kennst du diesen Victor denn nicht?«

»Ich glaube nicht«, erwiderte sie. *Wer könnte angerufen haben?*

»Wir geben die persönlichen Daten nie preis.«

Mak war erleichtert.

Sie hoffte immer noch auf einen zweiten Auftrag vor

ihrer Abreise, wollte aber ihren Rückflug nach Möglichkeit nicht länger hinauszögern. Sie wollte nach Hause zu ihrem Vater. Und sie wollte um ihres eigenen Seelenfriedens willen zurück nach Vancouver Island. Dort würde sie sich sicher fühlen. Sie brauchte eine größere Entfernung zu Ed Brown. Und vielleicht auch zu Andy Flynn.

62

Andy saß auf der Kante von Jimmys Krankenhausbett und versuchte, die krakeligen Worte auf dem Klemmbrett zu entziffern. Er drehte es zur Seite, dann wieder zurück.

»Deine Handschrift ist beschissen«, erklärte er.

Er bemerkte ein Lächeln auf Jimmys linker Gesichtshälfte – die Seite, deren Mimik er noch kontrollieren konnte. Der Schlaganfall, den er auf dem Operationstisch erlitten hatte, hatte zu einer Lähmung der gesamten rechten Köperhälfte geführt. Sein Zustand hatte sich in den letzten vier Tagen ein wenig stabilisiert, trotzdem war er noch nicht über den Berg. Er würde gehen und sprechen und auch alles andere wieder lernen müssen. In der Zwischenzeit kommunizierte er mittels Notizen, die er mit der linken Hand verfasste. Das Problem dabei war nur, dass er Rechtshänder war.

Jimmy bedeutete ihm, dass er das Klemmbrett wiederhaben wollte. Andy reichte es ihm und sah zu, wie er unbeholfen ein Paar Hoden skizzierte.

»Deine Handschrift ist tatsächlich beschissen! Ich kann nicht mal die Hälfte davon entziffern!«

Andy versuchte behutsam, seinem Partner einige Informationen über die Abfolge der Ereignisse zu entlocken, die zu Eds Flucht geführt hatten.

»Flynn?«

Constable Mahoney stand im Türrahmen.

»Kommen Sie ruhig rein.«

Karen, die ihr rotes Haar zu einem wippenden Pferdeschwanz zusammengebunden hatte, betrat das Krankenzimmer.

»Hey«, sagte sie, »wie geht es Ihnen, Detective Cassimatis?«

Jimmy war blass und hatte tiefe, dunkle Schatten unter den Augen. Die rechte Seite seines Gesichts war schlaff und ausdruckslos und hing in einem eigentümlichen Winkel nach unten. Er verzog den linken Mundwinkel, als wollte er sagen: »Was denken Sie wohl?«

»Schön zu sehen, wie sich Ihre Persönlichkeit zurückmeldet«, erklärte Karen. »Sie werden im Handumdrehen wieder auf den Beinen sein. Andy, kann ich Sie kurz sprechen?«

Andy stand auf und folgte Karen zur Tür.

»Wissen Sie etwas über die Identifikation des Arms?«, fragte sie. Als Detective in Ausbildung wurden ihr häufiger Informationen vorenthalten. »Der Arm im Spülbecken gehört zu der Leiche in der Kühltruhe, bei der es sich um …

»Benjamin Harpin handelt«, ergänzte er. »Verheiratet, keine Kinder. Seine Frau Lisa hat ihn identifiziert.«

»Genau.« Karen nickte und lehnte sich mit verschränkten Armen gegen den Türrahmen.

»Sie lässt sich gerade von ihm scheiden.« Andy wusste genau, wie sich so etwas anfühlte. »Sie behauptet, sie wüsste von nichts. Kann sein, dass sie in diesem Punkt die Wahrheit sagt«, fügte er nachdenklich hinzu. Sie hatte tatsächlich aufrichtig bekümmert gewirkt.

»Und was glauben wir, was der Arm im Spülbecken zu suchen hatte?«, wollte Karen wissen.

»Es war der linke.«

Ihr war augenblicklich klar, worauf er hinauswollte. »Ah, ein Ehering.«

»Genau. Lisa behauptet, ihr Mann hätte seinen goldenen Ehering getragen, obwohl sie ihn verlassen hatte. Bisher hat man ihn noch nicht gefunden.«

»Hat Ed ihn zu Geld gemacht?«

»Kann sein. Wir überprüfen noch die Kreditkartenzahlungen, Kontounterlagen, alles, was uns Aufschluss über Bens letzte Tage und Stunden geben könnte. Hoffentlich macht sein Mörder einen Fehler und benutzt irgendwo seine Kreditkarte. Wir haben seine Brieftasche noch nicht gefunden.«

Andy war nicht überzeugt, dass Ed wirklich der Täter war. Würde er allen Ernstes einen Mann mit Spanischer Fliege ermorden, in Klarsichtfolie verpacken und in die Tiefkühltruhe stecken? Das passte überhaupt nicht zu seiner gewohnten Vorgehensweise und ergab keinerlei Sinn. Da die Leiche gefroren war, bereitete die Festlegung des Todeszeitpunkts der Kriminaltechnik größere Probleme als gewöhnlich, aber es ließ sich nicht ausschließen, dass Harpin bereits vor Eds Flucht tot gewesen war. Trotzdem hatte Ed sich eindeutig einige Zeit in diesem Haus aufgehalten. Die Puzzleteilchen des Mordfalls passten immer noch nicht zusammen.

»Nichts auf den Kontoauszügen der Schwester?«

»Bestimmt findet sich bald etwas.«

Andy war fest von ihrer Beteiligung an dem Fall überzeugt, ob freiwillig oder nicht. Höchstwahrscheinlich hatte Ed sie als Geisel genommen. Er hatte die Überwachungsbänder des Supermarkts neben Suzies Bank gesehen, als sie das Geld abgehoben hatte. Auf dem Beifahrersitz ihres Wagens hatte jemand gesessen. Sie konnten zwar das Gesicht nicht erkennen, da derjenige eine Baseballkappe tief über die Augen gezogen hatte.

Sie hatten beobachtet, wie der Betreffende etwas aus einer Packung genommen hatte, bei dem es sich um ein Desinfektionstuch handelte, und sich heftig das Gesicht damit abgerieben hatte. Andy war sich sicher, dass es Ed war. War er bewaffnet?

Karen sah auf ihre Hände hinunter, dann wieder in Andys Gesicht. »Andy, glauben Sie, Detective Cassimatis wird wieder gesund?«, fragte sie.

Jimmy hielt das Klemmbrett in die Höhe. »Ich höre euch«, stand darauf.

»Ja«, meinte Andy. »Ich glaube, es geht ihm bald wieder gut.«

63

»Mak?«

Jen hatte den Kopf schief gelegt und musterte sie. Sie saß ihr gegenüber in einer winzigen Nudel-Bar in Mongkok und hatte die schmalen Finger um eine Tasse mit heißem chinesischem Tee gelegt. Sie schien ebenso besorgt zu sein wie am Morgen, als sie Mak im Badezimmer vorgefunden hatte.

»Tut mir Leid, Jen, ich muss einen Augenblick mit den Gedanken woanders gewesen sein«, entschuldigte sich Mak. »Mir geht so vieles im Kopf herum.«

Sie sah, dass ihr Essen gebracht wurde – eine willkommene Ablenkung. »Ah, genau richtig …«

Eine schmächtige Chinesin erschien mit zwei dampfenden Schüsseln Nudelsuppe mit Schweinefleischbällchen, einer lokalen Spezialität. Auf dem Tisch stand ein kleines Gefäß mit einer scharfen Sauce, von der Jen einen Löffel auf ihre Suppe gab. Mak tat es ihr nach, ehe sie sich einen gehäuften Löffel in den Mund schob und den Geschmack der Brühe genoss.

»Oh, heiß!«

Zum Glück hatte sich Maks Magen mittlerweile beruhigt. Es tat gut, etwas zu essen, von dem sie nicht zu fürchten brauchte, es sofort wieder von sich geben zu müssen. Ihr wurde klar, dass sie zwischen ihren Übelkeits- und Panikanfällen den ganzen Tag über praktisch nichts gegessen hatte. Mak und Jen hatten sich für die kleine Nudel-Bar in der Nähe des Ladies Market entschieden, um anschließend einen Einkaufsbummel machen zu können. Durch die beschlagenen Fenster sah Mak die Marktstände, die sich in sämtlichen Richtungen erstreckten, und obwohl es bereits dunkel war, sah es nicht so aus, als würde der Markt in nächster Zeit schließen oder der Besucherstrom abebben. Mak konnte es kaum erwarten. Zahllose Menschen strömten durch die Straßen, kauften und verkauften wertlosen Krimskrams, Kleider, Uhren-Imitate und falsche Designer-Handtaschen. Wie es aussah, stand ihnen ein echtes Abenteuer bevor.

Fasziniert betrachtete Mak die Menschen vor dem Fenster. Es gab modisch gekleidete Mädchen mit stacheligem Haar und Sandalen mit Blockabsätzen. Uralte Männer, gebeugt unter der Last ihrer Einkäufe. Kleine Kinder auf den Schultern ihrer Eltern. Händchen haltende Paare. Jen und Mak, zwei hoch gewachsene Ausländerinnen, waren nur zwei Touristinnen unter vielen. Vereinzelte Logos von Adidas und Nike inmitten unzähliger chinesischer Schriftzeichen stellten die einzigen Hinweise auf den wachsenden amerikanischen Einfluss dar. Der Anblick und die Gerüche waren so anders als alles, was Mak von ihren zahlreichen Reisen in Nordamerika und Europa kannte. Begeistert sog sie die exotische Atmosphäre in sich auf und fragte sich, warum sie bisher nie weiter gen Osten als bis Istanbul gereist war. Was hatte sie nur verpasst!

Mak spürte Jens Blick.

»Mak?«

»Ja?«, fragte sie zwischen zwei Löffeln Suppe.

»Gestern Abend habe ich gehört, wie Shawn dich nach diesem Prozess gefragt hat. Das warst doch du, oder?«

Maks Magen zog sich zusammen.

»Äh, ja. Das stimmt. Wie schmeckt deine Suppe?«, fragte sie in einem verzweifelten Versuch, das Thema zu wechseln.

»Gut.« Jen wandte den Blick ab. »Das muss ziemlich beängstigend gewesen sein«, fügte sie mit gesenktem Blick hinzu.

»Ja. Es war nicht besonders lustig. Je weniger ich jetzt daran denke, desto besser. Ehrlich gesagt waren die letzten Jahre ziemlich übel, und ich könnte ein bisschen Glück gut gebrauchen.«

»Du wirkst so positiv und lächelst immer. Man würde nie darauf kommen.«

Nicht alle Narben kann man sehen, hätte Mak am liebsten erwidert, besann sich jedoch eines Besseren. Sie war kein Opfer, sondern hatte riesiges Glück gehabt. Sie wünschte, sie würden wieder über etwas anderes sprechen.

»Und was willst du jetzt machen?«, fragte Jen.

»Inwiefern?«

»Gibt es da nicht einen Mann in Australien? Mak, ist alles in Ordnung?«

»Ja. Tut mir Leid.« Mak schluckte gegen den Kloß in ihrem Hals an und holte tief Luft. Mit einem Mal hatte das Essen seinen Reiz verloren. Ihr war der Appetit vergangen. »Der äh... der Mann, mit dem ich zusammen war, ist Detective in Australien. Wir waren eine Weile zusammen, aber jetzt nicht mehr.«

Sie spürte eine Woge der Traurigkeit in sich aufsteigen. Zwischen ihnen existierte ein Band, so frustrierend und unpraktisch diese Tatsache auch sein mochte. Mak konnte nicht leugnen, dass sie sich vom ersten Augenblick an zu Andy hingezogen gefühlt hatte, und offenbar gelang es ihr nach wie vor nicht, ihn sich aus dem Kopf zu schlagen. Was bedeutete das? Wie konnte sein Einfluss auf sie immer noch so groß sein?

64

Ich sehe dich.

Sah Makedde ihn an? Wartete sie darauf, dass er hereinkam und sie holte?

Ich sehe dich, Makedde.

Spürst du mich?

Ed beobachtete Makedde von der anderen Straßenseite aus. Sie saß in einer kleinen Nudel-Bar beim Nachtmarkt. Er hatte sie in der überfüllten Untergrundbahn erspäht und war ihr durch die U-Bahn-Station Mongkok gefolgt. Mit ihrer blonden Mähne ragte Makedde wie ein Leuchtturm aus der Menge der Einheimischen heraus. Und nun bot ihm das Restaurant einen ungehinderten Blick auf sie, als wäre sie eine Schaufensterpuppe nur für ihn allein. Sie gehörte ihm.

Du gehörst mir. Spürst du es? Du gehörst mir.

Mak aß mit einem Mädchen zu Abend, das Ed noch nie vorher gesehen hatte, ein junges Ding mit einem Pferdeschwanz. Er fragte sich, woher sich die beiden kannten. War sie auch Model? Eine Freundin aus der Heimat? Ed war Makedde den ganzen Weg von der Model-Agentur bis hierher gefolgt, wo sie sich mit diesem Mädchen getroffen hatte. Das war in Ordnung. Es sollte kein Problem sein, die andere loszuwerden. Mittlerweile war die Sonne untergegangen, und alles war perfekt. Er hatte sie. Er hatte gewusst, dass sich seine Geduld irgendwann auszahlen würde. Seine Panik, sie möglicherweise nicht zu finden, war vollkommen überflüssig gewesen. Natürlich hatte er sie ausfindig gemacht. Es war nur eine Frage der Zeit gewesen. Er hatte gewusst, dass sie irgendwann in der Agentur auftauchen würde, und diese war der Schlüssel zu Mak gewesen. Wo auch immer sie hinging, er würde sie finden, weil es ihr Schicksal war. Sie gehörte ihm.

In den Straßen herrschte noch immer reges Treiben, obwohl es dunkel war. Aber niemand von all den Menschen nahm Notiz von Ed Brown. Er war »Mr. Transparent«. Sein unauffälliges Äußeres wirkte wie ein Mantel der Unsichtbarkeit, den er für seine Zwecke zu nutzen gelernt hatte. Er konnte mühelos mit jeder Menschenmenge verschmelzen.

Makedde, du weißt, dass du mir gehörst.

Wartete sie auf ihn? Sollte er einfach hineingehen und sie holen?

»Ed, Liebling.«

Erschrocken fuhr Ed herum.

Es war die Gefängnis-Lady.

Nein!

»Ich kann nicht glauben, dass ich dich gefunden habe, Liebling. Wie wunderbar!«, ereiferte sie sich. Sie trug Turnschuhe, Jeans und ein T-Shirt und hatte einen Rucksack bei sich. In der Hand hielt sie eine Plastiktüte und eine Flasche Evian. Auf ihrer Oberlippe perlten Schweißtropfen.

»Was tust du hier?«, fragte er.

Sie wird alles ruinieren!

»Ich war einkaufen. Hier, ich habe ein paar von diesen wunderbaren Eierschaum-Kuchen gekauft. Sie sind soooo gut…« Sie nahm eines der Gebäckstücke aus der Plastiktüte und reichte es ihm. Erschüttert stand er mit dem Kuchen in der Hand da.

Wie konnte sie jetzt hier auftauchen, da sich sein Preis unmittelbar vor ihm, auf der anderen Straßenseite, befand? Wie war das möglich?

»Und was hattest du vor, Liebling? Eine Besichtigungstour machen?« Erstaunt blickte sie auf seine Hände hinunter. »Schatz, warum trägst du denn Handschuhe?«

Auch Ed betrachtete seine Hände. Es war seltsam, in der feuchten Hitze Hongkongs Handschuhe zu tragen, aber er brauchte sie für seine Arbeit. Er hatte keine Ahnung, was er darauf sagen sollte.

»Oh, ich habe ... äh, ja, eine Besichtigungstour gemacht«, erklärte er linkisch.

Sieh zu, dass du sie loswirst. Sofort.

»Hm, hier kann man wirklich toll einkaufen«, murmelte die Gefängnis-Lady mit vollem Mund. »Oh, willst du einen Schluck Wasser?« Sie hielt die Flasche in die Höhe.

»Nein, danke.«

Sie setzte die Flasche an ihre grässlich dünnen, freudlosen Lippen und nahm einen Schluck, ehe sie sie in einem der verschließbaren Fächer ihres Rucksacks verstaute. »Ich finde, es ist so feucht hier. Ich habe das Gefühl, als würde ich den ganzen Tag schwitzen.«

Tu etwas. Sieh zu, dass du sie loswirst.

Ed hatte einen Plan. Er schob sich das ganze Törtchen auf einmal in den Mund, dann packte er die Gefängnis-Lady mit seinen behandschuhten Fingern am Handgelenk. »Schatz, ich will dir etwas zeigen«, sagte er und zog sie mit sich. »Eigentlich wollte ich es ja für später aufheben, aber jetzt ist der perfekte Zeitpunkt.«

»Ehrlich?«, meinte sie und verzog ihren widerlichen, mit Kuchenkrümeln bedeckten Mund zu einem Lächeln.

»Ja«, erwiderte er. »Es sollte eine Überraschung sein, aber ich kann einfach nicht länger warten, Liebling.«

Ed führte sie durch die Menschenmenge, wobei er immer wieder einen Blick über die Schulter warf, um sich zu orientieren und zu vergewissern, dass Makedde nach wie vor in der Nudel-Bar saß. Jedenfalls sah er sie nirgends auf der Straße. Wahrscheinlich blieb sie noch eine Weile in dem Restaurant. Sie hatte fast nichts gegessen.

Sieh einfach zu, dass du die Gefängnis-Lady loswirst. Werde sie los, werde sie los, werde sie los.

Er steuerte auf ein Restaurant zu, das etwa einen halben Häuserblock entfernt war und in dessen Schaufenster geröstete Enten an den Füßen aufgehängt waren. Das Restaurant war bis auf den letzten Platz besetzt, doch als er vorhin vorbeigekommen war, hatte er eine schmale Gasse bemerkt, in der sie ihren Abfall abstellten. Ein abgelegenerer Ort würde sich in dieser Gegend kaum finden lassen. Sie bogen in die Gasse ein. Auf ihrem Gesicht lag noch immer dieses widerliche Lächeln. Als sie zu einer düsteren Ecke gelangten, bedeutete er ihr, stehen zu bleiben.

»Okay, und jetzt kommt die Überraschung«, verkündete er.

Sie strahlte vor Aufregung. Sie würde alles für ihn tun. Absolut alles.

Ich will, dass du jetzt stirbst. Genau das sollst du für mich tun.

»Mach die Augen zu und streck die Hände aus.«

Sie gehorchte.

Er sah kurz nach links und rechts. Neonschilder leuchteten in der Dunkelheit rings um sie herum, Musik dröhnte, und Menschen drängten sich auf den Straßen, aber niemand bemerkte sie. Und außer ihnen war niemand in der Gasse. Die Hintertür des Restaurants war geschlossen.

»Lass sie zu …«, forderte er sie neckend auf.

»Oh, Liebling …«

Er zog den Lappen und das mit einer Flüssigkeit gefüllte Fläschchen hervor, die er eigentlich für seinen Preis vorgesehen hatte. Mit einer hastigen Bewegung tränkte er den Lappen mit der Flüssigkeit. Er durfte keine Zeit verlieren.

Ed legte den Arm um den Kopf der Gefängnis-Lady, riss ihn gewaltsam nach hinten und presste ihr den scharf riechenden Lappen fest auf den geöffneten Mund – auf diese hässlichen Vogellippen. Sie wehrte sich, kämpfte, hustete und keuchte. Er drückte sie ein Stück nach hinten und beugte sich über sie, so dass ein zufälliger Beobachter sie für ein Liebespaar in einer leidenschaftlichen Umarmung halten würde. Sie sträubte sich noch immer und ruderte mit den Armen, doch dank seines trainierten Oberkörpers gelang es ihm, sie wie in einem Schraubstock festzuhalten.

Sie versuchte zu sprechen, zu protestieren, doch die unzusammenhängenden Worte wurden von dem feuchten Lappen gedämpft, während sie ihn aus schreckgeweiteten Augen anstarrte. Ein letztes Wimmern, ein kurzes Treten, dann erschlaffte sie in seinen Armen.

Der Lappen war mit Chloroform getränkt. Sie war bewusstlos.

Er hob sie hoch und zog sie ein Stück weiter in die Gasse, wobei ihre Füße über den Beton schleiften. Aus der Ferne sahen sie wie ein tanzendes Paar aus. Er steckte den Lappen ein und kramte in seiner Tasche nach dem Messer. Ohne sie loszulassen, rammte er ihr die fünfzehn Zentimeter lange Klinge durch das T-Shirt in den Magen. Der scharfe Stahl durchdrang ihre Haut ohne jeden Widerstand. Sie zuckte. Mit einiger Anstrengung zog er die Klinge nach oben, bis sie das Brustbein berührte. Das Adrenalin pumpte in seinen Venen. Ed hätte nicht gedacht, dass es ihm Genuss bereiten würde, sie zu töten – sie war so reizlos, so geschlechtslos für ihn. Doch allein das Aufschlitzen war sehr befriedigend, und der metallische Geruch nach Blut verfehlte niemals seine Wirkung. Er fühlte sich lebendig. Wie ein Gott.

Ed schob die Gefängnis-Lady von sich. Sie fiel auf einen Haufen Plastiksäcke mit verrottendem Müll, wobei ihr Kopf gegen die Ziegelmauer prallte.

Sie sah fast hübsch aus, wie sie so dalag. Wie eine Puppe. Einen so liebevollen Gedanken hatte er noch nie für sie übrig gehabt.

Ed beugte sich über sie. Er bemerkte kaum den widerwärtigen Gestank des Mülls um sie herum, als er ihre Kehle von einem Ohr zum anderen aufschlitzte. Sie blutete stark. Ihr Leben rann aus jeder ihrer klaffenden Wunden. Ein köstliches Prickeln kroch über sein Rückgrat. Endlich war es vorbei. Die Gefängnis-Lady war tot.

Ed hielt einen Augenblick inne, um sein Werk zu betrachten, ehe er hastig einen Müllsack nach dem anderen über sie stapelte. Es war nichts mehr von ihr zu sehen. Sie war verschwunden.

Und dann traf ihn die Realität der Situation mit voller Wucht.

Mit entschlossenen Schritten eilte er zur Straße zurück und bog um die Ecke, ohne sich noch einmal umzublicken. Er zog ein Desinfektionstuch aus der Tasche und wischte sich übers Gesicht. Einmal. Zweimal. Dann säuberte er die Fingerspitzen seiner Handschuhe. Auf seiner Jacke war Blut. Er würde sie umdrehen und mit der Innenseite nach außen tragen müssen.

Und er musste sich waschen.

Angetrieben vom Adrenalin und dem übermächtigen Bedürfnis, sich zu säubern, stürzte Ed durch die Vordertür des Restaurants und lief auf dem schnellsten Weg in Richtung Toiletten im hinteren Teil. Ein Kellner rief ihm etwas zu, doch er reagierte nicht. Er musste sich säubern. Die Keime. Es gab so viele von ihnen in dieser Gasse, er musste sich davon befreien …

65

»Qantas hat uns informiert, dass Suzie Harpin am Montagabend auf einer ihrer Maschinen gebucht war. Die Einwanderungsbehörde bestätigt das. Sie hat mit ihrem Bruder, Ben Harpin, das Land verlassen.«

Mit ihrem toten Bruder. Verdammt noch mal.

»Scheiße, das ist er. Wohin sind sie geflogen?«

»Das wirst du nicht gern hören. Nach Hongkong.«

»Das ist Ed. Der verdammte Ed Brown. Herrgott noch mal! Wie konnte er am Flughafen durch die Kontrollen kommen? Rufen Sie sofort Interpol an und …«

»Schon erledigt.«

»Und wir müssen *sofort* Makedde finden.«

»Wird schon erledigt, Andy. Interpol hat ein Team in Hongkong, das versprochen hat, sich darum zu kümmern. Sie werden sie finden.«

Oh Gott, Makedde…

66

Der Ladies Market war einfach unglaublich.

Ein einziger Rausch der Sinne – Stimmengewirr in Kantonesisch und Mandarin, Schritte, Gelächter, hitzige Debatten und Streitereien. An einem Marktstand schrillte endlos lange eine Alarmglocke. Jeder Zentimeter Verkaufsfläche war mit T-Shirts behängt. Es gab Tische, die sich unter der Last falschen Schmucks, illegaler Rolex-Uhren, Souvenirs, Schneekugeln, Spielzeuge und raubkopierter CDs bogen. Musik dröhnte aus den Lautsprechern billiger Ghettoblaster. In Woks und Bratpfannen brutzelten die öligen Speisen der Straßenverkäufer. Üppige Aromen drangen aus überfüllten Cafés und Restaurants, und den engen, dunklen Seitengassen entströmten stechende Gerüche.

Mit weit aufgerissenen Augen folgt Mak Jen durch die Menschenmenge, die sich Schulter an Schulter vorwärts schob – in Maks Fall eher Schulter an Bauchnabel…

»*Copy Watch! Copy Watch!*«, rief jemand. Sie warf einen Blick in die Richtung, aus der die Stimme gekommen war, wurde jedoch von den Menschen weitergedrängt, beinahe willenlos, in Richtung eines Standes, an dem scheinbar exakt dieselben Uhren verkauft wurden. An sämtlichen Markisen hingen chinesische Symbole, während sich hinter den Neonschildern und den Auswüchsen des Kapitalismus Apartmentgebäude wie Stapel aus alten Schuhkartons erhoben. Rost- und Schmutzschlieren zogen sich über die Mauern der baufälligen Häuser, und auf den schmalen Fensterbrettern waren winzige Klimaanlagen installiert. Die Lebensbedingungen in diesen Wohnhäusern entsprachen gewiss nicht den Standards einer Industrienation. Kein Wunder, dass sich SARS in Windeseile über das Leitungs-, Lüftungs- und Abwassersystem verbreitet hatte. Die Stadt hatte schwer gelitten, doch nun trieb sie neue Blüten – sauberer, sicherer, aber immer noch um so vieles voller und verschmutzter, als sich der Bewohner eines westlichen Landes vorstellen konnte, wenn er diese Stadt noch nie mit eigenen Augen gesehen hatte.

Fasziniert nahm Makedde den Anblick der Stände, der Schilder und Gebäude in sich auf – das überwältigende Szenario, das sich ihr auf der Straße bot, während tausende Einheimische um sie herumliefen, feilschten, kauften und aßen. Es war, als befände sie sich in einem Meer menschlicher Leiber.

Mak machte einen Schritt nach vorn und packte Jens Arm.

»Oh, wow! Ich will dich nicht verlieren …«

»Komm hier herüber, ich muss dir unbedingt diese Taschen zeigen«, rief Jen. »Die haben tolle Imitationen der neuesten Louis-Vuitton-Taschen für fünfzig Hongkong-Dollar oder so. Das sind gerade mal zehn US-Dollar pro Stück.«

»Zehn Dollar?«

»Erstklassige Imitationen. Die guten.«

Mak folgte Jen durch die Menge, bis sie vor einem Stand standen, dessen Auslage jedoch lediglich aus laminierten Fotos von etwas bestand, das wie Hand- und Brieftaschen von Gucci, Louis Vuitton und Burberry aussah.

»Aber wo sind denn die Taschen?«, wollte Mak erstaunt wissen.

»Welchen Designer wollen Sie?«, fragte der Verkäufer. »Burberry? Gucci?«

»Louis Vuitton«, kicherte Jen.

»Ich bringe sie Ihnen. Welche wollen Sie haben?«

»Äh... die da.« Jen deutete auf das laminierte Foto einer Tasche mit Kritzeleien im Graffiti-Stil. »Wie viel?«

Der Mann zog einen Taschenrechner heran und drückte ein paar Ziffern, ehe er ihn so umdrehte, dass Jen sie erkennen konnte.

»Hundert Hongkong-Dollar? Viel zu viel«, erklärte sie.

Mak rechnete rasch im Kopf nach. Das waren etwa zwanzig kanadische Dollar. Ein echtes Schnäppchen.

»Sehr gute Qualität. Erstklassig. Ich zeige sie Ihnen«, erklärte der Verkäufer und verschwand in einer schmalen Seitengasse.

»Was passiert jetzt?«, wollte Mak wissen. »Wohin geht er?«

»Im Durchschnitt werden sie hier zweimal pro Tag überfallen. Deshalb ist es sicherer, wenn sie nur die Fotos herzeigen. Die Taschen bewahren sie irgendwo anders auf und holen sie, wenn ein Kunde danach fragt. Viele von ihnen arbeiten so.«

Maks Blick blieb an den Stapeln mit Krimskrams am Nachbarstand hängen. Mao-Bücher, Mao-Spielzeug, Mao-Anstecker. Am Stand daneben hingen völlig verrückte Unterwäsche-Garnituren, darunter ein Herrenslip mit einem aufgedruckten Elefantenkopf auf der Vorderseite. Es war unschwer zu erkennen, welches Körperteil den Rüssel darstellen sollte.

»Oh Gott, sieh dir das nur an!«, rief Jen.

An einem anderen Stand wurden T-Shirts mit Osama bin Ladens Konterfei verkauft. Mak ging ein paar Schritte näher heran. »Nicht zu fassen...«, murmelte sie angewidert. Am Gestänge des Standes hingen T-Shirts, auf deren Vorderseite die einstürzenden Türme des World Trade

Center und der Kopf bin Ladens aufgedruckt waren. Was, zum Teufel, sollte das denn sein?

Mak wandte sich wieder Jen zu, konnte sie jedoch nirgendwo entdecken. Ein hoch gewachsener Teenager schob sich an ihr vorbei und rempelte sie an. Als sie ihr Gleichgewicht wiedergefunden hatte, sah sie nach rechts und links. Keine Jen. Stattdessen fiel ihr Blick auf einen Weißen, der nur wenige Meter von ihr entfernt stand. Er war klein und schmächtig und hatte dunkelbraunes Haar und helle Augen. Sie erschauderte. Der Mann starrte sie an.

Er sieht aus wie…

Mak spürte Panik in sich aufsteigen. Der Mann erinnerte sie an Ed Brown. Das musste der Grund für ihre Gänsehaut sein. Sie sah wieder Gespenster, so wie bei dem rothaarigen Fotografen bei der Modeschau. Sie musste sich zusammennehmen und kühlen Kopf bewahren. Das konnte nicht Ed sein. Ed hatte noch nicht einmal braunes Haar.

Du siehst Gespenster. Beruhig dich.

Doch es gelang ihr nicht. Allein der Anblick von jemandem, der ihm ähnelte, Haarfarbe hin oder her, jagte ihr Angst ein und zerrte an ihren Nerven. Und mit einem Mal fühlte sich die Menge nicht mehr wie ein aufregendes Meer aus Menschen an, sondern eher wie ein Ozean, in dem sie zu ertrinken drohte. Ihr Atem kam in kurzen, flachen Stößen.

Weg hier. Du musst von hier weg.

Mak lief in Richtung des Standes mit den Handtaschen-Imitaten und schob sich auf der verzweifelten Suche nach Jen daran vorbei, doch sie konnte sie nirgendwo entdecken. Sie drängte sich an einem unbesetzten Stand vorbei und stand auf einmal vor einem schmalen Durchgang, der sich über mehrere Häuserblocks dahinter erstreckte und von dem winzige Gassen in sämtliche Richtungen abgingen. Doch auch hier war keine Spur von Jen. Kein vertrautes Gesicht. Sie musste hier weg. Ein klaustrophobisches Gefühl drohte, sie zu übermannen und ihren Verstand zu benebeln.

Das kann nicht Ed gewesen sein. Er ist in Australien und nicht in Hongkong.

Es sei denn…

Diese Schlagzeile über ihre Flucht nach Hongkong.

Mein Gott, was, wenn er es doch war?

Sie sah nach links, ließ den Blick über die Straße schweifen, in der ein Treiben wie in einem Bienenstock herrschte. Hunderte, nein, tausende Menschen schoben sich vorwärts, redeten, feilschten. Neonschilder leuchteten, flackerten, lockten. *H_2O. Virginia Hotel. PC Online Gaming. Levi's. Fairwood. DVD. Import Fashion.* Überall kantonesische Schriftzeichen, auf jeder freien Fläche, und darüber schwebte ein riesiges, pinkfarbenes Banner WILLKOMMEN AUF DEM LADIES MARKET.

Sie sah nach rechts. Mehr oder weniger dasselbe Bild. Menschen, so weit das Auge reichte. Aber wo war Jen? Wie hatte sie sie verlieren können? Sie stach doch aus der Menge hervor. Jen war mindestens fünfzehn Zentimeter größer als die meisten anderen hier. Ebenso wie Mak fiel auch sie mit ihrer Körpergröße und ihrem Haar auf. Vielleicht sah Jen ja sie?

Beruhig dich einfach, Mak.

Ed sah sie. Sie war allein. Ihre Augen waren weit aufgerissen. Ihr Mund stand offen und rief etwas, doch niemand hörte auf sie. Sie sah verwirrt aus, zutiefst beunruhigt.

Makedde.

Mak.

Mutter.

Sie hatte ihre Freundin verloren.

Es war Zeit.

Ed folgte ihr in einigen Schritten Abstand. Er war etwa

so groß wie die meisten anderen hier und sah ihren blonden Schopf, als sie sich umwandte und nach links und rechts blickte, während sie durch das Gewirr aus Ständen eilte. Er würde ein wenig schneller gehen müssen. Es gab keine Gefängnis-Lady mehr, die ihm in die Quere kam. Sie würde Ed nicht mehr zur Last fallen. Jetzt konnte er Mak haben, und niemand würde sie in dem Apartment in Wan Chai stören. Er konnte so viele Tage mit ihr zubringen, wie er wollte. Niemand würde Fragen stellen. Er konnte sie bewusstlos mit nach Hause nehmen. Jeder Taxifahrer würde glauben, sie sei nur betrunken. Er hatte genug Kraft, um sie zu tragen. Es wäre ganz einfach.

Ed schob die Hand in die Tasche, zog den Lappen heraus und hielt ihn in der Faust, während er ihr folgte.

Makedde ging auf demselben Weg zurück, wie sie gekommen war, arbeitete sich zielstrebig an den Ständen vorbei, während sie unablässig Ausschau nach ihrer Freundin hielt.

Ruhig. Ganz ruhig. Es gibt keinen Grund zur Panik. Er kann es nicht gewesen sein…

Wahrscheinlich war Jen mit dem Straßenverkäufer losgegangen, um einen Blick auf die Handtasche zu werfen, und inzwischen längst wieder am Stand. *Du siehst Gespenster. Du hast einen schlimmen Tag hinter dir. Du bist angespannt, das ist alles.* Endlich stand sie wieder vor dem Handtaschenstand mit den Fotos der Waren. Oder stand sie vor dem falschen? Sie drehte sich um und ließ den Blick über die Menge schweifen. Hingen irgendwo diese seltsamen T-Shirts? Nein. Wo waren sie? Der Stand war doch gleich hier gewesen. Oder irrte sie sich? War das der Stand mit den falschen Handtaschen? Sie sahen alle gleich aus, einer neben dem anderen, alle mit demselben Angebot, demselben billigen Plunder. Wo war sie? Wo in dieser Hölle war Jen?

Wie konnte ich sie nur verlieren?

Beruhig dich. Keine Panik.

Makedde spürte ein Augenpaar auf sich ruhen und wandte sich um.

Das Blut gefror in ihren Adern. Ein quälendes Jucken machte sich in ihrem Zeh bemerkbar. Alles schien ganz ruhig zu werden, nur ihre Atmung nicht. Die Welt um sie kam zum Stehen…

Ed Brown stand höchstens vier Meter von ihr entfernt und starrte sie an.

Mak stürzte in die andere Richtung.

Er war es.

Wie kann er es sein? Wie kommt er hierher? Wie, oh Gott!

Mak konnte diese Augen nicht vergessen, die sich in ihr Gedächtnis gebrannt hatten wie der Abdruck eines glühenden Brandeisens. »*Bist du bereit, Mutter?*«, hatte er gesagt. »*Du hast so schöne Zehen. So wunderschöne Zehen. Möchtest du sie gerne kosten? Für mich daran lutschen?*« Er sah anders aus, sein Haar war mit einer schlechten Farbe dunkler getönt, aber er war es eindeutig.

Schrei, Makedde…

Schrei um Hilfe!

Makedde schrie. Eine Frau neben ihr drehte sich im Vorbeigehen um, ehe sie eilig den Blick abwandte und ihren Weg fortsetzte. »*Der rechte Fuß, weil es so recht ist.*« Mit einem Skalpell hatte Ed ihren großen Zeh abgetrennt, während sie gefesselt dagelegen hatte, hilflos und hellwach vor Todesangst. Sie würde dieses Gesicht niemals vergessen, diese Augen, die Stimme, den entsetzlichen Schmerz. Und was er mit Catherine gemacht hatte… die arme Catherine, verstümmelt und misshandelt, im hohen Gras liegen lassen wie eine kaputte Puppe.

»*Nein, ich lasse dich nicht laufen… Mutter.*«

So schnell sie konnte bahnte Makedde sich einen Weg zwischen den Menschen hindurch, blieb an Einkaufstaschen hängen und rempelte ein junges Mädchen an der Schulter an. »Hilfe! Polizei! Polizei! So hilf mir doch jemand!«, schrie sie laut, nicht länger auf der Suche nach Jen, sondern von der verzweifelten Hoffnung getrieben, einen Polizisten in Uniform zu entdecken, einen Beamten in Zivil, *irgend*jemanden, der ihr half. Die Menschen schoben sich weiter vorwärts, als wäre nichts geschehen; genauso wie in ihren Albträumen, in denen sie aus Leibeskräften schrie und kein Laut über ihre Lippen drang, in denen niemand sie hören konnte, niemand ihr helfen wollte. Die kantonesischen Worte für »Hilfe« wollten ihr nicht einfallen, aber wahrscheinlich spielte es ohnehin keine Rolle. Diese Menschen kümmerten sich um ihre eigenen Angelegenheiten, insbesondere beim Anblick einer schreienden Touristin. Woher sollten sie auch wissen, dass sich ein entflohener Sadist, der mindestens neun Frauen getötet hatte, mitten unter ihnen befand?

Es ist Ed Brown. Er ist hier. Er hat mich gefunden.

Sie warf einen Blick über die Schulter und stellte mit Entsetzen fest, dass Ed noch immer da war, dass er seine Schritte ihrem Tempo anpasste, sich durch die Menge schob. Mak prallte gegen den Rücken eines Mannes mit einem Baby auf dem Arm, das prompt zu brüllen anfing. Sie lief weiter, drängte sich an ihnen vorbei, diesmal etwas achtsamer, doch Ed war noch immer da, so nahe, nur wenige Schritte hinter ihr. Sie schlug ein paar Haken, wechselte die Richtung auf der Suche nach einem sicheren Ort, einem Polizeirevier, einem Beamten, nach irgendjemandem, der offiziell aussah.

Doch sie sah nichts als unbeteiligte Marktbesucher und die Straßenverkäufer mit ihren Billigwaren, die zweimal am Tag überfallen und ausgeraubt wurden. Diese Leute würden wahrscheinlich eher vor der Polizei davonlaufen, statt ihr zu helfen, sie zu finden. So viele Menschen umgaben sie, und trotzdem war sie in Wahrheit vollkommen allein.

67

Andy Flynn verlor vor Sorge beinahe den Verstand. Die Angst fraß sich tief in seine Eingeweide.

Mak schwebt in schrecklicher Gefahr.

Seine Augen schmerzten vom Schlafmangel, und er hatte die Hände so fest ineinander verkrallt, dass die Abschürfungen in seinen Handflächen wieder aufgerissen waren. In Sydney war er etwa so nützlich wie ein Eisschrank in der Antarktis. Makedde war in Hongkong, Ed war in Hongkong. Schlimmer könnte es nicht sein. Er betete, dass sie nicht zu spät kamen. Ed war am Dienstagmorgen als Ben Harpin eingereist, und inzwischen war Mittwochabend.

Interpol hatte die Polizei von Hongkong eingeschaltet. Sie waren fest entschlossen, den mehrfachen Mörder Ed Brown und seine Komplizin zu fassen und hatten eine dringende Fahndung für die beiden herausgegeben, trotzdem war es ihnen in den wenigen Stunden nicht gelungen, sie zu finden. Und Andy ging auch nicht davon aus, dass das so schnell passieren würde. Bis sie die Kreditkarte benutzten oder ihre Pässe zeigen mussten, war der Versuch, sie unter den sieben Millionen Einwohnern der Metropole aufzustöbern, etwa so Erfolg versprechend wie die sprichwörtliche Suche nach der Nadel im Heuhaufen.

Makedde jedoch sollte einfacher zu finden sein. Das hoffte er zumindest.

Wenigstens versteckte sie sich nicht.

68

Ed hatte keine allzu große Mühe, Mak durch die Menschenmenge zu folgen. Die Leute bewegten sich unendlich langsam vorwärts und vertraten ihnen ständig den Weg: Kinder, alte Menschen, Paare, alle hinderten sie daran, schneller vorwärts zu kommen. Sie musste sich etwas einfallen lassen, musste dafür sorgen, dass ihr jemand half. Bei ihrer letzten Begegnung mit Ed hatte er sie unvorbereitet erwischt und ihr mit brutaler Gewalt einen Hieb auf den Kopf verpasst. Er könnte bewaffnet sein, und er würde keine Ruhe geben, bis er sie hatte, so viel stand fest. Er war weit gereist, um sie zu finden.

Sie blickte sich nach einer Lücke im Gedränge um, doch die Stände und Tische mit den Billigwaren boten keinerlei Fluchtmöglichkeit. Kein Ausweg, nur hunderte Meter Souvenirs und nutzloser Plunder.

Benutze sie.

Mit einer raschen Handbewegung riss sie eine Hongkong-Schneekugel von einem der Tische.

Der Verkäufer schrie wütend etwas auf Kantonesisch. »*Wai! Gwoh lai a!*«

Endlich hatte sie die Aufmerksamkeit auf sich gezogen.

Am nächsten Tisch schnappte Mak ein Päckchen mit dünnen Essstäbchen, die von einem hübschen roten Band zusammengehalten wurden. Sie sahen aus, als wären sie aus Plastik, hatten jedoch scharfe Spitzen. Ohne stehen zu bleiben, ließ sie sie so auffällig wie möglich in ihrer Tasche verschwinden und fing dabei den Blick des aufgebrachten Händlers auf.

Ja, lauf mir nach. Und bring auch gleich die Polizei mit.

Mit ihrem langen, blonden Haar war es ohnehin unmöglich, in der Menge unterzutauchen. Sie musste ihren Abstand zu Ed vergrößern und einen Ort finden, wo sie sich verstecken konnte, in irgendeiner Ecke oder einem Hauseingang, um genug Zeit zu haben, zum Bahnhof Mongkok zu flüchten, wo sie zuvor uniformierte Beamte bemerkt hatte. An der U-Bahnstation mussten doch Polizisten sein. Aber in welcher Richtung befand sich der Bahnhof?

Da. Hinter dem letzten Stand. Jemand in einer Uniform.

»Hey! Helfen Sie mir! Polizei!«, schrie sie.

Makedde tauchte nach rechts ab und verschwand für einen Moment unter einer hohen Markise vor einem Marktstand mit zahllosen röhrenden Spielzeugflugzeugen, auf Musikinstrumenten spielenden Affen und Spielzeugfrettchen, die Bälle jagten.

Ding, ding, ding…

Sie schlüpfte in den schmalen Korridor hinter den Ständen und fand sich in einer schwach beleuchteten Gasse wieder. Planen versperrten ihr den Weg, so dass sie außen herum gehen musste. In diesem Moment wurde ihr klar, dass sie einen Fehler gemacht hatte. *Oh Gott, wohin jetzt?* Überall in der Gasse standen Mülleimer, aus denen verfaulende Lebensmittel quollen. Am Ende befand sich ein hoher Maschendrahtzaun. *Und kein Polizist!* Die Gestalt, die sie gesehen hatte – wer auch immer es gewesen sein mochte –, befand sich auf der anderen Seite dieses Zauns.

Ihr blieb nur der Bruchteil einer Sekunde, um eine Entscheidung zu treffen. Auf demselben Weg zurückgehen oder…

Verstecken.

Mak presste sich gegen die Ziegelmauer und umschloss die Schneekugel mit beiden Händen.

Da ist er.

Ed stand schwer atmend am Ende der schmalen Gasse. Selbst wenn sie es versucht hätte, wäre ihr nicht genug Zeit geblieben, den Rückzug anzutreten.

Ohne zu zögern, machte Mak einen Satz nach vorn, um die Schneekugel auf seinen Kopf heruntersausen zu lassen. Doch der Mörder musste die Bewegung registriert haben, denn er wich zurück, so dass die Kugel ihn lediglich an der Schläfe streifte und der Schwung sie nach vorn katapultierte. Sie geriet ins Straucheln. Die Schneekugel entglitt ihr und fiel zu Boden, woraufhin sie in einer Fontäne aus Wasser und winzigen Plastik-Schneeflocken explodierte, als das billige Glas zerschellte. In diesem Augenblick spürte sie seine Hände. Sekunden später war ein erbitterter Kampf zwischen ihnen entbrannt. Er war ein gutes Stück kleiner als sie, trotzdem verfügte er seltsamerweise über wesentlich mehr Kraft. Sie versuchte, sich aus seinem Griff zu befreien und die Stäbchen aus ihrer Tasche herauszuziehen. Selbst wenn sie zu dünn waren, um ihm ernsthaft schaden zu können, könnte sie ihn vielleicht zumindest für einen Moment irritieren und damit Zeit gewinnen. Sie brauchte nur ein paar Sekunden, um sich seinen Händen zu entziehen.

Doch ihre Kraft reichte bei weitem nicht aus, um gegen seine wilde Entschlossenheit etwas auszurichten. Ed hatte beide Hände um ihre Kehle gelegt und drückte so fest zu, dass das schwarze Leder seiner Handschuhe knarzte. Panisch ruderte sie mit den Armen, doch vergeblich, denn bereits wenige Sekunden später spürte sie, wie ihr Bewusstsein gefährlich ins Trudeln geriet und die Ohnmacht sie zu übermannen drohte. Sein Gesicht schwebte unmittelbar über ihr, seine blassen Augen bohrten sich tief in sie hinein – Fenster zu einer bis ins Innerste kranken Seele. Sie musste diesem Sog, dieser Krankheit entfliehen. Sie würde nicht zulassen, dass er sie bekam. Endlich meldeten sich ihre jahrelang durch Selbstverteidigungstraining geschulten Instinkte. Sie presste die Handflächen aneinander wie zum Gebet und rammte sie mit einer abrupten Bewegung nach oben zwischen seine Hände, so dass er seinen Griff um ihre Kehle lockern musste.

»Arschloch!«, stieß sie hervor, holte aus und verpasste

ihm einen gezielten Schlag seitlich gegen die Kniescheibe. Er stieß einen lauten Schmerzensschrei aus und taumelte rückwärts. Für den Bruchteil einer Sekunde glühten die Neonlichter wie ein Heiligenschein um seinen Kopf. Sie machte einen Schritt rückwärts. Glasscherben knirschten unter ihren Füßen. Er blockierte den Zugang zu der Gasse. Damit blieb ihr nichts anderes übrig, als den Weg zum Zaun und den geöffneten Fenstern im Erdgeschoss der Häuser dahinter einzuschlagen, wo sie ein Telefon finden und Hilfe holen könnte. Mak drehte sich um und stürmte in Richtung Zaun, warf sich mit aller Kraft dagegen und klammerte sich in fast zwei Metern Höhe daran fest. Ihre Finger krallten sich in die Drahtschlingen, während sie versuchte, mit den Füßen Halt zu finden und sich weiter hochzuziehen. Sie musste es schaffen, über den Zaun zu klettern und zu den Häusern zu gelangen. Es konnte nicht mehr lange dauern, bis jemand sie entdeckte. Jemand, der die weiße Diebin verfolgte, die in die Gasse hinter den Ständen geflüchtet war. Wo waren sie nur? Wo war der Polizist?

Eine Hand schloss sich um ihr Fußgelenk und zerrte daran.

Mak klammerte sich mit all ihrer Kraft am Zaun fest. Sie hatte es fast geschafft; nur wenige Zentimeter trennten ihre Fingerspitzen vom oberen Rand des Zauns, und sie schrie aus Leibeskräften, doch er ließ nicht los. Ed hielt sie fest, und er war stark, so stark. Mit jeder Faser ihres Körpers kämpfte sie um einen weiteren Zentimeter, während sich ihre Augen vor Anstrengung mit Tränen füllten. *»Ich verspreche dir, die tödlichen Schnitte bis zum Schluss aufzusparen«, »Hast du schon mal einer Autopsie beigewohnt, Makedde?«, »Du bist etwas ganz Besonderes…«, »So wunderschöne Zehen…«* Ihre Finger schmerzten von dem Draht, der sich in ihr Fleisch zu schneiden drohte, so wie die Fesseln, mit denen er sie damals festgebunden hatte, als sie hilflos und bewegungsunfähig dagelegen hatte. Die Muskeln in ihren Schultern brannten. Inzwischen hatte er beide Hände um ihre Taille gelegt und zog sie nach unten. Wie war das möglich? Er hielt sie fest, zerrte mit beiden Armen an ihr, doch ihre verzweifelte Entschlossenheit konnte gegen seine Kraft nichts ausrichten. Sie hörte seine japsenden Atemzüge. Ein scharfer Geruch stieg ihr in die Nase – wie Alkohol, nur stärker. Ein Lappen auf ihrem Mund, ein eigentümliches Gefühl, ein Heben. Sie wurde angehoben. Für den Bruchteil einer Sekunde fühlte sie sich schwerelos – *kämpf dagegen an, Mak, kämpf.* Sie schlug um sich, trat mit den Füßen, spürte, wie ihr die Luft ausging, wie ihr Kopf leicht wurde und sie davondriftete.

In einer letzten Sekunde der Klarheit zerrte sie die Essstäbchen aus der Tasche und rammte sie in Eds Hals.

Sein Körper wurde von der Wucht zurückgerissen, und die Stäbchen zerbrachen, so dass die abgebrochenen Enden aus dem Fleisch über seinem Schlüsselbein ragten. Er packte sie und versuchte, sie herauszuziehen. In seinen Augen lag ein verwirrter und schmerzerfüllter Ausdruck. Er gab ein grauenvolles Geräusch von sich, und sie spürte, wie der Atem aus seinem Mund strömte, dicht gefolgt von einem Schwall Blut. Blut, das sich auf ihre Schulter und über das Vorderteil ihres Tops ergoss. Mak machte einen Satz nach vorn und verpasste ihm einen neuerlichen Schlag gegen die Kniescheibe. Dieses Mal gab sie unter der Wucht des Tritts nach. »Du Dreckskerl!«, schrie sie und wollte gerade zu einem weiteren Hieb ausholen … aber er wehrte sich nicht mehr, sondern lag flach auf dem Boden. Sie sah, dass er die Hände auf seinen Bauch presste. Er war blutüberströmt. Aber es konnte nicht nur an den Stäbchen liegen, die in einem eigentümlichen Winkel aus seinem Hals ragten. Überall war Blut und Erbrochenes, und er hustete und keuchte. Seine behandschuhten Finger krallten sich um einen Lappen. Was war passiert? Sie taumelte rückwärts, bis sie gegen den Maschendrahtzaun stieß, wandte sich um und kletterte hinauf. »Polizei! Jemand muss die Polizei rufen!«, schrie sie in Richtung der Fenster. Sie zog sich hoch und schwang schwer atmend ein Bein über den oberen Rand. Hinter ihr lag Ed in einer rasch größer werdenden Blutlache. Sie sah, wie er zuckte, einmal, zweimal, ehe sich ein Strahl dunkles Erbrochenes aus seinem Mund ergoss. Sein Körper wurde von heftigen Krämpfen geschüttelt, ehe sein Kopf auf dem Beton aufschlug. Wieder übergab er sich.

Sie hielt mitten in der Bewegung inne und beobachtete gebannt, wie Ed Brown in der schmutzigen, kleinen Gasse verzweifelt um sein Leben rang.

»Wieso ich, Ed? Wieso, du elender Dreckskerl?«, schrie sie ihn an.

Doch er gab keine Antwort.

69

Makedde saß in Unterwäsche auf der Kante eines Untersuchungstisches im Kwong Wah Hospital, völlig erschöpft, doch gleichzeitig gefangen in einer eigentümlichen Woge Adrenalin, das noch in ihren Adern pulsierte. Man hatte sie gründlich auf Verletzungen untersucht, doch das Blut auf ihrer Kleidung war nicht ihr eigenes gewesen. Vergeblich versuchte sie, gegen das Zittern anzukämpfen, das ihren Körper erfasste. Sie spannte sich an, entspannte sich, spannte sich erneut an. Es wollte einfach nicht aufhören.

»Danke. Sie können sich jetzt anziehen«, meinte Dr. Luk in perfektem, akzentfreiem Englisch und zog den weißen Vorhang um das Bett. Wahrscheinlich gehörte sie zu den wenigen Ärzten mit einer Ausbildung in Übersee, die nach der Übergabe Hongkongs 1997 hier geblieben waren.

Mak sprang vom Tisch und griff nach dem kleinen Stapel sauberer Kleidung, die man ihr gebracht hatte – eine Hose mit Gummizug und ein weites Oberteil. Die Sachen sahen aus wie OP-Kleidung. Sie zog sich an und trat hinter dem Vorhang hervor. Die Ärztin saß an ihrem Schreibtisch.

»Das Zittern ist nur die Nachwirkung des Schocks und unter diesen Umständen völlig normal. Es sollte in den nächsten Stunden nachlassen. Sorgen Sie dafür, dass Sie warm bleiben und viel trinken. Und ruhen Sie sich aus«, erklärte sie. »Abgesehen von ein paar Kratzern haben Sie keine körperlichen Verletzungen, wie es aussieht. Kann sein, dass sich bis morgen Würgemale am Hals bilden. Die kleinen Schürfwunden habe ich gereinigt und verbunden. Sie sollten rasch abheilen. Wenn Sie etwas von dem Gift abbekommen hätten, wüssten wir es inzwischen, trotzdem sollten Sie sofort einen Arzt aufsuchen, wenn sich in den nächsten vierundzwanzig Stunden Blasen bilden.«

Bei ihrer Einlieferung in die Notaufnahme war Maks Kleidung von Blut getränkt gewesen und würde untersucht werden müssen. Da Ed so stark geblutet hatte – nicht von den durch die Stäbchen hervorgerufenen Wunden, sondern von einem bishernoch nicht identifizierten Gift –, mussten die Ärzte sichergehen, dass nicht etwas davon auf oralem Weg oder durch eine offene Wunde in Maks Blutkreislauf gelangt war. Da Mak während des Kampfes das Bewusstsein nicht gänzlich verloren hatte, glaubte Dr. Luk nicht, dass das Chloroform eine ernsthafte Schädigung verursacht hatte.

Dr. Luk stand auf und blickte Mak aufmunternd an. »Sie werden wieder ganz gesund. Ich werde sie jetzt wissen lassen, dass wir mit der Untersuchung fertig sind. Alles Gute.«

»*Dor jeh*«, flüsterte Mak. »Danke.«

Wenig später klopfte es an der Tür, und ein hoch gewachsener Weißer kam herein. »Miss Vanderwall?« Auf dem kantigen Gesicht des Beamten lag ein ernster Ausdruck. Er setzte sich gegenüber von ihr hin und holte tief Luft. Mak spürte, wie sie nervös wurde. Sie wünschte, er würde endlich etwas sagen.

»Ed Brown ist vor wenigen Minuten verstorben«, erklärte er schließlich.

Ihre Nackenhärchen sträubten sich, und ein Gefühl unendlicher Erleichterung überkam sie. In den vergangenen anderthalb Jahren war er ein ständiger Bestandteil ihres Lebens gewesen, der jeden ihrer Gedanken infiltriert und alles vergiftet hatte, was sie tat, und nun hatte es den Anschein, als wäre er für immer fort. Endgültig.

»Äh… sind Sie sicher?«, fragte Mak. Ihr war klar, dass die Frage etwas seltsam klang, aber sie brauchte diese Gewissheit.

»Ja. Er ist tot. Wir fanden, Sie sollten das wissen.«

Mak nickte. »Ja. Danke. Ich bin froh, dass Sie es mir gesagt haben.«

Das war's. Catherines Mörder war tot. Ed Brown war besiegt.

»Die australischen Behörden haben darum gebeten, dass Sie nach Sydney kommen, um ein paar Routinefragen zu beantworten.«

»Oh.«

»Glauben Sie, Sie könnten morgen schon fliegen?«

»Ja, kein Problem. Ich wollte sowieso nur noch ein paar Tage bleiben. Bis dahin kann ich… meine Sachen gepackt haben.«

Das bedeutete, dass sie Andy wiedersah. Und zwar schon bald. Wahrscheinlich war es gut, dass sie sich noch einmal gegenübertraten. Es gab eine Menge zu besprechen. Sie hegte Gefühle für ihn, die geklärt werden mussten. Das Band zwischen ihnen war doch nicht so einfach zerrissen, wie es schien. Vielleicht konnten sie sich nun, da Ed nicht mehr am Leben war, weiter ihrer Beziehung widmen oder wie man das nennen mochte, was sie hatten – oder eben nicht hatten.

»Geht es Ihnen gut?«

»Nun, ja. Eigentlich schon. In Anbetracht der Umstände sogar ganz gut«, erwiderte Mak. Sie war noch immer angespannt und wurde von vereinzelten Zitteranfällen geschüttelt, aber sie war unendlich erleichtert. Es fühlte sich wunderbar an. Es war schön, ein Leben ohne Ed Brown anzufangen. Endlich war sie frei – ein unbeschreibliches Gefühl.

»Ihre Freundinnen sind hier«, meinte er. »Wollen Sie sie sehen? Sie bringen Sie nach Hause.«

»Freundinnen?«

Jen, die immer noch auf dem Markt gewesen war, hatte man über ihr Mobiltelefon informiert. Sie war im Warteraum geblieben, während Mak untersucht worden war. Aber was meinte er mit dem Plural, mit »Freundinnen«?

Der Beamte brachte Mak in den Warteraum, wo sie feststellte, dass er Recht gehabt hatte. Nicht eine, sondern zwei Freundinnen warteten auf sie.

»Oh, mein Gott! Macayly!«, rief Gabby. Ihre Wimperntusche war zerlaufen. Sie sah zutiefst erschüttert aus, keine Spur mehr von ihrer aufgesetzten Herablassung. »Ich konnte es nicht glauben, was mit dir passiert ist.«

Darauf war Mak nicht gefasst gewesen.

Gabby schlang ihre mageren Arme um sie. »Du armes Schätzchen! Geht es dir gut?«

»Äh. Ich glaube schon. Alles in Ordnung.«

Ein menschlicher Zug an Gabby? Das Leben wurde immer seltsamer.

»Ich hatte ja keine Ahnung, was du durchgemacht hast. Oh, mein Gott!«

»Oh, Makedde«, stimmte Jen ein.

»Es ist ja vorbei. Endlich ist es vorbei«, flüsterte Mak, eher zu sich selbst. »Es ist vorbei.«

Epilog

»Willkommen in Sydney. Wir hoffen, Sie hatten einen angenehmen Aufenthalt an Bord, und danken Ihnen, dass Sie mit uns geflogen sind ...«

Mak gähnte und streckte sich.

Ich hätte nicht gedacht, dass ich noch mal hierher komme.

»Bitte bleiben Sie auf Ihren Plätzen sitzen, bis das Flugzeug seine endgültige Parkposition erreicht hat und das Anschnallzeichen für den Sicherheitsgurt über Ihnen erloschen ist.«

Als das Flugzeug das Gate erreichte, war die Hälfte der Passagiere aufgestanden. Es fühlte sich herrlich an, nach so langem Sitzen endlich auf den Gang treten zu dürfen. Ärgerlicherweise war die erste Maschine ab Hongkong über Melbourne geflogen, was ihr einen zweieinhalbstündigen Aufenthalt und einen Transfer zum nationalen Flughafen der Stadt beschert hatte. Als wären die neun Stunden Flugzeit von Hongkong nicht schon genug. Mak nahm ihr Handgepäck aus dem Fach über ihrem Kopf. Sie freute sich darauf, für ein paar Tage wieder festen Boden unter den Füßen zu haben.

»Miss Vanderwall?«

»Ja?«

Es war eine der Stewardessen. »Die Polizei bittet Sie, sitzen zu bleiben, bis alle anderen Passagiere ausgestiegen sind.«

Mak ließ sich auf ihren Platz sinken und verschränkte die Arme. Vielleicht war dies die übliche Vorgehensweise in solchen Fällen. Ungeduldig sah sie zu, wie sich das Flugzeug langsam leerte, wie sich die Fluggäste plaudernd und sich räkelnd an ihr vorbeischoben. Sie sah einige Pärchen, die Händchen hielten, während sie warteten. Was sollte sie im Hinblick auf Andy tun? Was sollte sie sagen, wenn sie vor ihm stand?

Mak hüllte sich in ihren Trenchcoat und bemerkte, dass etwas zerknüllt wurde. Sie kramte in der Tasche und zog einen zerknautschten Umschlag heraus. *Cat* stand darauf. Es war der Umschlag von der Geburtstagskarte, die sie an Catherines Grab hinterlassen hatte. Hastig blinzelte sie gegen die aufsteigenden Tränen an.

Oh, Catherine, er ist weg. Endgültig.

Was für eine Ironie, dass sie genau in dem Augenblick gezwungen gewesen war, sich dem Killer erneut zu stellen, als sie aufgehört hatte, Gerechtigkeit für den Mord an Catherine anzustreben. Aber sie war nicht für seinen Tod verantwortlich. Die Polizei hatte erklärt, er sei an den Folgen einer Kantharidin-Vergiftung gestorben, auch wenn sie noch nicht wussten, wie das Gift in seinen Körper gelangt war. Die Suche nach seiner Begleiterin, der Vollzugsbeamtin Suzie Harpin, war noch in vollem Gang. Man hatte festgestellt, dass Ed Bens Ehering trug, in den die Worte »In ewiger Liebe, Lisa« eingraviert waren. Trotzdem war nach wie vor unklar, ob sie seine Geisel oder seine Komplizin gewesen war. Oder gar ein bisschen von beidem wie Patty Hearst?

Inzwischen war das Flugzeug bis auf ein paar Nachzügler leer – eine Mutter mit drei Kindern im Schlepptau und ein älterer Mann mit einem Stock, die mit nervtötender Langsamkeit auf den Ausgang zustrebten. Wenig später saß außer Makedde niemand mehr in der Maschine. Sie sehnte sich danach, aufzustehen und ihre verkrampften Beine zu strecken.

Endlich kam die Stewardess zurück. »Danke, dass Sie gewartet haben. Sie sind jetzt bereit für Sie.«

»Äh, danke.« Sie folgte der Frau den Gang entlang in Richtung Ausgang, wo zwei hoch gewachsene Männer auf sie warteten. Polizei-Eskorte. In den letzten Wochen hatte sie sich allmählich an ihre Gesellschaft gewöhnt.

»Miss Vanderwall, wir sind von der Polizei New South Wales. Bitte kommen Sie mit uns.«

»Äh, hi«, meinte Mak und spürte, dass sie nervös wurde. War etwas passiert? Hatten die Medien einen Tipp bekommen? Gab es eine neue Bedrohung für ihr Leben, von der man ihr nichts erzählt hatte?

»Bevor wir weitergehen, müssen wir Ihnen das hier anlegen«, erklärte der eine Polizist und reichte ihr ein Stück schwarzen Stoff.

»*Was* müssen Sie mir anlegen?«, fragte Mak verblüfft.

Für den Bruchteil einer Sekunde bröckelte die ernste Fassade des Mannes, und der Anflug eines Lächelns zuckte um seine Mundwinkel. Er nahm ihr den Stoff ab und verband ihr die Augen damit.

»Äh …« Sie lachte nervös.

»Bitte, Ma'am, es ist unser Ernst«, sagte er.

»Okay.«

»Ich nehme Ihnen die Tasche ab.« Sie registrierte, wie ihr die Tasche aus der Hand genommen wurde.

Die Beamten führten sie in den Ankunftsbereich. Sie hörte die Geräuschkulisse des Flughafens, Stimmengewirr, Ankündigungen aus den Lautsprechern. Schließlich wurde ihr die Binde abgenommen, und Mak stand einem kleinen Empfangskomitee gegenüber. Loulou grinste übers ganze Gesicht und schoss mit ihrer kleinen, silbernen Digitalkamera Bilder. Neben ihr stand der junge Mann von der Tanzfläche des Arthouse, der währenddessen ihre Handtasche hielt.

Das gibt's doch nicht …

Zwischen zwei Fotos reckte Loulou siegesgewiss den Daumen in die Höhe.

Ihr Blick fiel auf die Gestalten mit dem Banner, auf dem in bunten Lettern »Willkommen zurück« prangte. Es waren Karen Mahoney und einige Detectives. Keine Medien diesmal, nur Freunde, die gekommen waren, um sie in Empfang zu nehmen oder vielleicht zu ihrem neuen Leben, einem Leben ohne Ed Brown, zu beglückwünschen. Sie alle hatten einiges hinter sich, so viel stand fest.

Detective Andy Flynn drückte sich hinter Loulou herum. Sie begegnete seinem Blick und ging ohne zu zögern auf ihn zu.

Sie musste an ihren Vater denken, dessen Genesung Fortschritte machte. Aber was würde jetzt passieren? *Wenn ihn sein Magengeschwür nicht umbringt, dann wahrscheinlich die Tatsache, dass ich wieder mit Andy zusammen bin*, dachte sie.

Sie umarmten einander.

Applaus brandete auf. Irgendein Fremder machte ein Foto von ihnen. Loulous Kamera blitzte.

»Jimmy konnte nicht kommen… noch nicht, aber er lässt dich schön grüßen«, sagte Andy. Mak sah Angie Cassimatis tapfer lächelnd etwas abseits stehen. *Es wird alles gut*, dachte sie. *Alles kommt wieder in Ordnung.*

Andy zauberte einen Blumenstrauß hinter seinem Rücken hervor, und Mak lachte überrascht beim Anblick der hübschen, unbeholfen in Plastikfolie verpackten Blüten – ein Service des Flughafen-Blumenladens.

Sie lächelte und umarmte ihn noch einmal.

»Blumen, Andy«, flüsterte sie ihm ins Ohr. »Ich bin beeindruckt.«

Danksagung

Beim Schreiben dieses Romans hatte ich das Glück, von einigen wunderbaren Menschen unterstützt zu werden. Als Erstes möchte ich meiner »Super-Agentin« Selwa Anthony danken, einer unendlichen Quelle der Inspiration. Außerdem danke ich allen Mitarbeitern bei HarperCollins für ihre Hilfe und für ihren Glauben an mich. Nur durch euch hat sich mein Lebenstraum erfüllt, Autorin zu sein. Danke.

Meine Recherchen zu diesem Buch wären ohne die Hilfe des Lügendetektor-Experten Steven Van Aperen des Australian Polygraph Services nicht möglich gewesen – auch *Freiwild*, mein zweiter Roman, wäre ohne dich niemals erschienen. Ich danke Dr. Gail Bell, der Königin der Gifte; Dr. Robert Hare für seine Informationen über Psychopathie; Dr. Kathryn Fox für die medizinische Beratung; Sergeant Glenn »Allzeit bereit« Hayward; Donald Deakin-Bell; den Anwälten von Law Damien Sheales, Jason Pennell und Sarah Fregon, sowie dem Staatsanwalt Philip Dunn für ihre Bereitschaft, mir Einblick in ihre Arbeit zu gewähren. Ich danke auch allen Krimileserinnen und -lesern und den Medien, die mit jedem Artikel über inländische Autoren dafür sorgen, dass ihre Bücher nicht in Vergessenheit geraten.

Herzlichen Dank an Bolinda Audio Books, Paxton Speakers Bureau, Chadwick Management, Di Rolle und die unglaubliche Xen. Dank an Justin Movan, der sich um meine verspannten Rückenmuskeln gekümmert hat. Ich verspreche, in Zukunft auf meine Haltung am Computer zu achten.

Großen Dank schulde ich der Blinden-Einrichtung Royal Institute for Deaf and Blind Children und dem Institut für Knochenmarksspenden, Bone Marrow Donor Institute – ihr schenkt Hoffnung, Lächeln und Tränen. Ich danke euch allen für so vieles.

Ich danke meinen Freunden Amelia, Gloria, Linda (für immer Miss J), Misty, Nafisa, Xanthe und die »Gang« Irwin, Deb und Hugh sowie Pete und Anne. Sie alle verdienen einen Nobelpreis für ihre Geduld mit meiner einsiedlerischen Schreiberei ebenso wie mein wunderbarer Ehemann Mark, dem ich diesen Roman widme. Und Bo. Außerdem danke ich den wunderbaren Familien Pennell, Moss, Bosch, Reimer, T'Hooft und Carlson.

Dank auch an meine geniale, bergsteigende Schwester Jackie Moss – du bist meine beste Freundin und so viel cooler als Theresa Vanderwall. Lou – danke, dass du meinen Vater so glücklich machst. Und Dad – auch als Verkäufer von Haushaltsgeräten im Ruhestand gelingt es dir wundersamerweise, dem Ehrfurcht einflößenden Expolizisten Les Vanderwall so ähnlich zu sein. Daran ändert auch das FBI-Hemd nichts.

Ich liebe dich, Mom. Ich werde dich nie vergessen.